徽学与地域文化丛书

苏雪林与中国现代文学

丁增武 著

北京师范大学出版集团
BEIJING NORMAL UNIVERSITY PUBLISHING GROUP
安徽大学出版社

图书在版编目(CIP)数据

苏雪林与中国现代文学/丁增武著. —合肥：安徽大学出版社，2013.12

(徽学与地域文化丛书)

ISBN 978-7-5664-0694-1

Ⅰ.①苏… Ⅱ.①丁… Ⅲ.①苏雪林(1897～1999)—文学研究②中国文学－现代文学－文学研究 Ⅳ.①I206.6

中国版本图书馆 CIP 数据核字(2013)第 318517 号

教育部人文社会科学研究青年项目(10YJC751014)
安徽省教育厅人文社会科学研究重点项目(2011SK383ZD)

## 苏雪林与中国现代文学
suxuelin yu zhongguo xiandai wenxue

丁增武 著

| | |
|---|---|
| 出版发行： | 北京师范大学出版集团<br>安 徽 大 学 出 版 社<br>(安徽省合肥市肥西路 3 号 邮编 230039)<br>www.bnupg.com.cn<br>www.ahupress.com.cn |
| 印　　刷： | 合肥远东印务有限责任公司 |
| 经　　销： | 全国新华书店 |
| 开　　本： | 152mm×228mm |
| 印　　张： | 19 |
| 字　　数： | 270 千字 |
| 版　　次： | 2013 年 12 月第 1 版 |
| 印　　次： | 2013 年 12 月第 1 次印刷 |
| 定　　价： | 39.00 元 |

ISBN 978-7-5664-0694-1

| | | | |
|---|---|---|---|
| 策划编辑：卢　坡 | | 装帧设计：知耕书房 | |
| 责任编辑：卢　坡 | | 美术编辑：李　军 | |
| 责任校对：程中业 | | 责任印制：陈　如 | |

**版权所有　　侵权必究**

反盗版、侵权举报电话：0551－65106311
外埠邮购电话：0551－65107716
本书如有印装质量问题，请与印制管理部联系调换。
印制管理部电话：0551－65106311

民国二十二年在武汉大学

教育部人文社会科学研究青年项目(10YJC751014)

安徽省教育厅人文社会科学研究重点项目(2011SK383ZD)

# 徽学与地域文化丛书
# 编委会名单

**编委会主任：** 吴春梅

**编委会副主任：**（按姓氏笔画为序）

　　　　卞　利　　张子侠　　张能为　　鲍　恒

**编　　委：**（按姓氏笔画为序）

　　　　卞　利　　王国良　　王达敏　　王天根
　　　　王成兴　　江小角　　李　霞　　张子侠
　　　　张能为　　张崇旺　　张爱冰　　张金铣
　　　　吴春梅　　吴怀东　　吴家荣　　陆建华
　　　　陈　林　　宛小平　　徐国利　　鲍　恒

# 目 录 CONTENTS

001 前言

001 第一章 "人"与"文"的背离与统一
002 一、多元文化背景下的文化心理结构和文化性格
020 二、"人格"与"风格"
033 三、"通体都是矛盾"

043 第二章 小荷初露尖尖角
——苏雪林"五四"时期的新文学创作
043 一、"五四"作家身份的确认
045 二、《益世报·女子周刊》与女高师国文班的"金刚"
050 三、《村居杂诗》和现代文坛的"小诗运动"
053 四、归国后短时间的"五四"写作

057 第三章 "女性作家中最优秀的散文作者"
——苏雪林现代文学时期的散文创作
057 一、"美文"运动背景下的早期散文:《绿天》

083 二、抗战烽火中的家国人生:《屠龙集》
093 三、"四十不惑"前的艺术人生:《青鸟集》
100 四、"冰雪聪明":在现代散文发展史上的位置

111 第四章 "家"与"国":现代知识分子的传统镜像
——苏雪林现代文学时期的小说创作及其他
111 一、"五四"一代知识分子的文化心态
115 二、家,牢笼抑或是港湾:《棘心》
125 三、"民族"想象与抗战历史小说:《蝉蜕集》
136 四、民族叙事与政治伦理叙事之间的现代陷阱:《南明忠烈传》

143 第五章 唯美的终结:《鸠那罗的眼睛》等剧作及其他
——苏雪林现代文学时期的戏剧创作及相关著述
144 一、《莎乐美》与中国现代文坛的唯美—颓废主义思潮
146 二、"东方《莎乐美》":《鸠那罗的眼睛》
151 三、"道德"与"美文"之间的厚此薄彼
156 四、"接受"与"转化"
159 五、"一生趋向的指标":《玫瑰与春》
163 六、《中国现代小说戏剧一千五百种》:苏雪林和中国现代戏剧史的关联

170 第六章 "无心插柳柳成荫"
——苏雪林现代文学时期的新文学批评
170 一、被遮蔽的作为批评家存在的苏雪林
174 二、批评风格:在"学者"与"作家"之间
180 三、"艺术标准"与"道德标准"的纠缠
184 四、批评资源:"域外文化"与"中国家法"
190 五、《中国二三十年代作家》和苏雪林的批评地位

196 第七章　筚路蓝缕，以启山林
　　　　　　——苏雪林和中国新文学学科的创建
197 一、中国新文学"学科化"的重要链条
201 二、苏雪林在武大时期的新文学课程教学
205 三、承前启后的课程讲义《新文学研究》

212 第八章　"艺术"、"人格"与"政治"
　　　　　　——一个读书人的意识形态历险
212 一、走向对立：对"左翼"文化阵营态度的转变
222 二、"反鲁"何以成为"事业"？
238 三、意识形态幻影中的"别一种真诚"

249 结语　未完成的评述
255 附录一　鲁迅（译文）
259 附录二　狂飙运动（译文）
262 附录三　与蔡孑民先生论鲁迅书
267 附录四　与胡适之先生论当前文化动态书
272 　　　　　胡适之先生答书
275 　　　　　跋
279 参考文献
283 后记

# 前 言

新世纪的第一个十年已经过去,回溯一个世纪以前,激情澎湃、群星璀璨的"五四"新文化运动还没有到来。近一百年间,这场新文化运动留给现代中国的文化遗产及其命运令人感慨唏嘘。直至当下,我们还很难说已经完全继承和消化了这份遗产,它留给中国知识文化界的诸多问题仍在困惑、干扰着我们对现实与历史的认知和判断。在当下基本可以自由言说的语境中,仍然有一些"五四"人令我们困惑,他们的学识才情、文化选择和复杂人生仍在挑战当下学术界和文化界的传统视域、思维惯性和意识形态底线,让我们在今天面对时仍然感到陌生和不清晰。苏雪林,正是其中的一位。

"五四"新文化运动是一场以西方文化为主体和价值导向而掀起的文艺振兴与思想启蒙运动。随着西方各种"思潮"与"主义"的涌进,一代知识分子在中西文化交汇中,自觉或不自觉地重组自身的文化心理结构。苏雪林恰逢其时,并以宁死不屈的抗争和饱满的热情最终投身于这场运动之中。时为北平"女子高等师范"(以下简称"女高师")学生的她在当时的《益世报·女子周刊》《晨报副刊》《民国日报·觉悟》《时事新报·学灯》《国民日报·学汇》等报刊上撰写大量讨论社会问题特别是妇女解放问题的"副刊"文章,很快成为当时女性写作者中的佼佼者之一。1921年春,尚在女高师国文部就读的苏雪林就谢楚帧《白话诗研究集》和易家钺、罗敦伟等关于"呜呼苏梅"的一场笔墨官司,得到李大钊、胡适、成舍我等社会贤达的大力支持,这应该是她在现代中国文坛的第一次正式的公开亮相并博得不凡赞誉。因文思敏捷及词锋凌厉,苏雪林与女高师同学黄庐隐、冯沅君、程俊英被并称为"四大金刚"。此后赴法留学,李大钊曾为她写信,向在巴黎的好友周太玄举荐并请代为照顾。苏雪林归国后以《绿天》、《棘心》驰名文坛,时人以冰心比之,合称"冰雪聪明";又与冰心、凌淑华、冯沅君、丁玲一起被誉为中国现代文坛上最有成就的五位女作家。1926 年起开始执教杏坛,潜心学术研究;30 年代执教武汉大学时因教学需要,开始撰写大量新文学批评,数量与质量均为诸多同人所不及;兼之以捐金抗战,战火纷飞中仍笔耕不辍,可谓以笔为枪,投身战场。后因为蔑视"左翼"、反鲁(迅)崇胡(适)而招致恶评无数,1949 年去香港,次年再次赴法,1952 年赴台任教终老,继续以"反鲁"为事业,因此成为文坛化外之民。但在 1949 年以前,苏雪林与"五四"新文化运动及诸多文艺思潮的关联、她的新文学创作与批评活动、她的"右倾"的文化与政治立场,基本上支配、决定了她作为新文学作家的一生。

作为一位人生轨迹穿越 20 世纪、离新世纪门槛只有咫尺之遥的"五四"学人,众所周知,基于政治意识形态标准的考量,苏雪林在新中国成立前已为"左翼"文坛所诟病。新中国成立后更由于人为的遮掩、屏蔽,在 20 世纪 90 年代之前相当长的时间内,一直成为中国现代文学史研究的禁忌,在内地文坛被轻轻抹去了。在中华民族漫长的历史长河中,考察文人与政治的关系,我们经常发现,文人一旦参与政治,尤其是误入政治的歧途,基本上难有善终。许多欣赏苏雪林的人也以此为她的经历作解,但同情之余也有不小的误解。要说苏雪林没有政治倾向,那不太符合历史的本来面目,可如果说她参与了现代政治斗争、误入政治的歧途就有待商榷了。应该说,她自始至终是个文人,并不真正了解政党斗争与现代政治,她的有关涉及意识形态之争的文章基本上都是以文人和文化问题为主要论述对象的。尽管卷入了政治风潮之中,去台湾后,说过跟风应景的话,也写过跟风应景的文章,但她始终没有进入国民党当局的体制之中,始终没有加入国民党,只能算是个局外人。她绝大多数的时间都用于教学、写作和学术研究,取得的累累硕果也是明证。如果能抛开政治意识形态的前提，她对鲁迅和"左翼"文坛的偏激态度也能从她的个人性情、批评喜好、追求人格与道德纯洁性以及一贯的思想方法等方面进行分析，是否一定要归于她的政治偏见，部分论断还是值得探讨的。历史在过去的时间里没能提供这个前提，好在时至今日，海峡两岸也开始冰释前嫌，在中华文化趋于一统的背景下，本书在这里才有可能对苏雪林与中国现代文学之间的关联、苏雪林对中国现代文坛的贡献做一个尽可能全面的、客观的勾勒和梳理，并希望能有所评说。

从接受的文化影响看，细细述来，苏雪林至少置身于三重文化背景之下。这三重文化分别是传统儒家文化、"五四"新文化和基督教文化。这三种文化在苏雪林的文化心理结构中呈现出一种似乎杂乱无序的交织状态，影响着她的写作和文化行为，同时也影响着人们对于她的文学观念和文化行为的判断。有关她的传记作品也纷纷强调她带给研究者的"矛盾、混乱"与"疏离、陌生"以及"另类"，但这只是一种表象。诚然，同享"冰雪聪明"的美誉，她的为人为文和冰心之间的反差实在太大了，处于正反相对的两极，普通读者产生的阅读印象恐怕也是如此。从逻辑顺序上看，感觉"另类"主要因为"疏离与陌生"，而后者又来自于大多数读者印象中的苏雪林的"矛盾与混乱"。然而如果我们真正深入苏雪林的内心情感世界，发现她既保守又偏激的"矛盾与混乱"从文化接受和情感价值取向上是可以理清的，甚至是可以重新评价的。本书的任务之一就是要消除读者对苏雪林的这种因"矛盾与混乱"而造成的"陌生和疏离"感以及"另类"感，当然难以回避的意识形态立场之间的博弈仍然是制约这种努力的主要因素。好在时代的发展正在日益为这种努力提供更多的可能。从文学、文化立场而非政治立场入手来全面、客观评价苏雪林的新文学活动，这是本书的基本视角。

应该说，目前对"苏雪林与中国现代文学"这一领域的研究处于"重新发现"的阶段，许多结论需要重新认识，许多观念需要重新调整，自然不可能毕其功于一役，不可能在短时间做到系统、全面、深入。苏雪林在现代文学三十年期间是文艺界的知名人物，无论是当时的"左翼"、"右翼"还是文学独立派、第三种人，无论是批判还是褒奖，对她的新文学活动都给予了充分注意，当时已经得到充分的"发现"。然后是近四十年的遮蔽。自90年代开始进入"重新发现"阶段。时过境迁，评价的标准在发生变化，一些结论自然会发生调整。从她三四十年代已知名的散文、新文艺批评等领域开始，人们开始"重新发现"苏雪林，但目前所做的应该说还属于基础性的工作，尚未上升到"重新评价"的高度。要达到这一高度，就必须打破意识形态陈规，充分尊重文艺研究的历史标准和美学标准，回到作为历史人物的苏雪林的立场和内心世界，充分体认研究对象，而不是预设某种批评框架。正如王富仁教授在谈到苏雪林对鲁迅的攻击时说："苏雪林对鲁迅的攻击直接而激烈，同时也显示着她的一种真诚。显而易见，她的这些观点也正是不少同类知识分子的观点，不过她更真诚些……时至今日，她提出的问题还是鲁迅研究者所需要回答的问题，这就是一个证明。"(《中国鲁迅研究的历史和现状》，福建教育出版社2006版）如果今天的苏雪林研究都能秉承这种尊重历史、理解历史人物的"真诚"态度，"重新评价"现代文学时期的苏雪林应该是可以预期的。

　　苏雪林与中国现代文学的关系研究目前呈现出由局部而整体、从微观到宏观的发展态势。由于局部的、微观的工作尚不够扎实，缺少突破性进展，所以系统的、宏观的整体性成果尚未出现，比如至今尚未有一本以苏雪林及其现代创作作为专门研究对象的学术专著出版(传记和文集除外)，就是一例。单篇论文已经不少，但总体研究质量不算很高，文本细读和思潮背景研究都比较缺乏，作者们似乎比较热衷于短时间内对苏雪林做出重新评价，下一些大而化之的结论，其结果必然欲速则不达；论文发表刊物的层次也不够高，在高规格的刊物上极少看到研究苏雪林的专论。这是不太正常的。当然不是说层次高的刊物就能刊出质量高的文章，但在目前中国的学术论文发表体制下，起码能说明相关研究界的重视与否；以她的新文学活动作为研究对象的研究生学位论文也有一些，但也多限于总体上的现象描述，深入者少。是苏雪林不值得研究呢？还是研究本身有问题呢？恐怕还是后者的因素多一些。上述研究成果多数还停留在对研究对象笼统的分析上,就散文论散文,就批评论批评,缺乏对研究对象的系统整合和足够的问题、背景意识,难以上升到一个整体的高度,所以短时间内是难以给苏雪林现代文学研究下整体的、宏观上的结论的。但对苏雪林与"五四"新文艺乃至于中国现代文学关系的"系统研究"应该是一种发展趋势。在这种趋势下,对苏雪林"右倾"的"政治身份"与其文学、文化观念的纠结取得突破应该是关键点。所谓的"政治偏见诱发文学偏见"的核心难题,产生了诸多派生问题,直接影响苏雪林在现代文学史上的定位。当然也正因为如此,才有讨论和研究的价值。笔者以为,就个人与时代思潮的连接这一点来说,苏雪林在现代文学史上的复杂性和可供开掘的空间要超过冰心。撇开其政治立场与意识形态取向不谈,古典文学学养深厚的苏雪林和闻一多、朱自清等人一样,具备学贯中西的大家风范,这一点是冰心、凌淑华、庐隐等同时代女性作家以及稍后的丁玲、张爱玲等所不具备的。这一切来自于她和东西方文化、和多元并立的中国现代文坛之间割不断的联系。文学史也是历史,它本身并不单纯,需要多维视角。正如我们今天讨论整个20世纪文学史的多元性一样,苏雪林研究同样呼唤一种真正的多元化文学史观的出现。

  本书的研究重点是深入发掘和重评苏雪林的新文学创作的创作实绩、在"五四"后现代文坛的实际影响以及和当时重要文艺思潮之间的联系。对于苏雪林的新文学创作已经开始重新认识,但尚不够深入,即使是比较研究也没有能摆脱既定标准,如关于散文研究中的美文运动研究与"冰雪聪明"等领域则基本以冰心为主,苏雪林为补充,这种研究模式可以尝试改变;小说研究领域没能通过比较工作去切实考察《棘心》在30年代以前长篇小说界的地位,对她的抗战小说则有诸多偏见,基本上属于意识形态因素的原因,当下应该可以摈弃的。其代表性的观点就是认为这批抗战小说宣扬了封建忠君意识,而在作出这样的判断的时候,对许多"左翼"作家同类的创作却又评价颇高,显然是先以意识形态立场给创作主体归类,然后再进行不同对待;戏剧研究则因她的作品较少,忽视了《鸠那罗的眼睛》这样的唯美杰作,忽视了苏雪林在唯美颓废主义思潮背景下对

"艺术与道德"关系的独特的女性化思考,以及她与现代戏剧史的切实关联;新文学批评的研究也有不少,但对她的批评个性、批评范式和思想资源尚且语焉不详;此外我们对苏雪林参与编撰的《中国现代小说戏剧一千五百种》这部重要著作没有给予足够重视等等,所以现在我们离"重评苏雪林"还有不短的距离。上述方面都有深入发掘的巨大空间,拟作为重点突破的领域来加以探讨。

本书的研究难点在于突破苏雪林研究中的意识形态标准,重评三四十年代苏雪林和鲁迅及"左翼"革命文学的纠葛,其前提是重新认识苏雪林的文化立场与立论依据,这也是苏雪林研究面临的最大难题,一度成为现代文学研究界难以解开的死结、跨不过去的门槛。鉴于中国现代文学根深蒂固的政治化传统以及苏雪林鲜明的反鲁乃至反共的"右翼"立场,兼之20世纪50年代去台的历史,使得很多研究者难以理解苏雪林思想世界里的那份王富仁教授所说的"真诚",更遑论这份"真诚"背后的敏感和洞察力。所以,解决这个问题,最需要的是一种真正多元化的历史视角,一种真正多元化的文化史观。设身处地,推己及人,"偏激"的苏雪林代表的不仅是她个人,而是陈源、梁实秋甚至胡适等"右倾"知识分子。这些人的态度也许不那么"偏激",但思想立场和苏雪林并无二致,苏雪林说出了他们想说但又没说出口的话。更重要的是,这些人的文学存在已经成为构建多元化现代文学发展史观不可或缺的重要拼图。上个世纪80年代以来,学术界能宽宥、理解进而推崇周作人、张资平、穆时英等人,甚至张罗出版胡兰成的作品,为什么不能换位思考去理解苏雪林这样一个基本属于书斋知识分子的立场及其立论的社会、政治、经济背景呢?如果站在她的立场上,我们会发现苏雪林对20世纪30年代特别是抗战爆发前的文化动态有清醒和敏锐的洞察和判断,而胡适等人则显得相对迂缓和迟钝。尽管意识形态问题对于现代文学研究来说历来都是个难点,但历史的发展应该说已经为今天的研究者提供了新的思路和想象空间。

本书的思路计划在两个层面上展开:

首先,以创作活动研究为主体内容,在创作活动研究中,以作品研究（含文学批评和社会文化批评作品）为主体，以思潮研究作为背景，突出被文学史忽视的作品与创作活动研究，在微观研究方面做到全面、客观、深入，建立起作品研究和思潮研究之间的联系，进而使其作品研究体系化。其次，在对其新文学及文化活动的研究中，鉴于研究对象思想的复杂性和矛盾性，突出其文化思想领域研究的基础性作用，注重人格与社会、政治、经济背景分析，以构建多元化新文学史观作为指导理念，务求在宏观层面上从文化立场方面谋求苏雪林的现代文学研究的合法性和正当性。

中国文化向来注重不因言废人，也不因人而废言。对照之下，苏雪林一度因"言"被"废"，颇为不公。她自己也曾经说过："49年后我就死了，不存在了。"言为心声，她还是非常在意内地对她的评价的。从她去台以后的文学活动看，尽管她将主要精力放在了教学与古典学术研究上，但她后半生始终未能摆脱"新文学"带给她的荣耀与阴影。其实，今天的研究者在不能刻意贬低或忽视她的成就外，也不必刻意为苏雪林去遮掩什么，这有违她的本性。她的感性与偏激、理性与保守都来自于她的思维与认知方式，这和她的性格息息相关。我们至少需要理解并确认一点，她是真诚的。文学因真而善，因善而美。对于一个中国作家来说，真诚是属于道德领域的、具有基础性质的品质。在当下中华民族文化融合与复兴的时代潮流面前，具体历史时间中所谓"进步"与"反动"的政治理念的区分逐渐变得苍白，而基于真诚的"偏至"与"客观"理应获得理解与尊重。

# 第一章

## "人"与"文"的背离与统一

在现代中国文坛上,和同时代的女作家、女性知识分子相比较,苏雪林给人的一般感觉是很"另类"的。这种"另类"并不来自于她的特立独行和标新立异,实际上,她在新文学创作与批评活动以及由此显示的思想姿态、文化立场等方面都是有着自己的归属群体的,这种"另类"主要来自于学界和读者对她的"疏离"和"陌生化"。我们的日常批评经验是将她放在现代文坛的女作家群体中、放在现代文坛的主流意识形态思潮中、放在现代中国争取民族独立和阶级解放的历史潮流中去加以考察,这样一来,我们就发现了一个"疏离"于同时代女作家群体、"疏离"于同时代主流知识分子的文化选择及历史潮流的现代女作家和知识分子,一个在思想路径、文化心态和话语风格方面都令我们感到"陌生"的独立个体。需要指出的是,这个发现过程实质上是一个在既定批评空间和语境中"疏离"苏雪林并将她"陌生化"的过程,是一个外在的、持续性的批评策略行为的结果。从苏雪林在现代文坛的实际存在看,这种"疏离"和"陌生化"并不存在,至少并不完全存在,她本人即是现代文坛的一部分。苏雪林以她的感性、执拗和偏执挑战、颠覆了读者和学界关于现代女性作家与知识分子的温柔敦厚、怨而不怒的传统想象,同时又以她的隐忍、坚韧和牺牲精神一直背负着儒家传统伦理、道德与民族责任的十字架。笔者以为,就整个现代文学阶段来看,苏雪林为"人"与为"文"之间的矛盾与分歧是客观存在的:她为"文"的基本标准虽时有摇摆偏移却是始终统一的,但其人格内部却共生着偏执与包容等对立矛盾的因素。这种"人"与"文"之间的背离主要源于她自身的文化心理结构和文化性格的多层次性,同时也和她身处现代文坛的风潮漩涡之中,而深陷道德和意识形态的陷阱息息相关。

## 一、多元文化背景下的文化心理结构和文化性格

通过考察苏雪林的求学和成长过程中所经历的文化环境,我们不难发现,和多数"五四"一代知识分子一样,年轻时代的苏雪林就接受了多重文化的影响,按照接受的时间顺序看,分别是传统儒家文化、"五四"新文化和基督教文化。基督教文化自不必说,"五四"新文化的文化源头和思想基础亦是源自西方,所以总体上看她的知识和思想体系的结构是"东西合璧"式的,这在"五四"一代知识分子中同样具有普遍性,并不具备"另类"的特质。问题的关键在于,这些不同的文化因子是以何种方式与途径进入苏雪林的知识结构和思想观念体系中,并影响了她的文化心理结构和文化性格的形成及其结构特征。

### 1. 儒家伦理道德的成长记忆

苏雪林出生于一个传统儒家文化尤其是伦理道德文化氛围浓厚的、行将败落的封建官宦家庭,成长于同样是封建宗法制度、伦理道德文化极为发达但文风昌盛、有"东南邹鲁"之誉的皖南徽州。她的祖父、父亲及叔伯辈诸人大都秉承了儒家文化传统,整个家庭恪守传统伦理道德规范,尤其是她的母亲,受到传统伦理文化的影响很深。她在日常生活中践行的伦理孝道对苏雪林的思想言行产生了潜移默化的渗透作用,并最终影响了苏雪林对自己生活道路的选择。苏雪林的童年主要在祖父苏锦霞主政的浙江瑞安县衙度过,她青少年时代生活的安徽太平岭下苏村,在文化地理空间上属于徽州文化区域。徽州文化以传统儒家文化为核心,对程朱理学极为推崇。徽州社会人们聚族而居,独重宗法,宗族势力强大。长期以来,徽州人形成

了对社群和家族极强的归属感和责任感,重视人的诚实、坚忍与服从。明清以降,徽商创业艰难,事业有成后由商而儒的情况非常普遍。故徽州人非常重视文化教育,视读书为社会第一等好事,对于苏家这样的官宦之家来说,尤为如此。在重男轻女、女子无才便是德等陋习根深蒂固的徽州,苏雪林虽为女性,但自幼聪慧。在父亲苏锡爵和叔伯辈的教导下,自幼便熟读《古文观止》、《唐诗三百首》、《古诗源》、《杜诗镜诠》等古诗文典籍,并通读了《三国演义》、《水浒传》、《聊斋志异》、《阅微草堂笔记》等古典白话、文言小说,以及当时大行于世的林纾翻译的小说,在古诗文方面自幼便打下了极扎实的基础。苏雪林十二岁时即有七绝《种花》一首:"林下荒鸡喔喔啼,宵来风雨太凄其。荷锄且种海棠去,蝴蝶随人过小池。"令其擅长诗画的四叔大为赞赏。她后来的诗歌作品基本上都属于旧体诗作,后结集为《灯前诗草》。显然,苏雪林的文化启蒙和成长教育是从古诗文和古诗文所代表的传统儒家文化开始的。自幼耳濡目染,在观念与情感世界中的沉淀自然较深,即所谓"先入为主"。苏雪林早期的生活经历比较单一,大部分时间沉浸在读书的世界里,较少接触外面的社会,在大家庭中衣食无忧。直至1914年考入安庆省立第一女子师范读书,她接受的也仍然是伦常礼教的教育。① 家庭乃至整个徽州社会传统文化氛围的影响,特别是母亲杜浣青的言传身教,使得儒家伦理道德文化许多时候在苏雪林眼中,表现出的是追求道德健全、人格完善的一面。所以在这个基础上,她能够理解并赞美母亲对祖母的"忍耐"和"顺从"。苏雪林诚然反对片面的、守旧的伦理道德和封建礼教,但视母亲的这种"忍耐"和"顺从"为具有根本意义的道德牺牲,一种完美的、纯粹的人格,一种真正的"德行"。她在自传体长篇小说《棘心》的自序中借近代学者黎东方在《孔子》一书中的话说:

原来一切道德根本都是义务,包含有自我的牺

---

① "入了安庆一女师肄业数年,几个国文教师又都是热心卫道之士,所授文字无非是宣扬伦常礼教,他们是大冬烘,我们也就成了小冬烘。"参见《苏雪林自传》,南京:江苏文艺出版社,1996年,第27页。

牲。这自我牺牲出发于极高度的爱,方其发展到有人无我的境界之时,早已抛却任何利害的计较,忘却于对方的反映了,这才算得上纯粹的人格。也只有做到这一点才达到仁字的高峰。这便是"尽其在我",广义的忠字。不仅君臣应该如此,五伦都应该如此。孔子说"志士仁人,无求生以害仁,有杀身以成仁",也只有大家努力做到此点,国家才能够存在,家庭才能够存在,社会才能够存在。①

苏雪林怀着"莫大的虔敬之忱"来介绍小说中的杜老夫人,即是她母亲的化身。因为她认为杜老夫人的"德行"高于一切,是世间最美丽的事物。"德行"之美,是世界上最高层次的美。"德行"犹如真理,永远存在,其意义或许随时代而改变,其价值则永久不改。她的母亲是一位旧社会的牺牲者,但苏雪林从造成这种"牺牲"的传统伦理道德中提炼出"德行"的精华,这已经超出了文化之"新"、"旧"的范畴,而进入个体人格与民族文化的较高境界,反映了她对儒家文化之价值观的一种基本态度。尽管上述自序写于她去台后的50年代,但作品的存在是客观的,作者在作品中表现的"道德的绝对性"也是客观的。笔者以为,苏雪林对这种具有宗教意义的"道德绝对性"的认知和认同构成了她思想的底色,决定了她的思想路径和思维限度。当然,读者也可以斥之为对儒家伦理道德和封建礼教的美化。苏雪林自己后来也多次表达过封建礼教对母亲、自己和家庭之害,但在她漫长的人生中,其秉承的伦理道德观和家庭观念始终没有改变。这是人所共知的事实。

## 2. "五四"新文化运动的荡涤心灵

"五四"新文化运动实质上是一场以西方近代文化为主体和价值导向的思想启蒙和文化革新运动。1919年,在安庆省立第一女子师范校长徐皋甫的极力推荐下,苏雪林终得以旁听生的身份进入北平女子高等师范国文班学习(当时班上只有两个旁听生,另一个是黄英,即庐隐),她开始融入到如火如荼的

---

① 《苏雪林文集》(第一卷),合肥:安徽文艺出版社,1996年,第6~7页。

新文化运动中。她和当时众多热衷于探讨社会问题的新式女性知识分子一样，吁求文化变革，鼓吹妇女解放，在《晨报副刊》等报刊上积极发表此类呼吁"妇权新知"的文章。凭借自己的热情、敏锐和一支快笔，苏雪林很快成为女高师学生文艺活动的中坚分子和《益世报·女子周刊》的主笔。1921年，苏雪林就北大学生谢楚帧出版的《白话诗研究集》所引发的新诗发展和评价问题，和当时已经从北大毕业的易家钺、罗敦伟等文化运动积极分子打了一场轰轰烈烈的关于"呜呼苏梅"的笔墨官司。因为文风犀利尖刻，也遭受到来自对方的侮辱性言辞攻击，她最终远离了国内方兴未艾、轰轰烈烈的现代文坛，赴法留学。但是，新文化运动所标榜的思想启蒙和文化革新对苏雪林的影响并没有随她赴法而彻底消失，一直到1925年苏雪林回国后，她还写了《在海船上》《归途》等针砭时弊、反思批评国民性、吁求社会文化革新的文章，可见"五四"精神冲击之余波尚在。客观上说，新文化运动对苏雪林的内心影响是深层次的，无论我们如何评价她后来向传统伦理道德的皈依，对"妇权新知"的渴望和追求始终是她成长道路上浓墨重彩的一笔，深刻影响了她此后文化心态的构成。她也因此被称为"五四"一代的女作家和"五四"新文学诞生的参与者和见证者。苏雪林本人在后来漫长的人生中，数次提到"五四"新文化运动对她的影响。她似乎更愿意强调经由这一运动的洗礼而获得的坚强"理性"对她的思想和言行的规约和引导：

> 我们也都是被传统思想束缚过的人，深知传统思想妨碍进步之大……我也可以说五四时代是理性主义当王的时代。法国大革命时，摧毁一切庙堂神像，代以新塑的一尊女神——理性。我们那时所有的信仰也完全破产，但我们心龛里却供奉著一尊严无比仪态万方的神明——理性。①
>
> 我是受过五四时代理性主义熏陶的人，凡事都要讲个理性……我并不患受虐狂，当然也不爱受辱，不

---

① 苏雪林：《我的学生时代》，《苏雪林文集》（第二卷），合肥：安徽文艺出版社，1996年，第62页。

过当时敢向太岁头上动土,原也抱定了为正义真理牺牲的决心。①

甚至她留法学习期间加入基督教成为天主教徒,她后来也认为是自己"理性"选择的结果:"我经过这样的痛苦,尚忠于信仰,并非矫情,实由我的信仰是通过理性的,不是'盲信',也不是'硬信'。"②可见她对"五四"之理性主义的推崇。

需要提出的是,学界对苏雪林一直持有非议的一个基本依据则是基于她的言行的"非理性"和"偏执"。我们知道,苏雪林终其一生,基本没有改变她的这种自己认定的"理性"的选择。无论这种选择是指向传统,还是指向现实人生。这里面应该存在一个判断标准的问题。这个标准的设定关乎传统,更关乎我们对"五四"新文化运动的认知。

### 3. 天主教之博爱观的乘虚而入

应该说,苏雪林在留法期间对西方基督教文化的接受是具有某种偶然性、选择性和功利心态的。之前她受"五四"新文化的影响,对宗教素无好感,也缺乏相关思想意识认识的积累,长篇小说《棘心》的部分章节为我们提供了最好的注解。这注定了对天主教的信仰虽是苏雪林自主选择的结果,但在她的观念世界中只能影响某些日常行为习惯,在部分美学评判标准方面有所体现,却难以决定她的思想路径的走向。

具体来说,基督教文化是在她自幼耳濡目染的传统伦理道德观念和"五四"后吸纳的"妇权新知"思想发生严重冲突时"乘虚而入"的,具有某种偶然的性质。根据《棘心》的叙述,我们很清楚地看到,苏雪林是在大哥去世、和张宝龄交往产生矛盾而母亲病重的情况下接触天主教的,并且她必须要面对对张宝龄的情感拒绝会导致母亲的病情恶化这样的危险。她能为了自己的感情的自由选择和父亲恶言相向,痛骂她父亲是老顽固,父女几乎断绝关系,但却不忍去伤病中慈祥的母亲的心。在伦

---

① 苏雪林:《我的荣与辱》,参见《我的生活》,台北:文星书店,1967年,第246~250页。
② 苏雪林:《灵海微澜》(第三集),台南:闻道出版社,1980年,第106页。

理孝道和情感自由之间她一时难以取舍,在国外相对陌生的文化环境中,陷入到一种难以摆脱的孤独和精神困境中,需要寻找心灵的慰藉。这种困境是在特定情况下产生的。对于此时的苏雪林来说,传统伦理道德观和"五四"新文化构成她思想的重要两极,二者产生冲突,矛盾在她既有的思想框架中是不可能得到解决的,她无法寻找到别的思想资源。如此,身处法国浓郁的天主教文化氛围中,面对天主教修女的坚忍与博爱之心,她转向这种陌生的、然而新鲜的文化中寻求心灵解脱的途径,这完全是可以理解的。这种选择是在具体的特定情况下发生的,在当时的留法学生中并不普遍,也不为其他留学生所理解,所以入教后的苏雪林甚至还受到了其他反宗教的激进中国留学生的人身威胁,这都说明了她的信教是不具备必然性的。

其次,苏雪林对天主教教义的接受是有选择性的,并非全盘接纳。苏雪林此前缺少接受天主教的思想和感情基础,她最终成为天主教徒,还因为她从自身的层面找到了若干东方文化和西方基督文化的连接点,消除了她接受天主教的最终思想障碍。此方面在学界也已经出现了一些较为详细的论述,可供参考。① 概而言之,这种连接来自两个层面:第一,苏雪林对接触的天主教徒的奉献与牺牲精神所诠释的博爱信念和自己母亲的隐忍、奉献与牺牲精神之间产生了共鸣。这种共鸣是在她远离故土和母亲的情况下发生的,因而更为强烈,二者在她那里被视为"同质"的力量。苏雪林显然混淆了基督的博爱和世俗的母爱之间的区别,但二者之间的共同点当时对她来说更有诱惑力。② 第二,她将西方基督徒之博爱牺牲精神所体现的"道德

---

① 方维保:《救渡的契机:苏雪林皈依天主教的心灵轨迹》(未刊稿),《2010海峡两岸苏雪林学术研讨会会议论文集》,武汉大学文学院、成功大学文学院 2010 年 11 月编印,第 18~24 页。
② 苏雪林留法期间写有反映她入教时情感动态的小诗:"黑衣黑帔的女冠/抚我如一小孩/晨夕必替我亲颊问安/并随时诚恳的帮助我/伊那深而黑的眼光中/含有慈祥的道气/呵呵,人们互相爱助的伟大啊!"(《村居杂诗》之二四);"但使我见到和善慈祥/肯谦抑自己以扶助他人的妇人/我的心灵便有说不出的深切感动/因为我想到我的母亲了!"(《村居杂诗》之二五)。可参考范震威《世纪才女:苏雪林传》,石家庄:河北教育出版社,2006 年,第 41 页。

之美"和东方圣贤孔、孟宣扬的伦理道德境界进行了沟通连接,类似孟子所说的"理义之悦我心,如刍豢之悦我口",认为二者是共通的,具有共通的精神之美。这是在第一点基础上的升华,而忽视了儒家伦理道德更强调自身作为社会规范所具有的功利与经验性质的实质。至于基督教教义中的核心"原罪"和"救世",苏雪林则基本没有从西方创世文化的背景给予理解,因为这与她较为现实的入教动机的距离比较遥远,她无暇也无意深究。

最后一点,苏雪林的入教动机从根本上看是比较功利的,即视"成为天主教徒"为既能摆脱与张宝龄的婚姻关系、同时又能向母亲和家庭有所交代的理由,类似中国式的以"出家"来"逃婚",而非真正看破红尘。这决定了她的信仰不可能非常稳固。自小活泼好动的她性格中有太多的感性成分,制约着她对天主教的繁文缛节和刻板规章的接受。在热情冷却、现实环境的压力减轻淡化以后,很难说基督文化能对她的思想和日常生活产生多大的影响。这一点她在小说《棘心》中也有过形象的比喻。①

## 4. 文化心理结构的构成及其表现

对于"五四"那一代知识分子来说,中西文化的碰撞与交汇构成他们文化心理结构的基本形态,影响着他们的人格构建和行为方式。但中西文化在其文化心理结构中各处于怎样的位置,以什么样的方式交融汇通,在每个作家那里又是不同的,他们的言行举止在日常生活中甚至大相径庭。鲁迅、胡适、陈独秀、郭沫若、郁达夫等这些引领潮流的知识分子自不必说,陈衡哲、冰心、庐隐、冯沅君、凌淑华、石评梅等这些"五四"女作家也

---

① 苏雪林在《棘心》中谈及她入教前后的心理变化,这样写道:"这正如一个人置身于洪炉之侧,热不可耐,忽然看见一个积水潭,便不顾水的深浅,踊身向潭里一跳。初入水的时候,万热皆消,浑身清凉,原像换了一个世界。但过了一些时候,便觉得潭里的水太冷,冷得沁肌透骨,非爬出来,便有生命的危险似的。这时候他又觉得宁可受洪炉的熏灼,不愿再在水里存身了。"参见《苏雪林文集》(第一卷),合肥:安徽文艺出版社,1996年,第167页。

各异其趣。苏雪林身处其中,更是引人注目的一个。

在许多人的眼里,苏雪林在"五四"时期是个半新半旧的人物,接受新事物不够彻底,摆脱旧事物亦不够彻底,如她自己所言是个"半吊子新学家"。有人认为,她是个"背负传统的'五四人'","她思想的封建性就是她悲剧的根源"①。当年阿英也说:"在苏绿漪笔下所展开的姿态,是刚从封建社会里解放下来,才获得资产阶级的意识,封建势力仍然相当的占有她的伤感的女性主义的姿态。"②苏雪林的文学人生是否是个悲剧,这里姑且不论,以"思想的封建性"来归纳、概括她矛盾的文学人生的论断还是值得商榷的。诚然,苏雪林是背负着"传统"的,但"传统"之于她是否意味着"思想的封建性"就需要深入分析了。她对待"传统"的态度其实是非常矛盾的:一方面,我们可以看到她的很多的关于抨击封建礼教的言辞,如"那个时代社会正被一种强大无比的势力笼罩着,压制着,统治着,压得人气也喘不过来。那股势力就是'旧礼教'"③。"《新青年》《新潮》《星期周刊》……新青年反对孔子,我那时尚未敢以为然,但所举旧礼教之害,则颇惬我心。想起我母亲一生所受婆婆无理压制之苦及我自己那不愉快的童年,还不由于此吗?"④"大家庭的制度,片面的伦理道德,她(指醒秋,笔者注)想起来就恨,若不是五四运动,中国不知道还有多少儿女要受这种无谓的牺牲"⑤。诸如此类,基本上是基于"五四"时期宣扬的"妇权新知"而言的,是一种浮在思想表面的批判,是当时的很多新女性知识分子如"闺秀派"女作家们乐于且易于说的,更多地表现为一种思想姿态,并不具备指导现实人生的切实意义。当然,庐隐式的真正的新女性不在此列。另一方面,苏雪林对传统伦理道德的体认是身体力行且持之以恒的,是经过痛苦的思想斗争后的选择,

---

① 黄忠来、杨迎平:《背负传统的"五四人"》,载《中国现代文学研究丛刊》2002年第4期。
② 方英:《绿漪论》,《苏雪林文集》(第四卷),合肥:安徽文艺出版社,1996年,第398页。
③ 苏雪林:《苏雪林自传》,南京:江苏文艺出版社,1996年,第10页。
④ 苏雪林:《苏雪林自传》,南京:江苏文艺出版社,1996年,第38页。
⑤ 苏雪林:《棘心》,北京:燕山出版社,1998年,第135页。

有小说《棘心》为证;这种坚持相对于她对旧礼教的批判来说具有真正本质的特征,有她的漫长的人生为证。这两个方面的问题并不属于同一个层面,一个是特定时代的思想姿态问题,一个是真正的价值观问题。思想姿态可以随时代的变迁而改变,价值观特别是以"德性"为核心的价值观则需要坚守。在苏雪林那里,她将这种不一致或矛盾解释为"理性"的选择。而这种"理性"据她而言,却是"五四"新文化运动带给她的收获:即不是将事物或行为作"新"、"旧"的区分,而是作价值的评判尤其是道德价值评判。她的加入天主教行为从这个角度也是可以解释的:从贴近中国传统文化的仁爱精神出发,去吸取西方文化中的博爱主义,在这个层面上达到中西文化的交融结合。关于"妇权新知"和传统文化在她的文化心理结构中的位置,龙应台曾有过这样的描述:

> 在《棘心》的作者身上,我们看见一个在新旧时代转折点上犹疑彷徨的女性。她的思想像漩涡上翻着泡沫,泡沫是她所学的妇权新知,漩涡,是在她体内根深蒂固的文化传统;漩涡的力量深不可测。①

龙应台仍然是从新、旧传统区分的角度进行判断的,描述的界限也非常清楚。问题的关键在于这种"根深蒂固的文化传统"是否具有"封建性"和礼教"吃人"的本质?在几近一个世纪后的今天,讨论这个问题具有特殊的意义,因为我们对"五四"新文化运动的历史认知有了更深切的体会,也有了返观与重构的可能。以苏雪林和张宝龄的婚姻生活为例,她强调伦理道德的规约和精神贞操的重要,她在作品中说:"我们的婚约,是母亲代定的,我爱我的母亲,所以也爱他。"②其实反映了"五四"时期诸多知识分子在婚姻问题上的普遍心态,胡适和江冬秀有类似的婚姻经历;鲁迅和许广平恋爱、同居之时,对外界的反应和

---

① 龙应台:《女性自我与文化冲突——比较两本女性自传小说》,《庆祝苏雪林教授九秩晋五华诞国际学术研讨会论文集》,台湾成功大学1991年编印,第13~5页。
② 苏雪林:《小小银翅蝴蝶故事之一》,《苏雪林文集》(第一卷),合肥:安徽文艺出版,社1996年,第352页。

流言,几成惊弓之鸟。① 这都是对传统伦理道德的有意识或下意识的认同,但显然不能等同于认同封建礼教;苏雪林还说:"婚姻,无论肉体和精神,都应当有一种贞操,而精神贞操之重要,要在肉体之上。"她和张宝龄长期分居但不离婚,自然有顾忌颜面和天主教教规的考虑,但却不能解读为封建贞洁观的约束。因为考察苏雪林的一生,她投身学术和教育,是情感和精力的转移,虽没有选择再次涉足婚姻,也没有表现出任何受封建贞洁观毒害的言行和苦楚。她的婚姻自然有缺陷,但不能说她的人生是个悲剧,她的"精神贞操"说应该解读为一种对婚姻的道德价值评判。相比之下,陈独秀、郁达夫等追求个性解放的婚姻经历倒近乎于悲剧了。当然,笔者这里绝不是否定基于个性解放的自由婚姻观,而在于说明"五四"时期知识分子的婚姻选择是多元的、多层次的。就女作家而言,冰心、凌叔华等偏于保守的婚姻情爱观和庐隐、石评梅更看重自由的婚姻情爱观是不同的,婚姻状态和情感结局也是不同的,但我们不能做厚此薄彼的判断。思想的多元决定了情感和婚姻选择的多元,也许这才是"五四"时期知识分子精神状态和情感婚姻状态的最好写照。对"妇权新知"的追求自然是"五四"女性知识分子的话语主流,但不能以之作为唯一的标准去否认如苏雪林一样的婚姻选择,何况她的残缺的婚姻,某种程度上也正是她坚持"妇权新知"的结果。她是个异常独立的女性,和封建社会妇女信守的"三从四德"是沾不上边的。此外,她一生中最看重的是学术研究,她的"世界文化同源论"的学术思想以及由此呈现的学术心态也是极为开放的。如同她极为尊敬的胡适一样,对传统文化的服膺,不仅影响到她的婚姻,更影响了她的文化性格和意识形态立场的形成。这些显然不是"思想的封建性"就可以解释清楚的。

---

① 参见许钦文:《鲁迅在杭州》,钟敬文编《鲁迅在杭州》,《西湖文艺》编辑部1979年印行,第7页;以及许广平1929年5月28日致鲁迅信,《两地书》,北京:人民文学出版社,1958年,第270页。

## 5. 多元文化心理因素制约下的文化性格

和许多传统文化占据文化心理结构主导层面的"五四"知识分子一样,苏雪林的文化性格的整体特征也带有较强的保守性。但在多元的文化心理因素特别是"五四"理性主义支配的"个性自由"精神的推动和影响下,苏雪林保守性的性格框架内部又潜伏着一股相反的、反叛的力量,使得这个框架处于一种并不稳定的、波动的状态。一旦这股反叛的力量冲破框架的约束,就会在这种保守型性格框架下,以一种保守性的面目,表现出一种激进的颠覆性。她的《与蔡子民先生论鲁迅书》、《与胡适之先生论当前文化动态书》便是这种颠覆性的极好的例证。这种极度矛盾的表现影响了人们对她的整体文化性格特征的判断。具体来说,苏雪林的文化性格在如下层面有明显的表现:

**① 浓厚的民族与家族主义观念**

文化保守主义或曰"文化守成主义"的重要特征之一,便是在民族传统文化的统摄下强调社群生活的统一、和谐和稳定,并在此基础上表现出一定的排外倾向。因此容易演变为文化本位主义或宗派主义,影响文化视野,导致个体文化心态的封闭。苏雪林自幼成长于社群和家族观念浓厚的徽州社会,耳濡目染,在思想结构中积累了社会本位、群体主义的基础。1925年苏雪林回国后,特别是在上海的几年,她开始在有关明清历史文献资料的阅读中、在社群主义的基础上形成她的民族主义观念。苏雪林对"民族"概念的认识首先是从"种族"特别是"排满"开始的:

> 我的种族情感什么时候开始觉醒的呢?可以说在上海那几年里。那时不知从何处弄来了《扬州十日》、《嘉定三屠》一类书来;又不知从谁借来了一部《大义觉迷录》,一些康雍乾三朝的文字狱记事……胡乱翻了一阵,我的思想便和祖父的起了莫大的距离,而和叔父诸兄接近了,而且憎恨满清,比他们更激烈、更彻底了……以后十余年,我又读了金元、蒙古侵略我们时所作种种罪行,每使我愤恨填膺,郁郁者数日。

抗战中期,我受中央宣传部的请托,写了部《南明忠烈传》,又以明末抗清志士的故事为题材,写了若干篇短篇小说,编成了一部《蝉蜕集》,我民族思想的水银柱,那时可算已上涨到了最高峰。①

不难看出,苏雪林的民族意识形成于1926年去上海以后。其民族主义理念的内涵混合着排满、种族和儒家文化的汉族中心主义,对"种族"和"民族"概念的使用比较混乱,缺乏清晰的界定。尤其是她从汉族文化中心主义的角度看待异族政权统治,严夷夏之防,将非汉族的少数民族和种族混为一谈,认为王静安先生"身系学术文章之重"而"投水殉清","作此匹夫匹妇之愚行,哪里犯得着?"并进一步认为种族情感基于人类的天性,不是理性所能解释的。② 这些表述都暴露了苏雪林民族观内涵的狭隘和保守,但苏雪林并不讳言这些,直言"这当然是我的矛盾"。通观她的言论我们不难发现,她对清代满族统治的排斥主要基于满族统治者的文化禁锢和对知识分子的莫须有的严酷迫害,体现为一种情感价值判断上的取舍,虽不够理性但是真诚的,其民族观的主体内核部分,应该说还是对建立一个独立统一的现代民族国家的想象和认同。这也是中国现代化进程的基本目标。从对传统文化的守成这个角度来看,我们不应该质疑她的这种不够全面、准确和理性的"真诚",反倒应该给予情感态度上的理解,否则就很难解释在抗战爆发之初,苏雪林为什么能够倾其所有,将自己多年的积蓄和妆奁兑换成五十一两黄金,捐献给政府用作抗战之资?并且谢绝了针对此事的相关采访和报道。③ 这并不是当时一般的"左倾"或"右翼"

---

① 苏雪林:《辛亥革命前后的我》,《苏雪林文集》(第二卷),合肥:安徽文艺出版社,1996年,第76~80页。
② 苏雪林:《辛亥革命前后的我》,《苏雪林文集》(第二卷),合肥:安徽文艺出版社,1996年,第80页。
③ 参见李瑛:《四访苏雪林》,载《文史春秋》2004年第11期。另李瑛在此文中提及萧乾于1995年7月12日曾在《羊城晚报》上撰文回忆,苏雪林在1936年将五十一两黄金托他交给《大公报》,捐赠给中共地下组织领导的抗日救亡团体。因为此说在捐金时间、捐金对象等方面与现存说法存在出入,该文的行文也存在一些讹误,这里姑且存之。

的知识分子特别是女性知识分子所能做到的。狭隘的或宽广的民族情感,当然可以作文化视野上的或价值理性上的区分,但这种情感的强度却可以是一样的炽烈,并不适合做高低强弱的比较。

和并不宽广的民族主义观念相协调一致的是苏雪林浓厚的家族主义观念。苏雪林虽出生在浙江瑞安,但自幼生活在她的那个正统的徽州家族文化氛围中。苏家属官宦之家,属于一个典型的徽州式封建家庭,这在她的《儿时影事》、《童年琐忆》、《我幼小时的宗教环境》、《我的学生时代》等回忆文章中都可作一斑之窥。徽州社会历来独重宗法,人们聚族而居,村有祠堂、族有宗谱,宗族势力很大,宗法等级森严。苏雪林回忆:"在我故乡那个地名'岭下'的乡村,苏姓族人聚族而居,已历数百年。村中有一座祖宗祠堂,建筑之壮丽为全村之冠,祠中供奉着苏氏历代祖宗的牌位。"①生活在这样的宗族环境中,受到宗族制度和家族伦理观念的影响也是很自然的事。长大后成为"五四"人的苏雪林接受了新思潮,自然也冲破了宗族等级观念的桎梏,但是在母亲的伦理德性的影响下,家族伦理观念却在她的思想世界里留下了深深的印迹,甚至左右了她的生活习惯和情感方式。可以说,伦理亲情在苏雪林的情感世界中的重要性一直都是超过男女之情的。这里面固然有她和张宝龄感情生活不睦的原因,可长达几十年的"姐妹家庭"模式的延续,她以自己有限的收入长期维持对家族内父兄和子侄辈的悉心支援与关照,都足以说明她的家族主义观念是非常浓厚的。再后退一步,仅就她的男女感情生活而言,她和张宝龄的情感分歧与她的家族伦理观和过于注重家族亲情都有着直接的关联。苏雪林显然没有处理好夫妇之爱和伦理之情的关系,在面对伦理亲情时有明显的情感倾向性。这当然可以视为一种家庭责任,同时也可视为一种情感上的退缩,退缩到她情感世界里根深蒂固的伦理亲情的空间中去,这在她的童话故事《小小银翅蝴蝶故事》中有很好的隐喻式的再现。

---

① 苏雪林:《我幼小时的宗教环境》,《苏雪林文集》(第二卷),合肥:安徽文艺出版社,1996年,第5页。

苏雪林的民族主义与家族主义观念形成和稳固以后，在对待社群结构、社会政权更替和文化思潮冲突方面表现出了明显的甚至强烈的守成心态，不希望现存的社会结构和政治体制发生大的变化，尤其是在认定现实政权体制及其文化基础有一定的合理性的情况下，这种守成心态便会更加保守，容易形成相对固执的意识形态立场。

② **重德行、讲坚守的认知与思维模式**

无论是对东方传统伦理德行的服膺，还是对西方天主教徒博爱精神的感佩，对苏雪林的认知与审美评判标准的影响最终似乎都指向一点，那就是对人的品格的重视，尤其是对人的道德水准的重视。这是她的文化性格中的一个重要的支撑点。苏雪林在现代文学时期所经历的一些对她人生路径有重要影响的抉择与事件，似乎都和这个支撑点有关。而品格的培育和养成绝非一日之功，需要长时间的、持之以恒的努力和坚守。所以"重德行"和"讲坚守"这两个方面的因素往往联系在一起，统一在个体的性格中。苏雪林在很多时候偏于从道德角度认识文化和文艺问题，特别是当批评对象在艺术方面没有太多的缺陷的时候，道德角度会成为她唯一的切入点，也就是对文化与文艺问题进行"道德归罪"。一旦苏雪林认为罪名成立，她会坚持她的观点，绝不轻易退却，她的偏激和固执都由此而来。而她的犀利尖刻的文笔、夸张的文风、刚强的性格，都在某种程度上加强了她的这种道德姿态，加深了人们对她的这种偏激和固执的印象。所谓"反鲁是我一生的事业"、"我临出国门扑去鞋子上的尘土，中国一日在共产统治之下，我一日不回中国"等偏激之语，表面上看无疑是苏雪林的"右倾"政治立场的表露。如果深究之，则很大程度上来源于她固执的道德立场，来源于她的这种认知与思维模式。在苏雪林这里，鲁迅和中国共产党是站在她道德立场的对立面的，是有悖于她所追求的德行的人和政治组织。尽管我们都知道，她没有深入鲁迅的思想世界，也没有去认真考察研究中国共产党的社会与政治主张。

如果说，"重德行"来自于苏雪林自幼儒家伦理道德氛围的熏陶和后来对天主教博爱观的服膺；那么她的"讲坚守"的、甚至能够为自己并不正确与全面的观点坚守一生的认知与思维模式,则和她自幼就初露端倪的"尚武"性格有很大关联。关于她的这一性格及其文化意义,台湾的学者已经有相关研究文章做了较为详尽的阐释。① 苏雪林自幼性格便"不甚温良",秉性倔强,好动爱玩,和男孩子一般整日舞刀弄枪,不喜闺阁女红,偏爱闯荡冒险,喜欢的是花木兰、秦良玉等古代巾帼英雄。1915年,苏雪林在安徽省立第一师范读书,当时日本政府向袁世凯提出"二十一条",消息传来,国人激愤。时年十八岁的她奋笔写下这样的诗句:"也能慷慨请长缨,巾帼谁云负此身。摩拭宝刀光照胆,要披巨浪斩妖鲸。"②这样的胆识与气度,在同时代的女作家中是很少见的。1921年,她单枪匹马,为批评谢楚桢的《白话诗研究集》和"龙阳才子"易家钺等人打了一场轰轰烈烈的笔仗,一时间"苏梅"之名京城皆知。可见,自青少年时代开始,苏雪林便养成了不畏强力和权势、敢于独自承担风险和压力、勇于争辩的性格。这种性格里自然不乏争强好胜的因素,更重要的是敢于坚持自己的观点,有持之以恒、绝不轻易言败的特质。有的时候,这种"坚守"会因为观点的不够准确和周详而变成"倔强"、"执拗"和"顽固",如她在"道德"层面的坚持"反鲁";有的时候,则因为对艺术真理的坚持、固守而显得客观公正、难能可贵,如她在"艺术"层面的始终"拥鲁"(至少在现代文学时期是如此)。去台以后,她这种性格特质老而弥坚。有时为了一己之见而惹得文坛纠纷不断,如1959年关于"象征派"诗歌和覃子豪打笔墨官司,1961年为《红楼梦》评价和高阳、赵冈等人的学术纠纷等等。当然,这种"讲坚守"不仅体现在作为新文学作家的苏雪林身上,更一以贯之地体现在作为学者、作为屈赋研究专家的苏雪林的整个学术生涯中,哪怕这种"坚守"被当时的学界视为野狐外道,在有生之年看不到任何获得认可的希望。她却敝帚自珍,宁愿去等待"五百年后的知音"。概而言之,说苏雪林的一生是"坚守"的一生,是一点也不

---

① 参见吴姗姗的文章《论苏雪林的尚武思想》,台湾"国立"中山大学中国文学系《文与哲》第十三期,271~298页;以及她的《苏雪林之尚武与正气》,载《长江学术》2011年第2期。

② 参见苏雪林:《灯前诗草》,台北:中正书局,1982年,第24页。

为过的。

③"正义的火气"

1961年10月10日深夜,胡适致信苏雪林,信中谈到了一个至今尚未引起苏雪林研究者足够重视的一个概念:"正义的火气"。此信因当时苏雪林卷入的一场关于《红楼梦》评价问题的学术论争而起,但这一概念的形成却源于1959年胡适的一篇文章:《容忍与自由》。为了将问题说清楚,这里先说胡适。

胡适在《容忍与自由》中先是引用了他的美国老师布尔的话:"我年龄越大,越觉得容忍(tolerance)比自由更重要。"在此基础上他引申出自己的结论:"容忍是一切自由的根本:没有容忍,就没有自由。"为了说明问题,胡适还举了一个例子,就是他年轻时因为痛恨封建迷信的"惑世诬民",在文章中曾引用《礼记·王制》中"假于鬼神时日卜筮以疑众,杀"的言论来表明自己决绝的态度。后来胡适进入北大提倡新文化,北大的一些"卫道士"们却同样借用《礼记·王制》中"学非而博……以疑众,杀"的话来对待他了。已到晚年的胡适在《容忍与自由》中将这两件事并在一起,说:"当年我要'杀'人,后来人要'杀'我,动机是一样的:都只因为动了点'正义的火气'。就都失掉容忍的度量了。"①正是基于这样的对自己曾经长期秉持的"正义的火气"的体验和认知,坚持了一辈子自由主义的胡适,到了晚年却要强调"容忍"比"自由"更重要了。

胡适在前述1961年10月10日给苏雪林的这封信中,这样对苏雪林谈论和解释所谓的"正义的火气":"现在我可以谈谈'正义的火气'。你若记得我前年发表的《容忍与自由》,就可以明白我所谓'正义的火气'是什么。'正义的火气'就是自己认定我自己的主张是绝对的是,而一切与我不同的见解都是错的。一切专断,武断,不容忍,摧残异己,往往都是从'正义的火气'出发的。"②在暂且不论是非标准的前提下,胡适关于"正义

---

① 本段引文均出自《胡适文集》(第十一卷),北京大学出版社,1998年,第823~824页。
② 胡适:《胡适日记全编》(第八卷),合肥:安徽教育出版社,2001年,第787~788页。

的火气"的解释非常接近于鲁迅所力倡的"明确的是非,热烈的好恶"①,其核心就是不容忍、不宽容,即 intolerance。二者具有相同的知识背景,那就是绝对的一元论的真理观。当然是与非不可不论,好与恶也因人而异,真理与正义总是存在的,关键是判定真理与正义的依据。鲁迅坦然地说自己辩论时,也有"每见和我的方法不同者便以为缺点"②,"我以为只要目的是正的,——这所谓正不正,又只专凭自己判断——即可用无论什么手段"③等容易独断的缺陷。倘若真像宋代大儒张载所说的"天下义理只容一个是,无两个是",以"正义"凌人,那就难免要犯下唯我独尊、乾纲独断甚至摧残异己的大错了。回过头来说,胡适之所以在信中对苏雪林大谈"正义的火气",是因为他很了解苏雪林容易激动的论辩性格,察觉出她在关于《红楼梦》的论争中再一次暴露出这种火气来了。

追溯一下,胡适指出的苏雪林性格中这种"正义的火气",在她进入"五四"新文坛以后就已经表现出来了。所谓"冰冻三尺,非一日之寒",她在北平女高师学习期间写的大量提倡妇权新知的文章,就弥漫着那个时代的"正义的火气"。她和谢楚桢、易家钺等打的关于白话新诗的笔墨官司,除了她性格中的"尚武"好强因素外,也正是她的"正义的火气"的第一次正式的亮相。成为天主教徒后,天主教徒的博爱和牺牲精神不仅没有冲淡和弱化这种火气,反而在进一步强化她的道德认知视角的前提下,助长了她的这种"火气"爆发时的强度。1928 年后,在原先对鲁迅的崇敬被内心的某种因素解构之后,在继续肯定鲁迅的小说艺术成就的同时,苏雪林开始在道德层面积累对鲁迅及"左翼"文化运动的不满。她没能协调好这种认识上的矛盾,道德义愤和意识形态隔膜压倒了她后来一再宣扬的自己所拥

---

① 鲁迅:《且介亭杂文二集·文人相轻》,《鲁迅全集》(第 6 卷),北京:人民文学出版社,1981 年,第 299 页。
② 鲁迅:《两地书·十二》,《鲁迅全集》(第 11 卷)北京:人民文学出版社,1981 年,第 47 页。
③ 鲁迅:《两地书·十九》,《鲁迅全集》(第 11 卷),北京:人民文学出版社,1981 年,第 68 页。

有的"五四"理性,最终于1936年鲁迅去世后形成了那次集中的大爆发,并且以自己超乎寻常的执拗将之坚守成了"一生的事业"。纵观苏雪林在现代文学时期对一些"左翼"作家的批评,总是掺杂有太多的道德激愤和意识形态成见,其真理性是比较有限的。这种个人化的道德归罪产生的作用和反应终归也是有限的,也没有获得太多的、哪怕是"右翼"知识分子的道义上的支持,还招致了胡适的批评。所以她有时在文中甚至不得不呼吁意识形态因素(如政府和党国)的干预,这就走向了"正义"与"真理"的对立面了,如她1934年批评郁达夫的那篇《郁达夫论》。大凡这个时候,她的"正义的火气"就有演变成"道德的火气"甚至是"意识形态火气"的危险了,她所秉持的"正义"的立场和姿态也就值得怀疑了。

"对人无成见,对事有是非"。这话说起来容易,做起来是很难的。考察现代文坛的历次文艺论争,能真正做到这十个字的寥寥可数。经常在"艺术"和"道德"两重标准之间游移不定甚至是顾此失彼的苏雪林,很容易将"人"和"事"混在一起,将"理性"和"感性"混在一起。她视之为非正义的东西,她总是火气上升,感到难以容忍,用尖刻锐利的、轻率的甚至是夸张的文笔表达出来,将"人"和"事"一锅烩进去,仿佛不将批评对象批倒批臭就不甘心似的。这种批评方式和她的长期自甘平淡的生活方式形成了很鲜明的、也是很奇怪的对比。也许很多时候,苏雪林的"火气"和她捐金抗战一样,都是发自内心的真诚的,但她的这种姿态和方式,却影响了人们对她的观点的进一步深入考量和体会,影响了读者站到她的立场上去设身处地地考虑问题。没有了对内容理解的支撑,对她的某些带有人身攻击意味的文章的文风,人们停留在"泼妇骂街"的表面印象上,倒也是可以理解的。"正义的火气"、"鲜明的爱憎"、"真挚的热情",在多元共生的30年代文坛,都是不缺乏的,也可能确实是时代所需要的,一如鲁迅的杂文。今天,笔者倒是更倾向于以约翰·密尔在《论自由》中一段话来结束对这个问题的纠结:

> 对于每一个人,不论自居于辩论的哪一方面,只要在其声辩方式中或是缺乏公正或是表现出情绪上

的恶意、执迷和不宽容,那就要予以谴责。①

## 二、"人格"与"风格"

在以上的篇幅中,我们简略探讨了苏雪林的文化心理结构及其制约下的文化性格的主导特征,即作为个体"人格"中的"文格"部分。当然对于现代人和中国现代文坛来说,"人格"和"文格"是可以分离或者说分裂开来的,现代文人中不乏此类例子。但这个问题对苏雪林显然并不存在,"文格"构成了苏雪林的"人格"基础,成为展现她"人格"的主要方面。也正因为如此,在第一部分我们用了较长的篇幅来集中论述这个问题。从概念的包容和归属关系看,"文格"毕竟只是"人格"中的文化部分,显然不能代替"人格"的全部。在政治化传统根深蒂固、意识形态之争尤为激烈的中国现代文坛,讨论一个现代知名作家,其"人格"中的"意识形态"乃至"道德品格"的层面是难以回避的。故而在第一部分关于苏雪林文化性格的展开中,其实已经融汇了以道德为核心的"品格"层面与以政党政治为核心的"意识形态"层面的一些内容。通过分析苏雪林的文化性格,第一部分已经对她的整体人格的关键特征作了一个基本的勾勒。但讨论苏雪林这样的政治上充满争议、思想上矛盾重重的新文学作家、批评家和学者,在很多时候作为其"人格"的感性生命显现的"风格",是必须进入的、也是最终的话题。相对于本书的讨论范畴来说,这一点也具有更直接的关联性。

法国著名作家、博物学家布封 1753 年在法兰西学士院入院典礼上的演讲《论风格》中,提出了著名的"风格即人"的命题。细读该文不难发现,布封在演讲中所说的"风格"指的是文章的风格。② 长期以来,汉语学术界将此命题理解为中国文化传统中的"文如其人",这实际上超出了布封的原意,将之变成了一个艺术社会学命题。"文如其人"的命题一方面强调了作

---

① 约翰·密尔:《论自由》,上海:商务印书馆,1959年,第58页。
② 参见布封:《论风格》(范希衡译),载《译文》1957年第9期,第151页。

为"风格"的基础和根源的"人格"的地位,另一方面还蕴含着"人格"依赖"风格"体现其感性的生命的深层次意蕴。从"风格即人"到"文如其人",使得"风格"概念包含了这样的内涵:与所有文学的或审美的构成要素相比,风格是文学的或审美的独特个性的唯一代表,而这种独特个性则来自于风格和作者个人之间的同一关系。因此,风格不仅仅是"人"(作家)的审美个性的体现,而且也是"人"(作家)的直接体现。也就是:审美"风格"不仅基于"人格",而且可以代表"人格"。苏雪林在现代文学三十年间的新文学实践及相关的文化活动,为我们很好地展示了这种"风格"与"人格"之间的统一关系。

## 1. 苏雪林的现代文学三十年的"风格"历程

从思想和文风定型以后的苏雪林来看,她的"风格"是基本稳定的,为"人"与为"文"是高度统一的。这一定型的时间大约在1936～1937年间,即抗战爆发前的一年左右。但如果把她放到整个现代文学三十年发展历程的大背景下,放在她的文化性格形成的大背景下,她的"风格"的形成很明显经历了一个发展的过程,"人"与"文"之间也经历了一个磨合、协调与整合,最终走向统一的过程,其阶段性还是比较明显的。通观苏雪林在中国现代文学时期的新文学及与之相关的文化、教育、学术活动,我们可以把她的"风格"形成过程分为四个较为明显的阶段:

①**求学时期**(1919～1925)

这个时期是苏雪林"风格"形成的早期阶段,包括她在北平女高师的求学和赴法留学两个时间段。这个时期基本上属于"五四"新文化运动兴起及其落潮期。狂飙突进的时代思潮对那个时代的每个新文艺青年都形成了巨大冲击和影响,将他们裹进了时代巨变的洪流,苏雪林当然概莫能外。从基本面上看,苏雪林在这个时期无论从事新文学创作与批评活动,还是用文字参与社会活动,以及对自己人生道路的选择,都鲜明地打上了"五四"时代的印迹。虽然她在赴法留学期间加入天主教,成为天主教徒,也未能改变这一参与、体现并受制于时代的整体风格特征。

从苏雪林本时期的新文学创作和批评文本看,她的风格比较驳杂,但总体上比较外向和张扬,有时甚至尖锐而激烈。从作品的内涵看,无论是小说诗歌,还是杂文评论,多为针砭时弊,揭露社会底层民众之苦难、追求妇权新知、抨击封建礼教等内容。如她在北平女高师时期主持该校的《益世报·女子周刊》,每周一两万字,写了大量的此类文章,激扬文字,追求个性解放和对社会责任的承担,体现了典型的"五四"时代精神和"新女性"的姿态。最有代表性的当然还是那篇后来甚至改变了她的人生道路的批评文章:《对于谢楚帧君〈白话诗研究集〉的批评》。先抛开文章的观点是否周详不谈,她卷入这场论争,对新诗发展乃至新文化运动的责任感也可见一斑。她和同学黄庐隐、冯沅君、程俊英并称为当时女高师国文班擅长文学的"四大金刚"。这些决定了她的文风不可能像她在实际读书生活中那样温文尔雅,甚至不修边幅,不拘小节,而是比较张扬外露的。此外,从文本外在的修辞层面看,她的文风比较犀利,尤其体现在批评文章中。为了达到批判和褒奖等目的,有时用语尖锐而夸张,分寸感把握得不够好,修辞上有失当之处,反而背离了初衷,容易招致被批评者的反感和反击,导致一些不必要的言辞纠纷和论争的出现。关于谢楚帧《白话诗研究集》的那场著名论争,和苏雪林本人的这种言语修辞风格难脱干系。

在法国的四年,由于远离故国家乡,忧思难遣,加之自由恋爱失败和张宝龄的婚姻风波,苏雪林的情感方式开始向内转,这对她的文风产生了一定的影响。1923年秋她从法国寄回国内,在《晨报副刊》上连载多日的组诗《村居杂诗》四十三首,属于国内当时流行的"小诗"类型。这些小诗展现的是一种和谐恬静而多愁善感的年轻的知识女性情怀,在句式和抒情方式方面近于明清小令的变种,在对异国他乡的人事和乡风秋色的感受中,寄托淡淡的哀愁。诗中既有诗情画意,也不乏寂寞的幽思。就风格看,已经近乎于国内那些"淑女型"作家的作品格调了。为暂时摆脱婚姻困境对她的精神挤压,她在并没有做好充分精神准备的情况下加入了天主教,天主教徒的牺牲精神和虔诚态度对她的风格的内转还是起到了催化的作用。爱情既不可求,修道又不能,她决定终身从事著述,献身艺术,这时的她已经很沉稳地来思考自己的人生了。① 应该说,在1925年归国时,她的心情是比较宁静的。当然,我们必须认识到,这一切都是在国外的环境中完成的,一旦回到时局动荡的国内,所见民不聊生,满目疮痍,苏雪林的"五四"情怀又有所觉醒。1925年下半年她归国后写的一些散文,如《在海船上》与《归途》,就作品的内容和关注的社会文化问题来看,仍然属于"五四"时期主题的延续,文章中当年批判的锋芒和锐气仍在,但感叹于文化革新的障碍之强大,因而又变得有些悲观绝望起来。

总体来说,求学时期的苏雪林的文风带有典型的"五四"时代特征,间或也流露出女性作者的多愁善感。可以肯定的说,这个时期苏雪林基本上处于接受"妇权新知"的文化接受期,虽有传统伦理观念与宗教因素对其思想世界的介入,但决定不了她的基本的、对外在世界的评判和言说方式,对旧式婚姻的屈从中也有过不屈的抗争。如果简单地把新文学第一代女作家分为"淑女"和"叛女"两种类型的话(当然这种区分并不完全准确,忽视了大量的中间类型),本时期的苏雪林应该还是要和庐隐、冯沅君、石评梅等人一同归为"叛女"的一类。这应该是没有多大异议的。

### ②短暂的婚后生活(1926~1930)

苏雪林回国后,即从母命在家乡太平岭下和张宝龄结婚。众所周知,她和张宝龄的婚姻是屈从传统儒家伦理文化的结果,是服膺于母亲无上仁慈之德性的结果。虽然婚后两人关系并不和睦,但在婚后几年却一度带给了苏雪林对美满爱情和谐家庭生活的向往,这对一个年轻知识女性来说也是再正常不过的。在婚后,生活稳定下来后,她也用自己的理解和诠释方式,对自己留学后的生活与思想经历做了一个回顾和总结。反映在新文学创作方面,就是1928年与1929年相继出版问世的

---

① 可参看苏雪林归国前仿龚定庵诗所作的二十首绝句《惆怅词》,如"小别湖山劫外天,东南幽恨满词笺;灵文夜补秋灯碧,请肆班香再十年。"又如"文字醺醺多古情,荷衣说艺斗心兵;梅魂菊影商量遍,竟至虫鱼了一生"。转引自石楠:《另类才女苏雪林》,上海:东方出版社,2004年,第100页。

散文集《绿天》和长篇自传体小说《棘心》。

《绿天》和《棘心》在当时的文坛产生了较大的影响,拥有读者众多,从这两部作品风格入手,人们把这个时期的苏雪林视为"淑女型"作家并不为过。《绿天》文字清新隽丽,以童心、自然和两性之爱为主题,颇类冰心。其风格温柔蕴藉,表达了"五四"时期知识女性内心对爱的婉约与矜持。《棘心》作为自传体作品,重在表达个人生活与思想的矛盾经历,以向伦理和德性的皈依为主线。主人公杜醒秋虽经历了"五四"风潮洗礼,但总体上看"发乎情,止乎礼";情感虽偶有激烈之处,但总体上趋于内敛。作品结局尤其沉浸到对传统的伦理亲情和家庭氛围的想象中。由此可见,婚姻和家庭还是对苏雪林产生了极大的影响,一度影响了她对于两性关系和现实世界的看法。这个时期的苏雪林是温和的、理智的,对未来生活抱有期待和幻想的,即便家庭生活和现实生活中有种种不如意之处,她也能强颜欢笑、委屈自己去妥协、去忍受,甚至去美化。从《绿天》中,我们看到的是一个回归"淑女"行列、希望能够拥有和谐的家庭生活、两性之爱以及完整的情感世界的苏雪林,和"五四"落潮后诸多女性知识分子的追求并无二致,尽管她从现实世界中得到的却是失望和痛苦。

本时期也是苏雪林归国后重新融入新文坛的时期,她积极寻找融入的路径,在《北新》、《语丝》、《现代评论》等新文学刊物上发表了许多作品和杂文,包括一些研究性的学术文章。这些文字无论抒发情感还是探究事理,都脱去了"五四"时期的浮躁之气,变得较为沉稳,修辞上也不再咄咄逼人。这些都说明了作者心态的稳定。对于多数女性作家来说,心态的稳定有一个前提条件,那就是生活的稳定,包括家庭和婚姻关系的稳定。

就对苏雪林的接受来看,人们似乎更愿意接受这个时期的淑女型的苏雪林,总是把她和这个时期的作品联系起来,她也正是在这个时期确立了作为有代表性的新文学女作家的文坛地位。这当然反映了人们对女作家的一种固定的审美思维模式,即女作家总是和温和、细腻、含蓄、柔顺等特质联系在一起。其实女性的这些特质有时并非与生俱来,而是和她们的家庭与婚姻状况有很大关联,女性也倾向于在家庭和婚姻关系中体现这些特质,从而形成了具有普遍意义的社会风格。所以苏雪林在本时期的成名,在某种程度上在于她契合了这种社会风格,特别是针对《绿天》的评价更是如此。这也决定了在时人眼里,她的本阶段的散文风格脱离不了影响更大的"冰心体"风格的范畴,而被视为后者的一个分支了,①这就导致忽视了苏雪林自身风格的独特性与独立性。

另外一点需要说明的是,在上海(包括在苏州)的这几年,也就是约1926～1929年间,如前文所述,苏雪林在闲暇时阅读了有关明清历史文献资料,在汉族中心主义先入为主的基础上,她的并不融通的民族主义观念开始萌芽。不过,这个时期家庭伦理的概念在她心中显然还是处于第一位的,她当时并没有将这些观念萌芽诉诸语言文字,故而对她这一时期的文风并没有产生明显的影响。

③ **民族主义视域的形成(1930～1937)**

30年代初至抗战爆发前,是苏雪林意识形态立场形成的关键时期,也是她自身风格走向成熟的关键时期。从人生经历上看,她与张宝龄开始分居,离开上海独立工作。1930年先到安徽大学,第二年转聘武汉大学,并于1932年和大姐苏淑孟正式组成姐妹家庭。由于从婚姻和情感的困惑中解脱出来,苏雪林将大量精力用在了教学和著述上,可谓成果显著,进一步建立和巩固了自己的社会关系并树立了学术自信。与此相一致,她的文风开始变得成熟自信,重新恢复了"五四"时期的青春泼辣之气,修辞方面也再现了以往的敏感与尖锐,但更加豪放肆意、酣畅淋漓,具有一种内在的坚硬质地。与此同时,女性的细腻、温柔却见得少了,往往只见于论及自己心仪以及要好的女性作家之时,如冰心、凌淑华、袁昌英等,她的语言才会变得温情款款起来。

30年代的武汉大学文化保守主义风气很浓,苏雪林任教的文学院更是如此,聚集了刘永济等一批旧式学者。出于现实教学之压力与在武大文学院站稳脚跟的需要,苏雪林在古典文

---

① 阿英:《苏绿漪小品序》,《无花的蔷薇——现代十六家小品》(阿英编校),石家庄:河北人民出版社,1991年,第144页。

学和新文学研究方面下了相当的功夫,出版了《唐诗概论》等专著,撰写了大量的新文学批评,成绩显著。从这个角度看,这个时期的苏雪林倒更容易变成一个无关时事的书斋学者。但事实是,在武大,由于和王世杰、陈源等人交往渐多,加上前期和胡适等的交往,苏雪林的社会人际关系慢慢变得稳定下来。她的社交圈基本上属于原"现代评论派"和"新月"中人,在感情上她开始倾向于这些意识形态立场偏于"右翼"的自由主义知识分子,这与 20 年代后期她回国后急于重返新文学阵营而多方出击、四处交友形成了鲜明对比。20 年代后期开始萌生的民族主义观念,这时有了具体的附着物,因这些"右翼"自由知识分子政治立场的潜移默化的影响而投射到现实政权即南京政府身上。蒋介石领导下的南京政府在她看来"是二十五年来最好的一个政治机关"①,只有南京政府才能代表她的民族认同。当然,在这背后,还是她那狭隘的、以汉族中心主义为核心的民族观和保守的文化心态在起作用。她希望社会能够稳定向前发展,不希望有任何社会动荡来危及现政府的管理,从而影响中国的现代化进程,而无视当时普遍存在的社会和阶级矛盾。随着 30 年代日本侵略的逼近,民族危机加深,她的这一民族观越发巩固了。正是在这个基础上,尽管苏雪林并没有加入当时南京政府支持的民族主义文艺思潮,也并不是反对"左翼"所有的文化人,但她站到了"左翼"文化阵营的对立面,在文化立场评价方面表现出了明显的情感倾向性。

1936 年鲁迅去世后,苏雪林在武汉《奔涛》上刊出惊动整个文化界的《与蔡孑民先生论鲁迅书》,痛斥鲁迅之过,逞口舌之利,嬉笑怒骂,文风犀利尖刻,被称为"鞭尸文章",几乎遭受"千夫所指"。此事决定性地影响了苏雪林后半生的人生道路,她从此走上"反鲁"道路,成为现代文坛一大公案。紧接着她又写了《与胡适之先生论当前文化动态书》,与胡适讨论"左翼"文

---

① 苏雪林在《与胡适之先生论当前文化动态书》中说:"现在政府(指南京政府,笔者注)虽还不合我们理想的标准,但肯作平心之论的人,都承认她是二十五年来最好的一个政治机关。她有不到处,我们只有督责她,勉励她,万不可轻易就说反对的话。"

化界打着鲁迅旗号、支配当时文化领导权的问题,胡适批评了她对鲁迅的态度,也未认可她对当时文化动态的忧虑,但她坚持己见,并不同意胡适的意见。这两篇文章合在一起,将苏雪林文风中的批判性、攻击性和固执性特征发挥到了极致,体现了一种典型的修辞暴力。由于部分判断缺乏学理依据和流于个人爱憎,走向人身攻击,且言辞夸饰,意识形态导向色彩浓厚,明显有借助政府公权力以济个人批评之穷的嫌疑,在相当大程度上影响了时人此后对于苏雪林的新文学批评和其他文章的理性评价。直到今天,这也是苏雪林研究的一个门槛。对于意识形态传统根深蒂固的 20 世纪文坛来说,要跨过这道门槛相当不容易,只有借助于新世纪人们观念的转变了。

由于后面有专门章节会探讨苏雪林和鲁迅、"左翼"关系问题,在这里,笔者更愿意从风格探讨的层面、而不是意识形态评判的角度来看待这桩公案。时人难以承受苏雪林对鲁迅的"恶毒"攻击,笔者觉得比较多的原因在于文风方面。以鲁迅的笔力和在当时文坛的地位,鲁迅的论战对手一般不会意气用事,徒逞笔舌之利,否则他们在鲁迅面前不仅讨不到任何便宜,反而会一败涂地。因此他们更多的是从学理入手(不管这种学理是传统的还是现代的、固有的还是舶来的),希望从学理上驳倒鲁迅,从而赢得论战。梁实秋和鲁迅的论战是最典型的例子(从今天看,梁实秋并未输理,但当时他并未占到便宜)。也就是说,至少在文章风格上,论战对手对鲁迅多是平等的、尊敬的甚至是敬畏的,和鲁迅同一阵营的"左翼"就更不用说了。当时的人们乃至于今天的人们,对这种对待鲁迅的风格和态度是习以为常的。所以我们就不难理解,为什么人们对苏雪林批判鲁迅的文章如此惊讶和愤怒,因为在此之前从未有人用这种风格的文章来如此"恶毒"地攻击鲁迅,况且还是个女作家,且不论内容道理如何,这种语气和修辞就已经是对文坛领袖大不敬了。

我们再看看胡适对这件事的态度(在不赞同鲁迅的人中,他的态度是有代表性的),胡适在致苏雪林的信中批评她的文章有"旧文字的恶腔调"、论人不够"持平"等,列举了鲁迅在创作和学术方面的成就,并没有对苏雪林的具体观点进行批驳。① 总体看来,除了"持平"论之外,感觉胡适的不满意还是集中在文字风格方面。胡适是温和的,他主张批评双方的"持平",但苏雪林此时以保守的民族主义为信念依据,充满了"正义的火气",并没有接受胡适善意的批评。其实,从苏雪林对鲁迅的道德和人格的攻击来看,她的这种所谓"正义的火气"的爆发是符合她的文化心理结构和文化性格的。虽然她尊胡适为师长,极为推崇胡适的道德文章,但不可能一下子就改变了自己的风格。从后来的历史看,苏雪林就是苏雪林,立场没变,风格也没变,是一以贯之的。

**④从抗战到解放**(1937~1949)

这是一段艰苦的岁月,从民族到个人都是如此。武大迁川,苏雪林的姐妹家庭颠沛流离,历经艰辛。随着年龄的增长,苏雪林的个性被风沙扑面的时代苦难磨砺得更加坚韧,她的文风也变得更加粗放率真,含蓄内敛的表达更加难以见到了,语句辛辣有力,字里行间满含郁郁不平之气,时有金刚怒目之慨。从风格的延续性来看,本阶段的苏雪林延续了30年代的文风与个性,且进一步走向成熟,在风格的质的属性上并没有发生大的变化,增加的只是心态的偏执和情绪的铺排。这就决定了她不可能改变自己此前形成的意识形态和艺术价值判断的立场与标准。当冰心在抗战期间写作《关于女人》这些似乎无关民族危难的文章之时,苏雪林却不由自主地卷入了战时意识形态之争的漩涡。她对鲁迅和"左翼"的情感上的排斥态度也有增无减,如她继续写了《理水与出关》、《富贵神仙》、《论偶像》、《论污蔑》、《论是非》、《过去文坛病态的检讨》、《对武汉日报副刊的建议》等偏激之文,对鲁迅和"左翼"文化界的评价,失之于空浮的议论与个人的想象,在流连于人身攻击和自身意识形态立场表白之余,离学理、事实和真相却越来越远。可见情感的偏执是如何妨碍了一个称得上是优秀的现代批评家的理性

---

① 参见《胡适之先生答书》,即胡适针对苏雪林《与蔡孑民先生论鲁迅书》和《与胡适之先生论当前文化动态书》两文,于1936年12月14日写给苏雪林的回信,原刊于武汉《奔涛》半月刊创刊号。

判断。

　　人到中年,伴随着人生经验与学术经验的积累,在离开了和意识形态相关的题材领域,苏雪林的文思会趋于深沉,感慨亦多,但缺少中年女性那种内敛的柔情。本时期她的《屠龙集》中的一些作品如《炼狱——教书匠的避难曲》《青年》《中年》、《老年》《当我老了的时候》等散文,思考的现实和人生,都凝聚了作者的人生感慨。而作者似乎并不消沉,嬉笑怒骂,挥洒自如,自有一股洞透和超越现实人生的豪情。艰难的时事和个人生活,反而激发了苏雪林的对于人生的乐观和创作热情,创作上进入了一个丰收期,即她所谓的"四十不惑、砚田丰收",这在当时特别是战时的女作家中并不多见。此外,抗战时期出版的《青鸟集》中的大量文艺随笔和评论,以及1948年她为法国神父善秉仁编著的《当代中国小说戏剧一千五百种》所写的长达三万余言的论文《中国当代小说戏剧》,无不显示了她的对于中国现代文坛的宏观视野和精细的微观分析能力。只可惜这一切都被一个在意识形态领域偏执一辞的、言辞刻薄的、口无遮拦的苏雪林所掩盖了。

　　综上所述,我们可以看到苏雪林作为新文学作家和批评家,其风格发展阶段的历时性特征是比较明显的。但到了后期,其风格中的某些特征逐渐保存和沉淀下来,显示出共时性兼容的特点:以儒家基本的道德理性为原则,以三四十年代的政治意识形态为导向,以唯美化的艺术标准为具体评价标尺,不时辅之以浪漫化的感性甚至是夸张的发挥,增加了观点的尖锐、偏至与叙述的铺排。苏雪林将这些表面看起来并不相容的因素兼容在她的风格中,当然这肯定会造就她风格的驳杂与内在矛盾,导致在实践过程中理论表述得不够周详和稳妥。但难能可贵的是,苏雪林能以一种发自内心的"真诚"和"正义的火气",将她的这种不乏内在矛盾的、驳杂的风格执拗地坚持了下来,最终形成了自己的个人特色。

## 2."风格"与"人格"的纠结

　　风格来自于人格,并且代表人格。在中国,自古以来,风格评论和人格评论在某种程度上具有直接同一性。自汉末的"九品中正"到魏晋南北朝的名士风度,再到盛唐文人的风流与气象、明清士子的沉暮与开新,诗文风格、人物性格和伦理人格的角色表现浑然一体,成为自觉的公开评论的对象。进入现代以来,随着现代学科分类的日趋细致和现代艺术理论的深入发展,对风格的"现代性"的界定和梳理导致一个后果,就是倾向于将风格做艺术化的理解,而无意识地隐匿了风格的人格背景,于是对风格的艺术评论逐渐针对"文章"而无关乎"人格"。这一转变完全符合现代文明对公共评论的现代性的基本要求:现代文明只允许公共评论以艺术形态的风格为对象,而禁止这种评论指向人格行为。即评论作品的风格是正当的,但评论作为作品风格之根基的人格却是忌讳甚至禁止的。现代人可以自由评论甚至是激烈抨击艺术家的艺术风格,但却无权以公开的形式评论他人的性格气质和道德水准。特别是当这种评论援引了权威意识形态作为评价标准的时候,评论者就有将自己演化为社会公共领域权威审判者的危险。因此,尽管人格构成风格的底蕴,但对风格的艺术评论却不能转化为对作为风格根基的人格评论。这不仅是艺术评论的范畴,也是现代文明对于现代人伦交往和艺术活动的基本规范。① 明确了这一点,对于学界考察与评价苏雪林的风格与人格、考察她的风格批评与人格批评有至关重要的作用。

  根据上述观点,我们会发现:现代文学时期的文学与文化实践所显示出的风格特征并不"现代",无论是"左翼"还是"右翼",是战士还是苍蝇,甚至是广泛的中间阶层的文化人,将人格与风格、人格批评与风格批评混在一起,进行讨论和进行人身攻击的现象屡见不鲜,是非常普遍的现象。这种现象当然和当时的时代危局以及文化意识形态斗争同体相生,是中国现代文学的政治化传统的附属物和寄生现象。只有那些真正坚持文艺独立且洁身自好的人,才会将两者分开评说。反之,由人格推及风格,或者由风格反观人格,在那些一贯强调文学的意识形态归属的文人那里,实在是非常流行和自以为是的事情。

---

① 参见尤西林:《风格与人格的现代性关系》,载《文艺理论研究》2008年第2期。

在这样的时代背景下,由苏雪林的风格来批评乃至否定她的人格,是一件很容易的事。反过来,从否定苏雪林的人格入手,从而否定她的艺术风格,也似乎是很容易的事。正如苏雪林从否定鲁迅的道德人格入手,从而希望达到否定鲁迅的整体风格和精神示范,也是同样的思维使然。中国文人向来推崇道德文章,而且总把道德标准(人格)放在文章(风格)的前面,也正是由于"文如其人"所揭示的人格对于风格的决定性作用。否定了一个人的人格,很容易就否定了他或她的作品,特别是将人格标准放宽到意识形态标准或阶级标准的时候,20世纪文学史这样的例子太多了。苏雪林在某种程度上只是一个反面的个案而已。

然而苏雪林的情况在普遍境遇中似乎又带有某种特殊性。她和当时一些热衷于从人格上或意识形态定位上批倒批臭论争对手、而自身并不注意艺术风格的经营的论者不同,她在推崇作家人格的同时,又是非常注重作家作品的艺术风格的。在一些具体艺术标准如语言、情感、意象等领域,她可以称得上是一个唯美主义者。在她的新文学创作和新文学评论中,我们甚至可以看到后者对前者的超越。当然,在二者谁为主导的问题上,我们还可以作进一步的辨析。在这里我们不妨先理清一个思路,或者可以说判定一个事实:那就是苏雪林在批评实践中对待特定的批评对象时,确实存在以人格批评或意识形态批评取代乃至否认风格批评的做法,如对鲁迅、郁达夫、郭沫若等人的片面的、武断的批评。但整体上统观她的新文学批评,她还是将人格批评和风格批评分开使用的,而且使用的界限也是清楚的。最典型的例子还是体现在她对鲁迅的批评和评价上。

《在与蔡孑民先生论鲁迅书》一文中,苏雪林集中鲜明地表现了她的道德义愤,全盘否定了鲁迅的人格,并在此基础上痛陈鲁迅及其代表的"左翼"文艺给青年们带来的严重不良影响。这是典型的人格批评,并在后半部分由人格批评上升到意识形态批评。至于观点的周详稳妥与否,这里似乎已经没有必要再讨论了。我们看苏雪林此后的文章,无论是在现代文学时期还是去台后,只要涉及"反鲁",基本是沿着这条线下来的,基本不脱离道德与人格领域。苏雪林由于自身文化心理结构的原因,深深服膺胡适身上体现出的传统伦理德行,所以她在人格方面站在鲁迅的对立面并不奇怪,令人奇怪的倒是她对鲁迅进行人格攻击时所爆发的"正义的火气"以及将"反鲁"演绎成"事业"的持之以恒的耐心。可见,在人格上,她似乎对鲁迅是深恶痛绝的,完全难以忍受的。人格批评演化为一种激烈的人格冲突。

与激烈偏执的人格批评形成鲜明对比,苏雪林对鲁迅的风格批评相比较而言就冷静多了,且基本是以正面评价为主的。众所周知,苏雪林从法国回国后的几年,想在短时间内融入新文坛,除了胡适,对鲁迅等新文坛领袖也是非常尊敬的,并在《语丝》上发表过不少文章。《绿天》出版后,也曾经赠送给鲁迅。对于鲁迅作品的艺术评价,一直是比较高的,而且保持了这种高评价的延续性。这里提两点,两篇作品,可以说明问题。一篇是1934年11月5日苏雪林在《国闻周报》第11卷第44期上发表的文章《〈阿Q正传〉和鲁迅创作的艺术》,这篇长文是30年代公认的苏雪林论鲁迅作品艺术成就的代表,分析细致,见微知著,基本奠定了后来对于《阿Q正传》特别是阿Q形象分析的基本理论框架。熟悉苏雪林对鲁迅态度转变过程的读者知道,经历过女师大风潮、赠书、宴会等风波与事件之后(具体事件的评析将在后面的相关章节详述),此时从情感方面说,苏雪林已经站到了鲁迅的对立面,否则她不可能在短短两年后就写出了那篇《与蔡孑民先生论鲁迅书》,而且是在攻击对象刚刚去世之后,这是相当触犯中国文人的禁忌的。如果不是在情感上极度憎恶,保守的苏雪林是难以写出这样的"鞭尸文章"的。所以《〈阿Q正传〉和鲁迅创作的艺术》这篇文章,让我们看到苏雪林的另一面,在艺术评价方面的严谨与独立性。另一篇文章出现在1948年,是苏雪林为善秉仁主编的著作《中国现代小说戏剧一千五百种》写的一篇长文,也是该书的绪论,题为《中国当代小说和戏剧》(Present Day Fiction & Drama In China)。在该文评价中国现代小说的时候,第一个提到的就是鲁迅,她说无论什么时候提到中国现代小说,我们都必须承认鲁迅的先锋地位。① 此时已是中国现代文学三十年接近尾声的时候,苏雪林也早已因先前对鲁迅的恶评而弄的"臭名昭著"。此时她对鲁迅还能做出这样的艺术评价,说明在现代文学时期,苏雪林尽管曾经倚重于人格批评甚至是意识形态批评,但对人格批评和风格批评还是相区别对待的,是具有一定的现代风格批评意识的。

苏雪林对风格和人格关系的处理和区别对待是有悖于中国"文如其人"的传统的,在"文"与"人"的关系上表现出了矛盾性。因此,如果我们从传统的风格观的角度来看苏雪林,她自然是一个矛盾的个体。在对批评对象进行人格攻击的时候,无论对鲁迅还是郁达夫、郭沫若,苏雪林的批评更像是"骂"和借助于意识形态的"威胁",而止于道德义愤,并不能提供更多的东西。这时她的批评风格便暴露出她人格中偏执、狭隘、刚烈的一面;当苏雪林回到艺术批评领域的时候,她又变得宽容温和了,称赞茅盾、田汉、张天翼等"左翼"作家,对"失节事大"的周作人并无非议,甚至对同样堕落的穆时英也不吝赞词。对艺术独立的推崇、唯美的标准,顿时又让她的人格充满了包容性。风格与人格的纠结,在苏雪林这里,似乎只有在艺术与道德的厚此薄彼、此消彼长里才能得到最终的解释。

## 三、"通体都是矛盾"

借用鲁迅《故事新编》之《采薇》一篇中的一句话,苏雪林在很多人眼里,是个"通体都是矛盾"的人物。从世俗生活到文学世界,她给人的印象似乎太混乱了,无法用一些清晰的概念和明白的术语来加以界定和归纳。女作家似乎应该是端庄的、秀气的、温和的、内敛的和清晰明白的,苏雪林却用她坚硬的语言和性格质地挑战了我们习以为常的这些观念和期待。她曾经是那样激烈的新式知识分子,一个积极的妇权新知的倡导者与

---

① 参见谢泳、蔡登山编"中国现代文学稀见史料"《中国现代小说戏剧一千五百种》,台北:台湾秀威资讯科技股份有限公司,2001年,第Ⅴ～Ⅵ页。

追求者，但她却在"五四"的风口浪尖上转向了，转向了对传统伦理德行的服膺。可她并没有成为一个温良恭俭让的女性，反而在对德行的坚持和纷争中金刚怒目，让人觉得难以接近。长久以来，她是一个禁忌，一个被有意识忽略的存在。

## 1. 激进而混乱的保守主义者？

苏雪林在现代文学时期形成了两个身份：一个是文化身份，这是她的主要身份；另一个是政治身份，应该是作为从属身份而存在。这两种身份有时候是交错、纠结在一起的，但评价苏雪林，两种身份的主次地位需要分清楚。由于她在有生之年，对自己"反鲁反共文人"的政治身份并不讳饰，反而经常自我标榜，甚至自鸣得意。所以长期以来被贴上了"反鲁反共"的政治标签，严重干扰了学界对她的文化身份的确认和正常评价。

从政治立场看，苏雪林是一个"右翼"作家，她自己的言论、文章和人生选择摆在那里，这一点是可以确定下来的。从文化立场上看，她是一个文化守成主义者，或者说一个保守主义者，这一点也是没有问题的。对于许多现代文人、学者、作家来说，从思想方法上说，这两者可以是一致的，是相融合的。苏雪林却是一个另类，在许多人眼里，她可谓是一个激进的保守主义者，而且思想方法上比较混乱。

一般人的印象是，"左翼"知识分子是比较激进的。他们在文化上代表了以推翻现政权为目的的革命阶层，讲求突变和批判的力度；而主张维护南京政权的"右翼"知识分子，包括那些后来逐渐"右倾"的自由主义知识分子，他们在文化上的主张比较稳健保守，姿态也比较平和，很少有恶语相向的。统观三四十年代现代文坛"左翼"、"右翼"知识分子之间的论战，情况也大抵如此，比较有代表性的如鲁迅和梁实秋之间的论战。从学术追求上看，苏雪林似乎比其他"右翼"知识分子更像个足不出户的书斋学者。她既没有什么政治抱负，也不参加什么社会活动，连朋友都没几个，不外乎袁昌英、凌淑华等几个经常在一起的女性作家。尽管她的想象力很充沛，但这种想象力还是受限于她的思想和知识体系的框架。她是一个只有学术追求而无政治追求的保守主义者，大抵是不错的。但是没有政治追求，并不代表她没有自己的政治文化立场,相反,苏雪林的政治文化立场非常鲜明强烈、非常的固执。她对当时文化动态的洞察也是非常的敏锐,而且在外在表现形式上,非常的激进,《与胡适之先生论当前文化动态书》是最好的例证。那种所谓"正义的火气"的爆发,使得她经常连胡适的话也听不进去。在这一点上,倒是非常接近"左翼"知识分子的批判姿态。试想,当时对鲁迅和"左翼"反感的人很多,但有谁像苏雪林那样敢冒天下之大不韪,写出像《与蔡子民先生论鲁迅书》那样的激进的、偏执的长文?她说出了许多人心里想说而未能说出的话,但显然未能真正进入鲁迅的思想世界,而停留在人格、道德与意识形态的攻讦上面。所以说,苏雪林的激进只是姿态的激进,至于文化立场和思想基点,还是基于传统的儒家道统,也许还有点基督徒的牺牲精神。这两者在实质上并不矛盾。

还有一点值得提及,苏雪林激进的反鲁反共姿态,并没有得到来自"右翼"阵营的多少支持,可谓应者寥寥。国民党高层也没有什么支持性的表态,只有《奔涛》之类的影响不大的"右翼"杂志跟风点火,这一点其实可以想见。胡适是基本支持她的,但也批评了她的"旧文字的恶腔调"。可见她的激进,并非来自某种集体的鼓励或暗示,而是来自她自己个人的好恶和认知。在"右翼"包括那"右倾"的知识分子群体中,她也是一个边缘人。虽然她反对"左"又不怎么容纳于"右",但是她自甘边缘,硬是将这种姿态保持了一生。

在对苏雪林的责难中,认为她的思想世界"偏执而混乱",也是一个普遍性的观点。先说"偏执",这点似乎不必多说了,有她的《与蔡子民先生论鲁迅书》及诸多没有多少学理的反鲁文章为证,如《理水与出关》、《富贵神仙》、《论偶像》之类。基本上是先入为主,为自己的观点找证据,找说法,不惜铺陈夸张,甚至空想臆测。至于思想方法的"混乱",则需要作具体的分析。

宏观层面上,在她的文化心态构成中存在着不同的甚至是相互冲突的成分来源,如"五四"新文化之于传统的德行观念,这在前面已经详述过了。互不协调的思想观念在不同的时期支配着她的言行,从历时性角度看,"混乱"意味着前后矛盾,这在抗战之前的人生选择中是比较明显的,但同时也取决于我们所持的立场和视角。立场和视角换了,可能矛盾也就不成其为矛盾了。如以前总有人认为苏雪林的捐金抗战和她的反共之间存在思想意识的混乱,这是典型的"左翼"视角,她在抗战之前就开始在文章中反共了,爱国和支持共产党并不能简单对等,我们以前喜欢把两者弄到一起来看。苏雪林本身的思维是清楚的,并不混乱。再者如反鲁问题,苏雪林将人格层面的鲁迅和艺术层面的鲁迅分开对待,给予截然相反的评价,这在向来注重"文如其人"的许多中国读者那里,就意味着思想的混乱。其实将人格批评和风格批评分开,这是现代批评的基本原则。苏雪林是清楚的。只不过现代批评重艺术风格批评,而苏雪林在对待鲁迅的问题上,大多时候是在对鲁迅的道德人格大加挞伐,且言辞极为不恭,显然让情感湮没了自己的理智,让人觉得她头脑不清楚,只会乱骂一气。

  微观的层面上,考察苏雪林在文章中的运思着墨,起承转合,笔者个人认为是很难将"混乱"这个判断加到她头上的。反之,她的思路是非常清晰甚至是严密的,只不过论证的起点与立场是站在我们不习惯的"右翼"的立场上而已。以著名的她写给胡适的《与胡适之先生论当前文化动态书》为例,全文紧紧扣住当前的"文化动态",从文化宣传的角度,谈了她对《独立评论》办刊风格、争夺文化领导权、"左翼"抗日宣传主张及所谓"取缔鲁迅宗教宣传"等四个方面的内容,核心则是向胡适呼吁,"右翼"的文化领导权已经失去,应该从"左翼"手中夺回。如果站到"右翼"的立场上看,我们不得不佩服苏雪林的敏锐和清醒,她在文章中所担心的后来全部变成了事实,她的判断已为历史发展所证明。而胡适在回信中否认了苏雪林的观点,则正如他自己所言,他变成了一个他自称的"不可救药的乐观主义者"。苏雪林在接到回信后,并不同意她敬仰的胡适的判断,坚持了自己对"左翼"的态度。可以说在三四十年代国民党文化战线的全面溃败中,苏雪林是站在"左翼"对面的、一个头脑清醒的"右翼"知识分子。不仅在对当时文化动态的分析判断上,而且在苏雪林的大量新文学批评中,她也保持着这种分析模式。所谓条分缕析,用来形容苏雪林的新文学批评再合适不过了。我们可以看看她的《〈阿Q正传〉和鲁迅创作的艺术》，则可知她对批评对象理解得全面和细致，及思考之深入。还有很多的例子可以举出来。当然，也有不少感情偏颇的、激烈的言辞和判断，但在整体上并不影响她的思维及论述过程的严谨。在论述某个具体问题时，她从来都不是个混乱、马虎的人，把想法一条一条说出来，是她一贯的做法，这和她的学术研究、长期的学术训练、推崇学术理性也是很有关联的。

苏雪林的激进和保守，其实是一个问题的两面，是她坚持自己意识形态立场的姿态所致。从本质上说，她还是保守、内敛的。她的偏执，与她的文化心理及性格有关，有时是情感外向喷发的结果。至于她的混乱，表现为文化心态构成要素在某些历史阶段的矛盾。至于思维方法，笔者倒觉得是比较明晰的，前后也是比较一致的。

## 2. 在艺术和道德之间

作为一个新文学批评家，苏雪林新文学批评的成就引人注目，也颇引人非议。具体说来，招人非议的原因主要在于她对批评标准的掌握。她的批评标准主要有两个：一个是艺术标准，一个是道德标准。这是批评家们常用的标准，并没有什么特别之处。需要说明的是，苏雪林并没有将政治标准引进她的文学与艺术批评实践中，体现出她对文艺独立性的尊重。在历史的不同阶段，批评家们对艺术标准和道德标准的使用可能表现出不同的倾向性，这和批评家的文化心理结构相联系。苏雪林在上述两种标准的采用上的观点是"以艺术人品为重"[①]，但艺术与人品孰为重？她在实际执行中是有倾向性的，对不同的对象是有所偏重的。这种倾向性如果不能始终一致、左右摇摆就可能造成标准使用的混乱，这在苏雪林的批评实践中一定程度上是存在着的。

苏雪林在谈到她的戏剧《鸠那罗的眼睛》的创作时，曾说了下面一段话：

---

① 苏雪林：《中国二三十年代作家》序言，台北：台湾纯文学出版社，1983年，第6页。

> 作家对于古代的故事原有改造的权利,那也没甚要紧。他这个剧本(指王尔德的《莎乐美》,笔者注)是不道德的,但因为用美文体裁写,读者只觉得一种哀感顽艳的趣味直沁心脾,道德不道德,在所不论。我这个《鸠那罗的眼睛》也可以说是不大道德的,但系采取美文的体裁,那不道德的气氛便完全给冲淡了。①

这段话显示出了"艺术"(美文)对"道德"的优先。在苏雪林的文学批评中,绝大多数情况下是艺术标准优先的,对"左"、"中"、"右"的作家作品基本采取了一视同仁的态度(当然,"右翼"作家实在没有写出什么好的作品)。所以我们看到她对"左翼"及"左倾"作家茅盾、丁玲、郑振铎、张天翼、田汉、叶绍钧乃至闻一多等评价都比较高,用她自己的话说是"仍多恕词"②,对追随过鲁迅的乡土作家如王鲁彦、许钦文、黎锦明、沙汀、吴组缃等都持正面的看法,对后来堕落变节的"新感觉派"作家穆时英也评价极高,等等。这些都是从艺术角度来谈的,基本没有受到其他因素的干扰。台湾学者马森也说:

> 我的解释是如果艺术的成就足以掳获苏教授的心,她的道德标准是可以放宽的,正如对鲁迅的推崇也处于一样的情怀。对郭沫若与郁达夫的严厉指责,则因为他们的艺术在苏教授眼中是不及格的,所以只剩下道德标准了。③

这话是很有见地的,也可以用来解释苏雪林对周作人的高度评价,但是问题还是存在的。事实上,苏雪林对鲁迅艺术成就的高度评价并没有放宽她对鲁迅道德人格的苛求和攻讦。她将这两者是分开来看的,一直如此,两者也不应该混为一谈。对郭沫若与郁达夫的严厉指责,包括对张资平的贬低性评价,

---

① 苏雪林:《关于我写作和研究的经验》,《苏雪林文集》(第三卷),合肥:安徽文艺出版社,1996年,第65页。
② 苏雪林:《关于我写作和研究的经验》,《苏雪林文集》(第三卷),合肥:安徽文艺出版社,1996年,第65页。
③ 马森:《论苏雪林教授〈中国二三十年代作家〉》,载《百家春秋》2000年第2期。

是从艺术到道德,还是从道德到艺术,是值得进一步探讨的。很难说苏雪林认真、细致、客观、全面地研究了他们的作品,不带有个人感情色彩。她对这些人的评价,是将人格、道德评价和艺术评价混在一起的,而共同点则是对他们的人格、道德的贬低,尤其是对郁达夫。众所周知,苏雪林有道德洁癖,而上述几人的私生活则不够端正检点,为她所厌恶。有趣的是,在她的《郁达夫及其作品》开篇,她便将郁达夫和郭沫若、张资平三人放在一起进行了否定,共同点是他们的作品发挥了不良的社会道德影响,影响了社会人心,显然是道德因素影响了苏雪林的艺术判断的分寸。否则以她的眼光,怎会看不出郁达夫对现代抒情小说流派的开创性贡献,看不出郁达夫的散文的水准?难道他还比不上穆时英?这些并不令人费解,何况她对后来走抒情小说路线的沈从文评价并不低。道德归罪的欲望在这里摧毁了学术理性,甚至战胜了民族立场,只能让人感叹情感偏执的力量。

在艺术与道德之间,苏雪林基本坚持了一个新文学批评家的独立立场,但还是留下了一些缺憾。从积极的意义上看,这些缺憾同时造就了苏雪林新文学批评的个性。考察整个中国现代文学批评史,没有缺憾和个性的批评家是不多见的,甚至是没有的。发掘这些批评个性背后的思想资源和文化立场,也许才是我们真正的目标。

## 3. 个人与群体

现代文学三十年间,政治、文化、文艺思潮可谓风起云涌,个人常常裹挟于时代思潮而难以自拔。在政治立场上,苏雪林属于"右翼"文人无疑;但在文艺与学术研究层面上,她并未湮没在一个个群体或集团之中,倒更接近于一个独立的个体。这两者之间的矛盾和差别集中体现在个人和群体之间的关系上,增加了学界对她进行评判的难度。

在一般人看来,苏雪林既然属于"右翼",那么她应该归属于"右翼文人"这个群体。可在苏雪林身上,我们没有看到这种归属的明显迹象,在她的文字里,除了对国民党政权一些宏观的、口号式的拥护之外(而且这些言语往往是在批评"左翼"和鲁迅的时候出现),也没有体察到那种发自内心的归属感。充其量只是,她在三四十年代对国民党政权确实没有做出什么批评。我们知道,甚至在去台湾以后,她也顶住了当局的压力,没有加入国民党。在"右翼"或"右倾"的知识分子群体里,她的社交圈子其实很小,这从她的文字里可以看出来,长来往的女性也就袁昌英、凌叔华等极少的几个。而这几个女性作家身上的意识形态色彩并不明显,姿态远没有她那样激进,袁昌英新中国成立后就留在了内地。男性也就胡适、陈源、王世杰等几个人,但交往时的地位也不平等,他们比她的地位要高,也不可能有什么真正的内心思想的交流。另外就是和一些天主教徒如善秉仁等有一定的来往,和其他的同时代女作家、艺术家如冰心、庐隐、冯沅君、孙多慈、潘玉良等多属于泛泛之交。她大多数时间都沉浸在写作、学术研究和自己的姐妹家庭生活中,和当时真正的"右翼"文化圈联系并不密切,对政党政治并不关心和了解,了无兴趣。她的"右翼"身份在当局和时人眼中也不显著,以至于1948年6月,她莫名其妙差点被武汉国民党军警作为拥共分子抓走。所以在"右翼"的知识分子里面,苏雪林其实是很孤立的、不合群的一个,而且又是一个不盲从、不愿意苟且的人。反对"左",也不怎么容纳于"右",从这点上说,把她放在"右翼"群体里又有点勉为其难。

  作为一个新文学作家和学者,苏雪林非常看重自己的作品和学术成果在外界的认可度。当别人赞赏她作品的时候,她一般都很高兴,而不会去计较这个人的政治立场。和自己有共同的文艺爱好的,她也不会去顾及这个人的政治态度。如她和武大的同事朱君玖私交甚好,是因为两人都爱好诗词和戏剧,而朱君玖的政治态度则是"左倾"的。在抗战期间,她和同事顾如、凌叔华、袁昌英曾在武汉宴请过邓颖超,席间邓颖超称赞她的散文和《棘心》,她非常高兴,几乎要引以为同道了,席后还对邓颖超赞不绝口。① 在艺术和政治之间,她很明显是偏向艺术

---

① 参见石楠:《另类才女苏雪林》,上海:东方出版社,2004年,第203页;以及范震威:《世纪才女苏雪林传》,石家庄:河北教育出版社,2006年,第86页。

的。作为一个婚姻生活并不幸福的女性,苏雪林内心希望得到朋友和文艺界的认同,希望获得群体的归属感,但她不愿意放弃自己的独立意识和主张去获得这种归属感,所以她很难融入到某个思潮中去。她曾经托人将自己的《李义山恋爱事迹考》送给梁启超,将自己的《绿天》赠给鲁迅,诸如此类,都是想获得来自某个群体的认同。她是一个有名利观而无名利欲的人,她也希望通过名人和群体的认同来获得创作和学术上的成就感,但往往事与愿违。她对自己的创作、研究和主张有很强的信心,并不盲目屈从于胡适这样的权威。这给了她独立的勇气,使她独立于群体之外,而且能够持之以恒。在去台湾以后,她也是保持着这种独立姿态的,起码在艺术和学术追求上是如此的。她梦想拥有自己的名山事业、掌声和赞誉,可她很多时候都是孤独的,起码在艺术和精神世界里是如此。

苏雪林是一个胸无城府、心直口快、情感外向的人,同时她又拥有极为丰富的、独立的而又略显封闭的精神世界,她一直生活在这两种富有张力的维度之间。政治上的选择兼之外向型的性格给她带来了很多麻烦,影响了她的人生道路,并造成了长期以来内地学界对她的否定性的评价和有意识的遮蔽,这和渴望得到别人认可的苏雪林的内心是矛盾的。其实,最终去台湾也是她无路可走的选择。在事业上,她追求一种安稳的、平静的、充实的学者生活;在个人生活上,虽有姐妹家庭的安逸,但感情上毕竟有缺憾。她内心仍然希望自己能拥有一个美满的家庭,将自己归属于这个家庭之中,虽然这有可能分散她的精力,影响她的文学创作和学术事业,但这毕竟是每一个女性内心的基本需求。遗憾的是,所谓造化弄人,她一直没能实现这样的愿望,也没有得到这样的评价。

年轻的时候,苏雪林借助于《棘心》中的"醒秋"形象,这样评价自己:

> 醒秋的性格本来有些特别,一面禀受她母亲的遗传,道德观念颇强,严于利义之辨。一面又有她自己浪漫不羁的本色,做事敷衍随便,缺乏责任心。有时逞起偏执的性情,什么都不顾。她很明白的觉得自己心里有一个美善的天神,同时也有一个魔鬼,势均力

敌的对峙着。①

我们再来看走过现代文坛的风风雨雨、走近晚年的苏雪林是如何评价自己的:

> 我对世间万事一无所好,所爱只是读书。若有一个神仙以三个愿望许人选择,我所选的第一个愿,要有一个完备的图书馆,让我终日獭祭其中;第二愿,有一个和美的家庭;第三愿,太平时代的中产之家的收入。倘若神仙所许的仅一愿,那么,给我图书馆吧。
>
> 我的性格外表上好像喜欢热闹和活动,内心实倾向孤独,所爱的是从容的岁月和恬静的生涯。我常和我的朋友袁兰子说:假如有一花木繁盛、池榭清幽的园林,园中有一藏书楼,万卷琳琅,古今中外皆有,期刊日报,也按时送到,不管这地方是修院也罢,牢狱也罢,我可以终身蛰伏其中,不想念外面的繁华的世界了。②

苏雪林给我们留下了那么多看似前后矛盾的文字,那么丰富的人生场景,让我们在徘徊在她的"人"与"文"之间而左右为难。她的一生如此漫长,现代文学的三十年是她奠定自己文学地位和思想基础的时期,本应和其他同时代女作家一样,给后人留下一个明晰而完整的印象。可是她太执拗了,她挑战了男性世界多少年来根深蒂固的、对于女性作家的日常审美规范和行为评价,在中国现代文学史上留下了她孤独、偏执、矛盾的背影。

直到今天,我们可能仍然没有真正进入苏雪林的内心。

---

① 苏雪林:《棘心》,《苏雪林文集》(第一卷),合肥:安徽文艺出版社,1996年,第168页。
② 苏雪林:《忆武汉大学图书馆》,《苏雪林文集》(第二卷),合肥:安徽文艺出版社,1996年,第111页。

## 小荷初露尖尖角
—— 苏雪林"五四"时期的新文学创作

### 一、"五四"作家身份的确认

从创作起步的时间看,苏雪林是一个"背负传统的五四人"①,属于"五四"一代的新文学作家,这一点应该是没有多大疑问的,也是有诸多事实作为依据的。冰心曾以亲历者的口吻说:"五四时代,我们的前辈有袁昌英和陈衡哲先生,与我们同时的有黄庐隐、苏雪林和冯沅君……"②;阿英也说:"苏绿漪和中国的新文艺运动,是有着很久的关联的,虽然她不是这一运动中的主要的角色……"③;1946 年上海新象书店出版了一套具有对现代作家作品进行总结意味的《当代创作文库》,其中的《苏绿漪佳作选》中称苏雪林为"新文学运动前十年的女作家的代表作者"④。但是有一个事实是必须提出来的,就是和冰心、庐隐等广为人知的"五四"女作家相比,苏雪林在"五四"时期,

---

① 黄忠来、杨迎平:《背负传统的"五四人"》,载《中国现代文学研究丛刊》2002 年第 4 期,第 165 页。
② 冰心:《入世才人粲若花》,《人民日报》1987 年 3 月 7 日。
③ 方英(阿英):《绿漪论》,《苏雪林文集》(第四卷),合肥:安徽文艺出版社 1996 年,第 389 页。
④ 《苏绿漪小传》,《当代创作文库·苏绿漪佳作选》,上海新象书店,1946 年版,第 1 页。

或者扩大一点说新文学运动第一个十年(1917~1927)期间,她的新文学写作却少受关注。读者熟知的《绿天》、《棘心》等代表作品是新文学运动第二个十年开始后出版的(《绿天》为1928年,《棘心》为1929年)。很多研究者也主要以这个时间点为起点来研究苏雪林,这几乎和丁玲等人进入现代文坛的时间一样了,而丁玲是被视为第二个十年作家的代表的。这样一来,当然也就忽略了作为"五四"新文学作家的苏雪林的开拓性。

当然,造成上述对苏雪林"五四"时期创作有所忽视的研究状况存在一些主、客观方面的原因。从主观方面来说,由于苏雪林自身较为鲜明的"右翼"身份和固执的政党歧见,新中国成立后一直定居台湾,兼之海峡两岸意识形态的长期对峙和文化的相互隔绝,内地学界对她的创作研究是有意遮蔽的,对其主导方面的成就尤是如此,更不用提她早期即"五四"时期的尚未成熟的创作了;客观方面,也是主要的原因,和陈衡哲、冰心、庐隐等"五四"知名女作家相比,苏雪林"五四"时期的创作的确略逊一筹。陈衡哲创作较早,这里姑且不论。苏雪林虽和冰心同享"冰雪聪明"之誉,但"五四"时期是冰心的成名期,其主要代表作品如问题小说、散文、诗集《繁星》、《春水》等皆出现于这一时期,且起步较早,我们甚至可以说冰心主要是个"五四"时期的作家。1928年以后她有影响的作品就很少了。而这个时期只是苏雪林新文学创作的起步期,在影响上自然难以和冰心争一时之长短。庐隐更是纯"五四"式的作家,她比任何其他女作家都具有"五四"性质,她赖以成名的主观浪漫、极具个人气质的"庐隐风格"也主要形成于这一时期。其他知名女作家如冯沅君、凌淑华等都具有类似的特点,新文学第一个十年过去后,她们的写作基本都减缓乃至于停止了。在上述"五四"女作家耀眼光环的掩盖之下,苏雪林本时期的写作虽也笔耕未辍,但毕竟缺少在现代文学史上有影响的作品,兼之部分作品散佚,难以得到更多重视也是可以理解的了。

20世纪90年代末以来,苏雪林研究开始升温,她在"五四"时期乃至新文学第一个十年的创作开始得到重视和发掘。① 就已有的研究成果来看,虽然发掘已经比较细致,还有继续完善和深入的空间。如果按照创作阶段的划分,苏雪林本时期的新文学创作可分为北平女高师求学时期、赴法留学时期和1925年归国后试图重新进入现代文坛的约一年的过渡时期,共三个阶段。具体来说,女高师时期的作品文体比较驳杂,小说、杂文、诗歌、文艺评论兼有;赴法期间主要是新诗(小诗)和译文;归国后主要是发表在《语丝》等刊物上的散文、译文。比较起来,各阶段的写作特点和思想路径并不一致,但有较为典型的"五四"特点,并且已经显示出成名后的苏雪林在文风、思想趋向和思想方法方面的某些雏形和印记。通过考察这些创作,一则可以重新构建苏雪林作为"五四"女作家的开拓者身份,一则对全面了解苏雪林与发轫期的中国现代文学之间的渊源,了解她的新文学创作的整体性,也是很有帮助的。

## 二、《益世报·女子周刊》与女高师国文班的"金刚"

苏雪林几经周折,于1919年9月进入同年4月成立的"北京女子高等师范"国文一班就读。由于之前她在安徽已对新文化运动心向往之,一进入北京,苏雪林迅速进入了新文化运动激情澎湃的主流文化语境,写作上也由之前的喜好格律诗词和林译文言小说开始向现代白话文的思想与审美趣味转变。至1921年秋赴法留学止,苏雪林在女高师的短短两年的创作,主要发表在《北京女子高等师范文艺会刊》(以下简称《文艺会刊》)、《益世报·女子周刊》(以下简称《周刊》)以及著名的《晨报副刊》上,其中《文艺会刊》上刊发的多是她的格律诗词与文

---

① 参见王翠艳《〈益世报·女子周刊〉与作为"五四"作家的苏雪林》,《现代中国文化与文学》(第3辑),第219页,成都:四川出版集团,2006年;张莉:《浮出历史地表之前:中国现代女性写作的发生》,天津:南开大学出版社,2010年;以及国内范震威等所著的几部关于苏雪林的传记。

言小说以及早期的学术论文(第2期有一篇白话小说《童养媳》),如《周秦学派与印度希腊学派之比较》《学术思潮与教育主义之改进》《历代文章体制底变迁》等,但现代白话文的创作毫无疑问以发表在《周刊》上为最多。由于她的笔耕不辍,苏雪林和同班同学庐隐、冯沅君、程俊英因出色的写作才华被称为女高师国文班的"四大金刚",一时名动京城。

1920年10月30日,《周刊》创刊,并以"女子主任编辑"作为刊物的办刊特色,聘请女高师学生周寅颐、苏频伽(即苏雪林)①、杨致殊三人担任主要编撰工作,由于周、杨二人皆不是国文专业学生,不擅文艺创作,兼之当时女性来稿极为稀缺,在赴法留学前的大约一年中,苏雪林成为该刊文艺栏目的主要撰稿者,几乎包办了该刊的文艺版面。她后来在《我的学生时代》一文中回忆这段生活说:"为了经济关系……每月至少要写万把字……所写也不全属文艺创作,杂凑的论文,凌乱的随感亦复不少。"②整体来看,苏雪林这个时期的写作题材多样,风格驳杂,从文体看主要有如下几类:

首先是小说,在各文体中较有代表性。如《一个女医生》《我自己升学的经过》《两难》《天囚》《节孝坊》《一封海岩边的信》《放鸽》等,还有个别译作。其中《一个女医生》篇幅最长,在刊物上断断续续从四月连载到六月,主要是控诉军阀恶行给下层民众及其家庭带来的痛苦;《我自己升学的经过》中主人公以"志鸿"为名,内容实则是苏雪林个人求学经历的自叙传,但相对"五四"那一代青年追求知识解放和精神自由而言,确有普遍意义;《节孝坊》与《一封海岩边的信》皆是通过女性对婚姻爱情的不同理解及其不同的悲剧命运来控诉封建礼教的;《两难》写下层民女翠姐由于生活所迫,在丈夫和女儿之间难以抉择的痛苦生活的;《放鸽》是写儿童世界与成人世界冲突的;《天囚》是较为特殊的一篇小说,写罪犯的悔罪心理和良知发

---

① 王翠艳:《"五四"女作家苏雪林笔名考辨》,载《北京师范大学学报》(哲学社会科学版)2008年第3期。
② 苏雪林:《我的学生时代》,《苏雪林文集》(第二卷),合肥:安徽文艺出版社,1996年,第65页。

现，其最终目的却在社会教育，明显受到当时流行的"问题小说"主题和俄国作家陀思妥耶夫斯基"灵魂拷问"手法的影响。平心而论，这些小说和同时期冰心、庐隐等女作家的那些社会问题小说比较起来，主题不乏重合之处，在艺术上也并不逊色许多。

其次是诗歌和杂文。诗歌主题涉及社会问题、友情、亲情、人事等方面，以社会问题居多，如《京汉火车中所见》、《风涛中的小舟》、《黑暗中的光明》、《送鲍君毓华毕业南旋》、《哭从弟勋》、《女高师英文部主任吴贻芳先生的辞职》等。杂文有《旧式的婚礼谈》、《火山与军阀》、《杂感》、《最近的感触》、《谈屑·梅厂絮语》等等（"谈屑"是《周刊》的一个常设杂感栏目，"厂"这里疑为"之"，即"梅之絮语"，梅即苏梅，是苏雪林在女高师时期的学名），从题目上即可看出，这些杂文诗歌同样多以社会问题为话题。和小说相比，这时期的诗歌与杂文量多质杂，影响并不大。但可看出《周刊》时代的苏雪林适应各种题材，已成为一个新文学写作的多面手。①

还有值得大书一笔的是文艺批评。真正使"苏梅"两字名动京城的是她的一篇并不非常严谨的文艺批评文章《对于谢楚帧君〈白话诗研究集〉的批评》，文章共四部分，第一部分1921年4月25日发表在《周刊》第23期上，由于文章较长，其余部分至5月份《周刊》第26期才得以刊完。《白话诗研究集》系1921年春冒用北京大学出版部之名发行的，②印了六百册，是一部诗歌作品和诗歌理论的合集，除了署名作者北大学生谢楚帧的一百二十首新诗外，还有包括胡适、蔡元培等众多新文化名人的论新诗的文章和新诗作品，规模体制并不算小。该书印行前曾大肆炒作，请了沈兼士、杨树达等学者为其联名在《京

---

① 苏雪林在《益世报·女子周刊》上的诗歌、杂文和小说等目录和刊期等请参看前述王翠艳的《〈益世报·女子周刊〉与作为"五四"作家的苏雪林》一文。

② 1921年5月4日《晨报》第2版显要位置刊"北京大学出版部声明"："近有谢楚帧君自印《白话诗研究集》一书，书尾有'总发行所北京大学出版部'字样。查本校出版部向无代校外出版物件总'发行所'之事，恐滋误会，特此声明。"

报》上大做广告,大作吹捧。并想请胡适在报上作介绍,胡适对该书印象极差,完全拒绝了。① 被一些名人们如此吹嘘的一本新书,自然会引起敏感的苏雪林的注意。因为当时的出版物是很少的,尤其学术性的出版物更少。绝不像现在这样,满大街的书店,满店满架的新书,令人目不暇接。苏雪林读了该书,觉得和报纸上的广告宣传截然相反,于是便写了《对于谢楚帧君〈白话诗研究集〉的批评》一文进行批评。

客观地说,苏雪林的这篇批评文章态度坦诚,文风犀利,但存在的问题也较多。文章一方面抓住了谢文关于新诗之识见的平庸浅陋、缺乏新意,担心其老调重弹会误导社会各界特别是复古文人和新青年们对白话文的认识,产生误判,从而对新诗乃至新文化的健康发展产生不良影响。这是值得肯定的方面。另一方面,数千字的批评,只涉及谢文中关于古诗改革的部分,其他部分语焉不详,谢文到底存在哪些问题,读者还是不太清楚。批评方式不够端正,遣词用句不严谨,嬉笑怒骂,攻击性强,缺少学术批评的客观与交流、沟通精神,其后来个性中的偏激、好争辩的特点此时已初现端倪。如文章一开始就是一长段的讽刺挖苦,说什么"饱饭熟睡之余","发了做这书的冲动",不如"还是抹牌喝酒,干你那正当行业去";又说,谢氏"竟将雪白的纸,漆黑的墨来印刷他的著作",真是"暴殄天物",等等,语气比较尖刻。此文一出,即引发了一场颇为壮观的论战。当时京城两大名报《京报》和《晨报》参与其中,《京报》支持谢楚帧、罗敦伟、易家钺等人,《晨报》则力挺苏雪林。苏雪林在《周刊》和《晨报》上发文回击,以一己之力对抗谢、罗、易等人的轮番挑战,最终引出当时舆论普遍认定为易家钺所作的文风低俗、充满人身攻击侮辱意味的《呜呼苏梅》(刊《京报》1921 年 5 月 13 日第七版),引起舆论大哗,胡适、高一涵、李石曾、黎锦熙、杨树达和女高师校长熊崇煦等均卷入论争之中,一时间"苏梅"之名充斥 5 月份京城报刊。

---

① 据《胡适的日记》1921 年 5 月 19 日记道:"有中国公学旧同学谢楚帧君做了一部《白话诗研究集》,里面的诗都是极不堪的诗。……他这部诗居然出版了!出版后,他来缠着我,要我在报上替他介绍,我完全拒绝了他。"

这里补充一点,关于《呜呼苏梅》一文是否为易家钺所作及相关人事纠葛的细节、过程,请参考耿云志的文章《想起苏梅的故事——从唐德刚先生的一封信说起》,该文对此事有非常详细的考证辨析。因为内容的原因,这里不作详细介绍。

《对于谢楚帧君〈白话诗研究集〉的批评》及相关论战文章可以视为苏雪林正式进入现代文坛并广受关注的标志,因为她开始进入当时女性作者较少涉及的比较高端的艺术领域:文艺评论,开始参与当时的文学观念乃至于文学史的建构过程,其意义已经进入现代文学史层面;同时"呜呼苏梅"事件引发的巨大舆论压力也成为她赴法求学、逃避舆论关注的动因,一定程度上改变了她此后的思想和人生路径。

女高师时期除了在《周刊》上的大量白话文章外,《晨报》也开始成为苏雪林新文学写作和活动的一个阵地。上述"呜呼苏梅"事件中她的反击文章《答谢楚帧君的信和 AD 君的〈同情与批评〉》和《答罗敦伟君的〈不得已的答辩〉》等文便刊登在 5 月份的《晨报》第七版上;还有一些关于社会问题的文章,如 1919 年 10 月 1 日《晨报》第七版便有苏雪林的一篇关注妇女问题的白话文章《新生活里的妇女问题》,呼吁妇女摆脱封建礼教的桎梏,要过人的生活和自然的生活,也呼吁男性加入到拯救妇女的队伍中来,追求"社会全体的新生活"。由于 1919 年 2 月经李大钊等人改版以后的《晨报》第七版(即《晨报》副刊,亦即后来著名的《晨报副镌》)已经成为宣传新文化运动的园地并在事实上成为新文化运动与新文学革命的策源地之一,可见刚刚进入女高师不足一个月的苏雪林已经和新文化运动产生了联系,并且用自己的笔开始参与新文学革命。此外,她还经常在《时事新报》的副刊《学灯》、《国风日报》的副刊《学汇》等刊物上发表了一些评论和随笔文字。[①]

要而言之,苏雪林"女高师"时期在《周刊》和其他刊物上的新文学写作兼顾了"五四"时代思潮涉及的各个层面,显示了她

---

① 苏雪林本阶段所写的文章散佚较多,在其他报刊上的文章笔者目前未见,请参见张莉《重估现代女作家的出现》及方维保《苏雪林:荆棘花冠》等文章、著作中提及的相关报刊和文章情况的说明。

对新文化运动的积极的实际的参与。这些作品虽驳杂笼统,技巧也不够丰富,但有充沛的激情,显示了一种对新思想与新道德、对"妇权新知"(龙应台语)的全力拥抱和追逐,从各个题材层面凝聚成一种"态度的同一性"(汪晖语),而这一点恰恰是"五四"精神的极好写照。

## 三、《村居杂诗》和现代文坛的"小诗运动"

苏雪林没有完成在女高师的学业,于1921年秋考取吴稚晖、李石曾等人创办的位于法国里昂的中法大学,远渡重洋赴法攻读艺术,从而远离国内新文学运动的中心,但这并不意味着她从此中断了和国内新文学运动的联系。1923年秋,她从法国寄回一组题为《村居杂诗》的小诗,总计四十三首,该组诗先是寄给了她在国内的恩师陈钟凡,自10月25日在《晨报副镌》上开始连载,一直连载到十一月上旬,每期三四首,第一期为三首,署名"雪陵女士"。这组诗的内容涉及苏雪林法国生活的多个侧面,但其形式显然受到了当时国内流行的小诗运动的影响,每首四五句,短小隽永,以序号标题,非常近似于冰心曾发表在《晨报副镌》上的《繁星》和《春水》,但情趣显然不同。

有表达身居海外思乡之情的,如《一》:"绿影扶疏/幽径中牛儿一头头归去/故乡的斜阳啊/海外又与你相逢了。"如《三》:"绿树糊模/星光靡乱/夜色一层层的浓了/莫怪天边月色/分外凄清/我原是在客中之客中啊。"又如《二十》:"暮台黄叶/封了林中的石路/俨然是故乡松川的秋色啊/蓦一念此身/已在万里沧溟之外/我的心便惘然有所失了。"

有表达独居之孤寂心境的,如《四》:"幽梦未成/夜凉如水/一片脉脉的清愁/都混在远近的虫声中了。"如《四十》:"残梦回时/听窗外一阵阵潇潇秋雨/推枕一望/月光如水/只吹着树头飒飒的枯叶。"

有表现日常生活中之哲理意趣,有冰心小诗之生动隽永的,如《三十四》:"陈旧的宇宙/在初生婴儿眼中/显出无穷新鲜和惊讶。"

有表现自己读书写作生活感受的,如《三五》:"在蓊萝之下/重拾着我的诗草/狼藉的黑痕一半被污泥溅没了/但我心里还有说不出的欢喜/这原是前日狂风在我案头吹去的啊。"又如《四一》:"一个小如微尘的红色小虫/在我书卷里很快的爬走/无意间被我吹下书去了/霎时间我又悔了。"

有表现异邦之生活情调的,如《二八》:"当我听得玫瑰丛中一声莺似的娇啭/'佛朗赛,你藏在哪里?'/于是我看见绿影里白衣红裎的影儿荡漾/又看见淡棕色头发之下的蓝服和笑涡了。"这种情调是同样有留学经历的冰心的小诗中所没有的。

还有一些小诗反映了苏雪林在国外接近天主教徒时的心境,对于我们理解她对天主教的认识程度和最终加入天主教的行为动机是很有帮助的,有些前面已经引述,这里不妨再引一下,如《二四》:"黑衣黑帔的女冠/晨夕必替我亲颊问安/并随时诚恳的帮助我/伊那深而黑的眼光中/含有慈祥的道气/呵呵,人们互相爱助的伟大啊!"如《二五》:"但使我见到和善慈祥/肯谦抑自己以扶助他人的妇人/我的心灵便有说不出的深切感动/因为我想到我的母亲了!"再如《三九》:"被夕阳烧残的胭脂的晚霞/浸着月儿寒光,更幻成银灰和暗紫/女冠眼注苍穹,显出无穷的歆羡/'庄严神秘的天外之世界啊!/是灵魂衣宅之乡/是快乐永生之所/清风,几时携带我飞到那边呢?'"

这组《村居杂诗》在于现代文学界对于小诗运动的研究与发掘中比较少见,阿英30年代将之作为苏雪林最早的新文学作品加以提及,但并未深究。① 20世纪20年代初期在冰心带动下,小诗写作蔚然成风,国内仿作者甚众,多为女性作者,苏雪林在"女高师"的同学石评梅(署名"评梅女士")、隋玉薇(署名"玉薇女士")、王世瑛(署名"一星女士")等等也都在《晨报副镌》上写过小诗,甚至连汪静之、宗白华、高长虹、孙席珍、严敦易等男士也加入其中凑热闹,竟成一时景观。虽然苏雪林后来没有再作小诗,也绝口不提此事,可能她觉得该组诗只是表达日常生活情绪之游戏笔墨。但在文学史研究者看来,《村居杂

---

① 方英(阿英):《绿漪论》,《苏雪林文集》(第四卷),合肥:安徽文艺出版社,1996年,第389页。

诗》内容驳杂,涉及诸多生活层面,应该不是一时兴起所写,虽不及冰心《繁星》、《春水》的用心经营、刻意求工,仍不失为当时文坛潮流的一个反映,也是她虽远隔重洋但仍和国内新文学运动保持紧密联系的一个证据。

从审美情趣看,《村居杂诗》展现的是一种和谐恬静而略显多愁善感的知识女性情怀,借景物和人事抒情的意味很浓。有些诗句可谓做到了形神兼备,细致入微,如《二十》、《三四》、《四一》等,比较接近于冰心《春水》中一些小诗的格调,但感伤气息略重,可能为远离故国、形单影只的心境所影响,不似《春水》的生动隽永,有悠长的古典韵味。从艺术层面看,《村居杂诗》皆为自由无韵诗,在新诗实验时代这种诗作甚多,多为时间所淘汰,这组小诗之所以值得重视,因为它是当时苏雪林的新文学作品(不同于以往的杂文)初登"大雅之堂"的证明,而这一出手即为当时新文学作家荟萃之所、四大副刊之一的《晨报副镌》所接纳。阿英将这组诗作为苏雪林新文学的"最初作品",也是这个道理。这些小诗在句式和抒情方式方面近似明清时代小令的变种,用非常纯熟流利的白话,在对异国他乡的人事和乡风秋色的感受中,寄托淡淡的哀愁,诗中既有诗情画意,也不乏寂寞的幽思。《村居杂诗》受冰心小诗的影响是有迹可循的,作为受影响者,也未做到青出于蓝,自然难以和《繁星》、《春水》相提并论。但是该组诗中纯熟的白话美文,真诚的情感袒露让人印象深刻,却避免了冰心小诗有时偏于凝练、理趣甚至是说教的所谓"新文艺腔"(两人的散文写作也基本可作如是观)。从这一点说,苏雪林之于稍后的"冰雪聪明"这个称誉是受之无愧的。

中国现代文坛的小诗运动的源头在日本俳句那里,经泰戈尔和周作人两座"文化桥梁"而风靡于 20 年代。俳句的精神浸染和形式导引,使得中国的小诗注重写景和纯粹的诗意建构,推崇简约的、以象写意的风格。① 由于纷乱的时代情绪特别是"五四"落潮后社会悲观心理的牵引,无论冰心、苏雪林等女士

---

① 罗振亚:《日本俳句和中国"小诗"的生成》,载《中国社会科学》2010 年第 1 期,第 186~199 页。

还是诸男士作家的小诗,都未能真正领悟日本俳句那种"闲寂的精神"和"以象写意"的要义。而俳句那种真正注重个人"内生活"的感悟,也在中国时代的暴风骤雨面前显得苍白无力。其实小诗诞生以后,一直未能脱离朱自清、郭沫若、叶圣陶、梁实秋、闻一多等人"轻浮浅薄"的批评与指责,1924年以后小诗运动开始降温、消退,此时仍在国外的苏雪林没有再写出类似《村居杂诗》的新诗,反而延续了她的旧诗写作热情,这也在情理之中。

## 四、归国后短时间的"五四"写作

　　1925年6月苏雪林归国后,便开始着手寻找重新进入文坛的路径。此后至1926年苏雪林和其夫张宝龄暂时定居苏州天赐庄约近一年的时间,她不时有散文、译文等作品见诸《语丝》等报刊,这一时段的作品多为研究者所忽视。笔者以为,此阶段的作品应该仍然要归属于她广义上的"五四"时期的写作。之所以这样判定,基于如下两个方面的原因:

　　一,就本时段发表作品的内容和关注的社会文化问题来看,仍然属于"五四"时期主题的延续,代表性作品如散文《在海船上》与《归途》。《在海船上》写自己归国时在海船上的见闻,重点通过描写轮船上中国乘客的不良行径,针砭中国国民身上时时暴露出的劣根性,并显示出强烈的情感态度。这属于典型的"五四"主题。《归途》还是写归国途中的见闻,但重点放在了国内。先写国内轮船上之劣习与媚外,继而写接客茶房之贪财狡诈,再写国内乡民、学生之仇视洋人和洋教,最后写拜访过去曾为青年学生现在经营商号的表兄。表兄已经失去当年的热情而变成了一个世俗的、抽鸦片烟的商人了,作者由此感叹文化革新障碍之强大,当年革新的青年现在变成革新的障碍物了,因而悲观绝望起来。此外,苏雪林还积极响应《语丝》时期的周作人发掘纯粹的"民间"文化、为新文化发展开辟新的可能和途径的号召,加入到搜集神话传说、民间故事的队伍中。她根据徽州民间传说写了《菜瓜蛇的故事》和《鸟的故事》,并和周作人就此项工作的学术和启蒙意义进行了公开的书信交流,激起了她此后对神话传说与民俗故事的长久而浓厚的兴趣。直到1928年底她写作了考证文章《楚辞九歌与河神祭奠的关系》,发表在《现代评论》上,还在文章结尾旧话重提,对周作人的民俗学观点加以发挥。苏雪林的这类文章在当时的《语丝》上引发了关于"蛇郎精"和"鸟的故事"等民间故事话题的热烈讨论,成为《语丝》当时所刊载的大量中国民间故事中的两个基本类型。

二,就苏雪林本时段作品发表的刊物看,主要是《语丝》。《语丝》于1924年11月在北京创刊,其主要动因是孙伏园从《晨报副刊》的离职,此外周作人等对徐志摩主持后的《晨报副刊》和《现代评论》的不满也构成了背景支持。《语丝》的主要编辑与作者群体如鲁迅、钱玄同、周作人、林语堂、章川岛、江绍原、章衣萍、孙伏园、淦女士、顾颉刚、李小峰等人皆与"五四"新文化运动有着密切关联,因而为回国后的苏雪林所首先关注。她以"雪林"、"绿漪"、"杜若"等笔名在《语丝》上发表了大量文字和译作,如上述《菜瓜蛇的故事》(《语丝》四十二期)、《关于菜瓜蛇的通信》("雪林、作人"《语丝》四十四期)、《在海船上》(《语丝》四十四期)、《归途》(《语丝》四十八期),此外还有《憨仪老丈的秘密》(译文,《语丝》二十七期)、《良心》(译文,《语丝》三十期)、《鸟的故事》(《语丝》四十三期)、《猫的悲剧》(《语丝》四十九期)、《我的秋天》(《语丝》第四卷二—三期)等等,一时间成为《语丝》颇为重要的撰稿者之一。

南迁上海之前的《语丝》所秉持的"不伦不类"(周作人语)、"任意而谈"(鲁迅语)的文风与自由独立的办刊宗旨可谓延续了"五四"时代的精神流脉,《语丝》的精神内涵是与《新青年》、《每周评论》一脉相承的,延续的是《新青年》等的"攻势"法统,攻击的对象仍然是旧道德、旧思想,独立、自由是它秉承的精神理念。和同时期的《现代评论》过于注重政经之论和时事评论以及更富学者气相比,《语丝》群体和《现代评论》群体在政治上分属于反章(指章士钊)和捧章两个阵营,显示出了"五四"落潮后北京新文化知识分子不同的知识维度与思想价值背景。①苏雪林在《语丝》上发表文章的前后,"语丝派"和"现代评论派"正因女师大风潮事件展开论战。客观地说,苏雪林对女师大风潮事件及事件当事人是有着自己的看法和情感评判的,可参考她后来的《几个女教育家的速写像》、《悼女教育家杨荫榆女士》等文,但她当时刚回国内,并未卷入此事的纷争,她此时也不属于什么"现代评论派",因为此时她尚未在《现代评论》上发表任何文章。②尽管现代评论派、新月派对她30年代文学观的形成有较大的影响,但在小品文、杂文方面,《语丝》和周作人给她的印象是极为深刻的。在回国后的这段时间里,在《语丝》的氛围中,她延续了对"五四"新文化运动之余脉的关注和热情。在某种程度上我们甚至可以说,此时的苏雪林是《语丝》中人。

1927年后,苏雪林的创作开始进入新阶段,也就是许多读者眼中的苏雪林的早期创作阶段。办刊方针与编辑思路更为稳健温和的《北新》成为她发表新文学作品的重要阵地,散文集《绿天》中的多数作品和长篇小说《棘心》都见于此刊,她开始脱离"五四"文风,进入了属于她的、时间并不算太长的"闺秀时代",学术生涯也于此时开始了。"苏绿漪"之名一时为文坛所瞩目。需要提出的是,她"五四"时期作品中那种对"妇权新知"的追求和对社会文化建设的参与意识及热忱并没有随之消隐。在经历短暂的蛰伏后,在30年代获得的民族主义意识形态的基础上,她再次加入到关于社会文化动态的讨论中,并在特定

---

① 周作人在1924年11月给胡适的信中说道:"我们另外弄了一个发言的机关,即可出版,就是那一天我对你说过的小周刊(指《语丝》,笔者注)。'慨自'《新青年》、《每周评论》不出以后,攻势的刊物渐渐不见,殊有'法统中断'之叹,这回又想出来骂旧道德、旧思想,且来做一做民众议员,想你也赞成的吧。"参见周作人:《致胡适》(1924年11月13日),《知堂书信》(黄开发编),北京:华夏出版社,1995年,第127~128页。

② 据福建师大吕若涵教授考证,苏雪林在《现代评论》上发表的文章最早见于1928年11月的考证长文《楚辞九歌与河神祭奠的关系》,在《现代评论》第204期、205期,206/207/208(合期)上连载。此外在"合期"上尚有《文以载道的问题》一文。《现代评论》于1928年12月第209期停刊,苏雪林的这篇长文可以算得是它的一个收尾。故而将苏雪林作为"现代评论派"看待是很牵强的,更不能据此作为她和鲁迅及"左翼"交恶的证据。

的政治文化氛围中形成了自己的"右翼"知识分子文化立场。在"五四"一代女作家中,苏雪林最终的民族主义文学观的构建是不具备普遍意义的。这一点可为研究现代女作家群体的多元思想路径的形成提供一个独特的范例。

# 第三章

## "女性作家中最优秀的散文作者"
### ——苏雪林现代文学时期的散文创作

## 一、"美文"运动背景下的早期散文：《绿天》

对于许多现代读者来说，认识苏雪林的散文甚至认识苏雪林都是从她的早期代表散文集《绿天》开始的。在现代散文滥觞期，是《绿天》成就了苏雪林著名散文作者的声名，这么说一点也不为过。研究苏雪林散文的人或许都知道方英（即阿英）的那句著名的评价："苏绿漪是女性作家中的最优秀的散文作者；至少，在现代女性作家作品的比较上，我们可以这样说。"[①]即使是今天来看，《绿天》也是经典的美文，是当时白话散文创作的标志性成果。从中国现代散文发展史的角度看，苏雪林早期散文创作是随着当时的"五四"白话散文运动（即"美文"运动）的兴起而逐步走向成熟的，深受这一运动给文坛带来的清新雨露的滋润，反过来又为之推波助澜。其早期散文集《绿天》（1928年北新书局初版，1959年台湾光启出版社增订再版），拥有无数读者，成为这一运动的重要收获。

20世纪20年代初，"五四"文学革命尤其是文体革命取得初步胜利，白话文奠定了在现代文坛的基础地位。在此背景

---

① 方英（阿英）：《绿漪论》，《苏雪林文集》（第四卷），合肥：安徽文艺出版社，1996年，第398～399页。

下,周作人在《美文》一文中呼吁用不同于文言的白话,创造出一种不仅可同古典文章媲美而且更富文学性的散文,即白话散文的纯文学化,并首次提出了"美文"这一现代散文概念:

> 外国文学里有一种所谓论文,其中大约可以分作两类。一批评的,是学术性的。二记述的,又称作美文,这里面又可以分出叙事和抒情,但也很多两者夹杂的。这类美文似乎在英语国家里最为发达,如中国所熟知的爱迪生,阑姆,欧文,霍桑诸人都做有很好的美文……读好的论文,如读散文诗,因为他实在是诗和散文中间的桥。中国古文里的序、记与说等,也可以说是美文的一类。但在现在的国语文学里,还不曾见有这类文章,治新文学的人为什么不去试试呢?①

"美文"概念及相关现代散文理论后来经过王统照、朱湘等人的进一步阐发而趋于成熟定型,并相继提出了"纯散文"、"小品散文"、"散文小品"等相近的概念。而在这些现代散文概念相继萌生的过程中,创作实践活动差不多也同时开始,中国现代文坛第一个既有理论自觉又有创作实践的新文体运动——"美文"运动正式展开了。这个运动从20年代初开始兴起,到20年代中后期形成规模,拥有一支相当出色的创作队伍,我们耳熟能详的,有周作人、朱自清、俞平伯、冰心、许地山、冯文炳、何其芳等诸多作家,甚至还包括了鲁迅、郁达夫、徐志摩等人。由于长期的人为的遮蔽,我们在一定程度上忽略了苏雪林和"美文"运动的关联。今天来看,苏雪林当然也应该是其中非常重要的一位。阿英在他代表性的、30年代编校的《无花的蔷薇——现代十六家小品》一书中总共只收录了两位女作家的小品散文,一位是谢冰心;另一位就是苏绿漪,即苏雪林。无论从哪个角度看,作何种比较,《绿天》在当时都称得上是典型的"美文"。

## 1. 真实与谎言

众所周知,《绿天》1928年3月初版出版之前,曾在《语丝》

---

① 周作人:《美文》,《晨报》,1921年6月8日。

周刊第四卷第九期(1928年2月27日)上做过初版广告,说它是"结婚纪念册"。这本集子据苏雪林所说,是受到章廷谦(即川岛)的纪念新婚的美文体散文集《月夜》的影响而写就的,故有"结婚纪念册"之说。鲁迅在他1928年3月14日至章廷谦的信中也曾有提及。《绿天》初版共收《绿天》、《鸽儿的通信》、《小小银翅蝴蝶》(上)、《我们的秋天》、《收获》、《小猫》六篇,约四万余字。写作时间是1926至1927年间。《绿天》的内容,一半属于事实,一半则是"美丽的谎",这是苏雪林自己明言不讳的。关于写作动机,苏雪林在该散文集1959年台湾光启出版社增订再版时的"自序"中有这样一段话:

> 个人的婚姻虽不能算是一场噩梦,至少可说是场不愉快的梦。命运将两个绝对不同的灵魂,勉强结合在一起。在尚未结合之前,两人感情便已有了裂痕。新婚最初两年岁月里,似乎过得颇为幸福,裂痕却于不知不觉之间日益扩大,渐有完全破碎的趋势。若非两个绝不相同的灵魂之中,另一个灵魂,天生一颗单纯而真挚的"童心",善于画梦,渴于求爱,有时且不惜编造美丽的谎,来欺骗自己,安慰自己,在苦杯之中搀和若干滴蜜汁,也许最初的两年里,我们爱情的网,早已支离破碎,随风而逝了。①

许多读者都以这段话里提及的"美丽的谎"作为关键角度来解读《绿天》,所看到的自然都是不真实的"谎言";却忽略了在"谎言"的遮蔽下,苏雪林作为一个新婚知识女性真实的情感内心的表露,这一点也许要比那美丽的"谎言"更为触动人心。这本集子既然作为"结婚纪念册","纪念"的应该也是她真实的内心,而非那种强颜欢笑的矫情。

关于苏雪林的这个"美丽的谎",所说甚多,笔者在这里不想再作重复。只想在众说基础之上谈及一点,供大家讨论,那就是苏雪林之所以对她和张宝龄的不愉快婚姻有委曲求全、强颜欢笑之举,恐怕并不全是因为自己"天生一颗单纯而真挚的

---

① 苏雪林:《绿天·自序》,《苏雪林文集》(第一卷),合肥:安徽文艺出版社,1996年,第217页。

'童心',善于画梦,渴于求爱",和她自己的文化心理性格也有深层次的关联。她的婚姻是屈从于伦理之爱的结果,两性之爱缺乏必要的情感基础,但她内心还是希望婚姻能够继续下去。这并不基于所谓的"童心"或"画梦",而源于她内心深处对这种伦理"德行"的认知和坚守。可以联系长篇小说《棘心》中醒秋那封长信结尾处的一句话,"我们过得和和睦睦的,母亲在天之灵,也是安慰的。不是么,我亲爱的健?"然后又借叔健的话重复了一次:"'我们过得和和睦睦的,母亲在天之灵,也是安慰的。'这真是不错的话呀!"对苏雪林的婚姻而言,这一点恰恰是最真实的。所以下面对《绿天》中"谎言"背后的"真实"多说几句。

《绿天》的真实首在心态和情感的真实。文集中的一些篇章如《绿天》、《鸽儿的通信》、《我们的秋天》等,将苏雪林自己婚后并不怎么幸福如意的生活写得充满诗情画意,温情脉脉,饶有新婚生活的情趣。这似乎并不出自作者的真情实感,有"画梦"、"求爱"之嫌。但如果从心态上看,作为一个新婚的、传统的、情感丰富的年轻女性知识分子,渴望爱情和温暖的家庭生活,这种"渴望"就是一种真实。在它面前,每个女性都会变得年轻娇痴,大脑里充满着童话般的浪漫幻想,哪怕现实生活并不如意。我们来看苏雪林后来回忆这段生活时的一段话:

> 写《绿天》时,我年龄已不小,行文口吻却像一个十六七八的天真烂漫的少女。但这却不是谎,我那时的心境,确是十六七的少女。故这算不得文艺作品,只能称之为"童话文学"。①

由这一点推而广之,我们发现苏雪林在《绿天》中表现的多是一种童心的纯真和浓郁。如她在《鸽儿的通信》这篇最长的散文中,以天真烂漫的童心去体验世界,写溪水、红叶、花草、白鸽,山川草木、花草虫鱼,都充满了人的灵性。在这种视角下,自然界充满美好,夫妇之间有不和谐的音符,也在一定程度上被掩盖了。

我们基本可以肯定张宝龄婚后对苏雪林不是很热情,也可

---

① 苏雪林:《苏雪林自传》,南京:江苏文艺出版社,1996年,第67页。

以说是比较冷漠的,当然这基于种种原因。但婚后苏雪林对张宝龄的感情呢?应该说在开始的两三年里还是比较投入和热烈的。她用那么美的、纯真的、婉约的文字去描述他们之间并不和谐的婚姻生活,如果没有真正的感情投入,是很难做到的,也没有这个必要。特别是对苏雪林这样传统又率真的女性来说更是如此。《鸽儿的通信》中碧衿和灵崖的婚后小别通信充满生活气息,温柔蕴藉。事实情况却如苏雪林所说:"譬如他(指张宝龄,笔者注)有事赴北京月余,竟半个字也不给我,我却写了《鸽儿的通信》十数篇。"[1]当然我们也可以理解为苏雪林委曲求全,但委曲求全背后是她对丈夫的一时难以割舍的情感和对恩爱夫妻生活的真实向往,字里行间倾注了她的感情和梦想。《绿天》中的其他作品也大致可作如是观。《绿天》在20世纪二三十年代先后印行了八版,风行一时,赢得无数年轻读者,如果仅仅是虚构的"谎言",再美丽恐怕也是难以做到的吧。

其次是语体风格的真实。在表达男女感情方面,《绿天》和同时代的女作家如庐隐、冯沅君等人勇敢自白的风格是大相径庭、大异其趣的。在经历过"五四"时期对个性自由与解放的热烈追求之后,相比较来说,当时的整个社会比较容易接受"淑女型"或者"闺秀派"的作家,由上述庐隐、冯沅君等人实践的激进的现代女性性别意识的书写虽得风气之先,但冰心的"爱的哲学"和苏雪林在《绿天》中所表现出的爱的"矜持"和"婉约"却是"五四"一代女作家中最受欢迎的创作风格。这一点从当时她们作品的出版次数可以看得比较清楚,后面还将详细阐述。

苏雪林在整体上显然不能被视为是一个"淑女型"或"闺秀派"的作家,有人已做了详尽的论述。[2]但不可否认的是,《绿天》时期苏雪林的风格确实是比较"淑女"或有"闺秀"之风的。这种风格不是一时矫揉造作而虚构的,而是和她此时的心态与情感相一致。她的率真、冲动、易怒乃至偶尔金刚怒目式的文字影响了人们的判断,让人难免怀疑《绿天》在语体风格上的虚假。其实对于每个女性知识分子或者女性来说,"闺秀"或"淑

---

[1] 苏雪林:《苏雪林自传》,南京:江苏文艺出版社,1996年,第66页。
[2] 李玲:《苏雪林属于"闺秀派"吗?》,载《福建论坛》1996年第2期。

女"的阶段是其一生中的必经阶段,每个女性都有"闺秀"或"淑女"的一面,在人生的不同时段和不同情境中,女性的这一面都会展示出来,这是女性自身的生理性别特征所决定的。我们可以说某个女性作家整体上不属于"闺秀"或"淑女"型的作家,但她内心一定曾经拥有"闺秀"或"淑女"的情怀。所以,《绿天》所代表的风格是具有普遍意义的,而且还因为苏雪林自己多重的文化背景,具备了属于苏雪林自己的特征,如写景、状物、抒情中的"西化"因素,这一点又打上了时代的烙印。这一点下文也会有详细的分析。

## 2."美"的收获

作为美文运动中有代表性的散文作品,《绿天》在艺术之美的追求上别具一格,是美文运动取得的重要收获。以散文集《绿天》为代表的苏雪林早期散文多写景抒情之作,借景抒情、情景交融是其主要特色,笔调轻健而率直,辞藻清新而瑰丽,想象恢宏而邈远,情感含蓄而真挚,是美文运动研究中长期以来遭受忽视而又屈指可数的美文。[①] 从艺术审美的角度进行鉴赏,可将其剖析为三个审美层面:

一,诗画之美。真正的美文首先应该具有美的文采。从文体修辞的角度看,在当时的女性散文能达到的境界中,《绿天》中的散文确实至纯至美,已臻炉火纯青之境。由于在"五四"时期有"美文不能白话"之论,有人评价说"她的散文在当时彻底打破了美文不能白话的迷信,真正的够资格称得上是美文"[②]。当然从大的方面说,这也是美文运动的目标宗旨所在。由于苏雪林受以屈赋为代表的古典浪漫主义文学传统影响甚深,声言

---

① 由于这里是在美文运动的背景下来分析苏雪林散文的艺术美,而美文运动一直持续到30年代中期才走向衰落,所以本部分分析的苏雪林散文内容要比《绿天》初版要丰富,基本涵盖了再版《绿天》中的篇章,其实再版增加的篇章如《岛居漫兴》、《劳山二日游》等也是记述她这一时期的婚后生活的。详见1959年台湾光启出版社出版的《绿天》增订版及相关内容增订说明。

② 沈晖:《苏雪林:文坛的一棵常青树》,《苏雪林文集·序》,合肥:安徽文艺出版社,1996年,第1页。

自己爱读"偏于想象恢宏、辞藻瑰丽"的辞章,"若带有荒唐修邈的神话成分,则更与我口味相合"。故而写景状物时,"思接千载,视通万里",驰骋想象的翅膀,奇幻境界层出不穷,"沦涟闪烁,天光云景,上下荡摩,虚幻真实,交织成一张绮丽的梦之网"(《我所爱读的书》)。此外,苏雪林又曾是法国里昂艺术研究院的学子,工于绘画,她对绘画是下了相当大的功夫的。反映在她的小说和散文中,特别是写景时,色彩感特别强。她常以画家的眼光观察自然,把画家对光线、色彩、线条的敏感融入诗人的幻想及对自然的描摹中,真正做到了以文作画。再加上自幼生长于皖南青山绿水之间,苏雪林对自然有一种敏锐的感受力,非常善于以一颗天真的童心去体认世界,这就使得《绿天》集中的每一篇散文都满贮着诗意,洋溢着画趣。无论是草木山川,还是花鸟虫鱼,无不让人感受到大千世界的清芬可爱与勃勃生机;无论是散文《绿天》中"香雪菲菲,绿云堆里"的清幽世界,还是《岛居漫兴》中的"春风得意,芳堤走马"的豪情逸致,都达到了诗情与画意的完美交融,自然美与艺术美的绝妙契合。且看下面的一段关于色彩与光影的描写:

> 夕阳愈向下坠了,愈加鲜红了。……当将沉未沉之前,浅青色的雾,四面合来,近处的树,远处的平芜,模糊融成一片深绿,被胭脂似的斜阳一蒸,碧中泛金,青中晕紫,苍茫炫丽,不可描拟,真真不可描拟。我平生有爱紫之癖,不过不爱深紫,爱浅紫。不爱本色的紫,而爱青苍中薄抹的一层紫。然而最可爱的紫,莫若映在夕阳中的初秋,而且这秋的奇光变幻的太快,更教人恋恋有"有余不尽"之致。①

显然,仅仅有对色彩的敏感是不够的,作家还必须拥有对色彩的深入的感受能力,如此,才能在个人的心灵中将之转化为一种独特的富于诗意的美感。这里,当然离不开对语言的精心锤炼:

> 莺魂啼断,红雨飘香的暮春过去了,蝉声满树,长

---

① 苏雪林:《我们的秋天》,《苏雪林文集》(第一卷),合肥:安徽文艺出版社,1996年,第248页。

日如年的盛夏也过去了,现在已到了碧水凝烟,霜枫若染的清秋季节。①

汤先生是一位园艺家,他一天到晚一把锄在园里,我们只看见他所分的地里,菜蔬一畦一畦的绿,花儿一蓣一蓣的红。②

二,灵动之美。苏雪林早期散文于自然风物描写较多,历来为人所称道,尤以《绿天》知名。成功的奥妙之一在于她在对客观世界进行精妙描写的同时,能以天真烂漫的童心去体验世界,赋予山川草木、花鸟虫鱼以人的心灵,从物化自然进入人化自然,独抒性灵,完成对大千世界中活跃生命的描摹与表现,处处活跃着一种灵动之美。《鸽儿的通信》中写鸽儿的亲昵,溪水捉弄红叶、石头阻拦溪水的趣味,花儿们的茶会;《玫瑰与春》中"春"与"玫瑰"分手的决绝;《小小银翅蝴蝶》中银翅蝴蝶的执着,都是这种灵动之美的具体化。对自然万物有深入的感知,并能保持一种天真的、青春的心态、纯真的情怀去体验、去领悟、去想象、去描摹,笔下才能流出这种灵动的美来。归根结底,这种美属于内在的心态的美,而不是外在的言语的美。看下面的段落:

水是怎样的开心啊,她将那可怜的失路的小红叶儿,推推挤挤地,直推到一个漩涡里,使他滴滴溜溜地打着旋转,那叶儿向前不得,向后不能,急的几乎哭出来。水笑嘻嘻的将手一松,他才一溜烟的逃走了。

……

水初流到石边时,还是不经意地涎着脸,撒娇撒痴地要求石头放行,但石头却像没有耳朵似的,板着冷静的面孔,一点儿不理。于是水开始娇嗔起来了,她拼命向石头冲突过去,意欲夺路而过。冲突激烈时,她的浅碧色衣裳袒开了,露出雪白的臂胸,肺叶收

---

① 苏雪林:《小小银翅蝴蝶故事之二》,《苏雪林文集》(第一卷),合肥:安徽文艺出版社,1996年,第372页。
② 苏雪林:《鸽儿的通信》,《苏雪林文集》(第一卷),合肥:安徽文艺出版社,1996年,233页。

放,呼吸极其急促,发出怒吼的声音来,缕缕银丝头发,四散飞起。

辟辟拍拍,温柔的巴掌,尽打在石头的颊边,她这回不再与石头闹着玩,却真的恼怒了。谁说石头始终是顽固的呢?巴掌来的急了,也不得不低头躲避,于是水得以安然度过难关了。①

还有一点需要提及,苏雪林受明末公安派提倡的"不拘格套,独抒性灵"的晚明小品的影响,清代作家中,她最喜欢提倡"性灵说"的袁枚:"清代诗家,我顶喜欢袁子才"(《我所爱读的书》)。这一点和周作人的观点非常接近。袁枚提倡诗文写个人的性情遭际与灵感:"但肯寻诗就是诗,灵犀一点是吾师;夕阳芳草寻常物,解用都为绝妙词。"苏雪林正是将这种灵感注入万物生灵之躯,使万物皆具性灵之气,借万物之衰荣,传生命之律动,故其早期散文处处活跃着灵气和美感。而此时美文运动的倡导者周作人等人于师宗"性灵说"的同时,在审美态度上追求个人情趣,走冲淡平和一途,醉心于在"静美"中体现趣味;冰心散文的审美趣味也倾向于端庄和古典。苏雪林笔下的灵动之美无疑构成了对上述风格的有益补充,丰富了当时美文写作的审美层次和内涵,独具一格。

三,真挚之美。进入苏雪林早期散文的情感世界,便会发现自然之爱、伦理之爱、两性之爱和民族之爱是其主要的组成部分。苏雪林自幼生长于钟灵毓秀的皖南山区,触目为青山绿水,耳濡目染质朴素雅的徽州文化风情,养成她自然之女的性格:

我所受的蛮性或者比较的深,而且从小在乡村长大,对于田家风味,分外系恋。我爱于听见母鸡咯咯叫时,赶去拾它的卵了;我爱从沙土里拔起一个一个的大萝卜,到清水中洗净兜着回家……虽然不会挤牛乳,但喜欢农妇当着我的面挤,并非怕她背后掺水,只是爱听那迸射在白铁桶的嗤嗤的响声,觉得比雨打枯

---

① 苏雪林:《鸽儿的通信》,《苏雪林文集》(第一卷),合肥:安徽文艺出版社,1996年,第230~231页。

荷,更清爽可耳。①

……因为我的祖父,都是由山野出来的,我也曾在乡村生活过多少时候,我原完全是个自然的孩子啊!②

正是这种发自内心地对自然之趣的依恋,《绿天》中对自然的描写才充满诗情画意,让人充分领略到自然之美的神韵。阿英在《绿漪论》中说:"在自然的面前,她总'感觉'自己的渺小;在自然地面前,她总'惊奇着宇宙永久之谜'。她俯伏并且沉醉在它的面前。她觉得只要能亲近自然,那是人生的无上的幸福……她对于自然的醉心,和对于亲母的爱一样,是流露在《棘心》与《绿天》的各部分里。特殊的是,在她的著作里,对于自然描写最多,而技术的成就特好……只要遇到自然,她就感到'畅心乐意'。"③林海音也曾深情地说:"《绿天》实在是一本富有诗意的散文,描写大自然景色的情意之文,书中很多。我在中学时代读它,和今天做了祖母读它,一样使我深得其味"。④

读散文集《绿天》和散文化小说《棘心》你会发现,苏雪林的男女之爱和伦理之爱其实是交织在一起的,是受制于伦理之爱的。她受"五四"新文化运动的洗礼,又留法数年,自然接受了现代爱情观的影响,但却并未能荡涤传统伦理道德观念对她的制约,她最终服从母亲而牺牲了自己对理想爱情的追求,用"孝心"与"德性"战胜了自己。《小小银翅蝴蝶故事》中将昆虫人格化,真实再现了她在婚姻恋爱问题上的经历及最终的选择:"我们的婚约,是母亲代定的,我爱我的母亲,所以也爱他。"这话就反映了那一时期徘徊于传统和现代之间的知识分子在婚姻问题上的普遍心态,鲁迅、胡适等人都有和苏雪林类似的心态与经历。《绿天》是她的"结婚纪念册",有大量的关于两性情爱心

---

① 苏雪林:《我们的秋天》,《苏雪林文集》(第一卷),合肥:安徽文艺出版社,1996年,第247页。
② 苏雪林:《绿天》,《苏雪林文集》(第一卷),合肥:安徽文艺出版社,1996年版,第221页。
③ 方英(阿英):《绿漪论》,《苏雪林文集》(第四卷),合肥:安徽文艺出版社,1996年,第394~395页。
④ 林海音:《剪影话文坛》,北京:中国文联出版公司,1987年,第26页。

理的描写,但浓而不烈,含而不露。如《鸽儿的通讯》借鸽子的生活来比喻新婚夫妇的欢乐,《小猫》中突出家庭对于"她"的人生世界的"宽广"的意义,这些显然更符合作者的审美习惯和当时的复杂而真实的心境。

对国家民族的挚爱散见于苏雪林早期的美文中,是其早期情感世界的有机组成部分。《绿天》中构建了一个个世外桃源,在与黑暗现实的对峙中,抒发对民族国家及其灿烂文化的热爱。对于自然之美的贪恋,正是对黑暗现实的诅咒。《我们的秋天之四:瓦盆里的胜负》借蟋蟀之争比喻军阀混战;《岛居漫兴之二:在海船上》借海洋中水母的生活习性讽刺高高在上的统治者;《劳山二日游之八:上清宫的银杏》借合抱同体的古老银杏抒发对民族文化"源远流长,取精用宏"的赞美和继续"发荣滋长"的期盼;《岛居漫兴之三:青岛的树》更是借青岛这颗"光辉映着五千年声名文物的光华"的东方明珠几经沦丧的坎坷经历,表达了维护祖国版图完整,反对帝国主义侵略的强烈民族情感。正是基于这种强烈的民族感情,抗战时期苏雪林才能毁家纾难,倾囊而出,将所有嫁妆、薪俸、版税兑成金条捐献给政府,以助抗战,赢得社会盛赞。

无论是自然之爱的痴迷、两性之爱的追求与困惑、伦理之爱的刻骨,抑或是民族之爱的真诚无私,都是苏雪林早期情感世界在散文中的真诚袒露,含蓄中见坦诚,坦诚中见真挚,散发着一种真挚之美。从审美的角度看,这种真挚之美是其情感世界的内核,是作家早期散文写作穿越诗画之美、灵动之美达到的最高审美层次,使得她的美文在"美"的构成上获得一种独特而完整的形态。较之于其他女性作者的美文,在"美"的内涵上也更为丰富,成为当时美文运动不可或缺的组成部分。

### 3.《绿天》中的"西化"色彩

从《绿天》代表的早期散文的艺术风格问题进行延伸,笔者以为还有一个问题应该提到,这就是她的早期散文中的"西化"因素。之所以突出强调这一点,因为这一点涉及《绿天》和中国现代散文传统的关系问题。这里从文化背景的角度展开论之。

早期的苏雪林实际上置身于三重文化背景之下,就是旧传统、"五四"新文化和基督教文化。基督教文化自不必说,"五四"新文化的文化源头和思想基础亦源自西方。旧传统的力量虽然最终"迫使"她选择了不幸福的婚姻,但在早期书写着"美丽与哀愁"的《绿天》等美文中,还是显示出了比较明显的"西化"色彩。具体来说,可分为基督教文学与文化色彩、西方唯美—颓废主义文艺思潮的影响以及对西方社会制度、人物风土乃至科学技术的明显美化等方面。这和美文运动中冰心等女性作者普遍从古典文学传统中汲取艺术养分大异其趣。

一,基督教文学与文化色彩。苏雪林赴法国留学后,与天主教结下不解之缘。《棘心》借主人公杜醒秋的经历,很有层次地展现了苏雪林从最初的反对抵制,始而受宗教环境的影响而生兴趣,到最终在心灵痛楚中皈依基督的心路历程。归国后,国外浓郁的宗教环境已不复存在,相反,基督教随殖民主义强权一起进入中国的方式及其被利用作为文化侵略工具的性质,多数国人俱持排斥、抵制态度,但基督教文化还是在苏雪林早期的写作中留下了诸多印记。除了《棘心》之外,早期散文中也颇多宗教的影子。在《绿天》中,"善于画梦、渴于求爱"的苏雪林却利用上帝创世界的典故和想象编制了一个"美丽的谎"。散文开始即说:

> 亚当和夏娃的地上乐园,真是太令人神往了,数千年来,有着不少口碑来传述它,不少诗歌来歌咏它,不少散文来铺张它,连学习工科,平日对于《圣经》素少寓目的石心(这里隐喻其丈夫张宝龄,笔者注),也常常对我说:"我想寻找一区隔绝市嚣、水木清华的地方,建筑一所屋子,不和俗人接见。在那儿,你做夏娃,我做亚当,岂不好吗?"①

关于男女新婚快乐的譬喻和想象,在中国的传统文化中不可谓不多,诸如牛郎织女、鸳鸯蝴蝶之类,俯拾皆是。而苏雪林偏偏用了亚当夏娃的典故来比对自己的实际上并不是很幸福的婚姻,且用了抒情的笔致,显示出西方宗教文化对她的影响

---

① 苏雪林:《绿天》,《苏雪林文集》(第一卷),合肥:安徽文艺出版社,1996年,第221页。

还是很深的。在接下来的叙述中,又出现了有关基督教文化的用语,诸如"地上乐园"之类,而且借助于"我"的幻想,对于这"地上乐园"展开大篇幅的、典型的西方宗教中自然、文化场景的描绘:

> 杲杲秋阳,忽然变得炫目的强烈……梧桐亭亭直上,变成热带的棕榈,扇形大叶,动摇微风中,筛下满地的日影。榆树也化成参天拔地的大香木,满树缀着大朵的红花,垂着累累如宝石如珊瑚的果实。空气中香气蓊勃,非檀非麝,闻之只令人陶然欲醉而已。……这里没有所谓害人的东西,凶恶的鳄鱼懒洋洋的躺在河边,在做着它们的沙漠之梦。一条条红绿斑斓的蛇,并不想噬人,也不想劝人偷吃什么智慧之果,只悠闲的盘绕树上,有时也吱吱地唱着它们蛇儿的曲儿。……流泉之畔,隐约有一男一女在那里闲步。这是人类的元祖,天主用黄土抟成的人,地上乐园的管领者。①

粗略统计一下,上述带有浓厚基督教文化意味的想象和描述约占《绿天》一文总篇幅的四分之一。可见苏雪林在描述她的理想中的新婚幸福时,那种西方化的男女幸福观的影子始终挥之不去。值得指出的是,苏雪林在描述中突出强调了"地上乐园"的和谐与快乐,这与基督教文化中人类起源于"原罪"的传说并不很一致。作为天主教徒的苏雪林,以基督教人类起源传说比喻自己向往的世俗男女幸福,并不符合博爱坚忍的基督精神。她加入天主教,主要是想从基督教中求得心灵的宁静。在婚后短暂的两三年里,苏雪林对婚姻还是抱有幻想的。很自然,她将这种幻想和之前抚慰她心灵的基督教文化掺合在一起,于是有了西方亚当夏娃般的、又带有中国式世外桃源般的和谐婚姻生活的冥想。

二,西方唯美—颓废主义文艺思潮的影响。作为美文运动的实际参与者,苏雪林虽然没有走上美文运动后期"为自我而

---

① 苏雪林:《绿天》,《苏雪林文集》(第一卷),合肥:安徽文艺出版社,1996年,第224~225页。

艺术"、"为艺术而艺术"的偏执之途,但对导致美文运动这一偏执的主要原因,即从西欧传入中国现代文坛的唯美—颓废主义文艺思潮却未能完全免疫。早在她赴法国留学期间,就接触到了以王尔德为代表的英国唯美—颓废主义文艺思潮的作品,并对其很是欣赏。在小说《棘心》中描写她的留法生活时,就多次提到王尔德和他的作品。她在比喻有才华之人,曾将王尔德和李白并提;在邀请未婚夫来欧但遭到拒绝时,又用了王尔德的青年诗人以心血染红玫瑰奉献情人、却遭情人丢弃的童话故事,来表达内心痛彻心扉的悲愤。可见苏雪林对王尔德之熟悉。在早期散文中,我们也能看到她对唯美主义的偏爱,当然绝不至于颓废。

王尔德的代表作《莎乐美》一剧被田汉等人译介入20年代文坛后,风行一时,出现了许多译本。剧中王后莎乐美因爱慕圣约翰而欲亲其唇,因被拒而生恨,竟设计割下了圣约翰的人头而遂其愿。该剧主题虽极颓废,但语言风格却极唯美,故得到许多人追捧。再后来,我们知道苏雪林于1935年11月发表了三幕剧《鸠那罗的眼睛》,而《鸠那罗的眼睛》的开头第一句便引用了《莎乐美》中王后莎乐美的那句著名台词:"唉!你总不许我亲你的嘴,约翰。好!现在我可要亲它了。"关于这一点,后面的戏剧部分还有详述。结合这些例子和《绿天》的写作年代,可以看出苏雪林对这时期的唯美—颓废主义文艺思潮是非常熟悉的。我们再来看看《绿天》集中《我们的秋天》一文对夕阳落山之际暮色的精妙摹写:

> ……然而最可爱的紫,莫如映在夕阳中的初秋,而且这秋的奇光变幻的太快,更教人恋恋有"有余不尽"之致。荷叶上饮了虹光行将倾泻的水珠,枕首绿叶之间暗暗啜泣的垂谢的玫瑰,红葡萄酒中隐约浮现的青春之梦,珊瑚枕上临死美人唇边的微笑,拿来比这时的光景,都不像,都太着痕迹。①

一段典型的唯美文字,浓墨重彩,想象奇瑰,特别是"垂谢

---

① 苏雪林:《我们的秋天》,《苏雪林文集》(第一卷),合肥:安徽文艺出版社,1996年,第248~249页。

的玫瑰"、"青春之梦"、"临死美人唇边的微笑"等譬喻，对色彩的摹写真是唯美到带有一点颓废的意味了。纵观苏雪林早期的散文，这类描写不多，但唯其不多，才格外引人注目。在涉及环境、景物、季节、风土人情、人的心灵世界等方面时，苏雪林总是很"唯美"的，舍得花大量笔墨，赋万物以色彩、以性灵。对美和艺术的膜拜是唯美—颓废主义的一个基本特征，但并非任何对美和艺术的尊崇都全然或必然是唯美—颓废主义的。就苏雪林早期的创作看，她笔下的景物呈现的情态确是非常健康的，这是因为她本人的情感心态非常健康甚至保守之故。所以，上述一些带有唯美—颓废主义色彩的"东鳞西爪"，只能说是一个接触过西方现代文艺思潮的热爱美文的女作家，在自己的文章中自觉不自觉地随意点染而已。偶尔为之，无关大体，更多显露的似乎倒是那种属于年轻女性特有的浪漫和才情。

三，对西方社会制度、风土文化乃至科学技术的美化。苏雪林留法近四年，且夙喜游历，对欧洲的文化历史、风土人物、典章制度乃至于科学技术比较熟悉，在心理上培植了亲近感和西方现代文明的优越感。归国以后，目睹国内军阀混战、百业凋零、满目疮痍，自然生对比之心，对比之后则生感慨之心，这些皆属人之常情。作为一个年轻的抒情时又异常感性的女作家，在表达这种感慨时自然会对西方现代文明流露出羡慕之意。在早期散文中，在她哀叹祖国山河破碎、人才凋零的同时，这种羡慕还是随处可见的。《鸽儿的通信》是《绿天》集中写得最富性灵之美的一篇，绝少西化色彩，但我们在该文的第十一部分还是看到了对国外文化环境的向往和对国内荒芜凋敝景象的描述。作者首先写去省立第一图书馆借书，但馆中环境令人烦躁不安，图书也少得可怜。接下来就写到：

> 我想起从前所见法国郭霍诺波城的图书馆了，里面参天的老树何止几百株，高上去，高上去，葱葱郁郁的绿在半天里。喷泉从古色斑斓的铜像所拿的瓶子或罐子什么的里面迸射出来，射上一丈多高，又霏霏地四散落下，浓青浅紫中，终日织着万道水晶帘。展开书卷，这身儿真不知在什么世界里。或者，就是理

想中的仙宫吧。①

在后来的《岛居漫兴》一文中,她又接上了这个话题,在和别人谈论"青岛"之"青"的来历时说:

> 从前的青岛,都是乱石荒山,不宜种树。德国人用了无数吨炸药,无数人工,轰去了乱石,从别处用车运来了数百万吨的泥土,又研究出与本地气候最相宜的洋槐,种下数十万株。土壤变化以后,别的树木也宜于生长,青岛才真的变成青岛了。②

言语之间,充满了对德国现代文明的羡慕。近代中国的落后,在科技方面尤其明显。这一点留法的苏雪林感同身受。在《收获》一文中,苏雪林由国内农作物收获的不丰,很自然地联想到在法国的两次收获经历。言语间流露出对国外田园牧歌般生活的无限留恋。在赞扬完法国的樱桃肉多味美之后,她对国外的科技水平的羡慕溢于言表:"总之法国的许多珍奇的果品,都是用科学方法培养出来的。梅脱灵《青鸟》剧本中'将来世界'有桌面大的菊花,梨子般大的葡萄……中国神话里的'安期之枣大如瓜'将来都要藉科学的力量实现。赞美科学,期待科学给我们带来的黄金世界!"作者心情舒畅,欧洲的景物也变得美不胜收,由景及人,赞扬起欧洲的人来:"我爱欧洲的景物,因它兼有北方的爽皑和南方的温柔,它的人民也是这样,有强壮的体格,而又有秀美的容貌,有刚毅的性质,而又有活泼的精神。"这里有明显的美化意味。而在文章的结尾,苏雪林直接点题:

> 我爱我的祖国。然而我在祖国中,只尝到连续不断的"破灭"的痛苦,却得不到一点"收获"的愉快,过去的异国之梦,重谈起来,是何等的教我系恋呵!③

---

① 苏雪林:《鸽儿的通信》,《苏雪林文集》(第一卷),合肥:安徽文艺出版社,1996年,第241页。

② 苏雪林:《岛居漫兴》,《苏雪林文集》(第一卷),合肥:安徽文艺出版社,1996年,第272页。

③ 苏雪林:《收获》,《苏雪林文集》(第一卷),合肥:安徽文艺出版社,1996年,第264页。

细致地看一看,这类感慨和联想还是很多的。在《岛居漫兴》的第十三部分"万国公募"中,在谈及西方墓葬方式特别是法国巴黎的墓葬制度时说:"'死亡'是个阴惨的字眼,'坟墓'和'凄凉'、'寂寥'的观念相联结,而西洋人偏把墓地收拾得这么风光旖旎,淑气融合。'人生只合扬州死,禅智山光好墓田',我以为死在巴黎,应该比扬州更幸福。"在第十九部分"骑马"中,作者独自一人骑马游西湖,一鞭残照,蹄声得得,"我觉得那天西湖已幻化成欧洲古代贵族的猎场,身穿红衣,骑着骏马的男女骑士,出没于密林丛莽,筇声动处,猎犬合围,狐兔乱窜,我便是那中间的女骑士之一"。诸如此类的描述,字里行间,反映了作者对西方文明的眷顾。

"西化"在"五四"时期对现代作家们来说是个大的背景问题,没有几个人能置之度外,关键在于这种"西化"有没有渗入到作品的深层,影响到作品的特质。在"五四"新文学的诸种样式中,白话散文是和中国古典文学与文化资源保持联系最多的一种。尽管周作人在提倡"美文"这一白话散文概念时也参照了英语国家里的同类文体,但"美文运动"这一现代文坛第一个纯文学散文运动还是建立了它的古典散文传统,周作人对明末公安、竟陵派的推崇自不必说,朱自清、俞平伯、孙福熙、钟敬文等的作品中也有古典文学的影子。女性作家中,冰心散文尤其是个典型的例证。从这个意义上说,苏雪林的早期散文某种程度上游离于这个传统之外,但又不能说是个异数。苏雪林早期散文是感性的,但她的感性乃至于冲动,执着于个人的感觉和经验世界,这和她的内心长时间徘徊于旧传统、"五四"新文化和基督教文化之间有很大关联。她的内心很矛盾,文本中强颜欢笑,但绝少感伤意味。她长于在想象中缓解内心的矛盾,在义化比较中抒发情思,"西化"则提供了一个再好不过的参照对象。她后来的学术研究也得益于此。此外,天主教徒的身份也多少影响了她的价值取向和表达方式。这些因素让苏雪林变成了一个较为独立的存在,但她在表达自己对西方文明的欣赏与羡慕的同时,却每每在欣赏与羡慕之余又能回到中国的现实,回到问题的反面,显示出她内心的理性力量的强度及较强的现实感。所以她仍是一位典型的有着"五四"特征的现代中国作家。

## 4. 文风的转换:《岛居漫兴》等游记

在1959年台湾光启出版社增订再版的《绿天》中,收入了两篇较长的游记《岛居漫兴》和《劳山二日游》。这两篇文字是"纪念我们锡庆的文字"①,均写于民国二十三年,即1934年。从内容上看,和初版《绿天》是一脉相承的,仍涉及夫妻生活;从时间上看,写于美文运动走向没落的晚期。但相对于苏雪林漫长的创作生涯,仍属于她早期的写作,所以仍将这两篇文字放在本节美文运动的背景下来讨论。和初版《绿天》相比较,这两篇文字的文风产生了较大的转变,在某种程度上可以说预示了此后苏雪林散文风格的走向,在这里单独作为一个问题来说。

阿英在《绿漪论》一文中对苏雪林早期散文风格的评价是"细腻,温柔,幽丽,秀韵",同时又说了这样一段话,值得引用:

> 她(指苏雪林,笔者注)也有和其他的一般的女作家不同的地方。如她在另一篇短文里所说,女性文艺的作品,大都偏于细腻,温柔,幽丽,秀韵,魄力二字是谈不到的,虽然这是女性作品的特别美点,不必矫揉造作,勉强去学男子,但女子的作品,丝毫不露女性,也不能不说是难能可贵的。她虽然在大体上还脱不掉文字上的"女性的气息",可是她确实是想努力在这一方面获得开展。②

文中提及的"另一篇短文"笔者暂未查到,但阿英指出苏雪林早期散文有摆脱"女性的气息"的倾向,对她对"魄力"、"丝毫不露女性"的追求和努力给予了肯定。从同时代人的眼光来看,苏雪林当时就不满足于做一个"闺秀派"作家,这已是事实。苏雪林当然不是一个"闺秀派"作家,但她的创作有"闺秀"阶段,这一点前文已经提及。重要的是,她是如何从"闺秀"阶段中脱离

---

① 苏雪林:《绿天·自序》,《苏雪林文集》(第一卷),合肥:安徽文艺出版社,1996年,第218页。

② 方英(阿英):《绿漪论》,《苏雪林文集》(第四卷),合肥:安徽文艺出版社,1996年,第398页。

出来并最终超越了那些"闺秀派"作家,建立了自己的散文发展路径,在这个时期的散文中是否有迹可循?这是值得仔细梳理的。

进入30年代,苏雪林先去安徽大学任教,后经袁昌英等介绍,又去了武汉大学,和张宝龄开始长期分居。两人的家庭生活也随之趋于瓦解。她后来组建了姐妹家庭,独自面对社会和人事,思想上也日趋独立和固执,性格中的坚强和开朗的一面表现出来。这在三十年代后的散文写作中变得越来越明显,导致她的散文内容与风格开始产生转变。这种转变在《岛居漫兴》和《崂山二日游》这两篇游记中是有迹可循的,主要表现在如下方面:

首先,从依恋家庭到关注社会。

初版《绿天》有一篇《小猫》,文中有这样一句话:"世界在她是窄狭的,家庭在她却算最宽广的了。"用来描述文中女性教师"薇"的家庭观和社会关系。这句话在某种程度上可以用来概括《绿天》时期苏雪林的婚恋和家庭观。应该说,婚后的苏雪林虽然一方面在寻找重新进入新文坛的路径,另一方面对传统的家庭生活还是比较向往的。没有这种真实的向往,就不可能有那种"美丽的谎"。她一度对张宝龄委曲求全,也是出于对一个完整家庭的维护,或者可以解释为对这个新婚家庭的依恋。这个时候她可以说更愿意躲在家庭的小圈子里,享受家庭生活的温馨。一篇《绿天》或《鸽儿的通信》就把这种依恋表现得足够真切了。

随着夫妻关系的日渐疏远,苏雪林开始将眼光转向外部社会,尽管她仍是一个书斋作家、学院作家,但她的散文写作视野日渐开阔,作品的社会内容日渐增加。《岛居漫兴》和《崂山二日游》两篇游记尽管是"纪念我们锡庆的文字",可通观二文的内容,介绍"青岛"和"崂山"(即是今天的崂山,笔者注)的建筑、自然景观及历史风物人情的文字占了大多数篇幅,再者就是苏雪林自己所作的家国、民族、人生方面的议论感慨,却基本不见夫妇同游同乐的记载。即使有三言两语涉及,也多是分歧和不睦。在这两本游记中,丈夫的角色只是一个可有可无的伴儿。她对自己未来的家庭生活和人生已经变得很悲观:"可怜这点理想,实现还很难。第一,儿女的梦想落了空;第二,理由多,说起来很不容易,勉强同自己开玩笑,只好说我命定的应当孤独一生,或者承认自己不适宜家庭生活罢了。"①并进而说:"倘若我不可避免地有个家,我愿做个养家的男人,而不愿做司家的主妇。""还是公共生活,与我们这类人相宜。"②

相反,作品再次开始大量地关注社会生活、民族文化与家国之忧。在游览城市风景和名胜古迹之余,苏雪林指点江山,纵论古今,变得更像一个公共知识分子。这里择取其中的几段略作说明:

在游览青岛水族馆与湛山精舍时,她看到后者的建筑风格中西混搭,不伦不类,与周围的景观极不协调,她就发出这样的忧虑和感慨:

> 这几年来,我国人似乎发了一阵"建筑狂",自首都至于小县城,自公家至于私人,这里也建筑,那里也建筑,说得好听是"兴国气象",不好听便是"土木之妖"。"土木之妖"是国家不祥的先兆,执政诸公请当心呀!
>
> 这几年来,国人对于建筑都抱有融化中西文化于一炉的野心,这就是形式上保留有中国固有的雄壮、肃穆、纤丽、幽深的风格,而实际上则采取西洋的坚固、精巧、豁爽安适的优点。不过这"中学为体,西学为用"的学问,实现于学术政治上固然很难;实现于建筑上也并非易事……③

在游览劳山上清宫时,看见两株分别由四五棵树合体而成的千年银杏,五株骈生,俨成一体。这引发了她对于中国古老文化能够在新时代吐故纳新、发荣滋长的盼望:

---

① 苏雪林:《岛居漫兴》,《苏雪林文集》(第一卷),合肥:安徽文艺出版社,1996年,第309页。
② 苏雪林:《岛居漫兴》,《苏雪林文集》(第一卷),合肥:安徽文艺出版社,1996年,第309页。
③ 苏雪林:《岛居漫兴》,《苏雪林文集》(第一卷),合肥:安徽文艺出版社,1996年,第277页。

> 有人说民族也颇像个体，衰老之后，便须继之以死亡，这是自然界的铁律，不容违背的。含生之物，以植物中的树木寿命最长，而世尚有"山无千年树"之说，何况其他。我以前常为我们这老大民族命运悲观，今日看了上清宫的银杏，觉得放心了。巴比伦、亚述、希腊、罗马等国亡，种亦随灭，像那些根柢脆薄的树木，寿限一到，便即枯萎而死，至于源远流长，取精用宏如我中华民族者，则像这株银杏，衰老之后，尚能恢复青春，而且比以前更发展得高大茂盛。①

很明显，此时的苏雪林已经从家庭的小圈子走了出来，开始重新关注起社会人生和民族国运，思考的深度和广度自然增加。自然，这中间也含有一些知识分子的闲情逸致与不免有些清高的生活追求，以及与底层民众生活的脱离和隔膜的书斋气，以及与时代精神契合的某种不足。但毕竟从家庭与书斋里走出来了，苏雪林的笔触细致地触及社会的方方面面，并作了不同程度的联系现实的引申和联想，文章由此变得大气起来。

据考证，在当时旅居和就职于青岛的著名现代文人中，包括当时执教于青岛大学的那些文人作家，苏雪林的这两篇长达六万余字的作品是记叙和描写青岛最为翔实的作品。② 其实，苏雪林总共在青岛待了不到一个月，她却用笔再现了当时青岛的城市风貌与风俗人情，虽属"漫兴"，但思维清晰，细致严谨，成为现代作家中最详尽地描述过青岛的作家。

其次，散文风格开始转向豁达豪放。

苏雪林的语言辞藻一向丰富华丽，性格开朗，其中还不乏好强尚武的因素，具有向豪放一途发展的潜质。只不过在《绿天》《鸽儿的通信》诸篇中因感情原因而保持了矜持和婉约，显得细腻温柔，这也是女性风格的共性与优长。在作品关注对象发生变化之后，她的豪放的潜质被慢慢发掘出来，艺术风格也

---

① 苏雪林：《劳山二日游》，《苏雪林文集》（第一卷），合肥：安徽文艺出版社，1996年，第331页。
② 郭丽：《苏雪林青岛游记略评》，载《中国海洋大学学报》（社会科学版）2003年第6期。

随之转向。这是很自然的事。笔者以为,在风格转换的过程中,她的语言的富丽质地并没有什么改变,只是在如下方面得到了改观:

描写场景变得宏大开阔。并不是苏雪林自此喜欢描写宏大开阔的场景,她眼中所见和别人并无什么不同,只是视野和开掘的问题。视野开阔了,在场景的基础上就会自然地加以引申和联想,从而丰富了场景的层次,增加了描写的高度与深度。前面所述的游崂山上清宫观赏千年合体银杏的场景即是一例。此外,由游泳联想到生死,由骑马联想到围猎,由战争遗迹联想到文明冲突,诸如此类,不胜枚举。这在很多时候都与作者心胸是否敞开有直接关联。在初版《绿天》中,我们就感受不到这种开阔宏大的气势,因为作者当时的心态是内敛的,执着于儿女情长,自然看不到社会与世界的丰富。所以,在某种程度上说,作者的心胸、心境决定着笔下景物的丰富程度。一个郁郁寡欢、了无生趣的人,是难以体察到大千世界的五彩斑斓与勃勃生机的,更谈不上去描写它了。

当然,景物本身所具有的美感特征也是重要因素。壮观的景物总是能激起人们豪迈的情怀,阴冷孤寂的景致则让人悲观消沉。在《劳山二日游》中"千石谱"一节,苏雪林连用了二十三个比喻,罗列了劳山"以石胜"的特点:

> 一望满山满谷……罗列万千,殊形诡貌,莫可比拟。勉强作譬,则那些石头的情状:有如枯株者,有如香菌者,有如磨石者,有如栲栳者,有如盆碗者,有如覆釜者,有如井阑者,有三五拈刺如解箨之笋者,有含苞吐蕊如妙莲欲放者,有卓立如宝塔者,有亭亭如高阁者,有翼然如危亭者,有奋翼欲飞如金翅鸟者,有负重轻趋如渡河之香象者,有作势相向如将斗之牛者,有首尾相衔如牧归之羊群者,有斑斓如虎者,有笨重如熊者,有如和南入定之老僧者,有衣巾飘然如白衣大士者,有甲胄威严如战将者,有端笏垂绅如待漏之朝官者;你有观音的千眼不能一一谛观,你有观音的

千手,也不能一一指点。①

面对千姿百态的大自然,造化的鬼斧神工,作者文思泉涌,奇思妙想层出不穷,文辞古拙典雅又文采斐然,一气呵成,可谓酣畅淋漓!苏雪林又是一位画家,对自然景观的美感的领悟比别人又深一层。我们还可以看看游记中苏雪林论画的一段话,来理解她对自然之美的不同风格类型的选择和欣赏:

> 我平生对于中国山水画,像倪云林一派的萧疏澹远之趣,并非不知领略。然于宋元人的大幅立轴,或岩壑盘旋,峰峦竞秀;或洪涛汹涌,山岛峥嵘;或老树千章,干如铁石者,尤为欣赏,好像胸中一段郁勃磅礴之气,非借此则发泄不尽似的。于自然界的风景,我之爱赏奇峰怪石,也胜于春草落花,平沙远渚。②

由此,我们不难看出在文风转换过程中,文风的转换与描写场景的变化相一致的,同时是她开始在语言中注重对气魄和力量的表现。

谈到"五四"一代女性作家文字中的魄力,苏雪林的文字倒是真值得书一笔的。当然,文字中的魄力并非都来自于慷慨激昂的语势和态度,有时候和风细雨、温情脉脉也是具有那种潜移默化的力量的,如冰心、凌叔华等人的叙述,但毕竟不是显示气魄的典型表达方式。苏雪林文字里的气魄与力量主要还是通过那种强有力的"男性化"的表达显示出来,将女性文字中的纤柔温婉逼迫出去,转换成一种男性的豪强之风,达到"女子的作品,丝毫不露女性"的境界。作者非性格豁达坚强者绝难做到。这点在两篇游记中已初露端倪了。

在《岛居漫兴》中"栈桥灯影"一节,作者以"万千白盔白甲跨着白马的士兵"来比喻海上晚潮的惊涛骇浪,呼啸而来,猛扑栈桥,"但见雪筛飞扬,银丸如雨,肉搏之烈,无以复加"。银色骑队永无休止地去攻击,栈桥却永远屹立波心不动。"栈桥是

---

① 苏雪林:《劳山二日游》,《苏雪林文集》(第一卷),合肥:安徽文艺出版社,1996年,第322~323页。
② 苏雪林:《劳山二日游》,《苏雪林文集》(第一卷),合肥:安徽文艺出版社,1996年,第323页。

一支长箭,个字桥头,恰肖似一枚箭镞。镞尖正贯海心,又怕什么风狂浪急?"至此还嫌不足,作者又进一步引申:

> 钱镠王强弩射江潮,潮头为之畏避,千古英风,传为佳话。这枝四百四十公尺长的银箭,镇压得大海不敢扬波,岂不足与钱王故事媲美么?①

壮观的景物激起了苏雪林内心的尚武情怀,她引了唐末五代时期号称"海龙王"的吴越王钱镠以强弩射退钱塘江潮的传奇故事来抒发这种情怀,豪情壮志可见一斑。此时与那个描写溪水戏弄红叶、内心温柔缱绻的苏雪林简直不可作同一人看了。

在《岛居漫兴》与《崂山二日游》中,苏雪林摆脱了婚姻家庭生活不睦的困扰,开始关注社会,以乐观向上的情绪去感受山水,真正展现了"登山则情满于山,观海则意溢于海"的情怀与胸襟,文风较初版《绿天》发生了明显的变化,艺术风格上的开拓与丰富是客观存在的。这为她的散文在30年代中期以后向关注民族社会、艺术人生等领域的过渡打下了很好的风格基础。从这个意义上说,这两篇游记是具有承前启后意味的作品,在苏雪林的散文写作中应该据有一定的位置。

## 5. 个体与思潮

通过对苏雪林早期散文的分析,可以看出苏雪林回国后的散文写作时间虽然略迟,但《绿天》的出版的确是当时美文运动的重要收获。除《绿天》这个集子之外,在1929年,她还写作了一些其他的散文篇章如《烦闷的时候》等,发表在当时曾孟朴等主办的杂志《真美善》"女作家专号"上,表现了自己当时烦闷、孤寂而又有所希冀的复杂情怀。阿英曾指这些作品"潜藏着一种生命的疲乏","基于对生的厌倦与孤独感,似乎没有什么事,能以引起她的特殊的兴味,——极度的欢喜或极度的悲哀"②。

---

① 苏雪林:《岛居漫兴》,《苏雪林文集》(第一卷),合肥:安徽文艺出版社,1996年,第312页。
② 阿英:《苏绿漪小品序》,《无花的蔷薇——现代十六家小品》,石家庄:河北人民出版社,1991年,第145页。

这组作品可以视之为对《绿天》中袒露的情感世界的一种很好的补充,也一样为读者所爱读。这些作品和《绿天》一起,奠定了苏雪林在美文运动这一新文体运动中的地位。虽然她在现代散文理论上缺乏足够的建树,但在创作上,她和周作人、朱自清、冰心、俞平伯、钟敬文等人一样,也是这一运动中的重要力量。就个体存在之于思潮的意义来说,特别是针对美文运动中的女性写作而言,苏雪林在这一领域的参与和贡献目前是没有得到足够重视的。

至30年代中期美文运动结束为止,初版《绿天》(1928年第一版)在当时以出版新文学著作知名的北新书局前后出版了八版,基本上是每年一版(相当于现在每年印刷一次)。下面这个表格,从印刷次数角度给出了20世纪二三十年代北新书局出版的新文学著作的排名,从中我们可以看出《绿天》在现代文坛和读者中的影响:

| 名次 | 书名 | 作者 | 北新印刷版次 |
| --- | --- | --- | --- |
| 1 | 寄小读者 | 冰 心 | 23版(至1935年底) |
| 2 | 呐 喊 | 鲁 迅 | 22版(至1937年6月) |
| 3 | 自己的园地 | 周作人 | 16版(至1935年) |
| 4 | 彷 徨 | 鲁 迅 | 15版(至1935年10月) |
| 5 | 情书一束<br>春 水 | 章衣萍<br>冰 心 | 12版(至1932年)<br>12版(至1934年9月) |
| 6 | 野 草 | 鲁 迅 | 11版(至1936年11月) |
| 7 | 热 风 | 鲁 迅 | 10版(无具体日期) |
| 8 | 日记九种 | 郁达夫 | 9版(至1933年3月) |
| 9 | 华盖集<br>绿 天 | 鲁 迅<br>绿 漪 | 8版(至1933年3月)<br>8版(至1935年底) |
| 10 | 雨天的书 | 周作人 | 7版(至1933年) |

注:以上数据根据现存目录及新书预告等情况综合绘制。①

---

① 引自陈树萍:《北新书局和中国现代文学》,上海三联书店,2008年,第174页。表格略有删改。

在上述表格的十二部新文学作品中，郁达夫的《日记九种》和章衣萍的《情书一束》没能成为新文学经典。前者吸引读者眼球的是作者与王映霞的恋情，以个人且是名人的隐私的公开创下了销售佳绩。日记在详尽地满足读者窥伺欲的同时缺乏文学必要的提炼和锻造，这是它不能进入经典的主因；后者的卖点其实是对市场大众低俗趣味的迎合，收录七部短篇，书中充斥着低俗的色情场景的描写和肉欲的意味，因而难以与展现灵肉冲突的《沉沦》相抗衡；其畅销还来自于章衣萍自己刻意在《语丝》上的大肆炒作，却终因内容的浅薄而难逃历史遗忘的法则。除了这两部作品外，其余十部都进入新文学经典行列，《绿天》赫然在目。作者除苏雪林外，总共只有三人：鲁迅、冰心和周作人。而特别的是，《绿天》又是上述作品中唯一一部一直难以进入高校新文学教材的经典作品。直至今天，高校中文系学生对这部作品大多还是比较陌生的，对苏雪林也语焉不详。

众所周知，崛起于20世纪20年代初的美文运动的发展方向至20年代中后期便发生了偏至，主要原因在于运动的主将周作人、朱自清、俞平伯等人的创作旨趣发生变化，逐渐偏向于"为自我而文章"、"为文章而文章"，格调上刻意追求闲适趣味，在风沙扑面的时代里提倡闭户读书哲学，"在十字街头造起塔来住"，主张彻底阉割美文的社会内容，流于颓废；艺术上则走向了唯美主义。流风所及，美文运动的后起之秀诸如废名（冯文炳）、梁遇春、何其芳、程鹤西等亦趋之如鹜，导致美文运动于30年代中期发生分化与蜕变。连朱自清都一度提出了唯美主义的生活观：刹那主义。主张在人生的向死之路上，抓住未死之前的每一刹那，好好地体会和享受生活的趣味。[1] 但朱自清等人后来走向严肃，而另一部分极端唯美、唯我者则彻底融入了现代文坛上的唯美—颓废主义思潮之中。如朱自清一样，苏雪林在这场新文体运动中没有走向艺术唯美主义和个人趣味主义的偏至之途，正视和肩负起作家的艺术良知和社会责任，在追求美的前提下，又为之增添了沉郁与豪壮的音符。尽管我们说，这种社会责任和艺术良知是从作者自己的意识形态角度去理解的，和30年代的主流文艺思潮并

---

[1] 解志熙：《美的偏至》，上海：上海文艺出版社，1997年，第206～207页。

不一致,甚至对立;但苏雪林毕竟保持和坚守了民族文化的底蕴。概而言之,她对美文运动的贡献在于:首先,文体方面,她和诸多散文名家一起,用创作彻底打破了所谓"美文不能白话"的迷信,如周作人在《美文》一文中呼吁的那样,在纯熟地运用白话的基础上消化了古典散文的典雅沉重,创造出一种可与古典散文相媲美且更富于文学性的散文,融古于今,是完全现代意义上的美文。其二,她的早期散文风格清丽与奇瑰共存,婉约和疏朗并重,为美文运动中的女性散文写作在"漂亮和缜密"(鲁迅语)之外增添了若干明朗的旋律,丰富了"美文"创作的色彩感与表现力。在这一点上她显示了充分的独特性。其三,苏雪林在追求现代散文的艺术性的同时,作为女性作家,并没有走向形式上的唯美化和内容上的完全"为自我而文章"的偏至,在抒写个体情感的同时,致力于美的形式和有社会意义的内容的有机结合,扩充了现代女性散文内涵的包蕴性。

## 二、抗战烽火中的家国人生:《屠龙集》

1937年抗日战争爆发,中国知识分子自此开始进入到一个"炼狱"时代。战争烽火对现代知识分子的肉体和灵魂进行了无情的锻造和磨炼,特别是对他们的民族观、世界观和生存观构成了不同于和平年代的真正的考验。古往今来,深受儒家文化浸染的中国知识分子在政治巨变面前总能维护民族大义,威武不屈,富贵不淫,贫贱不移;但同时也总有一些人因为诸种原因不能守住某些底线,为后人所耻。抗战期间也出现了一些著名文人如周作人、张资平、穆时英、刘呐欧等委身事敌,堕落失节。对于那些毁家纾难、颠沛流离的文人教授来说,战争烽火不仅考验着他们的肉体和灵魂,还全方位深刻地影响了他们的创作。"以笔为枪,投身抗战",成了一些社会责任感强的作家的自然选择。

然而,窘迫的现实生活、远离前线却远离不了随时可能出现的生命危险(如"跑警报")等等因素毕竟影响了多数作家们的写作,正如苏雪林在《屠龙集》序言中写道:

> 抗战以来,文坛真寂寞的可以;多产的变成了少产,少产的变成了绝笔。我想作家们生活不安定,当然是第

一原因；而身处后方，想描写抗战情形，则苦于无话可说，想再照从前草木虫鱼，吟风弄月，又觉得太"有闲"，为这个时代所不许；想写点后方生活，则不适意者多，适意者少，写出来也觉乏味，于是大家只好沉默。①

抗战期间的苏雪林同样也处于上述窘境之中。她虽也远离战场，社会责任和民族主义观念却让她成了"以笔为枪，投身抗战"的作家群中的一员。她的反映抗战、参与抗战的作品除了小说集《蝉蜕集》之外，还有一本散文集《屠龙集》，1941年由重庆商务印书馆作为该馆"现代文艺丛书"之一出版。从总体风格上看，这本集子彻底脱离了"《绿天》时代"所代表的私人生活与情感领域，她彻底进入到对民族国家命运的现实关注以及对社会人生的深层次思考之中。面对抗战之艰难时局可谓指点江山、激扬文字，有黄钟大吕之慨；述及社会人生与后方知识分子之现实生活却乐观开朗，幽默自信，时人以为可以"继承林大师（指林语堂，笔者注）的衣钵"。作者在序言后半部分明言，这幽默开朗却正是来自她对时局充满无限信心的表现。《屠龙集》接续了苏雪林在抗战前就开始用文章关注时局、建议时局的一贯做法，集子中有关社会人生思考的篇章，也为研究抗战时期大后方知识分子的人生路径与思想世界，提供了一个值得切入的角度。

《屠龙集》除序言外，共收文章十九篇。其中正文十一篇，皆属一般意义上的散文；附录八篇，则基本属于评点、建议时局的论说文。既有写于抗战之中的作品，也收有写于抗战之前的文章，如《屠龙——仿南非 Olive SeShreiner 沙漠间三个梦》（以下简称《屠龙》）。因为该集子版本较为少见，为便于读者查找相关收录文章，这里且将书中的目录列出如下：

屠龙集目录：
自序　　　　　　　　　　　附录：
青春　　　　　　　　　　　清末知识阶级的宗教热
中年　　　　　　　　　　　读书救国
老年　　　　　　　　　　　中华民族的潜势力
家　　　　　　　　　　　　武化与武德
当我老了的时候　　　　　　从军运动

---

① 苏雪林：《屠龙集·序言》，重庆：商务印书馆，1941年，第1页。

炼狱 　　　　　　　　　　学生与从军
乐山惨炸身历记 　　　　　敌人虐杀中国人的心理
屠龙 　　　　　　　　　　敌兵暴行的小故事
寄华甥
奇迹
雨天的一周

　　根据上述目录,从内容和主题的层面,可以将《屠龙集》分为三个部分:一是属于为抗战"呐喊"类,属于"宣传"文学,如以《屠龙》、《寄华甥》、《奇迹》、《乐山惨炸身历记》、《炼狱》等篇;二是属于为抗战时局"建言献策"类,附录中所收的数篇主要属于此类;三是在抗战的背景下反映后方部分知识分子对社会、人生、生命的思考,即所谓"与抗战无关"类,也是最能体现知识分子自身精神特征的一类,如《青春》、《中年》、《老年》、《家》、《当我老了的时候》等。

## 1. "宣传"与"呐喊"的文学

　　战争年代,大凡是服务于战争的文学,总不免带有"宣传"与"呐喊"的性质,服务于正义一方的文学就更是如此了。在战争进行的期间,往往少有对战争的反思之作。从题目上来理解,《屠龙集》首先应该是"宣传"与"呐喊"的文学。在《屠龙》一文中,苏雪林将日本军国主义比喻为一条"毒龙"。"屠龙"的命名本身就代表了一种抗争。这是《屠龙集》中此类作品表现得比较一致的主题。

　　《屠龙》一文其实写于1936年,抗战尚未全面爆发,但日本军国主义全面侵华的野心已经昭然若揭。《屠龙》写了三个梦境,分别勾勒了古罗马帝国的覆亡、耶稣诞生和日本即将侵华、古老中国将要复兴的画面,象征着一种文明发展过程中没落、新生、复兴三个连为一体的阶段。其中第三个梦境应该是落笔的重点,作者将当时的日本帝国比喻成烤炙万物的"红日",将日本军国主义比喻为一条从红日中钻出的"毒龙",文中的"天神"则象征着带领古老中国抗争侵略、复兴民族地位的领袖。据苏雪林去台后回忆此文说,文中"天神"便是指"蒋公",即蒋介石。笔者以为此说应该根据台湾戒严时期的特殊环境考虑,不宜坐实。苏雪林去台后对国民党和蒋介石多有溢美之词,对共产党大加挞伐,从海峡两岸政治对抗的角度看问题较为明显,给人以阿谀台湾当局之嫌,如在《辛亥革命前后的我》《我论鲁迅》等文中对蒋介石多有称颂。但在内地时期,苏雪林虽反共、支持南京政府却并不直接逢迎国民党,也并无直接称颂蒋介石的文字。在《屠龙集》自序中,她特意提到了《屠龙》的寓意,但也没有提及文中"天神"的指称问题。可见,《屠龙》一文在写作时,作者可能立足于南京政府执政十年、社会经济等方面取得一定的发展的现实,又正值日本步步紧逼之际,寄希望于国民党当局能抵御外侮,带领古老中国走向复兴。

《乐山惨炸身历记》是以知识分子眼光控诉日军轰炸国土的暴行。在抗战期间,这类文字很是常见,但此文在《屠龙集》中却是值得一提的。首先,这是一篇描写大后方知识分子亲身经历日军残酷轰炸的文字,描述具有极强的现场感,撼人心魄。当时的后方知识分子们也写过诸多关于"跑警报"的文字,但多是意在言外,如借"跑警报"来写后方生存之艰难,等等。以此反映抗战,多有不痛不痒或隔靴搔痒之感。苏雪林的这篇文字将描写重点放在了"惨炸"本身,详细记录了乐山遭轰炸后的血淋淋的现场惨景及损失状况,控诉了日军的罪行,在当时大后方的女性知识分子笔下绝无仅有。这次"惨炸",让在后方的苏雪林直接体验并"直面"了战争。而"惨炸"后乐山民众生活信心的快速回复,又让她认识到了中国民众对战争的极强的承受能力,从而坚定了她对抗战必胜的信念。该文可谓极尽了抗战文学"宣传"、"呐喊"的功能。其次,由于作者对乐山被轰炸的过程及损失程度做了非常详细的记载,涉及死亡人数的统计、街区损毁的面积、商业的损失以及生活物品价格的波动、生活成本的提高等等,具有史料的价值,可为研究抗战时期后方社会生活状况提供第一手的场景鲜活的历史资料。一般说来,性别使然,女作家较少在作品中再现血腥的战争场景。苏雪林的这篇文章,文字坚忍、冷静,蕴含内在的力度,再现了她敢于直面残酷现实的坚强的尚武性格。

《炼狱》有个副标题:"教书匠的避难曲。"文章以作者自己所在的武汉大学迁居乐山后的生活见闻为素材,以大学教授为主要叙述对象,分别从男、女的角度细致地描摹了这群战前生活悠闲、情趣清高的高级知识分子在避居大后方时的困窘生活状态。艰苦的生活环境、因抗战迁移家庭成员增多而导致的繁琐的家庭关系、物价飞涨、柴米油盐、无时不在的死亡恐惧……这一切将这群大学教授扔进了一个"炼狱"进行磨炼,拷问着他们的肉体和灵魂。最后,作者将日军飞机对乐山的惨烈轰炸比喻为"炼狱"中的"最后一把火","酷烈无比也壮丽无比的一把火",烧尽了这群高级知识分子对物质生活的留恋,锻造了他们无比充实的精神境界,净化了他们的灵魂;那就是教育后代,坚持抗战,向狂暴的侵略者复仇。《炼狱》一文对后方知识分子的日常生活和精神世界进行细致剖析的程度,在当时大量描写后方知识分子生活的文章中是比较少见的。"炼狱"是走向新生的前奏和序曲,"炼狱"的题名,也预示着中国现代知识分子经历过抗战烽火的洗礼,最终将走向新生。难得的是,苏雪林能用幽默诙谐的笔致和自嘲的口吻,消解了这篇富有战争宣传色彩的文字中的宣传意味,写得饶有个人趣味,充满底层生活的色彩。

除了上述篇章之外,《寄华甥》是一篇声情并茂的宣传励志文字。文章剖析、谴责了部分中国青年抗战期间畏缩后方、贪图享受的"私"、"怯"行径,鼓励有抱负的热血青年投笔从戎。她为自己的子侄辈能奔赴前线、为国服务感到无上光荣。《奇迹——献给阵亡将士的英灵》一文是为纪念汉口死难军民追悼会所作,是一篇悼文,但文章却毫无沉痛悲悼之泪,尽显报仇雪耻、浩气长存之概。《屠龙集》中的这类"宣传"与"呐喊"的文字,体现了苏雪林作为一个拥有强烈民族主义意识的作家,在民族危亡之际袒露的家国情怀,符合抗战时期的主流意识形态对知识分子思想路径的期待。

## 2. "建言献策"的文学

与那些写一些例行公事类的抗战宣传文章的作家不同,苏雪林作为一个基本书斋化的作家,对抗战可是投入了相当多的热情和精力。她对战争时局进行了相当认真的研究,充分展示了她的"尚武"本色。《屠龙集》中附录部分的文章除了《清末知识阶级的宗教热》这一篇学理性较强的文章外,多属于向当局"建言献策"的、甚至是讨论战争方略的文字,如《从军运动》、《学生与从军》、《中华民族的潜势力》等,这在当时身处后方的女作家中也是绝无仅有的。这些文章都带有极强的策论色彩,归属于文学作品之列也自然有些勉强;所抒写的内容与方略都是从作者自身的经验和阅历出发,见解与对策是否妥当,是否真正为时局所需,那是另一个层面的问题。从文学的角度来看,她的热情,她的激扬文字,能够消弭她在文中说理的抽象和数字的枯燥,是这些策论中最有魅力的因子。

《读书救国》、《从军运动》、《学生与从军》等几篇,应该说属于较为典型的策论文,基本主旨在于为抗日危局提供一些具体的建议和方略。《读书救国》写于1936年,支持当时较为流行的"读书救国"的主张,从抗战以及战备建设需要大量的军事技术人员这个事实入手,指出青年学生当下应该努力读书,而不是投身抗日救亡活动。文章以欧洲一战期间交战各国不忘加强教育为例,倡言青年学生到专科学校积极学习科技知识,成为技术人才,以备战争之需。《从军运动》有感于长期抗战中兵士的缺乏,积极响应时人提出的征集一千万后备军的倡议,分析以往征兵运动中的种种弊端和徇私舞弊行为,提出加强征兵宣传的主张;至于大量的军队下层军官的补充,作者建议从青年学生中进行补充,号召学生入伍。其立足点是青年学生掌握了现代科技,能为战争提供有力的技术支持。《学生与从军》则是对《从军运动》中学生入伍观点的一次集中表述。文中极力言说现代战争是科技战争,日军在战场上节节胜利是因为有现代科技的支撑。青年学生是现代化科技的传承者,应该走上前线,以科技武装军队;而不是写写文章,演演话剧,作作宣传了事;况且,青年学生从军会刺激普通国民的抗战信念,使战争赢得最广泛的民众的支持。

作为一个大后方的女性作家,苏雪林在提出这些建议、方略的时候,她是带着满腔热情的。她不可能具备那些军事专家的冷静与理智,她只是呼吁,用自己的理解和语言,所以更多的还是情感上的动员。在《从军运动》的结尾,她引用了当时的《义勇军进行曲》(即新中国成立后的国歌)来激励民气。在《学生与从军》中,她说:"作战需要牺牲,牺牲需要勇气,而勇气又生于认识。"这是典型的知识分子语言。她使用了自己擅长的煽动性语言来为自己的主张作宣传号召,将策论变成了激情澎湃的檄文。

《中华民族的潜势力》、《武化与武德》、《敌人虐杀中国人的心理》等几篇,关注的仍是抗战现实,在论述的问题上更为宽泛一些,个人性也更强一些,对问题的理解和描述也更富有知识分子的思维和语言特点。《中华民族的潜势力》从"民族的元气"和"集中的精力"两个方面来论述中华民族的战争基础和优势,虽有历史事实和现实条件的分析作为依据,但作者毕竟不是历史、政治与社会学者,多是概而论之,难免有"大而化之"之嫌。《武化与武德》中对"武德"的理解,也是沿袭这一思维与表达方式。作者提出以"武德",即所谓"尚武精神"作为时人倡导的"武化"运动的基础。而中华民族自古以来尚武精神缺失,是由于文化的烂熟,重文治而轻武功,导致民众柔弱懦怯,久为蛮夷之族所屠戮。因此,中华民族如今面对现代化的、充分武化的日本的入侵,必须遵循生存竞争法则,重拾尚武精神,抵抗外侮。至于《敌人虐杀中国人的心理》这样的文字,把日本军队残忍虐杀中国民众的心理归结为"武士道"和"蔑华",视之为"常态"而非"变态"心理,从而激发中国民众起来抗争,以暴制暴。这些文字虽然讨论的是抗战现实问题,但在论述过程中为了强调论之有据,引经据典,又有一定的学者气:如《敌人虐杀中国人的心理》中引用芥川龙之介的辱华观点,《武化与武德》中对梁启超观点的引用、对古今中外圣贤志士话语的引用,《中华民族的潜势力》中对中外古代文明的评价、对《汉书》中《李广传》的引用等等,终不脱知识分子的思维、语态和头巾气。

需要提及的是,苏雪林在作上述文章时,其立足点还是基于维护国民党南京政权的立场,因此"建言献策"的对象还是南京政府。文中也出现了一些以南京政府作为抗战领导中心来统一思想、统一资源、统一抗战力量的表述,这些表述可以结合苏雪林本人在抗战前形成的民族主义思想的言论来进行理解和评价。

## 3. "与抗战无关"的文学

抗战期间文艺界曾因梁实秋的言论而爆发了一场关于"与抗战无关"的争论,时断时续,贯穿了整个抗战时期。[①] 其实,身处大后方的知识分子,基本上都写过许多"与抗战无关"的文章,有的作家抗战时期甚至就没怎么写过"与抗战有关"的作品,如冰心、

---

① 梁实秋的观点参见他 1938 年 12 月 1 日在《"中央"日报》副刊《平明》上发表的《编者的话》,他在文章中重提"为艺术而艺术"的观点,并特别提出:"于抗战有关的材料我们最为欢迎,但是与抗战无关的材料,只要真实流畅,也是好的……至于空洞的'抗战八股',那是对谁也没有益处的。"文章引发了老舍等中华全国文艺界抗敌协会主要成员的批评。

沈从文、梁实秋,等等,其实也没有什么。战争期间,有反映战争状态的文学,也有反映非战争状态的文学,这才是文学的常态。战争毕竟不是生活的全部,更不是人生的全部。苏雪林的《屠龙集》中也收录了一些"与抗战无关"的作品,如比较知名的《青春》、《中年》、《老年》人生三部曲,有《家》、《当我老了的时候》等表现个人情怀的文字,甚至还有一篇类似日记体的《雨天的一周》。比较起来,这些"与抗战无关"的较少战争烟火气的作品似乎更能体现苏雪林步入中年后的文思和才情。

《青春》、《中年》、《老年》人生三部曲是现代散文史上相对比较知名的作品,也可以看作是苏雪林中年散文的代表之作,心态与风格都已经比较成熟。在战火纷飞的年代来谈人生的体悟,几乎类似于梁实秋的《雅舍小品》那样的"闲适"散文了。仔细品味,又发现这组散文的格调与"闲适"其实不是很相宜的。在散文中我们感受到的更多的是作者对人生的那种乐观与自信、豁达与从容。苏雪林从来都不是一个追求"闲适"的人,作为女性知识分子,她从外而内都和"优雅"无缘。她是个热情似火而又坚冷如铁、不拘小节而又保守内敛的女性。写作这三部曲时,她已届不惑。人到中年,思想与人生都渐趋稳定,创作进入到一个更为自由的时期,性格中乐观豁达、自信从容的一面充分展现出来。《青春》、《中年》、《老年》写了人生三阶段,但如果将这三部曲放在一起比较欣赏,却发现三部作品在视角方面有一个共同点,那就是成熟从容的中年心态。《中年》写的是"现在",《青春》是自中年向后"返观"的写法,而《老年》则是把自己变成了一个"老头儿",是"想象"的写法。《青春》从春天的美开始写起,写了"青春"的清洁美丽、"青春"的活力无限、"青春"的单纯冲动以及对"青春"的无限羡慕与怀念,正所谓袁子才之"不羡神仙羡少年"。这是中年人典型的心理。《中年》写的最为自由洒脱,先写人到中年后体质和神经方面日渐衰退的生理变化,再写心理的转变、记忆的衰退、感情的麻木颓废、心智的深沉、人情的练达。正所谓"青年生活于将来,老年生活于过去,中年则生活于现在"[1]。所以中年人不盲从、不武断,面对时代潮流,稳健理性,硕果累累。在文中苏雪林以自

---

[1] 苏雪林:《中年》,《屠龙集》,重庆:商务印书馆,1941年,第20页。

己和亲朋好友为例,娓娓道来,正是作者自己成熟自由心态之表现。《老年》中作者将自己"想象"成一个"老头儿",以与年轻人访谈的形式来谈自己对于老年人生的理解。老年人的饮食起居、性格习惯,老年人的孤寂自在、淡泊宁静,老年人的社会交往,最后也是最重要的:老年人丰富的人生体验。作者自谦曰"信口开河",实则左右逢源,从容不迫,竟似完全进入了老年的生存状态和精神世界中,令人惊讶作者竟有如此饱经沧桑的人生感受。

和中年心态的成熟相一致,苏雪林的散文艺术风格至抗战期间已臻炉火纯青之境。从《青春》等三部曲来看,首先是叙述的幽默与从容。关于这一点,苏雪林在《屠龙集》自序中已经提到:"朋友都说我的作风改变了,一派幽默风味洋溢笔端,可以继承林大师的衣钵。这称赞颇使我有受宠若惊之慨。……然则,幽默并非有闲阶级的玩意儿,倒是实际生活的必需品,于此可证,要骂还得先考虑一下才对呢。"①幽默当然来自于心态的从容,而在话语层层推进的过程中,又转化为语态和语境的从容。作者在叙述中,将自己的人生感受和经验信手拈来,譬喻迭出,妙趣横生。有时尽管喜欢"跑野马",旁逸斜出,但总似围炉夜话、灯下谈心,毫无生搬硬套之嫌。正如她所言,这种幽默从容并非来自于"有闲",而是来自于生活。其次是语言的诗意美。苏雪林早期散文有明显的诗画美的特征,文字的色彩感与画面感特别强。步入中年后,阅历丰富,心态从容。与早期散文相比,她文字中的画境逐渐淡出,而诗意越发浓郁深邃。可以看看《老年》中的这一段:

> 现在的景象是:木叶脱,山骨露,湖水死气沉沉,天宇也沉沉如死,偶有零落的雁声叫破长空的寥廓。晚上,拥着宽厚的寝衣躺在软椅里,对着垂垂欲烬的炉火,听窗外萧萧冷雨的细下,或凄凄雪霰的迸落,屋里除了墙上的答的答的钟摆声,一根针掉下地也听得见。静,静极了,好像自有宇宙以来只有一个我,好像自有我以来才有这个宇宙。②

这段文字,将老年心境的孤单与寂寞写的透人心脾,画境没有了,而那种浓浓的诗意却弥散开来,让不同年龄段的人都能感

---

① 苏雪林:《屠龙集·序言》,重庆:商务印书馆,1941年,第3页。
② 苏雪林:《老年》,《屠龙集》,重庆:商务印书馆,1941年,第27页。

受到这份深深的孤寂和悲凉。这类例子在三部曲中是很多的。最后是表达的知性美或者说理趣美。《青春》等三部曲属于议论散文,文中有大量的议论与说理,容易流于枯燥和生硬;但她能用自己的人生感悟娓娓道来,将人生的每个阶段谱写成不同的旋律,知性的渗透使得每一种旋律都能谱写成诗意的曲调。作为一个学者型作家,她的遣词造句极富有知性的内涵,但她能用丰赡而又有余裕的文笔将之转化为一种富有理趣的美。在《老年》中她谈人生:"人生如游山。山要亲自游过,才能知道山中风景的实况。旁人的讲说,纸上的卧游,究竟隔膜。……朝岚夕霭的变化,松风泉韵的玎琮,甚或沿途所遇见的一片石,一株树,一脉流水,一声小鸟的飞鸣,都要同你官能接触之后,才能领会其中的妙处,渲染了你的感情思想和人格之后,才能发现它们灵魂的神秘。"①复杂的人生体验,被她借助于诗化的语言形象化了,从而呈现出一种理趣美。读者往往只能在中年作者的文字中发现这种美,它是作者的人生进入成熟期的产物,也是作者艺术风格进入成熟期的标志。对于苏雪林来说,同样如此。

除了《青春》三部曲外,"与抗战无关"的作品似乎还有《家》、《当我老了的时候》、《雨天的一周》等。这些作品在艺术风格上与上述三部曲并无大的差别,但在内容方面更具有个人性。《家》写作者自己对家庭的理解以及对未来理想家庭生活的思考,结尾还不忘抗战:"我们应当将小己的家的观念束之高阁,而同心合意地来抢救同胞大众的家要紧。"结尾来一句"匈奴未灭,何以为家!"《当我老了的时候》和《老年》一文属于同一类型,只是幽默从容的意味淡了不少,而思考的痕迹更为明显。结尾还对自己老死之前的理想状态进行了想象,平静而淡泊。值得一提的是《雨天的一周》。这是一篇有一定史料价值的作品,实际上是一周的日记合在一起而成,时间跨度是 1937 年 4 月 18 日至 24 日。该文写作时间是 1937 年 6 月,曾发表在《青年界》12 卷 1 号上,记录了作者一周的工作、生活和所思所想,并无特殊重要之事。苏雪林喜欢写日记,但她自 1948 年 10 月 1 日之前的日记基本丢失损毁(除了 1934 年全年的日记以及此文),所以此文对于了解苏雪林抗战前

---

① 苏雪林:《老年》,《屠龙集》,重庆:商务印书馆,1941 年,第 38 页。

夕的生活、思想和创作,具有一定的参考价值。

## 三、"四十不惑"前的艺术人生:《青鸟集》

《青鸟集》1938年7月由长沙商务印书馆出版,作为该馆推出的"现代文艺丛书"之一,现今已绝版。《青鸟集》共收文章24篇(包括附录2篇,为向培良所作)。其中剧评4篇、文评5篇、诗评2篇、画评3篇、作家印象类文章5篇、创作谈3篇。因为该集子目前比较稀见,为了便于读者查找相关收录文章,这里将书中的目录列出如下:

青鸟集目录:
自序
梅脱灵克的青鸟
孔雀东南飞剧本及其上演成绩的批评
附录:关于演剧并致雪林先生
演剧问题答向培良先生
附录:再答雪林先生
再答培良先生
我怎样写鸠那罗的眼睛
旧时的诗文评是否也算得文学批评
现代文艺发刊词
魔窟序
周作人先生介绍
自传文学与四十自述
写在现代作家前面
扬鞭集读后感
蝉之曲序
山窗读画记
看了潘玉良女士绘画展览以后
谈喻其炜先生的国画
林琴南先生
北风——纪念诗人徐志摩
我所见于诗人朱湘者
关于庐隐的回忆
我做旧诗的经验
我写作的动机和经过

从内容上看,《青鸟集》是否应该作为散文集进行批评研究,本身是值得探讨的。有一些篇目属于较专业的文艺批评,如作者和向培良关于演剧问题的讨论;如一些诗评和画评;还有《旧时的诗文评是否也算得文学批评》《自传文学与四十自述》这样的涉及文艺理论性的文字。不过从深度方面看,这些文章讨论的问题并不十分深入,绝大多数是苏雪林为了应付当时报刊杂志的约稿而写的,而且和新文学现象息息相关。虽然也涉及一些当时的艺术前沿问题,比如演剧问题,但并不缠绕于抽象的理论分析,所以多写得通俗浅显,读者并不难明白,近似于文艺杂谈。这显示了苏雪林抗战前所写的一些文艺批评并不十分在意理论的运用，感性的特征比较明显。《青鸟集》中的一些作家印象类文章对作家的生平、性格、文风、情感世界的介绍比较多，并不太注重对作家作品的分析，属于人物类散文，典型的如写徐志摩的《北风》和《我所见于诗人朱湘者》。关于作者自己的写作的三篇文章，夹叙夹议，完全可以当作一般的杂文随笔来看。相比较她的专业性、学术性更强的文集《蠹鱼集》（原名《蠹鱼生活》，1938年长沙商务印书馆再版易名为《蠹鱼集》）①，这里还是把《青鸟集》当作文艺类散文来进行讨论。当然，这里的散文概念已经泛化了，包容性增强了，不再只是20世纪20年代推崇的美文小品，不过这也符合现代散文文体多样化演变的趋势。

从写作时间上看，《青鸟集》虽出版于1938年，但收录的是抗战前的作品。其中的文章全部写于抗战全面爆发之前，集子的自序写于1937年6月，文章写作时间跨度近十年："写作时间最早为民国十六七年，最晚为二十五年。"②最早的应该是《看了潘玉良女士绘画展览以后》、《蝉之曲序》和《梅脱灵克的青鸟》这几篇，均写于1928年。也就是说，在苏雪林迈入"四十不惑"的门槛之前，《青鸟集》的写作已经完成了。这是一部记录作者早期踏上文艺批评之历程的文艺类散文集，显示了苏雪林多方面的艺术才华。集子对于考察了解归国以后、抗战前十年苏雪林的文学、艺术观的形成和发展是很有帮助的。

根据《青鸟集》所收文章的内容及其叙述语言，可大致分为两个部分：一部分是语言表述相对严谨、条理清晰，有具体固定的阐释对象且有一定学术性的文章；另一部分是缺少具体的阐释对象和逻辑思维、语言表述相对宽泛随意、类似读后感和杂感回忆、有着苏雪林比较"擅长"的"跑野马"特点的有余裕的文章。

## 1. 相对严谨、规整的论说文类

此类文章首先要数苏雪林对好友袁昌英的话剧《孔雀东南

---

① 徐志摩1929年春应邀去苏州女子中学演讲，在途中买了此书。在演讲时以此书为例，说："现代女子也可研究学术，此书可证。"这给了苏雪林极大的鼓励。由于该集子学术性较强，关注的多为古典文学问题，本书没有将它作为散文集来进行讨论。

② 苏雪林：《青鸟集·自序》，长沙：长沙商务印书馆，1938年，第1页。

飞》的演出的评价,以及由此展开的和戏剧家向培良关于当时的演剧问题的讨论。笔者这里无意于对他们的观点进行是非辨析,这也超出了本章讨论的范畴。通过他们的讨论,对苏雪林此类论说文的语言风格、艺术立场、思想资源进行梳理分析才是目的。这对考察苏雪林作为一个新文学批评家的批评个性和批评标准的生成过程很有帮助。

《孔雀东南飞剧本及其上演成绩的批评》《演剧问题答向培良先生》《再答培良先生》等几篇文字皆是关于话剧演出问题的讨论,从《孔雀东南飞》一剧能否上演这一问题出发,讨论双方的话题涉及话剧演出的方方面面,最后延伸至国剧改良问题。苏雪林首先肯定了《孔雀东南飞》剧本的成功,指出剧本从心理学角度来处理人物悲剧关系的独辟蹊径,特别是焦母和兰芝之间的悲剧冲突。她从弗洛伊德的所谓"阿底普斯错综"(即"俄狄浦斯情节")以及西方关于悲剧形成的三种冲突(即人与宇宙力量的冲突、人与人性的冲突、人与社会的冲突)入手来分析剧中焦母的恋子情节及对儿媳的压迫,深入人物情感世界的深层,可谓独到。我们从中也可以看到西方文艺母题和阐释方法对苏雪林的文艺批评的影响。接着她又谈到对剧本演出效果的看法,批评了演出服装的现代化、舞台布幕的过于潦草以及人物语言的不够统一,对人物的表演效果也分别进行了点评,并批评了观众的肤浅。苏雪林的观点引发了戏剧家向培良的"商榷",向培良从旧戏服装不能登台、方言不能登台、不能改动原剧本等方面指出《孔雀东南飞》一剧在当时不可上演,上演的失败是必然的。苏雪林不能完全同意,又有针对性地从上述三方面出发,引经据典谈了自己的看法,涉及历史剧的理解、国剧改良等问题。然后是向培良的"再答",集中在《孔雀东南飞》一剧究竟可否上演和国剧改良两个问题上,指出剧本有可以上演与不可上演的区分。最后是苏雪林的"再答"。双方的讨论牵涉欧美剧坛情形、国剧改良以及中国历史剧等领域,可谓跑了"野马",但基本问题还是比较集中的。从总体讨论的内容来看,涉及当时的戏剧界对话剧演出规则以及一些现代戏剧理论问题的关注,对现代戏剧理论建设不无裨益。

值得提出的是,苏雪林在这场讨论中态度中肯,语调平和谦恭。她本着现代批评的交流沟通精神与对方进行探讨,批评语言的使用也极有分寸,青年时代的那种批评语言的攻击性已经淡化了很多,显示出对批评对手的尊重。这和作者的年龄和学养的增加有着当然的关联,说明了苏雪林的批评心态开始走向成熟。再一点就是对自身立场的坚持,在有选择性地认同对方观点的同时,苏雪林坚持了自己的基本立场:那就是剧本只有上演才能展现全部的魅力,中国戏剧需要改良以适应现时代。这一点延续了她青年时代不轻易服输的批评个性,自称"戏剧门外汉"的她坚持了自己的批评理念:那就是以西方经典戏剧特别是莎士比亚的剧本为最高准则,以欧美近现代剧坛舞台实践为比较对象,辅之以中国古代和近代的戏剧理论,试图建立起自己的批评标准。同时我们不难看出,苏雪林的主要批评资源来源于西方,她的每篇文章里都举了莎士比亚剧作的例子,都举了欧美近现代舞台实践的例子,作为自己观点的依据。可见此时她面对作为舶来品的话剧,尚没有建立起自己的批评尺度。她自己在文中也坦承,她的一些观点,也是在讨论中临时翻书及与人交流而产生的,因而不可能完善,更谈不上体系性的认识。

《旧时的诗文评是否也算得文学批评》、《自传文学与四十自述》、《魔窟序》等文章涉及了一些理论概念的辨析与判断。如"诗文评"、"文学批评"、"自传文学"、"神话与童话文学"等,更近乎于理论性的文章。但作者在阐释自己观点的时候,引用了大量的古今中外的经典作家观点和作品的原文,一定程度上避免了阐释的过分枯燥。她对"引用"十分重视。有时引用文字甚至在文章中占相当大的篇幅,这是苏雪林文艺批评文章的一个重要特点,如在《自传文学与四十自述》、《魔窟序》中都有大幅的对作品原文的引用。这样做有时当然会削弱阐释的深度,但对于一些理论要求不是很强的文艺杂文来说,会增加叙述的感性和表达的效果。对于上述文章来说,在理论构架上都不是非常严谨,《旧时的诗文评是否也算得文学批评》就提供了一个中西比较的框架,对比指出中国古代"诗文评"不够系统。虽有较详细的各朝代的文体分类,但缺少细致深入的分析,最后也有结论,毕竟总体上给人以泛泛而谈的感觉。严格来说,苏雪林这时期一些偏于理论性的现代文艺杂文都带有这样的特点,比不上她的一些古典学术论文论述之深入。她本来就对古典学术更感兴趣。从《青鸟集》序言看,这些文章又多是应报纸杂志约稿或人事应酬而写,有些领域她并不熟悉;也有部分是应她在武大讲授"新文学研究"课程的需要而写,时间要求紧,应该说并没有经过较长时间的写作准备。因此这些文章虽不乏精准的判断、华美的语句以及较渊博的知识储备,但在批评标准及知识体系的建设上还有待进一步的凝炼和完善。

## 2. 相对自由、宽泛的随笔文类

《青鸟集》中有不少的文字都属于相对轻松自由的文艺性杂文随笔,包括序言、观后感、作家印象、创作谈等等。这一类文章将作者从理论的拘囿中解脱出来,因而写得自由跳脱,更能展现苏雪林三四十年代文艺杂文的那种夹叙夹议、挥洒自如的特点。根据内容的区分,这一类可以大致分成作家印象和序言、观后感、创作谈等两大部分来谈。

作家印象类有五篇:《周作人先生介绍》、《林琴南先生》、《北风——纪念诗人徐志摩》、《我所见于诗人朱湘者》和《关于庐隐的回忆》。其中《周作人先生介绍》这一篇写得比较郑重其事、条理清晰、面面俱到,因为这篇文章本是苏雪林1932年的一篇演讲稿,"因为属于介绍性质,所以仅有客观的分析而缺少主观的批评"[①]。这是一篇较长的文章,对周作人的文艺思想、艺术趣味和艺术风格做了全面、严谨的介绍,倒更近乎于条分缕析的文艺性的论文。其余各篇都是较为自由的,且都是回忆已经去世的同时代作家的。

这些回忆文章由于涉及的都是著名文人,除林纾外,徐志摩、朱湘、庐隐和苏雪林都有过直接或间接的交往,所以对于他们的离世,苏雪林在文中都表达了痛惜和怀念之情。由于身份和交谊的差别,苏雪林在回忆中的叙述重点又各不相同。林纾基本上是前辈作家,对苏雪林青少年时期的写作产生过极大影响,因反对新文学而为新文化运动所不容,郁郁而终。苏雪林从创作、信仰和维护传统文化等几个方面表达了自己对这位前辈作家的理解和尊敬,对他的品行操守进行了推崇,对他的反对新文化的主张则从时代变换的角度给予了理解。这是比较典型的追怀先贤式的写法。从林纾对苏雪林那一代人的影响看,《林琴南先生》一文的写法还是比较普遍的,与此相似的如周作人的那篇《林琴南与

---

① 苏雪林:《周作人先生介绍》,《青鸟集》,长沙:长沙商务印书馆,1938年,第109页。

罗振玉》。苏雪林写过不止一篇关于徐志摩的文章,她在《青鸟集》序言中说,《北风》这一篇是她比较满意的。苏雪林对徐志摩的态度是钦羡和敬仰的。文中没有评论诗人的作品和才华,而是重点回忆了1932年春她在苏州女中于寒风中听徐志摩演讲的经历,对诗人作了"生时如虹,死时如雷"的评价。在北风肃杀的时代,作者希望对诗人之死给予一个类似于唤醒时代的有意义的结论,所以她在文章开始的时候做了很长的铺垫,这样的构思是作者力图表达的对诗人的最高的敬意。朱湘曾是苏雪林任教安徽大学时的同事。《我所见于诗人朱湘者》回忆了自己和诗人落魄时的几次交往,此文最出彩的地方在于由诗人自杀提出了一个诗学命题:"诗穷而后工。"作者指出是归国后太美满的生活造成了诗人灵感源泉的枯竭和创造力之消沉,而一部《石门集》正是诗人用饥饿、寒冷、耻辱、误解换来的"生命中的火焰,性灵中的虹彩"。苏雪林用"以生命殉艺术"的结论来赋予朱湘自杀之严肃意义。不过她又知道,这不为物质时代的人们所了解,诗人注定是寂寞的,表达了她对诗人的惺惺相惜之感。庐隐是苏雪林的同学兼同事,由于诸种原因,两人的关系并不融洽。《关于庐隐的回忆》一文写于庐隐难产去世之后,作者对于庐隐的才华和情感经历从艺术角度给予了理解。文章结合庐隐的《象牙戒指》剖析了庐隐矛盾性格中的苦闷以及庐隐对这种苦闷的坦白,指出这正是庐隐的"可爱与伟大处"。平心而论,苏雪林对庐隐的为人与写作还是有一些看法的,但艺术的心灵是相通的,这篇回忆对这位才女的早逝还是表现出了深切的惋惜与悼念。

另一个部分的文类比较杂,有序言、读后感、创作谈等,由于作者本人也工于绘画,还涉及对绘画艺术的评论。

序言和读后感类有《魔窟序》、《蝉之曲序》、《现代文艺发刊词》、《写在现代作家前面》、《扬鞭集读后感》等,还有一篇《梅脱灵克的青鸟》。《魔窟序》前面已经提到,这里不再赘述。《蝉之曲序》是苏雪林应诗集《蝉之曲》的青年作者王佐才之请而写。苏雪林借当时文坛颓废思潮的流行,赞赏了《蝉之曲》中"冒命运的锋镝,与生活搏斗;要背着十字架,建造灵的乐园"的题旨,并赏析了诗集的艺术特色。这篇序言有一半以上的篇幅都是引用诗集的原文,在一定程度上削弱了思考的深度。这也是苏雪林文艺批评文章的一个显著特点。但原文若引用太多,不免让人怀疑写作者的态度敷衍了。《扬鞭集读后感》中的引文也不少,但读后感写来相对自由。作者分类介绍了刘半农的诗集《扬鞭集》,不乏赞语,但作者的重点还是放在刘半农的"拟民歌体"对于新诗发展的意义上的。苏雪林对此的意见是否定性的。她在文中明言,她是赞成周作人的"文学贵族化"的主张的。同时直接点明了她对当时关于"大众语"讨论的反感。这就是她的个性。《写在现代作家前面》也是一篇序言。文章是苏雪林替文艺界的一个年轻朋友朱雯(原名王坟)的乡土小说集写得序言,评价了该小说集在现代乡土小说创作中的地位,这当然也是作者的一家之言。《现代文艺发刊词》是1935年苏雪林参与创办的《武汉日报》的副刊《现代文艺》的发刊词。该刊主要作者有陈衡哲、陈源、凌叔华、袁昌英、朱东润等。苏雪林在发刊词中提出刊物的五条宗旨,即提倡文学表现人性、反对文坛党同伐异、提倡健全的文学、追求艺术的完整和振兴武汉的文艺风气。由于《现代文艺》只维持到了1936年底,所以她在发刊词中的宏愿似乎都落空了;但通过这篇发刊词,我们不难发现苏雪林的文艺观已经比较接近新月派了。最后说一下《梅脱灵克的青鸟》。此文写于1928年,近乎于剧评,主要探讨了《青鸟》中"青鸟"的多种象征意义,提出"青鸟"象征着宗教真理的观点;但作者神游古今中外,写得比较拖沓,只是一篇文艺性的杂文。

《我怎样写鸠那罗的眼睛》、《我做旧诗的经验》、《我写作的动机和经过》等属于创作谈,都比较自由随意。三篇中《我怎样写鸠那罗的眼睛》最为完整,写作动机和经过、缘由与考证、引经据典,非常详尽,是一篇真正的完整的创作谈,可以看作是理解作者的《鸠那罗的眼睛》一剧的关键文章;其他两篇却较为简略,侧重的都是表现写作的"经过",而没有提供真正的"经验"之类,所谓"动机"也多是泛泛而谈。正如作者自己而言,这些文章包括前述的一些序言、读后感之类,都是为了应付朋友和杂志的"稿债"而写,是"挤"出来的。虽不能说敷衍塞责、粗制滥造,艺术个性的展现毕竟不足,属于其散文中的"打杂"部分。

苏雪林写过不少的画评,《青鸟集》中的几篇画评,多局限于介绍和归纳,给人的总体印象不是很深入。概因为作者不是专业的画师,平时忙于教学和写作,对绘画的理论研究难以下足够的功夫。笔者以为,苏雪林的画评,走的还是文艺批评的路子,有充沛的文气，但又缺少文艺批评文章中对批评对象细致深入的剖析，感觉总停留在表面，作宏观的评价。在画评中她同样喜欢展现自己丰富的专业知识储备，古今中外无所不包，但在某一点上的开掘却少。相比较苏雪林对新文学的批评，画评就逊色多了，可当作一般的文艺杂文来看。绘画之于她毕竟不是主业，只能算一个业余的爱好。

苏雪林的散文最先奠定了她在现代文坛的地位。她是一个新文学作家，但她首先应该是一个散文作家。从数量上看，苏雪林在现代文学时期的散文写作并不是《绿天》、《屠龙集》和《青鸟集》三个集子可以包括的。无论是抗战前、抗战时期还是抗战后，她在报纸杂志上还零散地发表了不少文章，较有代表性的如《人类的运命》、《阿修罗与永久和平》等文章，涉及到个人、人类社会、文艺等多方面，这其中一些文艺性的文章将放到后面的新文学批评部分去谈。只能说上述三个集子具有一定阶段的代表性，因此作为代表作品加以介绍。如果要评价苏雪林在现代散文史上的地位，这三部集子应该能够代表她在各个领域的写作实践。单就作家身份而言，苏雪林并不是一个单纯的散文作家，但散文写作应该是她的一个主业了。她去台后的写作也说明了这一点。

## 四、"冰雪聪明"：在现代散文发展史上的位置

1949年以后的中国现代散文研究领域并没有苏雪林的位置，即使是极个别现代文学史教材提及，也是蜻蜓点水、一带而过，避之唯恐不及。20世纪90年代以来情况有所好转，随着相关文集的出版，在相关著作、教材的女作家的章节里，偶尔会瞥见苏雪林的名字，并略有介绍与评价。但那种"犹抱琵琶半遮面"的感觉总是挥之不去，篇幅与冰心自然不可相提并论，甚至还赶不上庐隐、石评梅、陆晶清等人。有意思的是，杨义先生不知因何考虑，在他的皇皇大作《中国现代小说史》中将《绿天》作为小说集评价了一番，其中自不乏"回避现实、美化生活"、"消极浪漫主义"的用语。结合时代背景，其政治定位倒也可以理解。苏雪林去世后，特别是2000年以来，关于苏雪林的研究变得热闹起来。其散文作品则是最先关注的重点，往往是从她的散文特别是《绿天》开始，再

向小说、文艺批评等其他领域推进。当然，90年代初开始的散文热和女性文学热也推动了学人对她的散文的发掘整理，有利于其散文在读者大众中的传播。这时期出现了一些苏雪林的文集和散文选本，其中沈晖主编、由安徽文艺出版社出版的《苏雪林文集》四卷是迄今为止最有代表性的选集。

就学界关注苏雪林散文的范围而言，以早期散文为主，30年代中期以后的散文关注不多，这与意识形态有一定关联。在诸多散文选集中，对《秃的梧桐》和《溪水》这两篇情有独钟，基本上都有选录，显然把她作为闺秀派作家来认识。这个时期苏雪林散文短小精美、清丽婉约，主要表达个人体验和日常生活，对"个性"、"心灵"的抒写以及语言、篇章方面表现出来的较多"美文"的因素，比较切合90年代市场经济背景下兴起的以"闲适"、"日常化"为主导倾向的文化消费主义需求。文集的编选者也多是一些知名学者、作家和编辑。时代再次为苏雪林的散文创作在大众读者间的传播提供了可能，也可以反过来说，苏雪林的散文的艺术性和独特性也为她再次进入大众视野、融入这个时代提供了可能。值得一提的是，《秃的梧桐》和《溪水》两篇还进入了中学语文教材。《秃的梧桐》入选了苏教版七年级教材，《溪水》被沪教版七年级教材以及包括像《新课标小学生新语文读本》（光明日报出版社2005年版）这样的权威教辅读物和《世界中学生文摘》这样的权威语文期刊选用。2005年上海辞书出版社出版的《现代散文鉴赏辞典》也赏析了《收获》、《秃的梧桐》、《溪水》和《青春》等十篇文章。这些在一定程度上标志着苏雪林散文开始被大众读者、出版界和教育界所接受。这当然会进一步推动对苏雪林散文的整体研究，其研究前景是可以期待也是值得期待的。

对比当前对苏雪林早期散文的选择性接受，我们不妨回过头来再看看现代文坛，特别是20世纪30年代对苏雪林早期散文的接受和评价情况。在接受方面，以《绿天》为代表的早期散文获得了众多读者，至1935年底共出版了八版，参见前面章节中的表格，在女性作家乃至现代作家中的成绩是很骄人的。其中《鸽儿的通信》（九）、《画》和《秃的梧桐》作为教学范本，还被刘大白编入

《摹状文汇编》,这是当时供初中各学年教授国文的教材。① 应该说,这种接受从散文的角度看,读者是把苏雪林作为闺秀派作家来对待的,接受的也是她清新婉约的艺术风格。这样,无形中就把她和冰心放在一起、作为一种风格类型对待了。1935 年署名"梦园"的作者在《苏雪林的辞藻》一文中,分别取冰心和苏雪林姓名中的一字,提出了一个称呼"冰雪聪明",来比喻二人的才情笔调,显然就是把两人并列对待了②。阿英是当时论及苏雪林相对较多的批评家,也多次将冰心作为参照来论苏雪林,如:

> 对于自然的倾爱,和谢冰心到同样的程度,而对母爱的程度也复相等的,在小品文作家中,只有苏绿漪(雪林)可以比拟。不过,苏绿漪的小品文,虽富有田园诗人生活的情趣,然而,在各方面,她是没有什么独创的。她不能代表一个倾向,只能作为冰心倾向的一个支流。……她(指苏雪林,笔者注)的作品所表现的,约略言之,可以分作三方面,一是母亲的爱;二是自然的爱;三是两性的爱。……她的这样的倾向,可以说完全是和冰心一致的,虽然冰心的初期作品,有"儿童"而没有"异性",写两性的爱是从《第一次宴会》开始。③

从当代文坛的接受过程和现代文坛当时的评价与接受程度来看,苏雪林早期散文在现代散文界是拥有一定的甚至是相当的地位的。阿英在《现代十六家小品》中仅仅收录了冰心和苏雪林两位女作家的散文。只不过在 1936 年底她攻击鲁迅和"左翼"之后,她在主流文坛失去了这种地位。她的散文的昔日影响今天也正在通过读者的接受而逐渐恢复。但如果要为苏雪林在中国现代散文史上进行准确的定位,就必须要理清苏雪林究竟是否具备自己的独特性,还是只属于一个大倾向下的"支流"?笔者以为这是最关键的问题。而解决这个问题还是要把苏雪林放回到同时代的作家群中去,确立参照对象,通过和参照对象的多方位比较分析来进行定位。

---

① 刘大白:《摹状文汇编》,上海:世界书局,1933 年,第 17~28 页。
② 梦园:《苏雪林的辞藻》,载《读书顾问》季刊 1935 年第 1 卷第 4 期。
③ 阿英:《苏绿漪小品序》,《无花的蔷薇——现代十六家小品》,石家庄:河北人民出版社,1991 年,第 143~144 页。

## 1. "冰雪聪明"的同中之异

因为有"冰雪聪明"这个称谓和阿英等人的前述阐释的存在,也因为其作品在读者中的广泛影响,在与苏雪林的比较的作家中,冰心是首先要被提及的,她也是论及苏雪林散文时的最主要的参照对象。两人的共性是作为从事新文学写作的女作家,一度都可以归入到闺秀派作家之列,艺术风格有接近之处,描写内容有重合的地方。就影响而言,"冰心体"是"主流",苏雪林当然是"支流"。但这个共性是比较笼统的,这里更多的是来谈谈两人的同中之异。

就文体风格而言,"冰心体"为现代女性散文树立了一种风格,一种风范,其文学史地位在女性作家中是不可撼动的。"冰心体"这个称呼最早似乎是 20 世纪 20 年代初周作人在燕京大学的一次演讲会上提出来的,冰心当时好像就在台下。周作人本来是针对冰心的小诗而言,但"冰心体"之于她的散文似乎更适合,后来也确实多用来指称她的散文了。阿英在 30 年代对"冰心体"进行了比较准确的定位:

> 冰心的文字,是语体的,但她的语体文,是建筑在旧文字的础石上,不在口语上。对于旧文学没有素养的人,写不出"冰心体"的文章。具体点讲,就是到了"冰心体"的文学产生,是表示了中国新文学的一种新倾向的存在——以旧文字作为根基的语体文派。这在形式上,一样的是一个过渡期的,适合于从封建思想中刚刚地挣脱出来的青年读者的形式。从思想一直到文字技术,她是无往而不表示了她的独特的倾向,她这样的获得了存在。[①]

冰心在 20 年代初就证明了自己的存在,而苏雪林却是在 20 年代末,所以苏雪林无法对冰心所代表的这种新文学的"新倾向"构成任何挑战。然而也正是由于时间上的距离,苏雪林有没有可能脱离"冰心体"倾向的影响,在各方面表现出自己的独特性呢?

"冰心体"追求"白话文言化,中文西文化",功夫奥妙全在

---

① 阿英:《谢冰心小品序》,《无花的蔷薇——现代十六家小品》,石家庄:河北人民出版社,1991 年,第 109 页。

"化"字上面①。"冰心体"在化用古文和西文的时候,文字仍浸有旧文学的汁水,经常化用古典诗词,富于诗情画意。《往事》中过多运用文言句式和虚词,虽无陈腐气息,但凝练有余而流畅不足,张爱玲称之为"新文艺腔"。倒是《寄小读者》因话语对象的单纯,显示出婉转、灵活的笔致。对西方文学的借鉴使冰心的某些句式略有欧化倾向,不大通畅,应该说没有给她的散文艺术带来多大益处,反而增加了表达方式与节奏的跳脱。相比冰心的纯真,苏雪林的语体要复杂得多。《绿天》不乏和冰心类似的清丽、典雅、纯洁的文字,是"细腻、温柔、幽丽、秀韵"(阿英语)。但由于时间的延伸、新文学的进步,苏雪林的文字已经摆脱了旧文字的干扰(其实论古典文学的修养,她应该在冰心之上)。苏雪林的文字更接近白话,更为灵动、浪漫、热情一些,辞藻要更为富丽一些。她的风格中融合了阴柔与阳刚两种美,这在当时的女作家中是比较少见的,所以闺秀派的提法最终是不适合她的。阿英也承认苏雪林"和冰心的并论,她是另具一番画意与诗情,是相同又是相异"②。苏雪林的文字远达不到冰心的纯净,里面杂糅着各种情绪和张力,有欢乐的抒情、有个人的苦闷,甚至不乏金刚怒目式的冲动,这在冰心是不可能的。但苏雪林的文字文气充沛,阴柔之气、浩然之气、孤冷之气,生气勃勃,气韵生动,这是她的长处。这和她的性格相关,在女作家中也是一个异数。正由于没有形成"冰心体"那样统一的语体风格,苏雪林的散文在 30 年代及以后能继续吐故纳新、发荣滋长,而冰心则与时代渐行渐远。整个抗战时期,除了一部延续"冰心体"风格的《关于女人》,冰心没有再写出其他有分量的散文作品。

就情感内容来看,二人也是同中有异的,甚至异大于同。阿英说两人的情感倾向完全一致,是就题材着眼来说的。首先,冰心的母爱和苏雪林的母爱在情感内容上是不尽相同的。冰心对母爱的表现和讴歌是比较单纯和抽象的,一种如痴如醉的对亲情的礼赞,并没有太多的具体内容,某种程度上只能理解为她童年

---

① 冰心:《遗书》,《冰心全集》(一),福州:海峡文艺出版社,1999 年,第 431 页。
② 阿英:《苏绿漪小品序》,《无花的蔷薇——现代十六家小品》,石家庄:河北人民出版社,1991 年,第 145 页。

幸福生活的投影。某些地方甚至有滥情和说教的嫌疑，这和她的童真又是相连的。苏雪林笔下的母爱则具体得多，有极浓重的传统伦理道德成分掺杂其中，可以理解为"孝心"。苏母温良恭顺，勤俭持家，苏雪林最终服从母亲的意愿牺牲了对自由爱情的追求，用"孝心"战胜了自己的情爱，可以说她的母爱中充满了刻骨铭心的痛苦和付出。这和冰心时时表露的母爱中的幸福感是截然不同的。冰心的母爱因单纯和抽象而看不出时代的痕迹，苏雪林的母爱却尽显了那一代年轻人在两性之爱和伦理之爱之间痛苦的挣扎。两份母爱蕴含了当事人完全不同的情感体验，也昭示了两人不同的人生路径。

其次，关于对自然的热爱，两人的程度都是相当热烈，但在区别上与两人的母爱竟有极为相似的地方。冰心对大海、星星、月亮等自然之物的喜爱，充满了普泛的意味；而且在描写时，总是和情感与理念裹挟在一起，显得抽象，读者只要去看看《往事（四）》中对于"月下的青山"的反复描摹就能感知，诗情画意，美不胜收，却让人难以切近体验。再看该文结尾的部分：

> 这一切，融合着无限之生一刹那顷，此时此地的宇宙中流动的光辉，是幽忧，是彻悟，都已宛如氤氲超凡入圣。
>
> 万能的上帝！我诚何福？我又何幸？……①

难怪夏志清认为冰心对大自然有一种泛神崇拜的态度，说："她对泰戈尔和纪伯伦的喜爱，也只令她对大自然产生了一种神秘主义的态度，而这种神秘主义其实可说是冒牌的。"②苏雪林是不折不扣的天主教徒，但她笔下的自然之趣更具体可感，毫无神秘感可言。她用非常形象的语句去描述自然万物，《绿天》中的每一篇散文对自然的描写都是充满生活气息的。苏雪林自幼生活在皖南乡村，触目为青山绿水，养成她自然之女的性格。相较于生于福州、长于烟台的冰心的自然之爱，特别是她对海的赞美和憧憬，苏雪林的自然之爱更多来自于生活，而绝少说教的意味。至于两性之爱，特别是描写自己的情感，冰心的描写几乎可以忽

---

① 阿英：《往事（四）》，《无花的蔷薇——现代十六家小品》，石家庄：河北人民出版社，1991年，第128页。
② 夏志清：《中国现代小说史》，上海：复旦大学出版社2005年，第53页。

略不计,因为基本找不到。苏雪林也是保守的,《绿天》中的两性之爱写得比较矜持和婉约,但在小说《棘心》中则比较大胆和开放了。《小小银翅蝴蝶故事》中将昆虫拟人化,基本表达了苏雪林在婚姻前后对婚姻和情爱的看法,如果加上《棘心》就更全面了。其实冰心于1929年和吴文藻结婚,比苏雪林整整迟了四年,但她在文字中全面回避了自己的感情生活,这方面充分显示出了她情感的保守性。沈从文便曾就此说道:"一个女子可以嘲笑冰心,因为冰心缺少气概显示自己另一面生活,不如稍后一时淦女士对于自白的勇敢。"①苏雪林的两性之爱是受制于她的伦理之爱的,坦承这一点,对于她这样一个"五四"时期的新文学作家来说,是需要相当的勇气的。

还需要说一下文学传统的问题。在"五四"新文学的诸种样式中,白话散文是和中国古典文学与文化资源保持联系最多的一种。女性作家中,冰心散文尤其是个典型的例证。夏志清说:"冰心代表的是中国文学里的感伤传统。即使文学革命没有发生,她仍然会成为一个颇为重要的诗人和散文作家。但在旧的传统下,她可能会更有成就,更为多产。"②夏志清的结论否定了冰心和新文学之间的关联,似乎有点武断,但他的阐释不无道理。他认为冰心的感伤倾向源于"缺乏现实的架构"③,颇能切中冰心创作的短处。《往事》和她的一些短篇小说似乎能说明一些问题。冰心的"爱的哲学"基于她幼年的幸福经验,并没有关注到宗教上的根本问题。当她不去进行枯燥的说教而专注于儿童的幸福与悲伤的时候,她是一个拥有纯真的、感性的作家。④苏雪林的散文和感伤是无缘的,在某种程度上游离于这个强大的传统之外,但又和古典文学资源保持了千丝万缕的联系,前面章节所述的"西化"也是一个重要的影响因素。苏雪林的散文也是充满感性的,但她的

---

① 沈从文:《论郁达夫》,《郁达夫论》(邹啸编),上海:北新书局,1933年,第36页。
② 夏志清:《中国现代小说史》,上海:复旦大学出版社,2005年,第53页。
③ 夏志清:《中国现代小说史》,上海:复旦大学出版社,2005年,第56页。
④ 沈从文于1931年11月在徐志摩去世前写给徐志摩的信中称冰心为"教婆",参见黄艳芬《"教婆"应为冰心——对一封书信的一点考证》,载《新文学史料》,2010年第2期。

感性有时过于强烈,执着于个人的感觉和经验世界,这和她的内心长时间纠结于旧传统、"五四"新文化和基督教文化之间有很大关联。她的内心很矛盾,但她长于在想象中缓解内心的矛盾。此外,天主教徒的现实身份也多少影响了她的价值取向和表达方式。这些因素让苏雪林不同于冰心的纯洁、感性和感伤。尽管苏雪林和其他读者一样,在 20 年代初期受冰心的影响很大,但她没有也无法继承冰心的传统和基本倾向,在新文学女作家中变成了一个较为独立的存在。

作为现代中国的传统才女的代表,当时关于冰心的评价也不一致。郁达夫从自己的审美标准和喜好出发,对冰心推崇备至:"冰心女士散文的清丽,文字的典雅,思想的纯洁,在中国好算是独一无二的作家了。……我以为读了冰心女士的作品,就能够了解中国一切历史上的才女的心情:意在言外,文必己出,哀而不伤,动中法度,是女士的生平,亦即是女士的文章之极致。"[1]而阿英则从时代发展的角度,对"冰心体"在 20 世纪 20 年代初期的成功做出这样的判断:

> 这样的存在是不会长久的,她的影响必然的要因社会的发展而逐渐的丧蚀,所以,到了近来,她的影响虽依然存在,可是力量,是被消弱得不知到怎样的程度了。在小品文方面,当然是同样的情形。《往事》等等……当日的盛况,也是自然的成为过去的"史迹"了。残酷的时代的车轮,是怎样在碾碎那些应该被忘却的记忆![2]

也许上述评价都有不完善和不客观的地方。冰心与"冰心体"在"五四"一代的女性作家中确实代表了一种传统,一种新旧过渡的开风气之先的倾向,但随着创作的减少,她在 30 年代及以后的影响确是减弱了。而苏雪林则依靠持续的写作摆脱了冰心代表的这种传统和倾向的影响,进入到自己营造的风格世界之中。她和冰心之间是"异大于同"的,她的散文写作不是从属于冰心倾向的"支流",而是一种独立的存在,一种承接与发展。

---

[1] 郁达夫:《艺文私见》,上海:复旦大学出版社,2004 年,第 218~219 页。
[2] 阿英:《谢冰心小品序》,《无花的蔷薇——现代十六家小品》,石家庄:河北人民出版社,1991 年,第 109 页。

## 2. 风格的独异与旺盛的创作力

除了与冰心保持了较多的"同中之异",从而显示了自己在新文学女作家中的独立存在之外,苏雪林在现代散文作家群体中也是独树一帜的。她曾在文艺批评中衷心地赞美她所钦佩的那些小品、散文作家,但她并不模仿、重复其中的任何一位。时人就有关于她和同时代著名散文作家的比较:

> 我在《中国文学史新编》中称她(指苏雪林,笔者注)的散文属于冰心、自清、绍均一派,不免是以一概全的妄论。……其实她的作品与冰心、自清是完全不同的。与绍均或者有一点相似,但也不像。冰心、自清的作风是流利自然,绍均不免有点凝重,绿漪就比绍均更多一点刻画了。但她在刻画中自有其流利,这是使我以前误会的原因。她时常逞她的想象于天涯地角。……总之,她的文辞的美妙,色泽的鲜丽,是有目共赏的,不像志摩那样的浓,也不像冰心那样的淡,她是介乎于两者之间而偏于志摩的,因为她与志摩一样的喜欢用类似排偶的句子,不惜呕尽她的心血。①

赵景深是现代文坛资深的编辑与出版家,和诸多现代名家相知。他所在的北新书局可谓出版新文学作品的第一机构,出版过众多一流作家的新文学作品,所以他的评价意见是有相当的参考价值的。这段话涉及的现代散文作家都是在各个领域很有代表性的。冰心这里就不赘述了,朱自清是当时极少数能够用白话写出脍炙人口的名篇佳作的作家之一,他擅长写一种漂亮精致的抒情散文,是20年代娴熟使用白话文的典范。大凡论及现代散文的语言、文体之完美,朱自清必被提及。叶绍均是"为人生"派散文中写实风格最强的一位代表,其作品有很浓的社会氛围,故而有时不免凝重,平淡从容是其惯常的风格。徐志摩是"现代评论派"最重要的散文作家,有着快如闪电的感兴,"浓的化不开"的华美语言,自由而华丽的散文文体。他的散文多属冥想型的小品,流动性很强,如春华大地,万卉竞放,清泉汩汩,一泻千里,自有一

---

① 赵景深:《苏雪林和她的创作》,《苏雪林文集》(第四卷),合肥:安徽文艺出版社,1996年,第403~404页。

种美的风致。正如赵景深所言,苏雪林的散文不同于上述任何一人。我们不妨再加上周作人的冲淡、俞平伯的青涩、废名的玄枯、梁遇春的慵懒、何其芳的幻美等等。不难发现,这些现代散文作家多数走的都是优美阴柔一路。而历史进入 30 年代以后,时代开始呼唤一种粗犷、阳刚、坚韧、乐观的风格,这在经典散文作家中恰恰少见。倒是苏雪林这位"右翼"女作家的散文中出现了上述坚韧、乐观乃至于阳刚的气息,将阴柔和阳刚糅合在一起,如她的《青春》等三部曲。虽然她的"右翼"身份以及过激的言辞遮蔽了很多读者对她抗战期间的散文作品的注意,但她的一些作品仍然维持了较高的艺术水准,特别是独特的坚韧的风格。在现代散文作家群体中,苏雪林是不可重复、不可替代的一位。既不是"闲话",也不是"独语";既尽职责为现实"呐喊",又痴迷于自己个人的人生"感悟"。无论是语体风格还是思想情感,苏雪林的散文都只属于她自己,不是某个倾向或群体派别能概括得了的。

苏雪林在现代散文史上的存在还体现在她的比较旺盛的创作力上,表现为她的多产。就散文而言,罕有女作家在创作数量上能与之比肩的。冰心的写作自 1926 年以后就基本停止了,抗战期间只有一册"与抗战无关"的《关于女人》。她的声名的维系来自于写作之外的其他因素。总体而言,抗战期间的散文写作除了宣传抗战的报告文学与杂文之外,留下的好作品不多。朱自清等人转向搞教育和学术研究了,周作人、巴金、梁实秋、钱钟书、冯至、丰子恺、沈从文、叶圣陶、萧红等在小品散文方面有所收获,苏雪林也应该是其中之一。而且,散文写作并非她的主业。20 世纪三四十年代苏雪林的主要精力放在屈赋研究和新文学批评的写作以及教学上,此外还写了小说和剧本,本时期的散文写作大多属于业余时间的报刊应酬。进入中年后的苏雪林伴随着心态的成熟和人生阅历的丰富,在写作上进入了一个新的丰收期,奇思妙想,文思泉涌,文采斐然,文笔日趋沉稳、灵活和老辣。她和好友袁昌英都感觉到了人到中年在身心两个方面给创作带来的巨大变化,她在《四十转变、砚田丰收》一文中详述了这种状况,"生平写文此时文思最汹涌,文笔亦以此段时期最佳","文思之怒放有笔底生花之慨",等等。苏雪林是一个能长时间保持写作欲望的作家,也是一个真性情的作家,所以她不像有些善于藏拙的作家,明哲保身,或以文艺自娱。她总是不吐不快,有话就说,心中愤懑自然诉诸笔端。除了《屠龙集》与《青鸟集》外,她抗战期间还在各类报刊上留下了许多小品、杂文和文艺随笔,可惜这些作品都因为她的政治立场而被长期遮蔽,少有人知,在不久的将来应该会得到一个系统的整理,给予应有的评价。

苏雪林应该是现代文坛重要的散文作者之一,在女性创作领域应该是仅次于冰心的主要散文作者。她的散文是继"冰心体"之后女性散文的重要收获,在风格方面以刚柔并济的特点开创了现代女性散文的新天地,在整个现代散文界也有鲜明的独特性和影响力;但又因较强的感性而难以沉潜下来,风格不够稳定,不能形成如"冰心体"那样的有代表性的散文模式。在中国现代散文发展史上,苏雪林以她的创作参与了美文运动这样具有开创意义的白话散文运动。她的《绿天》出现 20 年代后期,因此她并不能像冰心那样被视为现代散文的开风气之先的人物。她是个继承者、发展者,她的《绿天》体现了现代女性散文摆脱新旧过渡期那种"新文艺腔"之后达到的艺术水准。她抗战时期的散文,比较直接地体现了一个现代知识分子强烈的民族意识和家国情怀。鉴于她较为鲜明的"右翼"身份,这倒为研究战争年代中国"右翼"知识分子的文化选择和精神世界提供了一个参照。而这一点,是许多其他的知识分子所不具备的,从而增加了她的独特性。

# "家"与"国":现代知识分子的传统镜像
## ——苏雪林现代文学时期的小说创作及其他

## 一、"五四"一代知识分子的文化心态

晚清以后,伴随着西方坚船利炮的入侵和中西方文化的交流,中国社会开始了被迫的艰难的现代化历程,迫使"五四"一代知识分子在大浪淘沙般的文化选择中重新构建自己的文化心理结构,形成具有典型的"五四"时代特征的文化心态:有的主张"全盘西化",形成了以西方文化为主体的文化心态;有的以东方文明和中国传统文化为主体形成传统文化心态;有的主张"中学为体、西学为用",形成中西合璧型的文化心态,等等。在多样的文化心理结构中,并不难看出这一代知识分子的文化心态基本都是二元的,即基于"传统"与"现代"(或者说"西化")之间的对立而构建的,在"传统"与"现代"的二元中有所侧重、取舍或者进行组合。不过他们的文化心理都未能突破这种二元对立的框架,进入到一种更为自由的多元文化结构之中。这也是社会变革时代赋予"五四"一代知识分子的艰难的使命:突破"传统",走向"现代"。这是一个艰难的历程,整整一代知识分子都在这二元的框架里彷徨和挣扎、沉思和呐喊。

在"五四"知识分子的思想深处,"传统"与"现代"的界限并不能泾渭分明,而是盘根错节,甚至水乳交融,而这正是新旧交替时代的典型的思想文化特征。在不同的领域、不同的对象

上，他们关于新与旧、守成与创新、民族性与现代性、个性自由与伦理道德等方面的理解和表现并不一致，甚至自相矛盾。这种不一致和矛盾如此真实地统一在"五四"一代知识分子的言行之中，却并不影响他们作为新时代开创者的角色而存在。鲁迅、胡适都是开风气之先的新文化运动的代表，他们无论是痛斥礼教"吃人"、针砭国民性、不看中国书，还是热衷在中国推行英、美民主宪政，其实内心都保持着对传统伦理道德与传统文化的某种屈从或认同。"传统"与"现代"的纠结撕扯着鲁迅的心，造就了中国现代文学史上最苦痛的灵魂，最终走向绝望和虚无；胡适则自嘲为"不可救药的乐观主义者"，终其一生甘于做"新文化旧道德的楷模，旧伦理新思想的师表"①。他们代表了"五四"一代知识分子两种不同的人生选择、两种不同的思想范式和一个共同的二元文化心理模型，他们都是传统的现代智者。这一代人的矛盾的文化心态，在他们面对"家"与"国"这样的在20世纪二十至四十年代具有普遍意义的主流话语和现实压迫时，表现得再明显不过了。

为了不使讨论的范围过于扩大，这里将讨论对象缩小至"五四"时期的女性作家群体。作为现代知识分子，"五四"女作家们在对待"家"与"国"这样的基本命题时，表现出不同的文化心态和现实选择。

堪称白话新文学第一位女作家的陈衡哲，久染西学，提倡妇权新知，曾于抗战前撰文抨击四川女性之落后，引起四川文化界和妇女界的普遍反击。她一度抱独身主义，但和任鸿隽结婚后，治家有度，育子有方，以学术教授之身份成为现代家庭贤妻良母之典范。在对待家庭问题上，陈衡哲相夫教子，颇有传统女性之风范。她主张女性独立，但对此又持悲观态度。在小说《洛绮思的问题》中认为解决婚姻和事业矛盾的途径是独身主义。冰心具有现代女性意识，但在婚姻家庭问题上是倾向传统的。她和吴文藻的婚姻是以家庭为目标的，情感的表现所谓"哀而不伤，动中法度"，无可挑剔，无可非议。幼年的幸福生活

---

① 此联为胡适去世后蒋介石的《挽胡适与胡适墓园题辞》，对胡适一生矛盾的思想文化性格也算是一个较为形象贴切的写照。

造成了她对家庭生活完整性的追求与信念,对两性情感选择的
徘徊和动摇难以认同。所以她对梁实秋的"第二春"报以严厉
的谴责,所以写了长诗《我劝你》来劝诫林徽因和徐志摩的交
往,又写了小说《我们太太的客厅》来表达她对林徽因式的生活
与社交方式的不满和讽喻。这在行事作文一向温文尔雅的冰
心来说实为少见,却正反映了她对婚姻家庭的传统态度。这并
不能简单地理解为落后或保守,而是一种维护与守成。所以,
尽管笔者没有看见冰心评介庐隐的文字,但可以想见她对庐隐
的情感经历肯定也是难以认同的。庐隐先是和有妇之夫郭梦
良同居,再与小她数岁的李唯建结婚,并将两人的情书结为《云
鸥情书集》公开出版,代表了"五四"知识女性对自由浪漫情感
的追求,对婚姻家庭的考虑应在其次。庐隐的追求自有其反封
建礼教及伦理道德的意义,真正诠释了个性解放的现代本义,
但知识女性中的效仿者并不多。这正反映了那个新旧过渡时
代的特点,个体的思想和实践在某种程度上是脱节的。淦女士
(冯沅君)也是当时用新文学作品来反封建礼教的先锋,作品多
是描写青年追求婚姻幸福而反抗封建伦理道德的故事,常以第
一人称为叙述主体,笔致和态度也是真率大胆的。她和同样有
着古典文学爱好的陆侃如的婚姻生活与冰心如出一辙。冯沅
君给人的印象是在创作中比较切合"五四"个性解放的潮流,但
在现实生活中是中规中矩的。与此类似的似乎还有凌叔华和
陈源的婚姻。总体上看,"五四"知识女性对待"家"的观念并不
一致,那种力主"走出家庭\回归家庭"之间的二元对立或者家
庭乃是事业的牢笼之类的主张,在这一代女作家中似乎并不明
显,她们中的多数还是倾向于婚姻和家庭的稳定与完整。

　　进入30年代,"五四"一代知识女性也渐趋中年,日益成熟
和理性。民族危机日渐严重,救亡运动此起彼伏,特别是抗战
爆发以后,民族命运成为她们不得不面对的现实,她们需要在
民族性和现代性之间做出选择。当然,她们都有着强烈的民族
认同和民族归属感,这一点并不存在问题。对于女性作家来说
(当时甚至包括一些男性作家,如沈从文),她们天然地和战争
保持着一定的距离,总是尽量避免使自己的思想与生活路径陷
入到敌我对阵的二元对立框架中去倾向于思考社会的变动与

个人的悲欢,所以以笔为枪、投身抗战的"五四"一代女作家实在不多。除了"右倾"的苏雪林外,"左倾"的陈学昭也算一个。此外,冰心在抗战时期的言行值得一提。作为最负盛名的"五四"一代女作家,1938年至1940年,冰心居住在昆明,直至1940年秋宋美龄写信给她,说她躲在昆明不参加抗战,要她去重庆。至重庆后,冰心一度担任了当时的妇女指导委员会文化事业组组长,以社会贤达身份成为第二届国民参政会参政员。但她实际上并未参加这些实际工作,不久就退出了上述机构,移居歌乐山,直至抗战结束。期间写了《关于女人》十六篇。移居歌乐山时,老舍写了《贺冰心先生移寓歌乐山》七律一首,颇能说明当时的情况和以冰心为代表的部分知识分子的心境:

> 敢为流离厌战争,乾坤终古一浮萍。
> 茅庐况足遮风雨,诗境何妨壮甲兵。
> 移竹渐添窗影绿,飞苍时映彩霞明。
> 鸟声人语山歌乐,自有文章致太平。①

把苏雪林的"家"、"国"情怀放到上述女作家中参照比较,可以看出她既独特又具有代表性的文化心态和现实选择。经历过"五四"新文化运动的洗礼,但她也并不是个多么现代的女性,在"德性"之光的照耀下,她的思想始终未能脱离强大的儒家伦理的牵引,在传统与现代、新与旧之间彷徨徘徊。她对"家"与"国"有着符合传统儒家伦理的感情,并在这种感情的基础上发展了她的家族伦理、人伦关怀和民族主义意识。她一生都深陷于"家"和伦理亲情带给她的期盼、温馨和痛苦之中,但她孤独一生;她一生都深陷于民族主义、意识形态纠纷的漩涡之中而不能自拔,不能如冰心等人那样超然自立、顺势而为。她并不是国民党员,去台后也不愿加入国民党,始终只不过是一个教授,一个书斋学者,一个手无缚鸡之力的新文学作家。

---

① 该诗发表于1941年8月23日,载《新蜀报》"蜀道"第476期。

## 二、家,牢笼抑或是港湾:《棘心》

《棘心》是苏雪林唯一的一部自传体长篇小说,也是现代文坛最早的女性长篇自传体小说,1929 年春由上海北新书局初版,1957 年在台湾修订再版。根据苏雪林再版自序中的回忆加上相关学者的考证,《棘心》现代文学时期先后共印行了八版。① 邹韬奋、方英(阿英)等文化名人纷纷撰文介绍推荐,曾风靡一时,甚至成为京、沪青年人结婚时赠送的时髦礼物,在国内天主教友和留学海外的神职人员中也受到相当的欢迎。书名《棘心》,取自《诗·凯风》中"棘心夭夭,母氏劬劳"之句,其中寓意本十分明了。苏雪林在初版扉页上又有"我以我的血和泪,刻骨的疚心、永久的哀慕,写成这本书,纪念我最爱的母亲"。也就是说,这是一本写母亲的德行、献给已故母亲的书。苏雪林自己在再版自序中也特意点明了这一点:

> 本书真正的主题,杜醒秋的故事尚在其次,首要的实为一位贤孝妇女典型的介绍,这位妇女便是醒秋的母亲杜老夫人。……本书杜老夫人的行谊,一"忠"字可以括之。所以她的人格是完美的,纯粹的。我对德行素认为是高于一切,素说它是世间最美丽的事物,我抱着莫大的虔诚之忱来介绍"一代完人"杜老夫人,其故在此。②

不过从全书主要内容线索看,除去第一章"母亲的南旋"、第二章"自闺房踏入学校"和最后一章"一封信"之外,其余十四章叙述的则全是女主人公杜醒秋留法期间的经历,地理空间都是在法国。其间自始至终自然有关于她母亲的大量回忆性叙

---

① 陈思广:《在生成与融汇中:1929~2009 年〈棘心〉的传播与接收研究》,《2010 年海峡两岸苏雪林学术研讨会论文集》(未刊稿),2010 年武汉大学文学院、成功大学文学院编印,第 107 页。

② 苏雪林:《棘心》再版自序,《苏雪林文集》(第一卷),合肥:安徽文艺出版社,1996 年,第 6~7 页。

述,但也有关于杜醒秋个人感情生活特别是她的未婚夫叔健的大量内容,还有她皈依天主教的详细心路历程的叙述,大量异域风情的描写,等等,杜醒秋的形象似乎更为突出和典型。有学者以为:"苏雪林的《棘心》深刻反映了二十世纪初知识分子在新旧道德观、价值观激烈交锋时所产生的普遍的思想苦闷、彷徨与动摇,反映了他们最后不同的道德判断与选择,折射出动荡不安的时代气息,并且塑造了杜醒秋这个典型人物形象。"[1]"当我们在世纪末的今天重读这部作品,尤其是从20世纪中国文学史的角度来审视这部小说,就不能不感到:这部小说的主要价值不在于母亲形象的塑造,而在于知识女性杜醒秋性格的刻画,因而开拓了20年代小说创作的新生面"[2]。显然,这些阅读视角更为符合作品产生的时代环境,也是内地当代文坛新时期以来解读《棘心》的具有代表性的视角。这一视角也和当年《北新》第三卷第九号上《棘心》的广告以知识女性、域外生活、痛苦爱情、母女冲突等创作诉求来吸引读者的做法,似乎更为接近。

　　关于《棘心》主题的解读,在理解把握苏雪林二十至四十年代的思想路径的基础上,笔者更愿意提出另外的思路来供读者和方家参考。从"五四"一代知识分子深陷的二元文化心态看,苏雪林在留法期间无论是人生追求还是感情追求,她都无法摆脱一直缠绕着她的"家"的影子,无论从伦理、情感还是文化精神层面看都是如此。这个"家"代表着苏雪林的文化心态中传统的那一面,但也并不是她追求现代人生的障碍,有时又是她心灵的皈依之所和情感之舟停靠的港湾。在这个"家"中,首先是来自母亲的深挚的人伦之爱,还有渴望来自异性的男女之情,也有对大洋彼岸的民族灿烂文化的热爱和对残酷现实的痛心。当她追求"妇权新知"和个性解放时,"家"可能羁绊了她的脚步;当她经历生活和情感的风雨时,"家"可能是她心灵的避风港。从这个角度看,《棘心》中杜醒秋的经历也可以视为"五

---

[1] 孟丹青:《从〈棘心〉看苏雪林的道德立场》,载《江苏社会科学》,1999年第5期。
[2] 王宗法:《苏雪林论》(上),载《华文文学》,2000年第2期。

四"一代女性知识分子一次出走与回归的寓言。

## 1. 走出家庭的"牢笼"

在《棘心》中,杜醒秋首先是一个"五四"知识女性。她出身于传统旧式家庭,深受传统伦理道德的影响,但毕竟经受了狂飙突进的"五四"新文化运动的洗礼。母亲虽爱她至深,她也深深服膺于母亲的德行,但走出传统的旧式家庭、追寻新世界仍然是那一代青年知识分子的共同理想和人生选择。对于杜醒秋来说,首先,"家"中虽有母亲的伦理至爱,只能满足她对亲情的需要,却不能满足她对新生活、新世界、新文化的向往;其次,家族伦理的拘囿和旧式婚约的羁绊使得"家"成为她追求属于自己的新生活的障碍。这里的"家"的概念和当时广大的"五四"青年纷纷致力于反叛和逃离的旧式或封建家庭具有相同的内涵,承载着传统文化的重荷,因而具备了"牢笼"的象征意义,也必然成为反抗的对象。正是在这样的时代语境中,杜醒秋走出了家庭,脱离了中国传统文化的母体,来到法国求学。尽管杜醒秋还在很大程度上留恋着家庭的伦理温情,但在上述这一点上,她和当时的许多留学海外的青年知识分子并没有什么太大的不同。

杜醒秋在法国的求学过程,同时也是她和"家"的强大牵引力量进行博弈较量的过程。到中法学院就读后,她首先经历了一场迷惘的恋爱,但她最终在痛苦的精神挣扎中拒绝了对方的热情,在和自己青春勃动的心灵的较量中打了一个"光荣的胜仗"。"家"(以母爱和传统婚姻为主体)的因素仍然是她考虑的主要方面。她虽然不远万里来到法国,但在精神上、文化上还没有隔断和传统文化母体、特别是传统伦理文化和婚姻道德之间的联系。此后,先是她的大哥中年去世,和未婚夫通信的无趣,接着又是母病的家书,期间夹杂着大量的关于家庭的回忆,忧心忡忡未能排解。在此背景下,她开始接触天主教,为其信徒的奉献精神所感染。这期间又夹杂着家乡遭匪的噩耗及与未婚夫叔健感情的纠纷,父亲的逼婚让她反抗不成,无路可走,在精神上陷于绝境,终于皈依天主教以求精神和婚姻上的解脱。她终未能抵挡母亲病危带给她的牵挂,回国与叔健完婚,以遂母愿。

杜醒秋毕竟又是一个经历过"五四"时代风潮洗礼的知识青年,虽然对"家"的认同制约、阻碍着她对个性解放和知识学术的追求,但是阻挡不了时代对一代青年思想性格的锤炼和塑造,阻挡不了杜醒秋经受启蒙的内心对知识、艺术的美的追求和热爱,亦即对一种代表时代前进方向的新文化、新生活的追求。杜醒秋回国之前,游览了作为文化艺术之乡的法国的名胜古迹,深深感受了世界文化艺术之美的熏陶,这是她在"家"的文化氛围中感受不到的。这一章节从小说情节发展的逻辑方面看,似乎并不必要。但作者如此安排,一方面固然考虑作为自己的自叙传作品,须真实地再现自身的经历;另一方面也是从塑造杜醒秋作为一个走向现代的女性知识分子形象的角度着眼的,而且是需要在她的整个留学生涯中来完成这种塑造。在这段时间内,她是离"家"出走的,是为接受世界范围内的西方文化艺术而"出走"的。小说主体叙述的是杜醒秋的留学生涯,所以又被人们称为中国现代文学史上最早反映国外留学生活的长篇小说之一。

当然,将"家"比喻为"牢笼"对于杜醒秋来说未尽合适,但对于那一代走出国门、"别求新声于异邦"的知识分子来说,从文化意义上看又是基本符合的。由于"五四"新文化运动本质上是一场以西方文化为主体和价值导向的文艺振兴和思想启蒙运动,必然要背叛以"家文化"为构建基础的中国传统文化,这是"五四"一代知识分子的主体思想导向。杜醒秋能够挣脱家庭的种种束缚,来到新文化运动的中心北京来求学,并考取了官费留学,远渡重洋去学习西方文化艺术,这本身就是她作为一个时代知识青年的表征。走出家庭的"牢笼",这应该成为我们考察杜醒秋形象、乃至于作者苏雪林自己的一个外在层面,一个作为"五四人"的基本的时代定位。对于那一代年轻人来说,似乎这也是一个流行的选择,尽管这个"家"可能会具备不同的意义。

## 2. 回归人生的港湾

阿英在1930年写的《绿漪论》一文,是同时代对《棘心》分析最为细致详尽的文章。他并把《棘心》作为考察苏雪林思想、性格的主要依据:"对于苏绿漪这一个作家的考察,我们必然的要把重心放在这两部创作上(指《绿天》和《棘心》,笔者注);从这两部创作的描写里,去认取他的思想、性格与生活——尤其是《棘心》,我们要把它看作考察的重心的重心。"①这篇文章通过细致详尽的文本分析,指出:"苏绿漪所表现的女性的姿态,并不是一个新姿态——五四运动当时的最进步的资产阶级的女性的姿态。……只是刚从封建社会里解放下来,才获得资产阶级的意识,封建势力仍然相当的占有着她的伤感主义的姿态。"②这篇文章奠定了后来批评界关于《棘心》的基本批评框架。其关键判断就是认为杜醒秋的世界观是狭窄的,认为她沉浸在母性以及家庭的爱里,对于人生问题,并没有得到真正的、符合时代前进标准的解决,核心点仍然是和对"家"的态度紧密联系在一起的。具体到作品中,杜醒秋最终在母爱的召唤下回归了家庭,这是一切问题的关键所在。在确认《棘心》作为自传体作品的前提下,这一点历来成为诟病苏雪林作为"背负传统的五四人"之思想性格缺陷的主要因由。阿英在《绿漪论》一文中甚至引用了苏雪林在《小猫》一文中的"世界在她是狭窄的,家庭在她却算是最宽广的了"的语句,来批评苏雪林的人生观。这并不符合苏雪林的人生实际,显得片面而武断。

一个显著的事实是,"五四"新文化运动倡导的个性解放思潮,给那一代知识青年带来对新生活、新世界的憧憬和追求的动力,但并没有也不可能从根本上改变他们的命运与人生。"五四"新文化运动落潮以后,面对动荡不安的时局和社会整个思想文化价值体系的紊乱,他们在现实和精神层面纷纷陷入到迷惘与困窘之中,一时间竟导致自杀事件蜂起。他们中的很多人在经历了新文化运动初期激烈的反传统之后,立场也自然转移,开始"整理国故"了。从大的层面来说,在经历过与西方文

---

① 方英(阿英):《绿漪论》,《苏雪林文集》(第四卷),合肥:安徽文艺出版社,1996年,第390页。
② 方英(阿英):《绿漪论》,《苏雪林文集》(第四卷),合肥:安徽文艺出版社,1996年,第398页。

化的比较、甄别之后,中国传统文化作为再造中国现代文明的起点和基本框架,仍是一个基本的事实。作为背景,曾经被一代知识青年喻为"牢笼"的争相出走和背叛的"家",也再度逐渐成为他们物质与精神的依凭。在婚姻伦理道德方面,就"五四"一代知识分子特别是女性知识分子看,除了庐隐等少数人,整体上也并没有呈现出多少真正具有"个性解放"意味的选择。即使选择了,也并不意味着获得了真正的解放,反而陷入痛苦之中,如石评梅。女性作家们比较普遍的仍是在新文学作品中表达她们反对封建礼教、追求婚姻自由解放的意愿和情绪,如冯沅君。

《棘心》中的杜醒秋在文化视野上摆脱了"家"的羁绊,勇于去追求世界范围内的艺术新知,但在伦理亲情和社会关系上她一直渴求一种强烈的归属感。在留法期间她和家庭及母亲之间的联系是密切的,这也是导致她情绪波动、信仰转变、推动小说情节发展的主要因素。也就是说,在伦理情感方面,杜醒秋并未想要摆脱家庭,反而是对"家"有很强的依恋的。作为一个出身旧式封建伦理家族的青年知识女性,她痛恨祖母对母亲的礼教压迫而同时沉湎于母亲的伦理德行及儿女之爱。这两者并不矛盾,而是人性之爱对于封建伦理道德的胜利。故而杜醒秋对"家"的依恋主要是对母爱的依恋;虽然以伦理之爱的面目出现,更多的是人性使然,而不能理解为向封建伦理意识的屈服。否则就难以解释为什么她皈依了天主教以后,还是要服从母亲的意愿回国成婚。信仰在人性面前,有时会显示出苍白无力的一面,何况这种信仰还带有较多的现实考量和权宜之计的色彩呢。这一点影响了她的社会关系的发展。从小说中可以看出杜醒秋的交际圈比较狭窄,仅限于少数谈得来的同学和艺术上的相知者,以及几个想劝她入教的修女,深交的朋友极少,几近于无。她过多的精神关注被家庭及母亲所吸引,家庭遭遇往往左右着她在法国的言行和精神状态,导致她很难全身心投入到对异域社会和文化艺术的体验中去,也很难接受当时流行的社会政治思潮的影响。天主教的信仰也未能改变这一状况。

至于男女之情方面,杜醒秋渴望有一个稳定的情感归宿,这是非常明显的。她自然和同时代的青年知识分子一样,希望觅得一个志趣相投、心意相通的人生伴侣。她赴法前和家庭为她选择的未婚夫叔健并未见面,这颇有典型的旧式婚姻的色彩,但这并没有让她一开始就排斥这桩婚姻。她曾经因为自己已有婚约而拒绝了秦风的热烈追求,视之为"光荣的胜仗"。异国他乡,情感寂寞时,她对留学美国的叔健曾经有美好的想象和期待。在这些时候,她更多渴望的是情感的归宿而不是恋爱与婚姻的形式。她认为女性情感的付出是极为严肃的:"恋爱,无论肉体和精神,都应当有一种贞操;而精神贞操之重要,更在肉体之上。"①言下之意,女性是不能随意付出自己的情感的,大有从一而终的味道。在和未婚夫叔健的书信交往中,她觉得对方品行端方,是个可以托付终身的人,一度对他充满浪漫想象。她和叔健的反目,也是在她的邀约遭到不解风情的对方一再拒绝之后才出现的。此时,杜醒秋显示出对以父亲为代表的封建家族礼教的反抗,并借加入天主教来逃避这场婚姻。从小说结尾的那封长信看,她是在母爱的人性光辉的沐浴下回国赴婚姻之约的,希望以和叔健的现实婚姻的和睦来换得母亲在天之灵的安慰。在杜醒秋看来,自己如果不去法国,心灵不受干扰,始终安顿于"家"这一宁静的港湾,便不会有包括母亲的病故在内这一切变故发生。这个"家"中,应该是既有母亲,也有爱人,既有亲情,也有爱情的。

对于"五四"一代知识女性来说,"家"最终还是心灵和人生的港湾,大抵也是不错的。苏雪林借助于《棘心》所表达的对"家"的渴望,却充满了艰难与痛苦。笔者以为这同时也让杜醒秋这个艺术形象更具有典型的时代意义。究其普遍性,杜醒秋恐怕要比庐隐、冯沅君小说中的女性主人公更能代表多数青年知识女性的选择。庐隐1923年的小说《海滨故人》中露沙的内心矛盾与孤独,正是庐隐自己刻骨铭心的情感经验的写照:一方面渴望个性自由、蔑视传统道德,大胆追求与有妇之夫郭梦良的婚外恋情;另一方面又绝不是对世俗议论无所顾忌,而是始终难以摆脱因袭道德观念的束缚,心灵承受着传统与世俗礼

---

① 苏雪林:《棘心》,《苏雪林文集》(第一卷),合肥:安徽文艺出版社,1996年,第52页。

法的重压。冯沅君1926年出版的书信体小说《春痕》,就变得忧伤而困惑了,在主题和格调上已经失去了青春的大胆和热烈,这和"五四"之后的时代氛围是一致的。苏雪林在1929年出版《棘心》,在"五四"新文化运动后十年将"家"重新设定为人生的港湾,将以母爱代表的人性之爱重新视为心灵的最终归宿,也是非常符合苏雪林当时的婚姻和生活实际的。

对于杜醒秋的人生选择,如果像阿英那样,放在"五四"时代传统与现代的二元对立的思维框架中进行评价,则不免会得出她代表不了进步的所谓"资产阶级的新姿态"的结论。由于这是一部自传体作品,这一结论直接影响了对这部小说乃至苏雪林思想姿态的整体评价,为后来的评论者一直沿用。直至21世纪初,仍有这样的评判:

> 最初醒秋之去国离家,完全符合"娜拉"的出走模式;最终的妥协回归,却宣告了她的新思想在旧伦理面前的全线溃败。这是与五四时代知识女性所效仿的"娜拉"式截然不同形态的"逃离"。我们不无遗憾地看到,以反对旧道德、提倡新道德为旗帜的五四新思想的龙种,在苏雪林那里只收获了跳蚤。她清楚地知道时代赋予的使命,却无法承受背离旧道德框定的轨道所要支付的代价——名誉。醒秋以一种女儿心态爱母亲、爱自然、爱神,正因为她对他们有所依赖,她需要向之乞援并将感情寄寓其中,以求得精神解脱。……换言之,即逃避社会、逃避现实。殊不知在激进的五四,如果没有走向新的阵营,其最终结局就只能由保守而退回到传统。①

可见,由阿英的模式出发,一直延续下来,众多的评论者将接受的焦点集中在对杜醒秋这个人物思想性格的定性上,即"醒秋是什么"?他们把这一点作为这个人物是否成功的标志,而不是作为一个艺术形象,来考察这个人物塑造得怎么样?在当时有没有普遍意义?这是否有舍本逐末之嫌呢?还有,醒秋

---

① 苏琼:《悖离·逃离·回归——苏雪林20年代作品论》,载《南京大学学报》,2003年第1期。

的经历和娜拉的出走能否做相同的评价,有待商榷。如果推至苏雪林身上,苏雪林的人生经历恐怕也不是娜拉的出走与回归这样简单。苏雪林最终回归传统家庭了吗?屈从于她和张宝龄的无爱婚姻了吗?这也不是简单地由"追求现代"到"退回传统"能解释得了的。既然出走与回归构成了这部作品的主要情节结构,那么在这一基本结构下,不同的时代可以容纳不同的内容,新旧思想的冲突是一种理解,道德困惑和伦理之爱是一种理解,人生选择与人性之爱也是一种理解,甚至信仰的选择也可以作为一种理解来看待。正由于苏雪林写作的原旨是歌颂母亲的德行,本不在于刻画杜醒秋的时代形象,对她进行新、旧女性的定性。因此,如何评价这个形象,以及由此讨论《棘心》的文学史意义,当下的读者应该有一个开放的视角。

关于《棘心》的文学史评价问题,以前学界在提及20世纪20年代长篇白话小说的篇目时,《棘心》总是有意无意地被忽略的。有学者统计,截至1929年5月,新文学界共出版长篇小说三十六部。[1] 从出版时间看,《棘心》应该是出现比较迟的一部了。由于长期的遮蔽以及在主题阐释上的差异,90年代以来,学界在《棘心》的文学史意义的判断上也存在着差异,甚至出现了一些误判:比如认为《棘心》"开新文学描写留学生生活长篇小说之先河"[2],"反映新旧转换时代女性追求的第一部长篇小说"[3],"开了宗教文学之先河"[4],等等。这些评判不尽准确,已有学者详尽指出。[5] 客观地说,这些评判反映了20世纪

---

[1] 陈思广:《1929~2009年〈棘心〉的传播与接受》,《苏雪林面面观——2010海峡两岸苏雪林学术研讨会论文集》,哈尔滨:黑龙江人民出版社,2011年,第106页。

[2] 沈晖:《论苏雪林与五四新文学》,载《中国文化研究》,1999年(冬之卷)。

[3] 徐玉龄:《略谈苏雪林早期的创作》,载《安徽教育学院学报》,1992年第1期。

[4] 董太和:《缅怀苏雪林教授及其〈棘心〉》,载《天主教研究资料汇编》,1994年第33辑。

[5] 参见陈思广:《1929~2009年〈棘心〉的传播与接受》,《苏雪林面面观——2010海峡两岸苏雪林学术研讨会论文集》,哈尔滨:黑龙江人民出版社,2011年,第100~107页。

90年代以来内地学界对《棘心》文学史地位的比较一致的认同诉求。而作为苏雪林早期新文学写作的代表作品,对《棘心》的文学成就的重新展示,也是谋求并以此确立苏雪林在新文学史特别是现代小说史上的地位的努力。就目前的研究看,对《棘心》的宏观评价多,微观分析不够;思想评价多,艺术鉴赏不够;沿袭的评价多,创新的因素不够。试举两例:《棘心》的写法淡化情节、追求文字和表达的散文化和诗化,多为事态的描摹和自我情感的自然表露。这种抒情化的写法自20年代初就在郁达夫等人笔下出现了,而且形成了一条或明或暗的创作潜流。《棘心》在其中应该有资格写上一笔的,此其一;其二,《棘心》属自传体小说,已基本确定无疑。在20世纪自传体小说特别是女性自传体小说写作史上,它不敢说是最早的,笔者未作比较分析,但也应该是比较早的一部长篇了。近期有学者已经提出了这一点[①],这方面也值得学界作细致深入的探究。如果能够确认,则也是苏雪林小说乃至于整个20世纪女性自传体小说研究的一个收获了。

《棘心》一直被作为苏雪林"反反封建"的作品而遭文坛和学界普遍诟病,直至90年代依然如此。[②] 今天看来,这些解读难免有简单化和情绪化的因素在里面,甚至政治意识形态的色彩也很明显,缺乏足够的冷静客观和感同身受的体验。不过从反面看,时至今日,这些诟病恰恰能够说明《棘心》及苏雪林创作的独特性及影响。苏雪林似乎是一个喜欢"逆历史潮流而动"的人,《棘心》也似乎是一部"逆历史潮流而动"的作品。苏

---

① 金宏宇:《〈棘心〉的版(文)本考释》,《苏雪林面面观——2010海峡两岸苏雪林学术研讨会论文集》,哈尔滨:黑龙江人民出版社,2011年,第108页。

② 作家萧乾在20世纪90年代初的一次"巴金与二十世纪研讨会"上提到了《棘心》,认为就小说而言,"五四"以来,除了中间十五年抗日这个主题居于首位外,从1919年至今,反封建始终是主导的。在他读过的作品中,除了苏雪林的《棘心》,几乎毫无例外都是反封建的。《棘心》的女主人公为了尽孝道就宁可放弃自己所爱的人,而投向母亲为她选择的丈夫,可以说是一部反反封建之作。参见唐亦男:《我所了解的苏先生》,原载1994年6月1日台湾《"中央"日报》副刊。

雪林是否是一个封建保守、传统落后的文人,这似乎直接影响着对《棘心》这部作品的文学史评价。

## 三、"民族"想象与抗战历史小说:《蝉蜕集》

抗战期间,时事维艰。苏雪林接受时任国民党"中央"宣传部部长的王世杰的请托,以17世纪抗清复明仁人志士事迹为主体,编撰了一部旨在激励民气的历史人物传记《南明忠烈传》。后又从这部传记中择取素材,写成七个短篇历史小说,即《黄石斋在金陵狱》、《偷头》、《蝉蜕》、《回光》、《秀峰夜话》、《丁魁楚》和《王秃子》,后结集为《蝉蜕集》,并于1945年由重庆商务印书馆作为该馆"现代文艺丛书"之一种出版(台北爱眉文艺出版社1971年将之易名为《秀峰夜话》重新出版)。可能鉴于苏雪林的"右翼"身份,该书在当时文艺界并无大的反响。后来学界在梳理、重构抗战文学史和思潮史时,由于诸种原因,对这本薄薄的小集子也多有遗漏,极少加以评说。

### 1. 家国兴亡抑或民族主义文艺的"阴魂不散"

20世纪后半期关注过《蝉蜕集》这本小书并作出评价的现代文学史家首推夏志清和杨义。夏志清在他的名作《中国现代小说史》中论及冰心和凌淑华时提到了苏雪林,他对《蝉蜕集》的印象是:"这部充满爱国论调的集子对儒家的美德极为欣赏,作者对传统的叙述方法运用得极为娴熟。"[①]评价比较短,但涵盖了对故事内涵和叙述两个层面的判断,奠定了后来者的评价基础。相比较而言,杨义在他的同名著作《中国现代小说史》(1986年初版)第一卷中第一次对《蝉蜕集》有较为全面的论述。杨义首先肯定了《蝉蜕集》的"民族气节"和现实意义,但同时认为这种气节成分极为复杂,混合着带有狭隘种族主义(反清复明)的爱国主义、明末的遗民气味、儒家的伦理观念和封建士大夫的愚忠思想。他认为小说旨在维护绵延千年的儒家道

---

① 夏志清:《中国现代小说史》,上海:复旦大学出版社,2005年,第57页。

统,并直接指向现实中的国民党南京政府。最后,杨义得出这样的结论:"她(指苏雪林)或许并不希望人们做日寇的奴隶,却确确实实希望人们做蒋家王朝的奴隶了"①。而这些题材及题外之意乃是苏雪林有意选择和生发的结果,这又离不开特定时代政治意识形态的偏见和导向。至于小说的艺术水准,杨义维持和延续了夏志清的判断,对作品的传统叙述技巧基本表示肯定。②在20世纪80年代的意识形态批评环境下,杨义的观点在解读的方向和理解的层面上都比较具有代表性,缺陷也是可以理解的。90年代中期以来苏雪林研究由冷变热,但关于《蝉蜕集》的研究仍然较少,且基本没有超出上述夏、杨二人的评价范畴。其中对作品喻示抗战时期官员腐败、物价飞涨、民不聊生的现实意义评价较为一致,但还有更为核心的问题:如何看待作品中的明末反清知识分子如黄道周、瞿式耜等人身上的儒家伦理和民族气节在抗战时期的意义?是显示作为"右翼"知识分子的苏雪林对南京政权的忠诚还是对整个民族国家的想象和认同?二者是水火不容还是存在融合的可能?作者以17世纪抗清复明仁人志士事迹来比拟、宣传抗战是否合理?是否可能导致民族叙事与政治伦理叙事之间的混乱与冲突?

笔者以为,这些问题的提出长期以来一直基于作者"右翼"知识分子身份而形成的政治伦理的阅读视角,这种视角的有限性是非常明显的。问题的解决最终要归结到苏雪林的写作动机上来,并回到抗战时期民族主义的整体语境中去寻找答案,而不是立足于"左"或"右"的政治甚至是政党的立场。鉴于政治伦理视角的有限性,苏雪林写作《蝉蜕集》时,有没有获得一个超越这个视角的写作动机或立场,是一个比较重要的问题,以前也很少有人专门探讨。笔者以为这个写作动机或立场是存在的,就是民族主义。

众所周知,苏雪林在鲁迅去世后写信给蔡元培,痛斥鲁迅

---

① 杨义:《中国现代小说史》(第一卷),北京:人民文学出版社,1986年,第295页。

② 杨义:《中国现代小说史》(第一卷),北京:人民文学出版社,1986年,第295~296页。

人格卑劣；并写信给胡适探讨抗战前文化动态问题，提醒胡适警惕"左翼"利用《生活》周刊等知名刊物与鲁迅等文化偶像控制文化领导权，从此"确立"了"右翼"身份。因而成为"左翼"围攻标靶。根据 30 年代国内情况，所谓"左"、"中"、"右"的划分，主要是以对待国民党政权的态度为依据。但苏雪林同时又是一个书斋知识分子，对政治并无兴趣和介入的动机，终生没有加入包括国民党在内的任何党派。这也是人所共知的。民族主义当然也是意识形态，但它具有普适性，与晚清以来近代中国渴望自强和复兴的时代潮流具有内在的一致性。到 1928 年南京政府成立时，很多"中"、"右"翼知识分子对之寄予较高期望，国内民族主义思潮一时达到顶峰。① 30 年代南京国民政府为了应对"左翼"普罗文艺势力的膨胀尤其是"左联"的成立，支持、推动了受到瞿秋白、冯雪峰、鲁迅等猛烈批判的"民族主义文艺运动"，其任务是基于南京政府统管文艺的需要，为文艺树立一个正确的中心意识，即是民族主义。"民族主义文艺"的目的也就是借助文艺促进民族国家的建立，在文艺上为南京政府奠定合法性基础。在民族主义文艺作家们看来，"民族"是个能够有效消弭各种思想意识分歧的概念。他们试图说服读者相信南京政府就是这个"民族"的现实化身。在这里，对"民族"的想象也就是对于国家政权的想象。苏雪林没有参加"民族主义文艺运动"，并不是一个"民族主义文艺"作家，但这并不影响她成为持有上述观点的民族主义者。因此，她的《蝉蜕集》也似乎让那些"左翼"读者嗅到了民族主义文艺"阴魂不散"的味道。

我们不妨再梳理一下苏雪林对"民族"概念的认识过程，首先是从"种族"特别是"排满"开始的。她在《辛亥革命前后的我》一文中这样描述："我的种族情感什么时候开始觉醒的呢？可以说在上海那儿年里。那时不知从何处弄来了《扬州十日》、《嘉定三屠》一类书来；又不知从谁借来了一部《大义觉迷录》，一些康雍乾三朝的文字狱记事……胡乱翻了一阵，我的思想便和祖父的起了莫大的距离，而和叔父诸兄接近了，而且憎恨满

---

① ［美］易劳逸：《流产的革命：1927～1937 年国民党统治下的中国》，北京：中国青年出版社，1992 年，第 11 页。

清,比他们更激烈、更彻底了……以后十余年,我又读了金元、蒙古侵略我们时所作种种罪行,每使我愤恨填膺,郁郁者数日。抗战中期,我受中央宣传部的请托,写了部《南明忠烈传》,又以明末抗清志士的故事为题材,写了若干篇短篇小说,编成了一部《蝉蜕集》,我民族思想的水银柱,那时可算已上涨到了最高峰。"笔者觉得,这段话比较清楚地说明了《蝉蜕集》创作的思想背景、写作动机,直接点明了小说的主旨。不难看出,苏雪林的民族意识形成于1926年去上海以后,其民族主义理念的内涵确实混合着种族、排满和儒教正统主义,她没有作细致的区分和界说。就这一点来说,杨义的分析是准确的,当然评价过多地考虑了时代与政治标准。问题在于如何看待苏雪林民族意识的核心部分,应该说这个核心还是一种对建立一个独立统一的现代民族国家的想象和认同,这合乎中国现代化的基本目标。当然,有的读者可能会质疑她的这种认同的现代性,笔者以为是可以讨论的。但如果将苏雪林视为一个传统作家,从各方面看,依据是不够的。和同时代许多其他女作家相比,苏雪林的社会思想并不落后。女子关心时政,本身就是女性走向现代性的一个显现。

在关乎中国现代化道路选择的问题上,包括苏雪林在内的"右翼"知识分子普遍认为:中国当时最迫切的问题是民族的生存问题,国力的疲弱使中国无法获得彻底独立的国家主权,而且日本军国主义的觊觎使中国时刻面临被侵略的危险。中国的当务之急在于谋求国家在政治、经济、文化思想上的统一,为国家现代化扫除各领域的障碍。基于此,他们激烈反对"左翼"的阶级论观点,认为阶级论会造成国人特别是青年思想的混乱,危害民族的整体利益。苏雪林在充满"旧文字的恶调腔"(胡适语)的《与蔡孑民先生论鲁迅书》中,在一一列举鲁迅"罪状"的最后,如是说:

> 国家缔造艰难,今日基础始稍稳固,而国难如此严重,吾人亦正需要一内可促现代化之早成,外可抵抗强敌侵略之中心势力。黄台之瓜,不堪再摘,同根萁豆,宁忍相煎,而左派乃欲于此时别作企图,肇分裂

之奇祸,为强敌作驱除,谓非丧心病狂,又乌可得?①

不难发现,在苏雪林慷慨陈词的背后,支持她的正是当时多数"右翼"知识分子秉承的民族主义理念。从理论上说,"民族"始终是超越于政治、政府和政党之上的一个概念。应该说,苏雪林是站在"民族"的立场上来看待当时的政党斗争和阶级斗争的。民族主义是她在1936年以后反对鲁迅和"左翼"的基本理论依据,也是理解她抗战时期创作的一个基本尺度(当然,在三四十年代对民族的想象与认同最终必然会落实到政治层面,苏雪林对南京政府的认同及其原因在后文叙述,这里无法展开)。因为民族主义与战时主流意识形态话语具有相当的重合性,所以,我们今天对创作于抗战期间的《蝉蜕集》的理解,是不适合纳入到当时比较流行的政治乃至于政党文学中去评价的。超越有限的政治伦理视角,从民族主义的角度切入,也许能对作品中的民族与国家、排满与种族、纲常名教与民族气节等概念,或者笼统地说,历史与现实,作更准确的界说。

## 2. "以古拟今"背后的叙事困惑

由于苏雪林对于晚清以来勃兴的民族主义的内涵的理解比较含混和狭隘,她在《蝉蜕集》中借助于"反清复明"这一历史事件及其中的英雄事迹,来隐喻抗战现实、激励民气,表达对现代民族国家的想象与认同,为人所诟病是不难理解的。从前述的引文内容看,首先她混淆地使用了种族和民族的概念。她表达的"排满"情绪其实属于狭隘的民族情感,是汉民族对周边少数民族从政治到文化的拒斥表现,而她表述成"种族"仇恨,这是根本错误的。两者的混用说明她对现代民族主义概念的理解不够清晰。其次,她"排满"的理由中有"纲常万古,节义千秋",这是儒家正统主义和汉族文化中心主义的表现,这是一种伦理焦虑,特别是在民族危亡时刻所表现出来的一种伦理焦虑,同时也是一种伦理困惑。所以,《蝉蜕集》中明末仁人志士"民族气节"背后的爱国主义也不够宽广。拿这种不够宽广的爱国主义来比喻国人对日本入侵的抵抗,本身对概念内涵的理

---

① 苏雪林:《与蔡孑民先生论鲁迅书》,载《奔涛》半月刊第一卷第二期。

解是不准确的。时人对《蝉蜕集》的诟病和抗战时期对当时的《画网巾》(李朴园)、《玉门关》(陈大慈)等表现抵御外族入侵的民族主义文艺作品的批评一样,是有学理依据的。但是必须确认的是,《蝉蜕集》的底色是民族主义,即使是站在明末遗民角度上,它也是一种民族主义。苏雪林最终要表达的是一种民族想象与认同,只是这种想象与认同的方式不太符合具备现代民族意识的读者的认知和期待罢了。这个出发点是需要肯定的。

有一点需要指出,就"以古拟今"这种写法而言,抗战时期远非苏雪林一人,"左"、"中"、"右"群体中的作家都大有人在,作品俯拾皆是。单以20世纪30年代后期至40年代的历史剧创作高潮为例,如郭沫若的《屈原》、《虎符》、《南冠草》、《高渐离》等剧,阳翰笙的《天国春秋》、欧阳予倩的《忠王李秀成》与《桃花扇》、夏衍的《赛金花》、阿英的《碧血花》与《海国英雄》、于伶的《大明英烈传》、陈白尘的《石达开的末路》、吴祖光的《正气歌》等等一大批历史剧作,无一不是"以古拟今"的写法。郭沫若著名的《甲申三百年祭》,被当时中共中央和毛泽东列为整风文件,在延安和解放区广泛印刷发行。可见在当时,这是一种非常普遍的现象和思路。而且这些作品的水准,也确实超过了那些直面抗战的写实作品,发挥出了各自的现实政治效应。强烈的现实针对性和高度政治化是这些历史剧的共同特征,受到了当时同样高度政治化的观众的热烈欢迎。如果追究《蝉蜕集》的"以古拟今"的缺陷,那么这些作品和《蝉蜕集》一样存在简单类比抗战现实的不足。这就不是题材选择的问题,而是中国现代知识分子在进行民族想象与认同时的方式和资源存在问题。这不是某一个作家题材选择的问题,而是一代作家面临的共同历史。

片面的"以古拟今"当然存在不合理的地方,但笼统地否定"以古拟今"也是不合理的,而且不具备可操作性。我们历时性地梳理对于中国这个多民族国家的想象、建构和认同的演变历史时,就会发现历史叙述是不可或缺的,对于民族核心文化的历史叙述更是至关重要的。中华多民族国家作为"想象的政治共同体"(本尼迪克特·安德森语),其民族认同的基本要素之一在于具备共同的神话和历史记忆。而在族群团体向民族建构的转变过程中,为了强化群体的凝聚力,一方面要向群体成员提供有利于他们进行自我认知的"精神地图",另一方面则要从族群的历史记忆中发掘过往的英雄人物和光辉事迹,作为民族成员相仿师法的精神标尺。至于这些"民族英雄"是否真有其人,事迹是否确切可靠,他们的言行举止是否切合现代的标准和期待,这些都不重要。关键是他们必须被表述成民族精神的具体表征,化身为忠诚与自我牺牲的楷模,以便坚定民族成员为民族奋斗献身的信念和决心。① 晚清以来,中国知识界便开始有意识地发掘岳飞、文天祥、史可法、郑成功等抵御外侮的英雄人物以及张骞、班超、郑和等开疆拓土、宣扬国威的豪杰志士的事迹,通过编织一个民族英雄谱系来构建现代中华民族这一"想象的共同体"。至于这个谱系是否符合我们对"民族主义"和"民族英雄"的现代界定,反而不重要了。离开这个谱系和关于这个谱系的历史叙述,我们对于中华民族的想象与认同便变得苍白无力,无所依凭,在抗战期间尤其如此。从这个意义上说,关于历史记忆的叙述不是一种伦理叙事,而是一种民族叙事,具有无可选择性和无可置换性。学界在质疑这些历史英雄人物、仁人志士身上的民族气节的狭隘、纲常名教的迂腐之时,实际上为包括苏雪林在内的上述现代作家们的"以古拟今"设计了一个关于伦理叙事的现代陷阱。这种设计只具备纯理论层面的意义,且极易为政治伦理乘虚而入,在民族想象与认同实践中并无多大的价值。

苏雪林在编写《南明忠烈传》时,实际上已经进入了上述民族叙事与政治伦理叙事之间的现代陷阱。儒家正统的汉族中心主义在进行民族想象与认同时要求将这二者合二为一,而现代文化则力求将其分开。"五四"一代作者多数不能很好地处理自身文化心态结构中上述二者之间的关系,陷入其中的吊诡之中,形成阐释和判断的不一致性。《蝉蜕集》以《南明忠烈传》为蓝本,小说中的黄道周(《黄石斋在金陵狱》)、瞿式耜、张同敞(《秀峰夜话》)、王翊(《偷头》)等抗清人物身上自然都带有浓厚

---

① 沈松侨:《振大汉之天声——民族英雄谱系和晚清的国家想象》,载台北《"中央"研究院近代史研究所集刊》第33辑(2000年6月),第87页。

的伦理特征,但伦理特征不能构成他们的主导形象特征。他们的主导形象特征是民族抗争及背后的民族认同,尽管这种认同带有较强的伦理认同的痕迹,但对当时的抗战来说,更需要的是这种民族抗争和认同显示的精神和姿态。《蝉蜕集》中尽管有局部的借历史人物现身说法、表达作者一己之见的内容,如《秀峰夜话》中瞿式耜关于基督教精神可补儒家文化不足的议论等等,并不具备足够的客观性,但《蝉蜕集》总体上属于比较客观、严谨的历史小说集。由于每部作品结尾皆注明取材于真实可考的历史史料,作者也不可能生硬地去为历史人物来预设现代的民族立场。相较于同时期的其他历史作品,则个人主观倾向明显者甚多,甚至带有浓厚的意识形态色彩和具体的政治功利目标。典型如郭沫若笔下的屈原、信陵君、高渐离、秦始皇等形象,《甲申三百年祭》中对知识分子出身的李岩的功绩的论证等。从"以古拟今"到"以古鉴今"甚至是"以古谏今",对政治伦理的过度诠释必然导致对民族认同的表现不足乃至忽略。这在抗战时期的"左翼"作家那里也是普遍现象。从这一点说,撇开因苏雪林的政治立场导致的意识形态偏见,《蝉蜕集》是一部确实值得注意的以展现民族主义立场为旨归的严谨的历史作品,且长期为抗战文学史所忽略甚至遮蔽,需要重新评价。

### 3. "宣传"与"艺术"的统合

在民族主义这个原则性的立场上为《蝉蜕集》作宏观定位之后,也即在摒弃了对它的意识形态偏见和责难之后,这部诞生于抗战期间的历史小说集便显示出了作为"宣传"(某种程度上也可说是"暴露")与"艺术"作品的双重价值。

应该说,脱胎于《南明忠烈传》的《蝉蜕集》具备了一定的"宣传"功能,在抗战期间这属于正常的意识形态功能的表现。但仔细梳理作品的题材内容,便不难发现《蝉蜕集》的意识形态功能又不仅限于宣传鼓动,而存在多层次阐释的可能性:首先,针砭现实的层面。《丁魁楚》直写明末封疆大员丁魁楚的变节投降及可耻下场,但内容却大写丁魁楚如何奸诈弄权,贪污腐化,敛聚了富可敌国的私人财产,最后因拥巨财被杀。小说痛斥了上层官员的投降变节对民族造成的巨大危害,对抗战现实有极强的针砭意义。《秀峰夜话》是作者较看重的一篇,小说借南明广西巡抚瞿式耜和司马张同敞关于时局的最后对话,希望战时政府能整顿吏治、平抑物价。小说抨击明末奸商囤积居奇,造成物价飞涨;封建士大夫虚浮空论,更是损伤国家元气。小说指出两者实为亡国之本,这实在是有点为国民党统治下的国内现实画像的味道了。《回光》写明末鲁王的大臣张肯堂之孙张茂滋,在清军攻破舟山后百余日内的惨痛逃亡经历,控诉征服者肆意虐待遗民的罪行。对于这些暴露性质的文字,作者自己也说:"我们现在的抗战,系争取最后胜利,准备将来再造国家,复兴民族,与明朝之终于灭亡,当然绝不相同。但抗战时期内,种种可恶可悲的现象与过去时代相类似者却也未免太多了。本书在此等处极力加以揭发,也无非想叫读者触目惊心,由消极的戒惧,起而为积极的校正与补救。"①其次,传奇的内容。《蝉蜕》写明末御史王江陷身敌营,以夫妻反目的计谋逃脱监视,金蝉脱壳,重返明军。情节曲折,令人称奇。《偷头》中虽不乏大量褒奖民族节义之语,但写明末流亡将士和文人以乔装改扮之计偷回悬门示众的兵部侍郎王翊之头,加以祭奠,亦属巧智。这两个短篇特别是《蝉蜕》将民族大义和情节因素相结合,赋予伦理叙事以传奇色彩。再次,人文情怀与伦理气节的冲突。《黄石斋在金陵狱》一篇,向来被视为《蝉蜕集》中表现"纲常万古、节义千秋"之儒家伦理的代表作,其实这部作品的主要篇幅是展现黄道周作为一个儒家学者,被俘后其内心著书立说、寄情山水的人文情怀和纲常节义之间的激烈冲突。尽管他最后选择了后者,但作者对其人文情怀的描述显然更为出色,其中还带有苏雪林步入中年后自己对人生与学术问题的思考:"就'著作热'这一点上,我是以自己的精神状况作为蓝本的。无非借石斋之酒杯,浇自己之块垒。"②这部作品最成功的地方在于展示冲突中黄道周的内心情感波澜,而非纲常节义本

---

① 苏雪林:《蝉蜕集》序,《秀峰夜话》,台北:爱眉文艺出版社,1971年,第3～4页。
② 苏雪林:《抗战末期生活小记》,《苏雪林文集》(第二卷),合肥:安徽文艺出版社,1996年,第108页。

身。就篇幅而言,对纲常节义的叙述非常简略,且失之理念化。第四,下层民众的民族抗争及其遭遇。《王秃子》是《蝉蜕集》中唯一的未取材于《南明忠烈传》的、也是唯一写下层民众民族抗争的一篇,根据一则关于"王长年"(闽浙一代旧称船夫为"长年",笔者注)的笔记和相关明史史料渲染而成。小说写渔户王秃子为倭寇所掳,在去东洋途中和其他被掳民众设计杀死倭寇,夺回倭寇所抢珍宝财物。但上岸后珍宝财物却被官兵所占并被反诬成贼首,好不容易辩明清白,返回家中,一双小儿女则早已饿死家中。小说同样有针对性地对明代官吏及军队的腐败堕落进行了辛辣讽刺。

综上所述,可见《蝉蜕集》虽不丰厚,但题材内容之丰富,在抗战时期那些"以古拟今"的历史作品中是很少见的,其中在针砭时弊方面尤为用力。这显然超出了那些同为"右翼"的"民族主义文艺"作家们对种族和南京政府极权政治的狭隘鼓吹。《蝉蜕集》一方面尽到了为抗战作"宣传"的义务,而且"宣传"的内容尽可能多样、丰富、真实;另一方面也有助于我们全面了解苏雪林抗战时期的民族主义思想,对于重新考察、评价她的抗战时期的创作,也是很有帮助的。

至于《蝉蜕集》的艺术水准,夏志清赞为"对传统的叙述方法运用得极为娴熟",基本定下基调。后来杨义以《蝉蜕》为例,有了进一步较为展开的肯定性评价。杨义一方面承认小说"清隽可读",另一方面又以"正义感"支配"艺术味",不作全面肯定,还是不能脱离对苏雪林"右翼"文化背景的追究。[①] 关于这部集子所受的艺术影响,苏雪林后来在回忆自己的创作道路时,强调了它和清初白话章回小说《醒世姻缘传》的联系:

> 我现在喜欢读一部长篇章回小说,乃是蒲留仙的《醒世姻缘传》,此书当然也有缺点,譬如那些迂腐可笑的因果报应,那些堆垛重累的描写,那些夸张过度的点染,也着实有些讨嫌;但其刻划个性,入木三分,模拟口吻,如聆謦欬;尤其在那个时代,作者敢于采用

---

[①] 杨义:《中国现代小说史》(第一卷),北京:人民文学出版社,1986年,第295~296页。

自己家乡的土白来作书中大小人物的谈吐,使得他们的影子,永远活动在我们眼帘前,他们说话的声气,永远响在我们的耳鼓里,所以这小说实在是百分之百的活文学,也是中国第一部写实的社会小说。尽管时代变迁,他的价值是永远不朽的了。我虽不善写实,又未尝试为长篇,对于此书虽爱读,受影响实谈不上,但过去几篇历史小说实由第一次读此书后创作欲大受刺激而连续产生的,《蝉蜕》那一篇影响更较为明显。①

笔者以为,娴熟的传统叙述方法体现在《蝉蜕集》的每一篇作品中,讲求写实与世情,讲求情节因素,统一集中体现为一种故事美学。作者以这种美学趣味一定程度冲淡了民族存亡的悲壮,稀释了伦理选择的沉重,使得民族叙事变得情节化、生活化与人性化,增加了可读性,传统而不失东方的审美趣味。即便如借鉴柏格森心理时空学说构思完成的《回光》,也具备完整的情节和世俗人情味。其次,就叙述技巧来说,融铺陈和白描为一体,皆为典型的传统技法。苏雪林本质上是一个感性的人,小说中出于表情达意的需要,往往不吝笔墨,反复铺陈渲染。无论是黄道周醉心著书立说、寄情人文山水的内心世界,还是瞿式耜指点江山、评议时政的激情与遗憾,抑或是那个御史王江的夫人的泼妇骂街,丁魁楚贪污腐化、巧取豪夺积累如山的珍奇古玩、黄金美玉,都有大段大段的不厌其烦的描写展开。如对黄道周内心波澜的铺陈渲染占了小说近一半的篇幅,可谓泼墨挥洒、错彩镂金,使得小说既有气势,也有气韵。铺陈之外,作者对白描手法的运用也极娴熟自如。关键处点到即止,惜墨如金,不求细致,唯求传神,对叙述节奏和语言的控制把握得极好。如《王秃子》结尾写王秃子历经曲折返回家中:"秃子领了那四十两赏银,搭船回崇明,到金沙港自己家里,板屋幸而无恙,打开门进去,只见一对小尸身直僵僵躺在地上,可怜久已饿毙,而且都干瘪了。"小说至此戛然而止,再无余话。又如《秀峰夜话》中写瞿式耜临刑前的场景:"最令人注目的是

---

① 苏雪林:《三十年写作生活的回忆》,《苏雪林文集》(第二卷),合肥:安徽文艺出版社,1996年,第120页。

两个红衣刽手,各握一把鬼头刀,反映着朝阳,闪闪发亮。"也是戛然而止,寥寥数语却较为传神。铺陈和白描的融合,使小说在节奏上行止有据,张弛有度,情节摇曳多姿。这些方面,显然克服了作者所心仪的《醒世姻缘传》中那些"堆垛重累的描写及夸张过度的点染"的缺陷,而汲取其优长。正如杨义所言:"《蝉蜕》学《醒世姻缘传》,以幽默诙谐的笔调写历史上严峻的民族斗争,泼悍婆娘,声口毕现,官场丑态,讽刺入微,读来令人解颐。"要而言之,《蝉蜕集》在艺术层面上也是充分民族化的,显出作者深厚的古典文学修养和语言驾驭能力,其内涵还是值得并有待于继续开掘的。

作为苏雪林的民族"想象"产物的《蝉蜕集》,和她抗战初期的毁家纾难、捐金抗战一样,读者对其写作动机和立场应该给予真诚的理解。作品超越了政党政治伦理的狭隘,艺术上也是很成功的,如她自己所言,是她民族思想水银柱上升至最高度的标志。鉴于此后苏雪林再无类似作品问世,所以《蝉蜕集》对于理解她抗战时期的民族主义立场和国家情怀是独特而不可或缺的,甚至对于理解和考察抗战时"右翼"知识分子群体的民族态度和政治伦理取向,也有重要的参考价值。在抗战文学史乃至现代小说史中,这个集子都是值得讨论和给予认真、客观评价的。

## 四、民族叙事与政治伦理叙事之间的现代陷阱:《南明忠烈传》

《蝉蜕集》脱胎于苏雪林的《南明忠烈传》(原拟名《沧海同深录》),是一部历史人物群体传记。苏雪林自己回忆,是应当时国民党中央宣传部的请托而写的。内容分上下编,共二十章,从"扬州失守与南京的陷落"一直写到"郑成功与台湾始末",集中塑造、再现了史可法、左懋第、刘宗周、黄道周、王翊、李定国、瞿式耜、张煌言、郑成功等众多明末清初反清忠烈义士的形象,涉及有名有姓有事迹者四百多人。该书1941年由重庆国民出版社初版,1969年台北商务印书馆出版了修订版。

对于《蝉蜕集》引发的一些负面评价及其显示的批评者内在评价标准的偏颇,其实都来自于这部作品,来自于这部作品的创作背景、动机及取材,所以这里对这部作品做一点补充性的讨论。

就现代传记文学写作而言,"五四"以后的人物传记主题,一直在两个层面上进行,存在着两种不同的精神走向:一种是对建构"个人主体"的追求,张扬现代人的个性自由,对中国社会文化及中国人的"国民劣根性"进行反思。总而言之,追求"人的解放";另一种走向则是从建构"民族国家"的群体需要出发,寻找足以能够凝聚民族精神、展现民族性格的典型人物,将他们视为"民族国家"这一群体的精神象征①。其中,后一种情况中涉及的历史人物群体,在外族入侵、政权更迭等情况发生时,往往有集中的展现。这在我们中国漫长的古代历史中屡见不鲜。

## 1. 基于汉族中心主义的民族叙事

抗战期间,国家民族处于生死存亡的危急关头,许多作家选择了以历史人物传记或者是记述历史英雄人物的各种文体来表达他们对民族前途的关怀和忧虑,并期望从这些历史人物身上汲取当时整个民族国家所普遍需要的民族气节、不屈意志和牺牲精神。于是,以历史人物为描写对象的各种文学作品在抗战期间有了一个集中创作的高潮。苏雪林的《南明忠烈传》正是诞生于这样的大背景下,其目的是为了以古励今,鼓励民心士气,激发国民的民族自信心和抗战决心。苏雪林是一个爱国的作家,这在抗战以前的作品如《棘心》等中可以看得比较清楚。《南明忠烈传》的民族主义的叙事动机,是不应该质疑的,这也是抗战时期有良知的中国知识分子基本的国家观念的体现。

问题在于,《南明忠烈传》的民族叙事是基于汉族中心主义的中原正统民族观念。从作品的内容方面看,这是民族历史的

---

① 韩兆琦:《中国传记文学史》,石家庄:河北教育出版社,1992 年,第 468 页。

原因,无可厚非;从客观呈现的观念和倾向性看,作为一个现代作家,苏雪林的民族观是狭隘的、有问题的。这些都是可以理解的,前面也做过部分讨论。在中华民族内部,由于北方游牧民族入侵而导致中原汉族政权灭亡的历史巨变,典型者莫过于南宋和南明时期。南宋对蒙古政权、南明对清政权都进行了激烈的节节抵抗,期间涌现出了诸如文天祥、郑成功等不少忠烈英雄。苏雪林之所以选择"南明忠烈"来作传,她自己在《南明忠烈传》的引言中引用梁启超、陈伯陶等人的话做了说明:"晚明风节之盛冠前史","明季士大夫敦尚节义,死事之烈,为前史所未有,盛矣哉!"①相对于强大暴虐的清政权,南明政权属于弱势的一方,但又是拥有"道义"的一方,所谓"纲常千古,节义千秋",即赋予了抵抗者的忠烈之名。如果不去褒贬这种基于汉族中心主义的"道义",那么南明政权的坚持抵抗仍是令人尊敬的,毕竟清军入关也没有什么正义性与合法性可言。纵观《南明忠列传》,作者其实并没有去着意弘扬那种汉族中心主义民族观,而是比较客观地叙述了南明政权以弱抗强的历史过程,这一点应该是强调的重点。也就是说,《南明忠列传》是基于汉族中心主义而作,但后者并不是这部历史人物传记强调的核心。

联系到抗战现实,日本军国主义对中国的入侵显然是非正义的,中国是占据"道义"的一方,也是较弱的一方,这就和苏雪林这样的较传统的知识分子眼中的南明政权非常相似。因此南明忠烈们的抵抗精神和精神操守对于抗战中国而言,就具有了非常现实的意义。国民党中央宣传部促成此书的出版,恐怕也正鉴于此。1941年是抗战最艰苦的年代,国民党政权从激励民气、振奋民心角度考虑,所需要大力弘扬的也正是南明忠烈们身上的这种流传不朽的"传统美德"。这些是需要借助于《南明忠列传》这样"狭隘"的、不纯粹的"传统叙述"才能完成的。苏雪林有很好的古典文学的功底,文笔娴熟。她写这部传记,引经据典,校勘考证,用功甚勤,可以说很好地完成、实现了策划者的初衷,同时也具有相当高的史料价值。

---

① 苏雪林:《南明忠列传》引言,重庆:国民出版社,1941年,第2~3页。

## 2. 基于不同政治伦理视角的诠释和想象

基于汉族中心主义的民族叙事在儒家政治伦理观照下的历史叙事中本是一种常态,儒家秉承的中原正统文化在进行民族叙事时,往往将民族叙事和政治伦理叙事合二为一。但在现代以后,儒家政治伦理遭到冲击和颠覆。在现代政治文明的概念里,应该而且必须将上述二者分开阐释。因此,在政党政治和阶级斗争运动比较突出的20世纪,从不同的政治伦理视角出发,对于这种长时间视为常态的基于汉族中心主义的民族叙事,诸如《南明忠烈传》之类,就产生了不同的现实评价。

晚清以来,受国势陵夷的危局所激,民族主义作为一种新兴的意识形态在知识群体内部开始兴起,并为一时之风气,成为他们所幻想的救国保种的利器和建立民族国家的唯一途径。正如梁启超在《国家思想变迁异同论》、《新民说》等文章中所言,中国"于所谓民族主义者犹未胚胎焉",以此自然无法与"世界所以进步"之"公理"相抗衡。中国若要抵抗列强的侵略,只有从速养成"我所固有之民族主义"①。本时期关于民族主义的论述,主要围绕"排满"问题展开,其中以章太炎为代表的带有种族论色彩的民族主义影响较大,直接推动了辛亥革命的发生与"中华民国"的建立,至少在形式上标志着现代民族国家的形成。由于论述的内容主要是围绕着排满以及立宪还是共和等问题展开,对民族主义在经济、文化方面的要求很少涉及,因而本时期的民族主义可以称为种族的政治的民族主义②。应该看到,民族主义在20年代的迅速传播和当时大革命的历史条件密不可分,国民党正是通过诉诸民族主义动员了包括工人、农民在内的广大民众参与政治,逐渐积蓄力量,并借助于和共产党的结盟,最终完成了向民族主义政党的转变。国民党南京政府从巩固政治统一的角度考虑,亟须要借助于"民族"这一概

---

① 沈松侨:《振大汉之天声——民族英雄谱系和晚清的国家想象》,台北《"中央"研究院近代史研究所集刊》第33辑(2000年6月),第90页。

② 姜义华:《中国民族主义的特点及新阶段》,载香港《二十一世纪》1993年2月号,总第15期。

念和旗帜来消弭、统合当时国内各种思想意识形态的分歧。在他们那里，对"民族"的想象就是对一个统一的政治共同体亦即国家政权的想象，其思想根源也还是那种种族的、尤其是政治的民族主义，它也是 30 年代"民族主义文艺"的思想基础。其实，种族的、政治的民族主义是无法回应多族群国家的民族认同问题的。30 年代国民党的民族主义面临着这样的尴尬困境：一方面要利用民族主义来消弭种族、阶级、政治集团之间的差异，以造成全体民众对南京政府所代表的民族国家的普遍认同；同时，又必须防止民族主义走向具体的政治诉求。南京政府之所以镇压了当时青年党的"国家主义"，就在于后者有过于明确的提倡宪政、反对一党专政的政治诉求。

　　抗战爆发可以说大大缓解了国民党的上述困境。抗战口号下，全民一致对外，种族、阶级、集团之间的分歧被民族战争所掩盖，尤其是政治集团之间的政治诉求被民族战争所搁置，在共同的民族敌人面前达成新的妥协和联合。国民党的民族主义政治不再成为关注焦点，他们需要的是利用从历史叙事中发掘能够彰显"民族国家"之精神的英雄形象和谱系，在传统伦理道德的遮掩下，通过民族叙事来彰显南京政府在民族危难之际作为统一政权的合法性、代表性，在此基础上重振民众的民族信心。这才是他们提倡民族主义的政治目的，是一种典型的政治伦理。《南明忠烈传》正是诞生在这样的历史背景下，和许多其他同类的作品一起，成为国民党的抗战宣传作品。在这样的语境中，作品中所涉及的统一的民族主义旗帜下的种族、族群之间的认识差异，就不可能成为作者、策划者关注的问题，也可谓政治伦理层面的"救亡压倒了启蒙"。

　　站在国民党的政治对立面，决心走"由民族解放到阶级解放"道路的中国共产党，在对民族主义之现实政治意义的认识上，自然难以认同国民党的意识形态宣传策略。以鲁迅、茅盾、冯雪峰、瞿秋白等为代表的"左翼"文化战线，对 30 年代试图以"民族主义"对抗"普罗文学"的"民族主义文艺"进行了迎头痛击和彻底的理论颠覆，其理论核心仍然立足于文艺的阶级属性和政治属性。即使到了抗战期间，"左翼"文坛对那些充满"民族主义"意味的抗战宣传作品仍然保持了高度警惕，因此，像

《南明忠烈传》这样以"民族主义"为主要载体来宣传抗战的作品,很难得到主张阶级论的"左翼"知识阶层的认同。而诸如史可法、黄道周等那些坚持抗清的南明英烈们,在另一个政治语境中,则有可能被诠释成维护封建腐朽政权的至孝愚忠之辈,从而完全可以颠覆这一类作品最初的创作动机。可见,民族叙事一旦和政治伦理叙事产生冲突,最终会在某种具体语境中解构民族叙事的本义,如具体落实到对所谓"纲常万古,节义千秋"的历史价值的理解上,产生意义陷阱。而在现代文化背景下,民族叙事和政治伦理叙事之间的这种冲突,从某种程度上来说是不可避免的。中国 20 世纪的历史已经提供了充足的证明。

在国民党民族主义意识形态宣传背景下,身为"右翼"作家的苏雪林不可能违背自身政治立场,去辨析多民族国家族群之间的阶级关系,而只能将南京政府作为抗战期间唯一合法、合乎道义的政权,给予民族主义层面的维护。她的民族观念深受近代以来民族主义思潮的影响而又未能深究,《南明忠烈传》的自序中清楚地表明她是主张排满、反对政党和阶级斗争的。这显然既违背了民国建立之初就已经确立的"五族共和"的理想,同时又很难为"左翼"文坛所容。她写作这部传记的动机和目的却在客观上超越了这一狭隘的民族歧见,即为维护整个中华民族的存亡而作传。内容与目标的矛盾,民族叙事与政治伦理诠释的背反,在民族战争时期获得了一个统一与融合的契机。

通观当下学界对苏雪林新文学作品的研究,关于《南明忠烈传》的文章极为少见,一般只见于在介绍她的《蝉蜕集》时,作为题材的来源加以提及。其实夏志清所赞赏的《蝉蜕集》中对传统的"极为娴熟"的叙述,对儒家美德的欣赏,都根源于这部传记作品中的并不宽广的民族主义情感;甚至具体到叙述方法和技巧层次,《蝉蜕集》中都有它的影子。它既反映了作者的民族观、历史观、政治观,也反映了作者的文学观。下面以苏雪林在《南明忠烈传》自序中的一段话来结束本节的内容:

> 我希望青年们读了拙著,毅然走到那些文武合一的教育机关里去,将自己造成王翊、张煌言、郑成功、

李定国,而不要学本书所述那些杀身无补的无用文人。尤所望者,中国提倡民族文学,亦已历有年所,而可观的成绩,则颇不多见。这一则是为了恶势力的压迫过甚——我们不能忘记,抗战前,民族二字如何成了文坛莫大的忌讳,而阿狗文学论又骂的如何厉害——二则是为了缺乏可以采取的题材。本书所介绍的几百个抗清复明的仁人志士,大半可作诗歌、小说、戏剧的资料,笔者愿意将此书公开于海内著作家之前,替新文学开一条新路。[①]

---

① 苏雪林:《南明忠烈传》自序,重庆:国民出版社,1941年,第4页。

# 唯美的终结:《鸠那罗的眼睛》等剧作及其他
—— 苏雪林现代文学时期的戏剧创作及相关著述

在中国现代戏剧发展史上,苏雪林的名字似乎是无从提及的。长期以来,在许多人眼里,苏雪林和现代戏剧的关联度似乎并不大。她既没有什么有影响的剧作,也没有提出什么有建设意义的戏剧理论主张,因而不值一提。不过随着苏雪林研究的深入,她和现代戏剧的一些关联材料被发掘出来,如在30年代较有影响的唯美主义剧作《鸠那罗的眼睛》,1937年的《现代中国戏剧概观》一文,特别是1948年为法国神父善秉仁编撰的《中国现代小说戏剧一千五百种》一书所写的导言,即长篇论文《当代中国小说和戏剧》。通过重新整理这些材料,能够发现苏雪林和中国现代剧坛之间切实的、难以忽视的联系。

《鸠那罗的眼睛》是30年代中期一部比较纯正的唯美主义诗剧,发表于1935年11月1日《文学》月刊5卷5期,1946年商务印书馆曾出版单行本。苏雪林自己对这部作品相当满意,1936年她在《大公报》上专门撰文谈及这部戏剧的写作,称之为"惨淡经营,良工心苦"、"无一字无出处",自称是"冒一次灵魂的险"。① 剧作发表后得到其挚友袁昌英"情节复杂,场面宏大……色彩绚丽,意境凄美"的激赏,认定其艺术水准超过了王

---

① 苏雪林:《我怎样写〈鸠那罗的眼睛〉》,《大公报·文艺副刊》,1936年5月6日。

尔德的《莎乐美》，也不免让她沾沾自喜。兼之《文学》月刊是当时一份影响较大的"左倾"杂志，能够刊登政治立场"右倾"的苏雪林这样一部唯美色彩浓厚的三幕剧作，客观上说明了该剧确有相当的艺术价值。这部唯美剧在中国现代戏剧史研究领域、特别是现代戏剧与西方唯美—颓废主义文艺思潮的关联研究领域，长久以来显然没有获得足够的重视。

《当代中国小说和戏剧》一文长期受到忽视，这种情况和《中国现代小说戏剧一千五百种》一书在中国 20 世纪文坛的实际传播状况有关。该文中的"戏剧"部分，以思潮和作家为主干，从宏观层面勾勒出了中国现代戏剧发展的简史；同时对现代有代表性的剧作家及其作品进行了极富个性化的评价，对一些被学界忽略的现代剧作者及作品也进行了评述。总体的评价以艺术标准为主体，较为全面、客观地展现了现代剧坛的实际情况。这篇长文具有相当的文学史料价值，对于构建苏雪林和中国现代戏剧史的关联性至关重要。

## 一、《莎乐美》与中国现代文坛的唯美—颓废主义思潮

苏雪林在现代文学时期的剧作只有两部，即《鸠那罗的眼睛》和《玫瑰与春》。从数量上看，她只是一个偶尔为之的剧作者。两部作品中，艺术性较高的、值得重点讨论的是《鸠那罗的眼睛》这部唯美剧。在探讨二三十年代西方唯美—颓废主义思潮对中国现代剧坛创作的影响时，这部剧作是应该重点被提到的。因为它和被视为西方唯美—颓废主义作品之标志符号的《莎乐美》之间，具有直接的承接关系，可以说是现代剧坛向唯美—颓废主义思潮学习的直接的、标志性的产物。

作为一种国际性的文艺思潮，唯美—颓废主义思潮的"源"在西方，它是从伟大的浪漫主义到深邃的现代主义的必不可少的过渡和中介。在其发展过程中出现了"唯美主义"、"颓废主义"、"象征主义"（早期）、"世纪末文学"甚至"为艺术而艺术"等诸多口号与称谓，异常繁杂。至 20 世纪八九十年代，西方学者

在一些重要问题上达成了共识,将"唯美"、"颓废"及其他相关概念综合在一起,形成了比较权威的解释:唯美主义或称唯美主义运动,是19世纪后期以法国为中心而波及整个欧洲的文艺思潮,其理论来源是康德在1790年提出的美学思想,康德认为纯粹的美感经验源于一种"无利害"之念的沉思,与美感对象的现实性或者客观的实用价值以及道德性无关。这种美学思想被后来的法国作家们转换诠释成这样的艺术宗旨:艺术在人类的创造品中具有至高无上的价值,它是自足的存在,无须任何外在的存在目的,只存在于自身完美的形式之中。由戈蒂耶始,经波特莱尔、福楼拜、马拉美等人进一步演变出"为艺术而艺术"的口号。其中波特莱尔的观念主张后来又发展成"颓废主义",其核心观念是认为艺术与"自然"完全对立,无论是生物学意义上的还是人类行为意义上的自然。彻底的颓废主义作家拒绝那种丰富的、有生命力的又有组织性的生活,有时甚至违背自然人性,通过吸毒、性放纵等种种精神麻醉行为来追求兰波的所谓"感官全面错乱"的境界。颓废主义运动在19世纪的最后二十年发展到顶峰,而这个时期又被称为"世纪末",充分表达了颓废主义作家们悲观厌世的情绪。[①] 由此观之,上述各种文学现象同出一源,是同一思潮在不同阶段和不同民族的变体,同中有异,异中有同。以唯美主义和颓废主义而论,"唯美"和"颓废"之间的界限并不能泾渭分明,而如水乳交融,其不同的特质抑或说变体往往只能通过不同的接受者的作品来辨别。这就是艾布拉姆斯在权威的《文学术语汇释》中将这些现象综合称之为"唯美—颓废主义"的原因。

西方唯美—颓废主义思潮自20年代进入现代文坛,流风所及,对一大批中国现代作家产生了不小的影响,催生了属于中国的现代唯美—颓废主义文学,其余波一直持续到30年代中后期。奥斯卡·王尔德、沃尔特·佩特、西蒙斯、道生、乔治·摩尔、邓南遮、爱伦·坡甚至包括近邻日本的永井荷风和谷崎润一郎等唯美、颓废作家及其作品,一时间成为诸多同好作家

---

[①] 参考解志熙《美的偏执:中国现代唯美—颓废主义文学思潮研究》,上海文艺出版社,1997年,第2～5页。

阅读和效仿的对象。由于20世纪初英国唯美—颓废主义余波仍在,加上现代作家中留学英、美者甚多,现代文坛对英国唯美—颓废主义文学的介绍最全面,其影响也最为明显,其中英国唯美—颓废派作家王尔德及其作品最受现代作家们的关注和模仿。在王尔德的诸多剧作中,作为其代表作之一的独幕剧《莎乐美》更是备受瞩目,并由田汉主持的"南国社"于1929年搬上中国舞台,轰动了南京和上海。

据统计,《莎乐美》一剧,至1949年之前约有七种中译本,最早是由陆思安、裘配岳合译(译名《萨洛姆》),于1920年3月发表在上海《民国日报》副刊《觉悟》上。诸多译本中,以田汉1921年3月发表于《少年中国》第二卷第九期上的译本最有代表性,1923年1月由中华书局出版了单行本,至1930年3月印行了五次,直到80年代还不断再版。该剧被奉为唯美—颓废主义的代表剧作,一时间模仿、借鉴之作甚多,如王统照的《死后之胜利》(1922)、郭沫若的《王昭君》(1924)、白薇的《琳丽》(1925)、向培良的《暗嫩》(1926)、徐葆炎的《妲己》(1929)等等。《莎乐美》所具备的唯美—颓废主义的艺术理想和人生态度,对爱欲和死亡的非理性的追求、非道德的主题,被现代作家从各种视角、以不同的动机和目的在作品中反复借鉴和引用,集中反映了现代戏剧界当时对唯美—颓废主义思潮的基本态度和接受情况。

## 二、"东方《莎乐美》":《鸠那罗的眼睛》

苏雪林曾在自传体小说《棘心》中借女主人公杜醒秋之口,表达了她对王尔德与《莎乐美》一剧的喜爱;后来在《我所爱读的书》一文中,更将《莎乐美》列为她最喜爱的五部西洋戏剧之一,与莎士比亚的《哈姆雷特》等剧并列。30年代,在佛经故事《法苑珠林》的触动下,她直接继承了《莎乐美》的爱欲与毁灭的"不道德"的主题,直接借用了《莎乐美》中"莎乐美"的点题之言"唉,你总不许我亲你的嘴,约翰。好!现在我可要亲它了",作为自己剧本的扉页题词,以《法苑珠林》中的古印度阿育王夫人

第五章 唯美的终结:《鸠那罗的眼睛》等剧作及其他　147

爱上太子鸠那罗这一东方悲剧故事替代了《莎乐美》的基督教题材,写出了《鸠那罗的眼睛》这一部"东方《莎乐美》",向王尔德表示了她的直接的敬意;同时在艺术方面,她雄心勃勃,力图展示对《莎乐美》一剧的意图上的超越。

　　解志熙在其长篇论文《"青春、美、恶魔、艺术……"——唯美—颓废主义影响下的中国现代话剧》中,详细列举和分析了二三十年代带有不同程度唯美—颓废主义烙印的十多位作家的二十余部剧作,对《鸠那罗的眼睛》一剧推崇备至。他认为该剧在艺术上和《莎乐美》相较确实"青出于蓝而胜于蓝"。他在论述中国现代唯美—颓废主义文学思潮的专著《美的偏至》一书中,将该剧与何其芳的《画梦录》一起誉为"中国现代唯美—颓废主义文学的最美收获"与"最后结晶"。与向培良的《暗嫩》、徐葆炎的《妲己》等《莎乐美》的模仿之作相比,《鸠那罗的眼睛》确实显示出非常纯正的、绝少颓废气息的唯美主义艺术趣味。就写作背景看,此剧写于唯美—颓废主义文学的高潮已经过去的1935年,此时文坛对这一思潮的艺术理解应该说已呈精致、烂熟之境。在阶级斗争和民族危机日益沉重的时刻,中国现代唯美—颓废主义文学思潮的分化和蜕变已经开始。思潮风行之初普遍被激发的那种对精神享乐的追求和"颓加荡"的感官刺激,如邵洵美、滕固、叶灵凤、章克标等人的作品,迫于时代和作家个人内心的压力不得不开始消隐。此时选择这种题材和主题来写,无论对于整个思潮还是作家个人来说,都经过了充分的过滤与沉淀,可能较多地体现为一种纯粹的审美与艺术旨趣。就一般作家而言,不大可能逆时代潮流而动,再往颓废堕落的路子上走。1936年何其芳的《画梦录》即是一例。其二,就苏雪林当时的写作心境和深层动机看,苏雪林经由阅读沈从文的《月下小景》而对《法苑珠林》产生了兴味,再到接触到鸠那罗悲剧的"本事"而产生心灵震撼和审美痴迷。苏雪林自己这样描述阅读"鸠那罗的本事"时的情感状态:

　　……随手翻阅间,竟被我发现了从前没有注意的阿育王夫人恋爱太子鸠那罗的一段悲剧,一种强烈的情感袭击我的心灵,好像做了一个梦,一个凄厉哀艳的梦,醒后还有余怖,有余悲,有余缠绵,有余迷醉。①

正是基于这种审美情感所陷入的"缠绵"与"迷醉",苏雪林决心在写作上"冒一次灵魂的险"。之所以如此说,因为她尽管在艺术上仰慕王尔德,但此前在写作上并没有真正涉猎唯美—颓废主义这一领域。众所周知,她对男女情爱的态度是极为保守的。这一涉及爱欲、乱伦、仇恨、毁灭的悲剧主题对她来说真正具有挑战意味。沈从文的《月下小景》在诸多篇幅是描写到原始情爱的,《法苑珠林》中的佛经故事则将人的爱欲置于宗教的桎梏之下,增加了冲突的可能与力度。可以说《月下小景》和《法苑珠林》共同触动了苏雪林被保守的情爱态度掩盖着的、情感与灵魂深处的那个"凄厉哀艳的梦",这种审美上的缠绵迷醉,最终诉诸笔端。对这一种发自内心深处的、在现实生活中也不可能持久的写作欲望,苏雪林自然珍视。她查阅了大量相关历史和佛教资料,如《阿育王经》、《阿育王传》、《大唐西域记》、《坏目因缘经》、《大智度论》、《涅槃经》、《俱舍论》、《佛本行经》、《观音玄义》等等,引经据典,力求尽善尽美。特别是在有关鸠那罗的"本事"的选择加工和女性主人公净容的形象塑造方面,苏雪林刻意求工,全力以赴,力求合情合理合史;在语言和舞台景观设计方面,更是充分发挥了她华美浪漫的想象力以及注重语言的色彩感的绘画功底。②《鸠那罗的眼睛》发表后,博得"辞藻丰赡,譬喻华美"的称誉,公认为唯美剧。以作者的认真投入的态度和作品的实际表现看,获得这些评价实应在情理之中。

当然,美文之美,不仅在于文采,更在于艺术趣味。文采之美,美在外表;旨趣之美,才能深入肌理。笔者以为,《莎乐美》体现了一种"偏执之美"。1891年底《莎乐美》问世时,王尔德正处于他的同性恋情感漩涡的中心而难以自拔,饱受维多利亚

---

① 苏雪林:《我怎样写〈鸠那罗的眼睛〉》,《大公报·文艺副刊》,1936年5月6日。
② 关于鸠那罗的"本事"等相关详细内容请参考台湾成功大学教授林朝成、台南大学讲师杨美英的研讨会论文《唯美的风景——苏雪林剧本中的舞台景观与女性形象》。

社会的严厉指责,最终在1895年那场著名的审判中锒铛入狱。《莎乐美》是他自身灵魂冲突及其与维多利亚社会正统清教观念冲突的双重焦虑的显现。他将个人"本我"的冲动投射在剧中莎乐美这个人物身上,为之营造炫目的光环,赋予她为爱欲而从容赴死的悲壮和莫名的悲哀,这其中有高度的情感认同。这描写欲望毁灭的文本是王尔德企图摆脱因自身行为不合社会规范而即将被公布于众的焦虑的产物,同时又构成了对他心灵的慰藉。① 在马太福音和马可福音中,莎乐美本是一个连名字都没有的小角色"希罗底的女儿",是王尔德的改编给予了她核心人物的位置、自主的选择和对圣约翰的疯狂的、毁灭性的爱。在这个意义上,王尔德也可以像福楼拜那样说:"莎乐美就是我!"《鸠那罗的眼睛》虽然也是一个欲望毁灭的文本,但苏雪林和王尔德在精神和情感世界应该处于对立的两极,对剧中阿轮迦王年轻的王后净容对王子鸠那罗的变态爱欲表现,虽有心灵深处的触动,但应绝无感同身受的共鸣。从剧情看,王后净容因爱慕鸠那罗美目而遭拒,由爱生恨,利用首相耶奢对自己的情欲和阿轮迦王的重病,矫诏挑取鸠那罗双眼。东窗事发,怒斥阿轮迦王暴政,死前对鸠那罗流露歉意,欲携其双眼陪她入葬,最后在象征爱欲的大自在天神像前自尽而死。情节合理完整,核心人物王后净容内心世界真实,情感发展符合逻辑。苏雪林显然做了精心设计,将之作为一个完整的、富有东方式故事美学意味的艺术整体来呈现,力求不落下她批评过的《莎乐美》情节不尽合理的缺憾。更关键的是,净容虽然像莎乐美迷恋约翰的嘴唇一样迷恋鸠那罗的双眼,但她并非像莎乐美那样是一个非理性的欲望载体。苏雪林赋予了她畸形的爱欲,同时赋予了她能欣赏鸠那罗琴音的聪慧、矫诏的计谋、面对强权和死亡的不屈以及对鸠那罗的最后的歉意。她在事情即将败露之际,拒绝耶奢杀死鸠那罗夫妇的阴谋而坦然面对死亡。再看苏雪林描绘净容在获得鸠那罗的双眼后却陷入虚无的内心图景:

---

① 于鲸:《在完美的表象之下:从〈莎乐美〉人物关系与戏剧冲突透视王尔德创作心理》,载《海南大学学报》(人文社科版)2005年第23卷第3期。

> 这梦如其不醒,便有诗,有音乐,有长驻的青春,有情爱,有醇化了的、超凡入圣的情爱;如其一醒,便什么都消灭,只剩下一片永劫漫漫的黑暗和空虚。①

在得到王子鸠那罗的眼睛后,净容的梦醒了!这"得到"之后的空虚感,是人性虚无的底色,恰恰是人性本身复杂多变的现实表征。它不同于莎乐美"得到"约翰头颅时的最后的宁静,那种宁静是属于宗教的,是王尔德自己对于畸形爱欲之美的终极性态度,即为"偏执"之"执"的终极取向。正因为赋予非理性的欲望这种终极性意味,莎乐美最后的宁静获得了一种撼动人心的"偏执之美"。对待净容的虚无与幻灭感,读者可能会因为她怒斥阿轮迦王"正义和人道"背后的"弑兄篡位"、"斩杀大臣"、"屠戮十万,尸集成山"的暴政,为自己曾经的疯狂行为辩护,从而给予一定程度的现实理解;读者甚至对净容的死,作为她对虚无的内心的解脱,抱有一定程度的惋惜。作者甚至引用剧中鸠那罗的话来替她开脱:"她虽然害我,却由爱我而起。由爱情而来的罪恶,是多少可以原谅的。"②显然,这是一个东方的莎乐美。她对鸠那罗眼睛的幻想与迷恋,被作者用优美的语调、繁富的辞藻处理得富于东方的忧郁和唯美,绝少颓废的享乐情调与感官的刺激。对苏雪林而言,这一切都是在精心设计中完成,较好地保持了各种艺术因素之间的适度紧张与平衡。她游走在"唯美"和"颓废"的交叉边缘地带,尝试了一次灵魂的冒险。在30年代意识形态和个人意气之争日趋浓厚的公共出版空间,由鲁迅、叶圣陶、郁达夫、陈望道等十人担任编委、郑振铎和傅东华主编、"左翼"进步力量和名家云集的《文学》月刊,肯拿出相当长的篇幅来接纳来自"右翼"的苏雪林这部三幕唯美剧,客观上说明了她这次冒险的成功。苏雪林在去台后的自传中也提到了这一点,沾沾自喜之情溢于言表。③

---

① 苏雪林:《鸠那罗的眼睛》,台北:台湾商务印书馆,1968年,第39页。
② 苏雪林:《鸠那罗的眼睛》,台北:台湾商务印书馆,1968年,第47页。
③ 苏雪林:《苏雪林自传》,南京:江苏文艺出版社,1996年,第86页。

## 三、"道德"与"美文"之间的厚此薄彼

谈到唯美—颓废主义思潮对中国现代文坛尤其是现代话剧的实质性影响,学界还是存在一些不同的声音,这和现代剧坛对唯美—颓废主义的理解和接受程度密切相关。田本相在谈到这一点时这样说:"中国现代话剧非但没有产生一个唯美主义流派和唯美主义作家,而且那些较多地注目过王尔德、迷恋过他的唯美主义艺术主张和《莎乐美》等作品的中国剧作家,他们的创作还较多地表现出这样一种特殊的形态,即:借鉴或移植王尔德的某些口号主张、艺术手法,创造一种相异于王尔德唯美主义的东西。"① 紧接着田本相即以向培良的《暗嫩》为例,来指摘某些中国剧作家对王尔德《莎乐美》的形式模仿和实质上的对官能与肉欲刺激的嗜好,艺术水准上却难以达到王尔德的"绚烂丰富"。实际上中国剧作家们对唯美主义的另外一种更为普遍的偏离是将之和社会道德价值取向相结合,来推动反封建、民主自由和社会进步,这极为符合当时的时代潮流。田汉在南国社公演《莎乐美》之前特意写了《公演之前》,强调该剧演出的社会道德目的:

> 王尔德总算是个人色彩最重的一个作家了。在这个时代来演他的脚本,尤其是演这样的艺术趣味极浓厚的戏——《莎乐美》,岂不是"反时代"吗?岂不是"不民众"吗?但聪明的民众啊,你们得学着自由自在地采取你们的养料。《莎乐美》剧中含着于你们多贵重的养料啊!②

什么样的养料呢?唯恐民众看了戏剧不明白,公演之后田汉继续启发民众:"叙利亚少年,莎乐美、约翰,这三个人,虽然一个爱莎乐美,一个爱约翰,一个爱上帝,但他们的精神是一样

---

① 田本相:《中国现代比较戏剧史》,北京:文化艺术出版社,1993年,第221~222页。
② 田汉:《我们的自己批判》,载《南国月刊》1930年3月第2卷第1期。

的,就是目无旁视,耳无旁听,以全生命求其所爱,殉其所爱!"
"爱自由平等的民众啊,你们也学着这种专一的大无畏的精神以追求你们所爱的罢!"①田汉这里将莎乐美对于个人爱欲的疯狂追求,巧妙地置换成一种对于自由平等精神的执着的爱,转化为一种现代性的启蒙精神,并号召民众去积极践行。《莎乐美》一剧被田汉赋予了自己的理解而具有了强烈的社会和道德的目的。

基于上述动机和取舍,田本相称中国没有产生真正的唯美主义剧作家并非毫无根据。就连田汉20年代的《古潭的声音》、《湖上的悲剧》、《颤栗》等剧作,读者也很难作出属于唯美主义还是浪漫感伤主义的清晰辨析与界定。由此我们再次引证苏雪林关于《鸠那罗的眼睛》与《莎乐美》的一些观点,就可以获得一些有价值的认知:"王尔德这个剧本(指《莎乐美》,笔者注)和圣经上所记是不同的。作家对于古代的故事原有改造的权利,那也没甚要紧。他这个剧本是不道德的,但因为用美文体裁写,读者只觉得一种哀感顽艳的趣味直沁心脾,道德不道德,在所不论。我这个《鸠那罗的眼睛》也可以说是不大道德的,但系采取美文的体裁,那不道德的气氛便完全给冲淡了。"②这段话的中心是谈"道德"与"美文"的关系,态度很明显,那就是厚"美文"而薄"道德",而且强调了"美文"(作为艺术范畴的形式之美)对"道德"的强势和支配意义。"唯美"的艺术形式产生的"哀感顽艳"的艺术趣味可以冲淡、消解"不道德"的社会影响,这和前述现代文坛两类作家对唯美—颓废主义的理解和做法都不一致。由此可以推知,苏雪林的自我意识里仍然存在这种道德价值观的自我批判,但可能服膺于王尔德的艺术信念——"艺术的道德在于完美地运用一种不完美的媒介"。她希望借由艺术形式的完美来化解"不道德"主题带来的近乎颓废的趣味。苏雪林以此建立了《鸠那罗的眼睛》和《莎乐美》之间的艺术本质层面的联系,其潜台词是自己对王尔德唯美主义

---

① 田汉:《我们的自己批判》,载《南国月刊》1930年3月第2卷第1期。
② 苏雪林:《关于我写作和研究的经验》,《苏雪林文集》(第三卷),合肥:安徽文艺出版社,1996年,第65页。

艺术观的理解是不带有任何"道德"意义的,是不受时代和个人因素的制约的。

由于许多研究者都将王尔德戏剧在中国的翻译、传播作为唯美—颓废主义思潮与中国现代文学发生关联的主体对象来研究,所以苏雪林的上述观点就代表了现代文坛对唯美—颓废主义的一种较为切近艺术角度的接受类型。至于是否切合王尔德的唯美主义艺术观,我们可以有选择地来看王尔德的具体艺术主张,主要涉及如下两个方面:

首先,崇尚美的形式。王尔德认为艺术范畴的形式(包括评论与创作)是艺术表现美的根源,它创造了一切艺术家的独特气质和表达技巧:"……形式不仅创造了批判的气质,而且也创造了美感的气质。这种毫无讹误的本能向人展示了一切事物的内在美。从崇尚形式做起,艺术没有任何秘密不昭示出来。"[①]王尔德表述的"形式"并非仅仅是创作者使用的技巧和方式,而是包含了批评家个性的、"作为自己灵魂记录"的形式。只有这样的形式才是有创造性的、能够抵达"更为完善的美的本质"的东西。

其次,推崇美的、非道德化的艺术。王尔德旗帜鲜明地提出"一切艺术都是不道德的"[②]。对于唯美主义者来说,艺术和生活的目的是完全不同的。艺术的目的就是追求美和崇拜美,可以为情绪而情绪;生活的目的则是为了行动,必须为行动而情绪,需要道德规范和良知存在。真正的艺术家如果真的热爱艺术,对艺术和美的热爱应该胜过对世界上任何其他事物的爱,放弃理性,放弃对美的成见,来崇拜它。尤其是要放弃道德对美的束缚。"艺术是道德不可企及的领域,因为艺术的着眼点完全在事物的美和不朽,以及事物的不断变异性上。道德属于理智才能较低较少的那些领域。""艺术评论家总是主张废弃道德律的。按照庸俗的善的标准,要做到善是很容易的……

---

① 王春元、钱中文:《现代外国文艺理论译丛·英国作家论文学》(汪培基等译),上海:三联书店,1985年,第297页。

② 王春元、钱中文:《现代外国文艺理论译丛·英国作家论文学》(汪培基等译),上海:三联书店,1985年,第277页。

美学则高于道德标准,它属于更高的精神范畴。在个人的发展方面,色彩感甚至比是非感更重要"①。《莎乐美》作为王尔德唯美主义艺术理想的产物,集中体现了他的这种"艺术去道德化"的艺术观。这正是它长期不能在维多利亚时期绅士道德观念遮蔽的舞台上演的根源。《莎乐美》在30年代中国戏剧舞台上多次上演,但屡遭冷遇,也是出于同样的原因。

通过分析和两相比较,可以看出苏雪林的上述看法是深受王尔德的艺术观念的影响的,而且确是在艺术或者说形式之美的真正触动下写作《鸠那罗的眼睛》的。这其中不能说她完全没有考虑道德的因素,她也不可能像王尔德那样通过张扬"非道德化的艺术"来注解和慰藉自己的"非道德化的现实行为",从而走向"偏执"的艺术与人生之途。但她显然是将道德放在次要位置的,表现了"美"对"善"的优先。应该说在对道德与艺术关系的理解上,写作《鸠那罗的眼睛》时的苏雪林是中国剧作家中最接近王尔德的。有研究者这样评价:"在唯美主义者看来,病态或变态的爱欲并非坏事,反而被视为生命意志强盛的表现和美的极致。正因为如此,变态或病态的爱欲成为唯美主义者们最为偏好而竞相表现的主题。在这一点上,《鸠那罗的眼睛》与《莎乐美》如出一辙。"②

然而,苏雪林毕竟不是王尔德,她对后者的态度可谓"和而不同":首先,她指摘了在她看来《莎乐美》剧中存在的艺术缺憾,暴露了她写作《鸠那罗的眼睛》时潜在的超越意图。她具体比较了两剧的情节设置特别是男女情爱关系的处理,认为莎乐美不可能爱上施洗约翰,王尔德对圣经故事的改编"牵合的非常勉强,而且十分不尽情理"。"至于阿轮迦王继室爱上太子的年轻美貌,却极自然,她爱上太子鸠那罗的美目,不得,乃设计挑取,也是原来故事所有"。比较之后她下了结论:"因此绿漪这个剧本,虽开端引了《莎乐美》的两句话,并不是模仿王剧,因

---

① 王春元、钱中文:《现代外国文艺理论译丛·英国作家论文学》(汪培基等译),上海:三联书店,1985年,第292、305页。
② 解志熙:《"青春,美,恶魔,艺术……"——唯美—颓废主义影响下的中国现代戏剧(下)》,载《中国现代文学研究丛刊》2000年第1期。

第五章 唯美的终结:《鸠那罗的眼睛》等剧作及其他 155

为两剧其实不同。"①但当苏雪林进一步作并无根据的揣测时,就显露了她喜欢争胜的意图:

> 看来王尔德写成《莎乐美》一剧,也许是受了古印度这个有名悲剧之启示(因印度在英国统治之下时,英国人研究印度典籍者极多)。若果如此,则鸠那罗剧本的作者,将莎乐美所说的那两句话,又用"回馈"的方式取了回来,倒也是一桩趣事。②

对《莎乐美》艺术的指摘客观上反映了苏雪林在艺术上的不盲从和精益求精,其对唯美主义艺术的理解既有所本,又有所立。这又受中国的现实环境的影响。尽管《鸠那罗的眼睛》从创作缘起和剧本本身都难以找出明确的社会现实因素,但作为一个在现实中较为传统的知识分子,苏雪林对该剧的"不道德"的意味还是希望有所稀释淡化。第三幕中阿轮迦王欲杀净容以维护"正义与人道"时,她奋起反抗:

> 陛下,你要杀我,就干脆地说杀我好了,何苦又抬出你那正义人道的金字招牌,难道你们强者压迫弱者,总非有这一套玩意儿不可?况且你的正义和人道我知道的也很多了。……我虽然使得一个青年男子丧了明,还没有害他的性命;你的"旃陀阿轮迦"名字,却是用恒河沙数无罪羔羊的鲜血染成的。我的罪恶比你的究竟孰大孰小?孰轻孰重?③

这是典型的以"罪恶"对抗"罪恶",以对方的"不道德"为自己的"不道德"辩护。不禁让笔者想起法国当代作家克洛德·普兰的作品《浴血美人》,美丽的伯爵夫人爱丝贝塔为了长留自己的青春容貌,竟用少女的鲜血沐浴。在面对国王的审讯时,她反唇相讥:"您犯下的罪行与我相等!"苏雪林这里引入了善

---

① 苏雪林:《中国二三十年代作家》,台北:台湾纯文学出版社,1979年,第516~517页。
② 苏雪林:《中国二三十年代作家》,台北:台湾纯文学出版社,1979年,第517页。
③ 苏雪林:《鸠那罗的眼睛》,台北:台湾商务印书馆,1968年,第48~49页。

恶的世俗标准,对"窃钩者诛,窃国者为诸侯"的现象进行猛烈攻击。其涵盖的问题超出了人物和事件本身,引发了对人性善恶的终极思考。当剧中的鸠那罗以德报怨,以"由爱情而来的罪恶,是多少可以原谅的"为由请求阿轮迦王宽恕王后净容时,读者还是窥见了东方伦理德性无处不在的影子。

## 四、"接受"与"转化"

苏雪林能否被看作是一位在 30 年代短暂存在过的唯美主义者,是值得讨论的。如果能,她应该是孤独而有所偏好的一个,放在同时代的女性作家群体中来看尤其如此。苏雪林接触唯美—颓废主义的时间并不算短,早在留法期间,苏雪林就深受王尔德"艺术美化人生"的文艺观的影响:"我也爱咀嚼唯美主义的英华,好暂时忘记现实生活的痛苦。"①在自传体小说《棘心》中她就借杜醒秋之口传达了她对《莎乐美》剧的情有独钟。在比喻有才华之人时,她将王尔德与李白并列。在她回国后的散文作品中,随处可见唯美—颓废主义影响的"东鳞西爪"与成段的极唯美的笔墨,在前面的散文部分里已有涉及。这里略举一例。《绿天》集中的《收获》一文,苏雪林(文中的"我")让其丈夫(作品中的"康")看一丑陋的大山芋,并用杜甫"子璋骷髅血模糊,手提掷还崔大夫"的恐怖诗句作喻。接着她借"康"的口说:"你何必比花卿?我看不如说是莎乐美捧着圣约翰的头,倒是本色。"苏雪林现实中的丈夫张宝龄是学理工的,对文艺毫无兴致,不可能由丑陋山芋联想到圣约翰的人头。这显然是苏雪林的夫子自道。甚至在她任教武汉大学期间的古典文学史著作《唐诗概论》中,在论及诗人李贺时也用了"唯美文学启示者李贺"的标题,以肯定态度为唯美主义大唱赞歌。这一切都说明唯美剧《鸠那罗的眼睛》的出现对苏雪林来说并非突然,而是在较早接触以王尔德为代表的唯美—颓废主义的基础上,经沈从文《月下小景》和《法苑珠林》的

---

① 苏雪林:《苏雪林选集》,合肥:安徽文艺出版社,1989 年,第 622 页。

触动而水到渠成的结果。只是《鸠那罗的眼睛》作品出现的时间稍晚,已到了中国现代唯美—颓废主义文学走向分化解体的十字路口。

苏雪林接受唯美—颓废主义有自己的角度和特点。首先她偏好王尔德及其作品,类似于郁达夫,但接受层面又不同,其他相关作家未见涉猎。这和当时许多中国作家一样属于片面的"不忠实"的热情。例如创造社的作家们,在"五四"时代精神强劲的制约和规范下,普遍将身上沾染的"世纪末"的颓废气息,转化成一种富于反封建意义的浪漫主义感伤,体现了一种"创造性的不忠"①。就前述唯美—颓废主义思潮在西方的演变历程开看,它首先是一种人生观,然后才是一种艺术观,最后指文艺作品中的一种艺术特质。中国现代作家们受限于时代精神制约和个人艺术审美嗜好,"创造性"地各取所需。从当时传入中国的法、英、意、日本等唯美—颓废主义文学来看,现代文坛对沃尔特·佩特和王尔德领衔的英国唯美—颓废派文艺比较熟悉,其中佩特的哲学与美学思想是中国现代文坛理解英国唯美颓废派文学的思想基础,其"刹那主义"的艺术人生观对朱自清、俞平伯甚至郭沫若等人的早期文艺思想一度产生了较大的影响。② 从已有的资料看,苏雪林没有去深究佩特的"刹那主义",而将王尔德的唯美主义艺术观,退而转化为《鸠那罗的眼睛》的一种艺术特质。除了她现实生活中众所周知的保守的人生观、情爱道德观之外,同时代的作家乃至女作家们也没有提供相应的创作氛围和作品。

考察同时代女作家们和唯美—颓废主义有关联的创作,确实乏善可陈。只有白薇写于与杨骚恋爱期间的两部剧作《琳丽》和《访雯》值得一提。《琳丽》是一个现实情爱题

---

① 参见解志熙:《美的偏至:中国现代唯美—颓废主义文学思潮研究》,上海:上海文艺出版社,1997年,第68~69页。
② 沃尔特·佩特的"刹那主义"对朱自清的20年代的文艺思想影响很大,可参见他的文章《刹那》和长诗《毁灭》。俞平伯曾对朱自清的文章进行了诠释,并有诗作,参见他的散文诗《呓语》第13~17首。郭沫若曾在《创造周报》第26号专文介绍过佩特的批评论。

材,文采颇华美,写琳丽、璃丽姐妹和男性琴澜之间的三角恋爱纠葛。剧作极力歌颂男女之间的唯美之爱,将琳丽对爱的追求和死的冲动纠缠在一起,并在男欢女爱的剧情中探讨由快乐主义引发的灵肉冲突问题。而这正是唯美—颓废主义者们最热衷的主题。苏雪林从文体角度出发,也认为《琳丽》为唯美剧,这和她认定自己的《玫瑰与春》是唯美剧一样的道理。但对该剧的评价并不高:"《琳丽》这个剧本,文字也算美丽,可惜作者中国文学的修养,究竟太嫌肤浅,西洋文学的涵咏也不深,不过靠点小聪明,运用向同时文人学来的技能,乱写一气而已。"[①]可见《琳丽》对她来说难以构成榜样。《访雯》取材《红楼梦》中宝玉探访被逐的晴雯一节,写两人之间的男女之爱和性冲动,突破《红楼梦》乐而不淫的格调,有翻案意味,也颇接近唯美主义的风格。对该剧苏雪林未予置评。从苏雪林对自己和其他女作家的唯美作品的评论中,既可以看出她对自己的唯美作品的自负,同时也可看出她对唯美—颓废主义的接受,受其他女作家的影响甚微,基本上按照自己的理解和偏好进行。她确实代表了现代文坛对唯美—颓废主义的一种切近艺术角度的接受。

正因为苏雪林接受的是艺术的而非人生的唯美—颓废主义,其影响对苏雪林漫长的创作生涯来说并不深刻与显著,但也绝非肤浅。有人认为苏雪林是个"艺术至上主义者",并非虚言(当然还有她较看重的人品的因素)。如她30年代在武大教授新文学课程时所撰写的大量新文艺批评,由于评论对象均为同时代作家,她基本上采取"艺术第一"的标准,力求做到客观公正。台湾佛光大学教授马森就这样说:"我的理解是如果艺术的成就足以掳获苏教授的心,她的道德标准是可以放宽的……对郭沫若与郁达夫的严厉指责,则因为他们的艺术在苏

---

[①] 苏雪林:《中国二三十年代作家》,台北:台湾纯文学出版社,1979年,第514页。

教授眼中是不及格的,所以只剩下道德标准了。"①针对这一立场,马森教授还说:"在审美的立场上,苏教授有唯美主义的倾向,他特别重视文字与意境的优美,对写实主义的作品有所保留。"②这就涉及了她的艺术至上标准与接受唯美—颓废主义影响的关联问题,可惜马教授没有展开。笔者以为,这里面应该存在一个"转化"的问题。现实生活中的道德洁癖决定了苏雪林不可能深究和践行唯美—颓废主义的人生底蕴,将其影响上升至自身人生观的层面。写作环境也制约了她不太可能过多关注那些如《鸠那罗的眼睛》那样的"不道德"的题材,像郁达夫一样屡次有意识临近"颓废"的边缘。于是她退而求其次,将对唯美主义的认知与欣赏"转化"(也可以说"下降")到了纯艺术的乃至于文体形式的层面,在文学欣赏方面形成了"艺术(唯美)至上"的标准。当然,这个标准在使用过程中也难以排除她个人主观的因素。这种"转化"对于一个女作家来说是正常而自然的。也正因为这种"转化"基于内外的诸多因素的强有力制约,所以当苏雪林的文学活动特别是文艺批评活动一旦涉及了现实领域,就有可能引发道德标准甚至是意识形态标准的强有力的反弹,从而影响了她执行上述艺术标准的客观性与稳定性,并在话语实践中造就了她的矛盾。这一点在她关于鲁迅、郁达夫、郭沫若等人的批评中可以看得非常清楚。应该说,这在苏雪林的文学活动中是始终存在的。

## 五、"一生趋向的指标":《玫瑰与春》

《玫瑰与春》一剧在苏雪林的新文学创作中没有什么知名

---

① 马森:《一种另类的现代文学史观——评苏雪林教授〈中国二三十年代作家〉》,《海峡两岸苏雪林教授学术研讨会论文集》(上),台北:台湾亚太综合研究院、永达技术学院,2000年联合出版,第253页。
② 马森:《一种另类的现代文学史观——评苏雪林教授〈中国二三十年代作家〉》,《海峡两岸苏雪林教授学术研讨会论文集》(上),台北:台湾亚太综合研究院、永达技术学院,2000年联合出版,第259页。

度,一向鲜有人提及。但作为作者仅有的两部剧作之一,她本人却是比较看重的,在自己后来的文章中一再提及,并颇为自许。作品发表在1927年10月1日出版的《北新》第49~50期合刊上。苏雪林在《中国二三十年代作家》一书中将这部短剧和白薇的《琳丽》都列入了"唯美剧"之列。关于这部独幕剧的写作年代、动机和内容理解,我们可以先看一下散文集《绿天》在台湾再版时,苏雪林在自序中所写的一段话。稍长,简录于下:

> 《玫瑰与春》是个剧本,写作时代与《鸽儿的通信》、《我们的秋天》差不多相同,这或者很难教人相信。但原剧在民国十六年间曾与鸽儿二文,先后发表于北新半月刊,惟原为三幕,后改为独幕而已。这篇文字表示一个人心灵里两种感情激烈的冲突,最后剧中主角,遵从了一种较为高尚的原则指示,选择了自己应该走的道路。记得我写这个剧本时,心灵正为一种极大的痛苦所宰割……这样煎熬了三日夜之后,方寸间灵光豁露,应该走的道路发现了,而灵感亦如潮而至,伏案疾书,不假思索,半日间便将这个小小剧本的轮廓写出。虽写的还是那么幼稚浅薄,但因其为我一生趋向的指标(着重号为笔者所加),自己倒颇为爱惜。为了当时对于那个不幸的婚姻,尚有委曲求全之意,不便收在《绿天》里面。民国卅五年,商务印书馆为我印行三幕剧《鸠那罗的眼睛》,遂将此文附于其后,成为一个附录。现在我重印《绿天》,"上帝的归上帝,凯撒的归凯撒",将它收入本书,应该说是最为恰当的时候了。①

作为一个独幕的童话象征剧,《玫瑰与春》的情节内容是较为单薄的,人物关系及其象征意义也相对简单。四个角色:春、玫瑰、惠风、春寒,分别代表着为人类事业的奉献者、爱情(个人利益)追求者、奉献者的伙伴和个人利益追求

---

① 苏雪林:《绿天·自序》,《苏雪林文集》(第一卷),合肥:安徽文艺出版社,1996年,第218~219页。

者的同道。剧情内容:"春"与"玫瑰"婚期临近,由于"玫瑰"坚决反对"春"救养受伤的母鹿和濒临饿死的小鹿,二人发生口角,"春寒"极力劝告"春"遣走"惠风",并弃养母鹿及幼鹿。"春"终于不忍听闻鹿的悲鸣,下定救死扶伤、拯救万物于严冬的决心,自私的"玫瑰"最终决绝而去。如果我们结合"五四"落潮后的20年代后期的社会文化语境,对《玫瑰与春》的解读可以做出这样一种合理的延伸:陷于爱情之网中的女主角是一个充满热情的现代青年女性,她挣扎于爱情的罗网中,历经痛苦和折磨。最后她觉悟了,选择了一条以解放人类痛苦为己任的道路作为自己终生的目标。如果我们再进一步,结合苏雪林在这一时期的情感和婚姻生活经历来作类比,这个短剧似乎就拥有比较强的针对性了。

众所周知,苏雪林与张宝龄婚姻生活不睦,她最终选择了维持婚姻关系、但独自投身于文艺创作和学术研究的生活道路。这是苏雪林漫长的生命中最大的、也是最痛苦的一次选择,直接影响并造就了她此后复杂、矛盾的人生。如此重要的选择显然不是一时的决断,对于一个经历"五四"新文化运动洗礼的女性知识分子来说,这应该是长久的痛苦酝酿的结果。我们联系上述引文中记述的《玫瑰与春》的创作情况,苏雪林其实说得已经很清楚了。她甚至称这部短剧是她"一生趋向的指标"。我们就很容易将剧中"春"的选择和苏雪林自己的上述人生选择对接起来,从"春"的情感状态出发来反观苏雪林当时的焦虑心态。当然,这并不是简单的对号入座,而是在象征层面的一种类比。因此,苏雪林写作《玫瑰与春》,显然就不止于释放自己的情感焦虑,更是对自己今后人生道路的"痛苦"的宣示。而这一切,都被同时期的《绿天》、《鸽儿的通信》、《我们的秋天》等文字所虚构的"美丽的谎"所掩盖了。

《绿天》的再版时间是1956年,从再版自序中可以看出,三十年之后,苏雪林对这部短剧的写作与出版情况仍然记忆犹新。此时苏雪林已年近六十,对自己前半生的人生道路应该有一个总体的回顾和梳理。在这个时候她仍然强调《玫瑰与春》这部短剧是她"一生趋向的指标",至少说明她对这部剧作是非常珍视的,这部剧作在她的新文学作品中是具有特殊意义的。整个作品虽然短小单纯,但显然是一个大的隐喻,反映了苏雪林婚后矛盾复杂心态中对自己人生道路的一次重要决断。如果和她的《小小银翅蝴蝶故事》等放在一起阅读,对于了解她的家庭伦理观和人生路径的选择,应该会有更具体的认识。

此外,苏雪林自己在艺术上对这部不起眼的短剧也有略显"自负"的评价。之所以说"自负",且看下面的有点"自我表彰"意味的文字:

> 绿漪的《玫瑰与春》写于民国十五六年间,与白薇同时。白薇用唯美文体写剧,没有成功,而绿漪则以其国学基础较深之故,收到相当好的效果。唯以她的唯美剧仅在《北新半月刊》发表,结集出版则甚迟,故不甚为人所知。①

这段话中"白薇用唯美文体写剧"指的就是白薇的具有唯美颓废主义色彩的三幕剧《琳丽》。有意思的是,苏雪林将《玫瑰与春》与《琳丽》同列为"唯美剧",很显然是从文体角度而言的,忽略了这两部剧作在内容上的差异。《琳丽》的唯美颓废主义色彩主要体现在爱的偏至和灵肉冲突方面,前文已经提及,这里不复赘述。《玫瑰与春》则不同,只要看看作品结尾之处"春"的独白就可以了:"我是春,我不能忘记我的唯一工作是要使万物从冬的权威中解放出来而欣欣向荣;我的唯一使命是灭亡自己而教万物得生命。我以后要勇敢地向前奋斗,在我尚未灭亡之前,不但不再叹一声气,再流一滴泪,而且脸上永远要浮漾着温和愉快的微笑。玫瑰,你究竟太自私,不配作我理想的伴侣。去吧,永远去你的吧。"②显然,《玫瑰与春》与其说是"唯美剧",倒不如说作者是用人道主义的博爱思想和牺牲精神,去否定了那种唯美主义的自私、唯我的爱情。从题旨看,更近乎于"道德

---

① 苏雪林:《中国二三十年代作家》,台北:台湾纯文学出版社,1979年,第515页。
② 苏雪林:《玫瑰与春》,《苏雪林文集》(第一卷),合肥:安徽文艺出版社,1996年,第348~349页。

剧"了。

  细读剧本,读者会发现《玫瑰与春》中体现的作者所言的"国学基础"倒不是特别明显,反而在人物言辞中带有现实讽喻的影子。例如:"凡是属于现代的,都是好的,属于古老的,便都成了诅咒。"又如:"譬如人间的法律,视恋爱不忠实为罪恶,但听说现在有许多女郎一会儿和人山盟海誓,一会儿又反眼不相识;许多男子为了攀附势利的卑鄙动机,弃糟糠之妻如同陌路,而与别人结婚,只要'时代'允许,谁又敢批评他们半句?"诸如此类,恰恰能体现苏雪林的时代和道德标准,代表了苏雪林对当时思想文化界的新旧之争以及社会风气的看法。她借助于这个类似于童话的剧本,隐喻的还是现实中的自我及社会。

  客观地说,苏雪林的白话文水准相当高。她可能是受到了王尔德的《玫瑰与莺》、《自私的巨人》等童话的影响,在《玫瑰与春》中运用了童话和象征的手法,兼之以富丽的辞藻、华美的譬喻和繁复的意象,使得该剧的文体近乎于唯美了。但就这一点而言,在苏雪林同时期的《绿天》、《小小银翅蝴蝶故事》等文字中,也有较多的表现,所以使得这个短剧在艺术上的唯美特点并不为人所熟知。由于并没有切近唯美主义者颓废的人生底蕴,反而走向了积极的人生态度,《玫瑰与春》很难纳入到中国现代唯美—颓废主义的文学思潮中。读者不妨视之为《鸠那罗的眼睛》出现之前苏雪林在艺术层面对唯美剧的一次尝试。

## 六、《中国现代小说戏剧一千五百种》: 苏雪林和中国现代戏剧史的关联

  具体来说,真正能将苏雪林和中国现代戏剧史联系在一起的,应该是她1948年为法国神父善秉仁编撰的英文版《中国现代小说戏剧一千五百种》(1500 Modern Chinese Novels & Plays)一书所写的一篇类似绪论的长文,即长达四五万字的《当代中国小说和戏剧》。为了将情况说明清楚,还是先从《中

国现代小说戏剧一千五百种》这本书说起①。

善秉仁是一位精通汉学的法国天主教神父,对中国现代文艺非常痴迷,和许多现代作家有过交往,对中国现代文坛有比较深入的了解。他在《中国现代小说戏剧一千五百种》一书前言中说,编撰此书的目的是将中国新文学作品和作家介绍到国外去;同时旨在保护青年,远离危险和有害的阅读。该书的编纂有比较明确的宗教背景,对革命文艺明显排斥,严格来说它并不是正式出版物,属于非公开发行,没有版权页,是非卖品。兼之是英文版,因而流通的范围并不广。全书由三部分组成:第一部分是苏雪林写的《当代中国小说和戏剧》(Present Day Fiction & Drama In China);第二部分是赵燕声写的《作者小传》(Short Biographies Of Authors);第三部分是善秉仁写的《中国现代小说戏剧一千五百种》。善秉仁对书中所有开列的书目都给出了书名、版别、年月甚至页码,极为详尽且准确性很高。鉴于推荐的目的,每部书他都给出了阅读评价和阅读范围建议。当然,这些评价和建议难免带有宗教道德色彩和主观性。例如,当时张爱玲出了三本书,分别是《传奇》、《流言》和《红玫瑰》(书中原名),提要中都一一列出。阅读建议是:《流言》适于所有的人阅读。而对《红玫瑰》是否定的,建议不要推荐给任何人;对《传奇》则认为虽然爱情故事比较危险和灰色,不合适推荐给任何人阅读,但同时认为,小说的叙述非常自由,具有现代风格,优美的叙述引人入胜且非常有趣。此外,对《围城》的评价也不高。这本书在现代文学研究界使用的并不多,

---

① 施蛰存1985年在《善秉仁的提要——兼记与苏雪林的两面之缘》一文中回忆起这本书,评价不高;并提及他和苏雪林在三四十年代的交往。据他回忆,苏雪林在1948年去上海暨南大学看望他时告诉他,这本书是由她主编的。此文原刊1985年1月19日《新民晚报》。现在综合各方面的资料来看,这本书确切地说是由苏雪林、赵燕声、善秉仁三人合著的,由善秉仁统一主编;施蛰存所提及的苏雪林的说法没有更多资料的支持,似是施蛰存记忆有误。此书是当时"普爱堂出版社"计划出版的丛书"批评与文学研究"系列的第四本,1948年由辅仁大学印刷。1966年香港龙门书局曾再版过,2011年由谢泳、蔡登山作为"中国现代文学史稀见史料"之一重新编印,由台湾秀威资讯科技股份有限公司出版。

有限的评价高低互见,这和它的流通范围不广有关。夏志清在他的《中国现代小说史》(2005年复旦版)前言中,曾专门提到宋淇给他送的这本书非常有用;司马长风则称该书"是一本相当有用的怪书"①;在当下的学者中,在现代文学史料学方面有专门研究的谢泳对其有较高的评价:

> 本书印刷的时间是1948年,大体上可以看成中国现代文学结束期的一个总结,作为一本工具性的书,因为是总结当代小说和戏剧以及相关的作家问题,它提供的材料准确性较好。……作为中国早期一本比较完善的现代文学研究著作,本书的价值可以说是相当高的,除了它丰富和准确的资料性外,苏雪林的论文也有很重要的学术史意义。②

根据现有的研究资料可知,《中国现代小说戏剧一千五百种》中苏雪林那篇具有绪论性质的长达四万多字的论文《当代中国小说和戏剧》原来是用中文写的,由当时的北京大学教授蒯淑平翻译成英文,在书中共有五十八页。③ 该文采用团体、流派分类法,评介了中国现代小说戏剧界的作家和代表作品。共分为四个部分:绪论、当代中国小说、当代中国戏剧、狂飙运动(总结部分)。由于书籍流通不广,此文当然也就不大为人所知了。偶尔被提及也是有褒有贬,简录如下:

夏志清在《中国现代小说史》中一方面批评该书"'提要'部分编得实在太差了",一方面却称赞"苏雪林那篇导言写得很内行"④;捷克汉学家米列娜批评《中国现代小说戏剧一千五百种》中"除了由著名评论家苏雪林撰写的部分内容外,司合尼斯(指善秉仁,笔者注)对那些小说和戏剧所作的调查报告毫无学术

---

① 司马长风:《稀奇古怪一部书》,《新文学丛谈》,香港:昭明出版社,1975年,第115~116页。
② 谢泳:《中国现代文学史稀见史料·前言》,《中国现代小说戏剧一千五百种》,台北:台湾秀威资讯科技股份有限公司,2011年,第i~ii页。
③ 孔海珠:《法国神父善秉仁的上海之行及其他》,文中提及1948年5月3日赵燕声在给剧作家孔另镜的信中首次披露了蒯淑平翻译苏文的事,参见《新文学史料》2007年第3期。
④ 夏志清:《中国现代小说史》,上海:复旦大学出版社,2005年,第317页。

价值"①。香港龙门书店在重新翻印这本书时,译者称赞苏雪林的这篇导言总结了新文学几十年的历史,对中国文学认识深刻,对新文学的源流了如指掌,"是一篇很有价值的文章"②;谢泳认为苏雪林的导言"大体上也可以看成一部简略的中国现代小说戏剧史","基本梳理清了中国现代小说和戏剧的发展脉络,而且评价比较客观。……中国现代文学史上有地位的小说家和剧作家基本都注意到了"③,等等,都是比较正面的评价。负面的批评也有:作为"东北作家"之一的李辉英在《三言两语》一书所载的《从〈烽火岁月里的小说作品〉说起》等文章中,对苏雪林的这篇导言在论及"东北作家群"时不太客观的观点和艺术判断进行了批评和纠正;余凤高在1983年7月的《鲁迅研究月刊》上发表《苏雪林攻击鲁迅的另一则材料》一文,言辞激烈地反驳苏雪林在该文中对鲁迅的负面评价部分,他还将导言中"鲁迅"一节翻译成中文,作为她攻击鲁迅的证据。这两则涉及的都是苏雪林对现代小说作家的叙述,都直接或间接涉及鲁迅和"左翼"。

《当代中国小说和戏剧》一文中约有二十一页是"戏剧"部分,即《当代中国戏剧》的章节,占该文总篇幅的三分之一强,近两万字,主要内容包括"前言"、"早期的先锋者"、"'现代评论派'的剧作家"、"另一位先锋"、"一群成功的剧作家"、"新文学运动中的主要剧作家"、"抗战爆发后的戏剧和剧作家"、"关于共产主义宣传作品"、"青年剧作家"、"国民党剧作家"、"总结"等章节。这些内容章节几乎概括了现代剧坛所有的重要流派、作家和作品,对中国现代戏剧发展的脉络作了一次梳理,叙述全面,重点突出,稍有影响的剧作家都顾及到了,且有自己独立的判断。总体来说比较客观,可以视为对中国现代戏剧史的一

---

① 米列娜:《欧洲的中国现代文学研究》,《国际汉学》(第十五辑),郑州:大象出版社,2007年,第201页。
② 刘丽霞:《近年来华圣母圣心会士对中国现代文学的评介》,载《中国现代文学丛刊》2011年第2期。
③ 谢泳:《中国现代小说戏剧一千五百种》,《中华读书报》,2006年5月17日。

个简要的勾勒描绘,或者说,此文本身即构成了一部简略的中国现代戏剧史。

其实,在1937年,苏雪林就在《青年界》十一卷三号上发表了《现代中国戏剧概观》一文。文章对"五四"新文化运动以来的戏剧特别是话剧运动进行了简略的勾勒,对胡适、欧阳予倩、陈大悲、熊佛西、郭沫若、向培良、田汉、洪深、曹禺、夏衍等人的戏剧活动与作品都进行了简要的介绍和评价。正如她自己在文章中所说:"二十年来新式话剧发展的状况,本值得著一厚册书才能叙述得详细。我的这篇文字是'提要式'的,挂一漏万,轻重倒置等等弊病自然不能避免。"①但这篇文字应该是中国现代戏剧史上较早对20世纪二三十年代的话剧发展作概括的一篇。该文虽然简略,却显示了苏雪林在话剧方面的宏观视野,所以她后来写出《当代中国戏剧》这样的长文也就不奇怪了。1948年9月,她还在《青年界》上发表了《舒蔚青及其戏剧丛刊》一文,说明她对戏剧界一直是关注的。

从史的角度看,《当代中国戏剧》这篇综述搭建了一个中国现代戏剧历史发展的基本框架。其对现代戏剧发展脉络的梳理是从剧作家着手的,而非立足于时间的线性发展,但基本上又是遵从时间发展次序的。读者可以看到,苏雪林在文章中主要是介绍剧作家及其作品,通过对剧作家的分阶段介绍来概括现代剧坛的流变,对作家及群体的历史、政治背景的介绍极为简略。当然,如果从严格的戏剧史或者说文学史写作的标准来要求,苏雪林的这篇综述还是存在一些问题的:首先,章节的分类不是很系统严谨。由于在章节标题中缺乏时间上的限定,而剧作家的创作具有延续性,所以单纯以剧作家来分类,一方面忽视了戏剧史的整体性,造成章节的孤立;另一方面又容易导致各章节的内容存在相互矛盾和包容交叉的问题。比如,"抗战爆发后的戏剧和剧作家"和"关于共产主义宣传作品"、"国民党剧作家"这些章节内容之间应该是有交叉的,脉络不够清晰。其次,章节的命名较为随意,不是从风格流派或时代发展的角

---

① 苏雪林:《现代中国戏剧概观》,《苏雪林文集》(第三卷),合肥:安徽文艺出版社1996年版,第380页。

度来进行归纳。有从意识形态角度进行归纳的,如"关于共产主义宣传作品"和"国民党剧作家";有从历史时间的角度归纳的,如"新文学运动中的主要剧作家"和"抗战爆发后的戏剧和剧作家";也有从流派角度归纳的,如"'现代评论派'的剧作家"和"另一位先锋"等等。诸如此类,说明作者的叙述标准不够统一。此外,文学史写作要求具备一定的厚度,而苏雪林的这篇《当代中国戏剧》显然过于简略了。她在写作时也未必有戏剧史写作的雄心,更可能是作为一篇介绍中国现代戏剧的简介来写的。这也符合当时《中国现代小说戏剧一千五百种》一书的编撰初衷。

值得重视的是,《当代中国戏剧》一文对田汉、洪深、曹禺、李健吾、夏衍、阳翰笙、陈白尘、吴祖光、宋之的等等重要作家都给予了重点介绍和评价,这一点比较符合现代剧坛的基本面貌。难得的是,苏雪林结合作品所做的分析评价很有个性深度,至今对中国现代戏剧的研究不无裨益。她并不因为田汉是属于"左翼"阵营的作家,就有所批判,而是不吝赞词,称赞了田汉的戏剧天赋和恒久的创造力,认为他的描写很有力量,富有感染性,故而田汉的一些社会问题剧,非常具有煽动性,所以能够成为所谓的共产主义宣传的工具。她认为田汉的技巧是现实主义的,但他的浪漫主义的本性使得他放弃了原先擅长的写作,而去改编传统戏剧。苏雪林对田汉的这一选择并不看好,认为他除了在文辞用语方面之外,对传统戏剧没有任何提升。她认为这是对那些热衷于用现代观念改编传统戏剧的人的警示。关于田汉的戏剧史地位,苏雪林做了一个类比,认为田汉之于戏剧界,好比茅盾之于小说界,大体上是合适的。至于洪深,苏雪林认为他是田汉的天生的追随者。洪深的优点在于构思严谨,处置安排复杂的场景时,人物角色安排各司其职,个性惟妙惟肖,精心构思,调度适宜。但他的创作缺乏灵感,难以带给人们灵魂飞翔的感觉。苏雪林的评价是:他从来不爱飞翔,而是脚踏实地地行走在土地上。不得不说,这个评价是相当形象而准确的。苏雪林对曹禺极为推崇,认为他凭借着少见的天才与表现力,一下子成为现代戏剧舞台的发言人。他的出现让田汉和洪深的光辉顿时黯然失色。她以《雷雨》为例,指出曹禺深受契诃夫和古希腊悲剧等外国作品的影响,也不是肤浅之论。同样以《雷雨》为例,她认为曹禺的技巧无疑达到了最高的水平,但在剧中将复杂的人物、事件、对话置于如此短促的时空内,不免让观众的思维与精神高度紧张、筋疲力尽。此外,对于京派剧作家李健吾,她也给予了关注。她将李健吾与曹禺进行了比较,认为李健吾的创作技巧与曹禺形成了鲜明的对比,他的剧作构思比较简单,线条较粗,对话使用的是北京方言,但语言非常简洁,以至于没有一个词是多余的或者放错了位置。他的风格是自然、冷静、优美,充满了生气。他不像曹禺那样通过紧凑、激烈的戏剧冲突给观众施加紧张的刺激,而将那种内在的张力隐藏在平静的外表之下。苏雪林最后指出,对于那些能够深刻洞察作品内在意蕴的人来说,李健吾的戏剧艺术的呈现却是一种心力高度紧张的结果。① ……诸如此类的独具个性而不乏深度的评价,表明苏雪林对现代戏剧是经过认真研究的,下过相当的功夫,对现代剧坛基本情况和重点作家的把握是准确的。值得一提的是,苏雪林的这些精彩点评早在1937年的《现代中国戏剧概观》一文中就已经呈现了。

  作为一个"右翼"的作家,苏雪林对现代戏剧作家作品的选择并没有因为她的政治意识形态立场而有所偏好。她在具体表述的时候对郭沫若等一些"左翼"作家言之不恭,这在《当代中国戏剧》一文中确是存在的,就苏雪林一贯感性的叙述风格来说也是难免的,但她没有因此删减属于他们的章节。我们可以看到关于"关于共产主义宣传作品"的章节内容是非常充实的,而"国民党剧作家"一节则非常简单,篇幅很短,盖事实使然耳。从艺术角度看,苏雪林还是能够保持基本的客观的。

---

① 以上剧作家分析内容参见苏雪林:《中国现代小说戏剧一千五百种》(谢泳、蔡登山编),台北:台湾秀威资讯科技股份有限公司,2011年版,第 xl ~xliii 页。

# "无心插柳柳成荫"
## ——苏雪林现代文学时期的新文学批评

苏雪林能够成为现代文学批评史上一位有独特个性的新文学批评家,似乎正应了中国那句古话:有心栽花花不发,无心插柳柳成荫。20世纪30年代以前,苏雪林对新文学批评领域没有表现出过多的兴趣,也没有写过什么像样的批评文章。即使偶尔为之,也是东鳞西爪,不成规章。1932年始,她勉强接手沈从文在武大留下的"新文学研究"课程。由于教学任务的逼迫,她不得不从二三十年代作家作品入手,搜罗资料编写讲义,穷尽心力以应付课堂。也正所谓"教学相长",她本来无心插柳,但居然渐入门庭,从此开启了作为新文学批评者的生涯。去台后,她写出了长达四十多万字的新文学史著作《中国二三十年代作家》。

## 一、被遮蔽的作为批评家存在的苏雪林

在中国现代文学批评史上,苏雪林曾经是一个被刻意遮蔽与遗忘的存在。作为一个以"反鲁"为自己"终生事业"的"右翼"批评家,在1949年以后长达50余年的时间里,我们在中国现代文学批评史著作和相关高校教材中基本看不到她的身影。直到她去世以后,伴随着新世纪的脚步,学界意识形态思维的进一步淡化,这种情况才逐渐有所改观,关于苏雪林的新文学批评的研究也渐渐多了起来。2002年,学者许道明在其由复

旦大学出版社出版的专著《中国现代文学批评史新编》中,以单独的一节篇幅将"苏雪林"作为新文学批评者来介绍、分析,即是其中一例。

苏雪林和新文学批评的首次结缘,可以追溯到她的那篇引发"呜呼苏梅"事件的《对于谢楚桢君〈白话诗研究集〉的批评》,时间是1921年。该文分多次刊登在当时的女高师《益世报·女子周刊》上,这应该是她的第一篇比较正式的新文学批评文章,但写得并不严谨,言辞激烈且轻率随意,结果引发了一场笔墨官司。赴法后,她暂时远离了新文学文坛,未见有批评文章发表。1925年回国后,苏雪林通过《语丝》、《现代评论》等刊物迅速重回新文学阵营,但《绿天》、《棘心》、《李义山恋爱事迹考》、《蠹鱼生活》等的相继出版只能说明她对新文学创作和古典学术研究的浓厚兴趣。除了一些零散的文艺杂文、应景文章如《梅脱灵克的青鸟》、《看了潘玉良女士绘画展览以后》、《魔窟序》、《蝉之曲序》等外,30年代以前,苏雪林显然没有系统地对新文学作家作品进行研读和批评。

1932年,由于沈从文中途离开,苏雪林不得不接手他在武大的"新文学研究"课程。虽然从未有系统地研究过新文学作家作品,但她觉得沈从文的新文学课程讲义并不出色,好胜心让她认为自己可以比沈从文做得更好。对于才一二十年的新文学发展进程,她自己也身处其中,苏雪林很难跳出来从史的方面来进行理论归纳和梳理。她一开始是从研读具体的作家作品开始来研究新文学的,是以作品细读的方式来研究同时代的新文学作家的。这样的入手方式一方面仍是延续了沈从文的按照作家来编写讲义的思路,另一方面也符合当时的新文学课堂讲授的需要:即在无法建立完整的文学史形态的情况下,以点带面,让学生通过代表性作家作品把握新文学发展的大致状态。从苏雪林遗存下来的民国二十三年日记来看,为了备课,她当时对新文学作家作品的研读非常认真,也非常辛苦,以至于本人对此充满倦意。对于一些她体会深刻的讲义文章,便拿到报刊上发表出来。她的一些代表性的新文学批评作品如《〈阿Q正传〉及鲁迅创作的艺术》、《沈从文论》、《周作人先生研究》、《俞平伯和他几个朋友的散文》、《论朱湘的诗》、《徐志摩的诗》等等便是在这种情况下写出来的。可能出于课堂讲授的需要,这些文章归纳分析,思路非常明晰,为后人研究这些作家提供了基本的分析框架。

  为了使自己的这门"新文学研究"课程的讲授更加系统,1934年,苏雪林编写了《新文学研究》课程讲稿,由武汉大学印刷。讲稿内容分"总论"和"分论"两部分,其中"分论"开始以文体为标准,突破了沈从文的"作家论"体例,分为"新诗"、"小品文"、"小说"和"戏剧"四个部分,体例完整,具备了文学史的雏形。在文体的框架子下,我们不难发现其中的主要内容仍然是对二三十年代作家作品的分析,这是由苏雪林擅长的文本细读的批评方法决定的。她的许多重要批评作品和这部讲稿的内容是水乳交融的,或者说是在这部讲稿的基础上形成的,或者说是两者共生的结果。在获得文学史的视野以后,她的文本细读拥有了宏观的理论层面的支撑,渐成规章。她也逐渐成长为一个有个性的新文学批评家。基于教学需要,苏雪林对二三十年代新文学作家作品进行了详尽的介绍和梳理,涉及作家人数之多,涵盖作品面之广,一时无右。她的较为集中的"作家论"也成为30年代新文学批评家中一种有代表性的批评范式。①1948年,她为善秉仁的《中国现代小说戏剧一千五百种》一书写了长文《当代中国小说和戏剧》作为导论,总结的意味明显,反映她已经具备了作为一个文学史家的眼光。

  由于苏雪林的"右翼"背景,特别是在1936年鲁迅去世后她公开亮出反鲁旗帜,写了像《与蔡孑民先生论鲁迅书》这样的激烈文章,一时间将自己置于千夫所指的境地。"左翼"自然横眉竖目、嗤之以鼻,连那些持中间立场的文人也非议她的偏激了,似乎来自"右翼"的喝彩也不多。这样一来,她的本来很有个性的新文学批评文章也被如此激进的姿态掩盖了,或者说她

---

① 周海波:《论三十年代不同范式的作家论》,《山东社会科学》1997年第2期。周海波在文中将三十年代不同范式的作家论主要概括为"综合宏观的茅盾体"、"思辨的胡风体"、"印象批评式的沈从文体"和"闺秀与学者气的苏雪林体",肯定了苏雪林在现代文学批评从单一的"作品论"走向综合的"作家论"这一过程中所起的重要推动作用。

的新文学批评从此被贴上了"偏激"的标签,实在是一件很可惜的事情。但苏雪林很有韧性,外界的非议并没有影响她的立场和坚持。她继续她的新文学批评的写作,在为善秉仁写作那篇长的导论时,她的批评写作显然已经具有了学术研究的品格。

苏雪林的新文学批评所具有的内在矛盾特征以及意识形态属性,使得人们在重评她的新文学批评的历史与艺术价值时,不得不顾及多方面的考量,每前进一步都小心翼翼。一方面肯定她的细致和敏锐、热情与铺陈;一方面又对她笔下随处可见的夸饰和偏好不以为然。较为集中和具有代表性的一点,就是对她的批评理念的内在矛盾性的质询和探究:

>相当地看重现代中国文学在其最初阶段的实绩,对1925年之后文坛上迅疾出现的逼视并执著现实新因子的努力取越发急躁情绪的,是苏雪林;始终离不开大学讲坛的拘囿,用一般的学理消化着非一般的文学现象的,还是苏雪林。那样重视鲁迅创作小说对于现代文学的贡献,而对他思想转变后的文字采取出奇粗暴态度的,是苏雪林;同时始终以追随胡适为荣,并对周作人文学的平民化的贵族思想作出异乎寻常激赏的,还是苏雪林。[①]

当然,这并不影响作为现代文学批评家之一的苏雪林的回归。

与多数作出重要贡献的批评家一样,苏雪林的新文学批评也具有自己独特的理论话语建构方式。在西学东渐和意识形态批评盛行的时代大背景下,苏雪林的新文学批评产生于在大学课堂进行新文学教学的个人的现实需要,但批评话语理念与体系的建构并非简单的个人言说,而是批评者的文化知识体系和意识形态立场的实质体现。正如苏雪林矛盾而复杂的人生一样,她的新文学批评实践始终在多个层面游走于似乎难以调和的"两极"之间,富有鲜明的个性特征。这使得她成为现代批评家群体中一个无法忽视的独特存在。

---

① 许道明:《中国现代文学批评史新编》,上海:复旦大学出版社,2002年,第231~232页。

## 二、批评风格:在"学者"与"作家"之间

由于现代文坛学院派传统的强有力影响,许多现代批评家都拥有大学教职,但真正潜心于学术者并不多,兼具学者、作家、批评家三重身份的更少,而苏雪林恰是其中之一。就苏雪林而言,在这三重身份中,"学者"与"作家"之间实质上既对立又融合,对作为"批评家"的苏雪林的新文学批评理念及批评话语体系的建构产生了基础性的影响。具体来说,"学者"与"作家"之间的纠结在她的批评实践中表现为学术理性与感性风格、历史意识与艺术情怀之间的分与合。当二者水乳交融时,她的批评风格形态是完整的;当二者分离时,她的批评风格往往因为失去理性和历史意识的支撑而变得过于感性和随意了。

### 1. 学术理性与感性风格

苏雪林曾多次提及,她经由"五四"新文化运动的洗礼而获得了坚强的"理性"。如"我们也都是被传统思想束缚过的人,深知传统思想妨碍进步之大……我们那时所有的信仰也完全破产,但我们心龛里却供奉著一尊尊严无比仪态万方的神明——理性。"[①]甚至她的宗教信仰也是理性选择的结果:"我经过这样的痛苦,尚忠于信仰,并非矫情,实由我的信仰是通过理性的,不是'盲信',也不是'硬信'。"[②]这里的"理性"显然指向一种个人对世界的基本认知和思维方式,是现代文明的产物。在苏雪林漫长的人生经历中,她很多时候其实不够理性,如对鲁迅的攻击。晚年她回顾自己的人生道路时又说:"我倒幸运,虽服膺理性主义,还知选择应走的路。"[③]这"路"就是时人评价她的"半吊子新学家"的道路。相比较而言,苏雪林在新文学批评实

---

① 苏雪林:《我的学生时代》,《苏雪林文集》(第二卷),合肥:安徽文艺出版社,1996年,第62页。
② 苏雪林:《灵海微澜》(第3集),台南:闻道出版社,1980年,第106页。
③ 苏雪林:《苏雪林自传》,南京:江苏人民出版社,1996年,第40页。

践中体现的"理性",更多的是表现为具体的思考和分析问题的方法与路径,是学术研究思维的一种体现,或者说是一种学者思维。这种思维在她先前的古典文学研究中就开始得到培养,得益于她长期的学术操练。苏雪林是站在学者的立场上来研究她的批评对象的,她的新文学批评活动是她整个文学研究活动的一部分。她对选择的作家作品进行考辨、分析,由于有学术方法的指导而显得极为严谨,眼光独特。就个人而言,如她对鲁迅作品的"艺术评论"自始至终显示了她的客观,对朱湘的艺术思想和诗歌成就的理解性评述显示了她的宽容,对同时代批评家忽视的诗人白采的关注显示了她的敏锐和不盲从,等等;就选择面而言,她对批评对象的选择并无定规,但涵盖了"五四"之后至30年代中后期的各个方面、不同文体的作家,极为全面,从而保证了"面"的公正,构建了她自己的新文学整体观。她在武大任教时,主要精力放在古典文学研究上,在现代文学批评界基本是边缘化的,并不掌握话语权。所以她较少受到各种流行思潮的干扰,在批评活动中能保持冷静思考与独立判断,很少作即时性的随感批评。尽管她批评的对象都是同时代作家作品,但难得坚持了一种经过沉淀的学术理性。

不过相对于上述内在的学术理性,苏雪林批评的外在感性风格更为引人关注。这种感性首先体现在她对批评尺度的把握不够统一,时宽时严,有因人而异、因喜好而异的嫌疑。以她对同为堕落文人的张资平与穆时英的批评为例,对张资平的批判尺度甚严,认为他不过是个专写多角恋爱的通俗小说家,文字虽清新但终究庸俗浅薄;对穆时英则不吝赞词,称之为新感觉派的圣手、都市文学出现的标志,在青年作家中"才华最为卓绝",不免有夸饰之嫌。又如,她称誉较为服膺、对她影响较大的胡适、周作人可以理解,但对郁达夫、郭沫若等"左倾"作家的批评则显得攻伐过甚,过于主观随意。诉诸笔端自然或宽或严,难以节制。其次是她的批评态度。苏雪林在批评实践中显示了"善争辩,好争胜"的特点,连对她的偶像胡适的批评也不例外。1921年,时为北京女高师学生的苏雪林初出文坛,便因谢楚桢的《白话诗研究集》和易家钺、罗敦伟等批评对手打了一场笔仗,引发了关于"呜呼苏梅"的人身攻击。胡适在1936年底回信苏雪林,批评她攻击鲁迅涉及"私人行为",并对她做出的国内文化动态分析不以为然。苏雪林面对他尊敬的师长,虽承认自己"太动火气"、"知其不当",但仍然在信后的"跋"中表示对于鲁迅的所谓"人格污点""实有揭发之必要","不算过甚";并指出胡适久居国外,对国内文化动态不够了解,对形势有所误判。① 虽然历史最终证明她关于当时文化动态的判断是清醒的,但她的这种"善争辩"的风格还是让人印象深刻。第三是她的批评语言的感性化,属于典型的"作家"笔墨。风格泼辣潇洒,笔法流畅恣肆,纵横评点,议论风生。其语言文字富丽,色泽腴润,充满青春气息,略显豪放有余而阴柔不足。这一点迥异于一般的学者那种规范、冷静、理智的批评语言,感情色彩强烈。但这种感性化一旦演变为情绪化的描述,则会斫伤她思维的严正,从而导致其论证的空浮。

应该说,理性和感性两种因素在苏雪林的新文学批评话语中互为表里,但并不泾渭分明;互有交错,但又很难水乳交融。当学术理性与历史意识占据主导时,她客观而公正;感性上升时,她的言辞便充满了所谓的"正义的火气"。② 当她的批评陷于两者之间的夹缝时,便显得紧张而浮躁,矛盾性也随之产生了。

## 2. 历史意识和艺术情怀

当"学者"身份与"作家"身份相得益彰之时,就促成了苏雪林新文学批评中的历史意识和艺术情怀的融汇,从而构成了批评中最精彩的篇章。苏雪林从中国古代文学的视野跨入到现代文学的世界中时,她首先建立起来的就是那种文学的历史感。从文学的历史发展角度认识与理解现代文学,并通过对作

---

① 苏雪林:《与胡适之先生论当前文化动态书》跋,载《奔涛》半月刊(武昌)1937年1卷第3期。
② 胡适在1961年10月10日夜致苏雪林的信中郑重地谈到这个词:"'正义的火气'就是自己认定我自己的主张是绝对的是,而一切与我不同的见解都是错的。一切专断、武断、不容忍、摧残异己,往外都是由'正义的火气'出发的。"此词最早见于胡适1959年写的《容忍与自由》一文。

家作品的批评研究,梳理出一条中国现代文学的发展脉络。这种历史意识主要表现为以文学史的批评方法对"五四"以来的新文学进行细致梳理和历史总结,理性地把握新文学,从而将文学批评变成一种历史写作。苏雪林的作家评论总是力求将作家置于现代文学的框架之内,考察作家与文学史的内在关联及对文学史的意义价值。如评论徐志摩的诗歌,不仅把他放在新月诗派的环境中进行考察,而且将诗人放在"五四"以后全国性的新文学背景框架中来认识。开篇就说:

> 民国十年左右的文坛,北方归鲁迅、周作人兄弟统治,南方则"创造社"与"文学研究会"对峙……北方唯一诗人是冰心,南方则郭沫若了。民国十一二年间忽然从英国回来了一批留学生,其中有几个后来以文学显名,徐志摩就是其中之一。①

再如,在《俞平伯和他几个朋友的散文》一文中,重点考察俞平伯的散文对现代文学的文体意义。她从俞平伯对明末作家的评述中寻找到他和明末作家具有密切关系的证据,论证了周作人关于俞平伯和废名的散文"文字像竟陵派的清涩,而其情趣则又似明末诸子"的观点,肯定了俞文在现代散文文体方面的创造与贡献。这种对作家作品的文学史意义上的把握,使她在批评中建立了一个文学史研究框架。这个框架由纵、横两条线索编织而成:纵向的是文学的历史发展脉络。苏雪林通过评述"五四"以来的主要作家,从胡适的提倡文学革命、尝试白话诗开始,一直写到30年代的沈从文、新感觉派等,以时间的线索串联起了新文学发展的清晰线路;横向的是文体与作家的网络,特别是文体的突出作用。苏雪林通过梳理每一种文体的代表作家作品,阐释作品艺术形态的构造方式,已经勾勒出后来分体文学史的雏形。纵横两线相互交织,构成了苏雪林理解下的"五四"至30年代中后期的新文学史。

在建立批评的历史意识的基础上,苏雪林的批评还摆脱了"五四"以来流行的、关注作家的生活经历与社会活动和讲求作

---

① 苏雪林:《徐志摩的诗》,《苏雪林文集》(第三卷),合肥:安徽文艺出版社,1996年,第128页。

品社会功用的社会学批评理念,也偏离了心理学批评的路径。她对文学作品所呈现的艺术世界有浓厚的兴趣,总是希望深入到这个世界的内部,发现他人未曾发现的艺术奥秘。具体来说,她的新文学批评的艺术情怀可以从对作家作品的艺术精神世界的把握、批评者的艺术感受力和批评的艺术表达方式等几个方面来理解:

如果我们将她的《徐志摩的诗》和茅盾的《徐志摩论》比较阅读,就会发现茅盾关注的主要是诗人的思想信仰和精神追求,从而得出徐志摩是"布尔乔亚的代表诗人"的结论。她研究的是诗人新诗创作的"体制的讲究"、"辞藻的繁富"、"音节的变化"以及诗人对"国语文学的创造"所作出的贡献。即使同是关注诗人的精神世界,苏雪林看到的也是徐志摩的"人生美的追求"、"真诗人人格的表现"。于是我们读到了她笔下这样的诗人形象:

> 我们的诗人永远像春光、火焰、爱情,永远是热,是一团燃烧似的热……如一阵和风、一片阳光,溶解北极高峰的冰雪,但是可怜的是最后燃烧了他自己的形体,竟如他自己所说的像一只夜蝶飞出天外,在星的烈焰里变成了灰。①

正是出于对批评对象的艺术精神世界的深入把握,苏雪林对徐志摩的认识较之于同时代那种流行的社会学层面上的解读是有突破意义的。

当然,完成这种对批评对象的艺术精神世界的整体把握需要批评者拥有较强的艺术感受力。这既要求批评者对艺术对象保持足够的敏感与艺术理解,还应该具备体察入微之才情。在《凌叔华的〈花之寺〉与〈女人〉》一文中,她敏锐地抓住凌叔华与英国女作家曼殊斐儿在描写心理和追求"诗美"方面的共同点,选取代表作品进行针对性的比较分析。当时认为凌叔华与英国曼殊斐儿相似者远不止她一人,但苏雪林却能条分缕析,细致入微,为时人所不及。如她对凌叔华《李先生》中描写老处

---

① 苏雪林:《徐志摩的诗》,《苏雪林文集》(第三卷),合肥:安徽文艺出版社,1996年,第140~141页。

女李志清的"性的烦闷"的出彩分析,重点指出其"含蓄不露"的写法和中国老处女"含蓄不露"的性烦闷之间的内在一致,可谓感同身受;又从文字之"力量"的角度将凌淑华与丁玲两位同时代女作家进行比较,强调凌氏文字那种温柔平静的艺术穿透力,可谓切中肯綮:

> 丁玲女士的文字魄力是磅礴的,但力量用在外边,很容易叫人看出。我们淑华女士文字淡雅幽丽,秀韵天成,似乎与"力量"二字合拍不上,但她的文字仍然有力量,不过这力量是深蕴于内的,而且调子是平静的。①

关于朱自清与俞平伯,苏雪林不同于时人多称誉朱自清的真挚清晰,而倾向于肯定俞平伯散文的雅致、趣味和俞氏的文学修养。她批评朱自清早期文字偏于甜腻,滥用想象力,可能使"新学为文者每易蹈此而不自觉",则涉及了她对"五四"抒情散文一脉不善节制感情之弊的艺术理解,虽敏感、尖锐却并非信口开河。

此外作为作家,苏雪林新文学批评的具体话语方式也是充分艺术化的。她比较喜欢运用富有情感色彩的、描述性的语言,来表达她对问题的理解以及对批评对象的认识与接受。如前面所述的凌淑华作品的艺术力量,她这样表述:

> 别人的力量要说是像银河倒泻雷轰电激的瀑布,她的便只是一股潜行地底的温泉,不使人听见潺湲之声,看见清冷之色,而所到之处,地面上草渐青,树渐绿,鸟语花香,春光流转,万象都皆为之昭苏。②

又如她评论朱湘的诗歌《采莲曲》音节之美:

> 但观全曲音节宛转荡漾,极尽潺湲之美。诵之恍如置身莲渚之间:菡萏如火,绿波荡漾,无数妙龄女郎,划小艇于花间,白衣与翠盖红裳相映,袅袅之歌声

---

① 苏雪林:《凌淑华的〈花之寺〉与〈女人〉》,《苏雪林文集》(第三卷),合肥:安徽文艺出版社,1996年,第227页。

② 苏雪林:《凌淑华的〈花之寺〉与〈女人〉》,《苏雪林文集》(第三卷),合肥:安徽文艺出版社,1996年,第227页。

与咿呀之划桨相间而为节奏。这种优美悠闲的古代东方式生活与情调,真使现代的我们神往。①

再如她评论冰心的诗歌:

> 她好像靠她那女性特具的敏锐感觉,催眠似的指导自己的路径,一寻便寻到一块绿洲。这块绿洲有蓊然如云的树木,有清莹莹流澈的流泉,有美丽的歌鸟,有驯良可爱的小兽……冰心便从从容容在那里建设她的"诗歌王国"了。②

此外,还有对沈从文的文体技巧所作的精彩譬喻等等,可谓俯拾皆是。这种建立在对批评对象充分感知和理解基础上的评述,既富于情感色彩,又切合评论对象的实际;既是艺术的批评,又是批评的艺术。

## 三、"艺术标准"与"道德标准"的纠缠

从评价标准的角度看,苏雪林新文学批评呈现出的矛盾性是很明显地,这主要来自于她的艺术标准和道德标准之间的纠结。同时,她性格中的感性因素使得她在不同时期处理这些不同的纠结时,比较容易明显地向某一个方向倾斜,有此消彼长之意;而不是在两个标准之间进行平衡与整合,直接导致了她的某些结论的武断和执拗。这一点显然影响了她的新文学批评追求"客观公正"的努力及其成效。对于苏雪林来说,这正是她新文学批评的特点。她因她的这种纠结及其矛盾成为"苏雪林",而不是别人。

作为一个基本上困居书斋的又写过《绿天》这类美文的女性批评家,苏雪林在批评实践中对艺术标准的高度重视是可以理解的。她在留法期间就喜读王尔德的唯美主义作品,也是一

---

① 苏雪林:《论朱湘的诗》,《苏雪林文集》(第三卷),合肥:安徽文艺出版社,1996年,第146页。
② 苏雪林:《冰心女士的小诗》,《苏雪林文集》(第三卷),合肥:安徽文艺出版社,1996年,第121页。

个佐证。① 她对批评对象的艺术性(包括形式、技巧之美)的苛求,首先从她对自己作品的评价就可看出端倪:她闭口不提自己当时风靡一时且偏于写实的长篇小说《棘心》,对获誉无数的《绿天》也几笔带过;而对自己受当时唯美—颓废主义思潮的影响、依"一时之兴"创作的三幕唯美剧《鸠那罗的眼睛》格外看重,大书特书,甚至不惜自我标榜。② 能够昭示她批评的公正和敏锐、对一些非主流及边缘异端的作家的注意和评述,无不是针对他们的作品的艺术价值进行讨论的。如她称许堕落文人穆时英,是认为穆时英"比之沈从文艺术更完美,表现更新鲜",文笔"明快而且魅人","才华最为卓绝";称赞神秘诗人白采的才华"惊采绝艳",有"壁立万仞,一空依傍,天马行空、独来独往的大手笔与非凡气魄";至于贬低郁达夫,除了她不喜他的赤裸裸描写色情和性的烦闷的题材外,对其艺术水准也不以为然。她认为郁文"不知注重结构"、"句法单调"、"人物的行动没有心理学上的依据"、文字缺乏"气"和"力"等。她对一些"左翼"或接近"左翼"的作家的认可也是从艺术上的欣赏开始的。撇开对鲁迅的认知不谈,她对张天翼称赞其"人物口吻揣摩逼肖"、"表现单纯有力"、才气横溢、笔致泼辣;称赞叶绍钧"作风极其精炼纯粹"、"有真实的情感"、"描写富有雕刻美";对田汉则誉为中国新式话剧的支柱,"描写极有力量,富于感染性"…… 是"戏剧界十项全能",等等。

当然,苏雪林对批评对象的艺术把握并非都很精准。当她的感性过度上升时,难免言之过甚,影响了她的理性判断力的发挥,遮蔽了她的文学史眼光。但作品的艺术分量与作家的艺术风格一直是苏雪林新文学批评的主要关注点,这一点需要强调。"艺术第一"的头衔尽管于她不尽合适,但在审美立场上,苏雪林确实有唯美主义的倾向。她在批评实践中特别注重作品的文字和意境的美感,对写实主义的晦暗艰涩的作品都有所保留。相较于同时代大行其道的社会学批评,也是一份难得的

---

① 苏雪林:《苏雪林选集》,合肥:安徽文艺出版社,1989年,第622页。
② 苏雪林:《中国二三十年代作家》,台北:纯文学出版社,1983年,第251、515~517页。

清醒与坚持。当然,苏雪林是有自己独特的艺术感受力和艺术坚持的,最明显的莫过于她对沈从文的评价了。1934年9月她在《文学》杂志第三卷三期上发表《沈从文论》一文,对沈从文的创作进行了深入独特的剖析,其观点和同一阵营的陈源等人比较赞赏沈从文创作的态度并不一致。沈从文为此曾致信与她大表不满,但苏雪林始终坚持了自己的看法。①

苏雪林是一个有道德洁癖的批评家,其道德感源自早年所受的儒家伦理思想的熏陶和后来的天主教徒的背景,是两者共同作用的结果。她的人生选择特别是不和谐的婚姻生活已经昭示了这一点。她相当强调一个作家的道德品格,特别是对有关男女之事,尤其敏感,难以忍受对性行为和性心理的过度渲染。她对于胡适的终生钦佩,一个重要原因即是胡适道德形象的瑕疵不多;而对于郭沫若、郁达夫的不屑,也和二人的私生活缺乏道德约束、不够检点有很大关联。联系中国传统的"文如其人"命题,由人格推及文格,再推及风格,乃至作品的社会意义,是苏雪林的新文学批评进入道德范畴时的一贯思路。在那篇为时人熟知的《与蔡孑民先生论鲁迅书》中,她对鲁迅的恶评与攻讦主要从道德人格角度进行:首先详释鲁迅所谓之"病态心理",其次是"矛盾之人格",最后才是所谓"鲁迅偶像"与"赤

---

① 可参见苏雪林民国二十三年的日记:"接沈从文来信,对于余在《文学》所发表之《沈从文》大表不满。其实余对彼容有不客气之批评,然亦未尝故作诽谤。一个著作家应有接受批评之勇气,从文如此气量,未免太小。然现代作家大率喜欢阿之词,而恶严正之判断,不独沈氏也。"(9月14日)

"上午到文学院上课。陈通伯先生将沈从文来信还我,并告余所作沈论,誉茅盾、叶绍均为第一流作家,实为失当,难怪沈之不服。余转询陈之意见,中国现代第一流作家究为何人?陈答只有鲁迅勉强可说,此外则推沈从文矣。此种议论真可谓石破天惊,陈先生头脑固清晰,然论文则未免有偏见矣。"(10月2日)

此事件的背景是:1934年8月,时任《大公报·副刊》编辑的沈从文曾写信向苏雪林约稿,然而她却在9月发表的《沈从文论》中不吝微词,丝毫不顾及世俗人情,可能令沈从文心生不满。可参见她民国二十三年日记:"沈从文先生来信,从文要我代《大公报·副刊》写稿,拟弄点小文字应付一下。"(8月7日)

化宣传"问题,正是这一思路的恶性的、同时也是鲜明的体现。《郁达夫论》一文也是先论郁达夫作品中的"性欲问题",再论"自我主义"、"感伤主义"与"颓废色彩",最后是艺术分析,也是符合上述思路的。可见,道德标准在苏雪林的心理天平上超重时,就会影响她的艺术判断的准确度。这同样可以视为她感性思维的一种泛滥。

　　问题就在这里产生了:艺术评论的现代性特征之一即是风格与人格的分离,其来源在于对风格艺术化的现代理解,表现为对风格的艺术评论逐渐转向"文章"而无关乎作者个人。我们可以正当地评论作品的风格,却忌讳涉及风格的人格背景。"尽管人格是风格的底蕴,但对风格的公共评论不允许转化为对风格根基的人格评论。这不仅是艺术评论的规范,也是现代文明对全部人伦交往的规范。艺术与审美的区分在此具有了严重的法权含义:现代文明只允许公共评论以艺术形态的风格为对象,而禁忌进入以人格行为为中心的生存审美评论"①。苏雪林笔下的道德化批评,尤其是对鲁迅和郁达夫,则直接进入了这种"以人格行为为中心的生存审美评论"。特别是当这种批评和意识形态立场结合起来后,则演变成一种基于个人道德主张的意识形态批评,远远脱离了艺术批评的范畴。况且,以道德人品来评论文章,极易流于主观。人品之优劣判断,非大善大恶者实难断言。作为天主教徒,苏雪林对人的行为品格要求未免过于严格,以此为依据,未能时时对自己的笔端加以节制,一些批评文章引人非议在所难免。

　　艺术标准与道德标准在苏雪林的新文学批评实践中是交错使用的,产生纠结与矛盾亦在情理之中。问题在于哪一种标准更具有支配性,能够在纠结、矛盾产生时保证她的批评理念的延续,从而避免双峰对峙,二水分流,分裂她的批评话语体系的整体性。台湾佛光大学马森教授的解释是这样的:"如果艺术的成就足以掳获苏教授的心,她的道德标准是可以放宽的,正如她对鲁迅的推崇也是一样的情怀。对郭沫若与郁达夫的

---

① 尤西林:《风格与人格的现代性关系》,载《文艺理论研究》2008年第2期。

严厉指责,则因为他们的艺术标准在苏教授的眼中是不及格的,所以只剩下道德标准了。"①这一判断对郭、郁不尽公平,但基本合乎实际。以鲁迅为例,苏雪林对鲁迅的人格攻击可谓偏激,成见不可谓不深,但她始终服膺鲁迅作品的艺术成就。直到1948年,她在为善秉仁编撰的《现代中国小说戏剧一千五百种》一书所写的长篇导言《当代中国小说和戏剧》一文中,第一个提到的就是鲁迅。她说无论什么时候提到中国当代小说,都必须承认鲁迅的先锋地位。这个态度应该可以体现苏雪林的新文学批评实践的一个基本标准,一个基本的价值取向,即"艺术"优先。苏雪林在谈到《鸠那罗的眼睛》的创作时也曾经说过,王尔德的剧本《莎乐美》是不道德的,但因为用美文体裁写,读者就会觉得一种"哀感顽艳"的趣味直沁心脾,道德不道德便在所不论了。她的《鸠那罗的眼睛》的主旨也是不大道德的,但因为采取美文的体裁,那不道德的气氛便完全给冲淡了。这段话同样表现了艺术标准对道德标准的优先,也是一个佐证。在这一前提下,她的道德标准的实施有时因意识形态立场、社会关系甚至个人好恶而呈现出一定的随意性,难脱自由心证之嫌。如在时人眼里同为"颓废作家",苏雪林捧穆时英而贬郁达夫,对邵洵美却还公正,就给人以多重标准甚至蓄意诽谤之印象。也正由于这种随意性,在艺术因素淡化之时,其批评活动一旦涉及现实领域,就有可能引发道德保守主义的强有力反弹,从而影响了她执行艺术标准的客观性与稳定性,并造就了她的矛盾。而这些似乎又是道德之外的考量了。

## 四、批评资源:"域外文化"与"中国家法"

从批评的理论资源看,苏雪林的新文学批评话语呈现出了两种话语体系的纠葛,即西方文学理论和中国古典文论的并

---

① 马森:《一种另类的文学史观——论苏雪林教授〈中国二三十年代作家〉》,《海峡两岸苏雪林教授学术研讨会论文集》,台北:台湾亚太综合研究院、永达技术学院,2000年,第253页。

置。二者互为参照,杂糅交错,然尚未达到融会贯通之境,张力与冲突隐隐勃于其间。关于东西方思维方式和语言表达方式的差异,王国维早在 1905 年的《论新学语之输入》一文中就作过这样的描述:"吾国人之特质实际的也,通俗的也,西洋人之特质思辨的也,科学的也,长于抽象而精于分类……吾国人之所长宁在于实践之方面,而于理论之方面则以具体的为满足,至于分类之事,则除迫于实际之需要外殆不欲穷究也。"[①]中国古典文论的"点"、"悟"式批评,基于经验而注重直觉与想象,是印象的而非思辨的,是局部的而非整体的,虽灵动自由、感悟精微却失之于散漫,近乎于诗的结构。这种疏于理论化、系统化的局限显然难以适应白话文、新文学的批评要求。"五四"后的新文学批评者们纷纷将眼光转向西方,从思维方式到批评文体,全面借鉴西方文学理论与批评手段,来构建属于自己的新文学批评话语体系。这种功利化的借鉴模式虽可满足一时之需,却难免囫囵吞枣、张冠李戴之嫌,短时间内自然难以将"域外文化"与"中国家法"融为一体。苏雪林只是此潮流中的一人。由于其外在文风的感性与锐利,反而将这两种话语体系在融合中暴露的张力与冲突,坦露得更为清晰明显。

作为一种异质的语言、逻辑乃至知识体系,西方文学批评在理论资源、实证思维和分析方法等方面的特质,成为中国现代文学批评者借鉴的重点,也是他们借此将新文学批评"现代化"的主导依据。苏雪林的新文学批评属于现代批评,尽管她的批评文字有时显得过于感性、随意,且注重体验和感悟,但她的几乎每一篇批评文章都注重分析论证,结构完整,力求形成较为严密的论述体系。这固然出于她在大学课堂讲授新文学课程的需要,同时她对西方文学批评的理论资源、思维与方法的借鉴也有目共睹。她的唯美的艺术标准,和她所受的以王尔德为代表的唯美—颓废主义思潮之影响有很大关联。在评价邵洵美和李金发时,她对以波特莱尔为首的"颓加荡"派表现出

---

[①] 王国维:《王国维集》(第 2 册),北京:中国社会科学出版社,2008 年,第 304 页。

浓厚的兴趣,认为"颓加荡和象征主义在西洋文学里原出一
源"①,甚至将戴望舒的现代派也归为象征主义的分支;讨论穆
时英和施蛰存时,对源于法国的新感觉派和弗洛依德的心理分
析又追本溯源、一一评判,等等。大凡在论及有过游学欧美和
日本经历的现代作家时,苏雪林对西方文艺理论资源的涉及是
具有普遍性的。当然有时可能不那么深入与专注,有浅尝辄止
和走马观花之憾。她对象征主义的理解显然就比不上梁宗岱
等人,这可能和她的新文学教学的时间性要求有关。

　　苏雪林的许多批评皆为个案研究,属于微观批评,文本细
读是她的擅长。她总是喜欢大段地选录原文,而这些原文多是
作为文中观点的依据而非传统的"点评"的对象,总是被置于整
体的分析框架之中。这是典型的实证思维的体现。实证思维
正是西方现代文艺批评的胜场,在中国古典文论中却极不发
达。这固然降低了批评的灵动和感受性,但却使观点不至于凌
虚高蹈,使论述有力。与之相联系,苏雪林对于作为现代批评
基本方法的"分析"与"归纳"非常重视,这同样是中国古典文论
所缺乏的。在《〈阿Q正传〉及鲁迅创作的艺术》、《周作人先生
研究》、《徐志摩的诗》等作品中,归纳分析被她操持得相当娴
熟,条分缕析的气息相当浓厚,显示出相当水准的现代学术素
养和极强的思维能力。关于《阿Q正传》的评价,"从比较原则
的角度看,她实际上提供了一个'分析形象'的模范,在她之后
的多数批评没有深度上的明显进步,仅止于铺排规模的扩
大……"②在界定对象特征的基础上,她能够拈出相关的大量
事实,并展开广泛的比较。需要指出的是,对对象特征的精到
把握,有时会被她情绪化的描述所扰乱,从而影响了她思维的
准确和严密。从整体上看,这并不影响苏雪林借助于西方的资
源和方法将自己的新文学批评"现代化"的尝试和努力。苏雪
林是一位现代批评家,这一定位应该没有多少异议。

---

① 苏雪林:《颓加荡派的邵洵美》,《苏雪林文集》(第三卷),合肥:安徽文艺
　 出版社,1996年,第185页。
② 许道明:《中国现代文学批评史新编》,上海:复旦大学出版社,2002年,
　 第234页。

然而,苏雪林虽身受西方文化洗礼,但在批评中彰显和遵循的诸多美学原则、观念和趣味还是袒露了她传统、古典的另一面,后者甚至显示出更为强势的支配欲望。

首先,讲求"文如其人",即人格与风格的直接同一性。从审美角度看,中国传统文化的审美规范以人格美为根基,导致了作者的伦理人格与作品风格的长期混同不分,典型如魏晋的"名士风度",既是人格也是风格。在苏雪林的评论中,对作家人格和道德水准极端强调,"以人论文"者不在少数(并非全部,也有泾渭分明的,如对鲁迅,但道德还是显示出了优先性),如对郭沫若、郁达夫,则是典型的中国化的"文如其人"的论法。这里面固然有她的道德洁癖作祟的缘故,更显示了她的这种传统的思想方法的根深蒂固,从而遮蔽了她应有的艺术视野。

其次,苏雪林对某些中国的传统美学观念和文章作法规则有着不自觉的守成心态。她一方面以西学眼光夸奖中国现代派诗人"水准相当高",但面对现代散文作家,标准则变为态度是否"自然"、文笔是否"庄重"、体式是否"规范"等等。她认为"写新诗态度的谨严自闻一多开始,写散文态度的庄重则自徐志摩开始",而徐志摩虽感情丰富,纵情任性,终不免"装腔作势";俞平伯固然才气横溢,却喜谈哲学,令人头疼;朱自清文采风流,而抒情太过,滥用描写力与想象力。这些毛病都在"不自然"。她赞赏丰子恺,因为他是带有出自东方的宗教气息和古典趣味的作家。她归之为一种"有余裕"、"非迫切人生"的东方情调。她对叶圣陶散文评价极高,是缘于叶氏散文的"规范":"叶氏自己的文字,结构谨严,针缕绵密,无一懈笔,无一冗词","一看便知道是由一斫轮老手写出来的。这实在是散文中最高的典型,创作最正当的轨规"①。从她的这些标准中,我们隐约可见当时新月派讲求理性、秩序的文学观影响的痕迹。在这背后,则依然徘徊着中国传统诗学数千年挥之不去的身影。

此外,考察苏雪林新文学批评的话语结构,我们不难发现

---

① 苏雪林:《俞平伯和他几个朋友的散文》,《苏雪林文集》(第三卷),合肥:安徽文艺出版社,1996年,第213页。

大量古典文论、语词和意象的存在,用来印证她批评中的西方理论及分析论断。仅以诗歌为例,在论述李金发诗歌的象征主义特征时,在"观念联络的奇特"一节,她推出了中国古典诗词中"绿暗红稀"、"绿肥红瘦"、"宠柳娇花"、"欺烟困柳"之类的意象,用以参证异域的象征主义,和梁宗岱有异曲同工之妙;在论述徐志摩诗歌辞藻之富丽时,用刘勰《文心雕龙》"情采篇"中的"综述性灵"、"敷写气象"与"彪炳缛采",又用袁枚《续诗品·振采》中的"美人当前,灿如朝阳,虽抱仙骨,亦由严妆"及《随园诗话》(七)中之"圣如尧舜,有山龙藻火之章,淡如仙佛,有琼楼玉宇之号,彼击缶披褐者,终非名家"等语。① 在涉及徐诗辞藻繁富过甚而少约束时,她用钟嵘《诗品》中论谢灵运之"颇以繁芜为累"作结;在论及冰心诗之"澄澈"时,引柳宗元之《小石潭记》;论及闻一多《死水》中炼字炼句之境界时,则引明代庄元臣《叔苴子》中"以字摄句,以句摄篇,意以不尽为奇,词以不费为贵,气以不驰为上"等语来作喻。凡此种种,不一而足。在论及散文、小说等其他文体时,亦有相当的呈现。苏雪林在《旧时的诗文评是否也算得文学批评》一文中充分肯定了传统诗文评的地位:既强调了传统诗文评的灵活、丰富和深刻,又提出以西方的科学立场和方法为参照,力图使传统的文章学获得新的理论研究体系。这显示了她作为一个现代批评家在古典文论现代化方面的敏感和企图,在"五四"后中国现代学术发展的背景下,传达出30年代"文学批评"研究的基本动向。

需要提及的是,在二元框架内讨论苏雪林的新文学批评的个性特质,难免有将之"囚禁"和"格式化"的嫌疑和风险。苏雪林新文学批评的总体质量并不均衡。应该说,她最具个性特质的批评文字并不属于那种"史"的描述、分析和归纳,而是基于自己个人的美学趣味以及并不平衡稳定的美学观念对批评对象所展现的"偏见"与"唐突"。这当然是对上述二元框架的一种突破,但是这种突破是从框架内生长起来的,并不能脱离它

---

① 苏雪林:《徐志摩的诗》,《苏雪林文集》(第三卷),合肥:安徽文艺出版社,1996年,第130页。

而存在。苏雪论的批评个性正是在这个基础上生成,在她去台后的著作《中国二三十年代作家》中,最终形成了相对完整的个人批评话语体系。

新时期以来,关于苏雪林新文学批评的批评逐渐热闹起来。苏雪林如何看待她由教授"新文学研究"课程而涉足的新文学批评呢?她对别人以"偏激"、"成见"、"主观"来评判她的新文学批评是如何辩解的呢?

> 我每教一门新功课,总有收获。教新文学也有吗?收获也是有一点。我自己那时也曾发表过几本作品,得侧于新作家之林,若从圈子内看新文学的面目定不能清晰,所谓"不识庐山真面目,只缘身在此山中"。于今站在圈子以外,"成见"、"主观"均退到一边,对于作家作品的评判,虽未能全凭客观的标准,倒也不失其大致的公平。我的讲义给应赞美的人以赞美,应咒诅的人以咒诅,说丝毫不夹杂私人的情感是未必,说绝对没有偏见也未必,不过我总把自己所想到看到的忠实地反映出来。有人或者说我臧否人物所采用的乃是简单的"二分法",即凡是左倾作家便说他坏,相反方面的便说他好,那也不然。当时文坛名士十九思想赤化,我讨论叶绍均、田汉、郑振铎甚至左翼巨头茅盾仍多恕词,对于他们的文章仍给予应得的评价。对于中立派的沈从文,文字方面批评仍甚严酷,即可觇我态度之为如何。①

也正因为如此吧,肯定的声音依然存在:

> 她在文学研究和文学批评方面的业绩似乎比起其文学创作更让人折服。得益于率性而发的个性与所培育的开阔的审美视野,苏雪林具备了一位优秀批评家的条件。②

---

① 苏雪林:《我的教书生活》,《苏雪林文集》(第二卷),合肥:安徽文艺出版社,1996年,第89页。
② 徐岱:《边缘叙事——20世纪中国女性小说个案批评》,上海:学林出版社,2002年,第61页。

## 五、《中国二三十年代作家》和苏雪林的批评地位

苏雪林作为一个在意识形态立场上比较"顽固"的"右翼"新文学批评者,其在新文学批评界的地位很难得到充分的确认。在"左翼"社会学批评一统天下和京派作家们执着追求文学独立、纯正、健康的三四十年代,苏雪林的这种缺乏系统理论支撑、感性和理性混杂的作家作品论淹没于其中,也是很正常的事情。苏雪林基本没有发表过独立的观点鲜明的批评理论文章。她的批评写作基于新文学教学的实践需要,她的教学讲义也只是在武汉大学内部印行,所以她在报刊上发表的批评文章难免给人以零散、不成系统的印象。即使是与那些意识形态立场"右倾"的批评家相比,她既难及写过《文学的纪律》、《现代中国文学之浪漫的趋势》等文章的梁实秋的观点之鲜明,也难及提出美感经验之原理、提倡"心理距离说"的朱光潜的理论之深邃;反之,她的主观和感性则很容易加深人们对她的批评格调的误解。总之,三四十年代人们并未能用新文学批评家的标准和尺度来衡量这位醉心于古典学术的书斋教授。

1983年,台湾纯文学出版社出版了苏雪林的长达六百三十八页、四十多万字的文学史著《中国二三十年代作家》[①],完整、系统地展现了作者的一种"另类"的文学史观。此书的出版,是对苏雪林长期"业余"的新文学批评实践的一次总结,无疑具有集大成的意味。该书还获得了当时台湾的所谓"第六届国家文艺奖"奖金。伴随着海峡两岸文化交流的解冻,此书系统完整的体例架构、庞大的规模、"另类"的文学史观,在某种程度上唤起了两岸学术界对作为新文学批评家的苏雪林的重新

---

[①] 此书原名为《二三十年代作家与作品》,1979年底由台湾广东出版社初版,曾印行了两次。由于当时出版仓促,错误较多。后由作者重新修改增订,仔细校阅,1983年由纯文学出版社重新出版,易名为《中国二三十年代作家》。

注意。人们开始重新追溯三四十年代苏雪林作为新文学批评家的成长历程。① 在追溯过程中,人们开始注意到她的这些灵光闪现、独具风致的作家作品论,也开始发掘她的批评背后的思想资源。人们试图归纳她的批评风格,探讨她的批评个性,从而逐步完成了对批评家苏雪林的发现。所以说,批评家苏雪林的身份构建和《中国二三十年代作家》一书的传播,二者实为同一件事情。

《中国二三十年代作家》当然不是在当时台湾"反共抗俄"时代的政治氛围中写成的,其主体构架仍然来自1932年起苏雪林在武大讲授新文学课程时所编写的讲义《新文学研究》。该书的内容虽然有台湾政治高压时期的影响,如对中共政治人物和当时社会主义阵营的随意贬斥,但这些属于政治观点,在书中也属于表态和陪衬的部分。更为重要的是书中的主体内容延续的是苏雪林三四十年代的作家作品论,以及前述长文《当代中国小说和戏剧》中的内容,并有所扩展。再加上苏雪林在台期间所增写的一些现代作家作品分析文章。基本文艺观点是延续的,没有修改,属于苏雪林自己的独立意见。为此她特意在该书的《自序》中加以说明:

> 有人以为在台湾,左派作家以不介绍为宜,但那时代文人左倾者多,若避讳略去,则可述者岂不寥寥可数?我则以艺术人品为重,艺术优良,人品也还高尚,虽属左倾人士如闻一多、叶绍均、郑振铎、田汉等在我笔下,仍多恕词;人品不高,艺术又恶劣如郭沫若、郁达夫等则抨击甚为严厉。②

《中国二三十年代作家》实际上具有一部中国现代文学阶段史的规模和架构,以历时方式叙述了上自"五四"、下至抗日战争期间近二十年的重要作家作品。全书以文体分类,分为"新诗"、"小品文及散文"、"长、短篇小说"、"戏剧"和"文评及文

---

① 黄修己在编著的《中国新文学史编纂史》中,在"台港版的新文学史"专章里,曾用了七八千字的篇幅专门讨论苏雪林的这本专著。
② 苏雪林:《中国二三十年代作家》自序,台北:台湾纯文学出版社,1983年,第6页。

派"五个部分。每部分都有"前言"和"后语":"前言"主要是叙述,"后语"重在批评,体例完整。作者并未称"史",究其因由,其一大概在于作者自谦;另一更重要的原因,今天看来,还是在于作家作品论依然是该书的主体和精华,个性化的批评痕迹依然很重。文学史本身所要求的客观、公正的"史"的叙述在书中并不丰厚,"史"的氛围和意味较为淡泊。尤其是"作家论",依然是该书最大的特点与亮点。尽管全书以文体分五大类,但在每一文体大类之下(除了第五类"文评及文派"之外),则几乎就是作家的排列。以第一大类"新诗"为例,第一章谈胡适的《尝试集》,第二章谈北大学生康白情、俞平伯、汪静之,第三章谈沈尹默、李大钊、鲁迅、周作人、刘半农等,第四章谈冰心,第五章谈郭沫若、王独清、成仿吾、钱杏邨等,第六章谈徐志摩的诗,第七章谈闻一多的诗,第八章谈朱湘的诗……一直到第十三章谈现代派诗人戴望舒、艾青、何其芳、穆木天等。其他各类都大抵是如此。所以,《中国二三十年代作家》尽管规模宏大,体例完整,但作者却未必具有成为新文学史家的雄心。也许她在内心就没有认真考虑过这本著作的定位:是批评著作还是文学史著作?在苏雪林漫长的文学生涯中,古典文学研究始终是主业,新文学写作是副业,新文学批评的写作毕竟只是副业中的副业而已。

这种以作家论为主体的写法。最早见于苏雪林的新文学课程讲义《新文学研究》,在1948年的长文《当代中国小说和戏剧》也是这种写法。第五章中已经介绍过该文的"戏剧"部分的目录,这里再将该文的"小说"部分目录列出,对上文以作一个补充性的说明。该文中"小说"部分的目录为:"鲁迅"、"鲁迅的追随者"、"后期的鲁迅追随者"、"文学研究会"、"一个重要的独立作家:巴金"、"创造社"、"创造社中的次要成员"、"太阳社"、"一个新团体"、"老舍"、"二流作家"、"'都市文学'的爱好者"、"回归都市文学"、"女性作家"、"晚近作家"、"资深作家"、"擅长写农民生活的作家"、"东北作家群"、"真正的新的文学的创作者"、"战时的二线作家"、"今天的青年作家"、"新生代作家"。①

---

① 此目录由笔者根据《当代中国小说和戏剧》中的相关英文目录翻译而来。

不难看出,苏雪林还是基本以作家为序列来介绍现代小说发展史的,虽具有总结的性质和意图,但批评的痕迹明显,个性叙述的特征突出。笔者以为,作者还是比较倾向于作评价,而不是总结。她并不擅长把握文坛的走向,擅长的是微观实用的作家作品分析。这比较符合苏雪林的学术个性。

综合考察《中国二三十年代作家》一书,可以看出苏雪林坚持了她自己长期以来一以贯之的观点和主张:

首先,由于她早年所接受的儒家伦理思想的浸染以及后来的天主教徒的宗教背景,她在评论作家作品时较为强调一个作家的道德品格,以及作品所可能产生的社会道德影响。尤其是在男女关系方面,她特别敏感,因而用语也更为尖锐和极端。她对胡适的钦佩之极,有很大的原因是因为胡适作为当时文化界的一个道德形象,几乎没有瑕疵;而对于郭沫若、郁达夫等人的贬斥和不屑,也有相当的原因是和两人在私人生活方面的不够检点有关。这一点前面已有叙述,这里不再重复了。

第二点,苏雪林在审美立场方面有唯美主义的倾向。她非常重视作家的语言文字以及意境的优美、笔法的流畅以及文思的惊彩绝艳,相比较而言,对于那些过于注重写实、文风稳健迂缓的作品则有所保留。她自己的新文学作品的风格不必说了,从《中国二三十年代作家》一书的语言风格来看,也印证了这一点。书中对所要表达的意思,都能淋漓尽致地表达出来。全文文藻富丽,色泽腴润,可以说至今已经出版的所有新文学史类著作,文字之美,少有出其右者;风格则为泼辣、潇洒,以流畅而恣肆的笔法,旁逸斜出,纵情发挥,议论风生。可以说上涉古典,旁述西洋,纵横评点,显得开阖自如,风流倜傥。70年代末苏雪林整理出版这部书时,已经年近八旬,但她的语言却丝毫不给人以老气横秋之感,仍然保持着她青春期的一贯的语言特色。她对文学作品的艺术美感的强调是一贯的,并没有因为意识形态的原因而有所放松。她自己的写作就已经说明这一点了。

第三,在作为批评之背景的意识形态立场上,苏雪林是明确地反鲁和反共的。在批评具体作家作品时,她并不限于艺术技巧和文学成就,连作家的人生观念和政治见解也加以评价。

这一点倒和"左翼"长期以来的批评思维是一致的,只是立场迥异而已。在该书中各文体大类的"后语"中,苏雪林多是从政治角度着眼来议论早期的中国现代文学如何走上了"左倾"的道路,并最终导致中国共产党政权在内地的胜利。这种太过于明确的政治立场,便难免主观和偏执了,也是和文学史写作所遵循的客观、公正的原则背道而驰的。一部文学史著,受特定时代的政治思潮影响过甚,是很难经受住时间的考验的。内地自1949年后至80年代以前出版的现代文学史,都难逃此命运。所以,在新文学领域,苏雪林更适合于做一个个性化的批评家。

新文学史家黄修己是这么评价她在《中国二三十年代作家》中的表现的:

> 苏雪林是优秀作家、批评家,但她的思想性格决定了她难以成为一个好的史家。她缺少一个史家所应具备的对问题客观、冷静、公正、持重的品格,而过于强烈地表现自己的好恶,其中不乏严重的偏见、成见。她的主观随意性有时是惊人的,让人有"叹为观止"之慨。这样,要写出一部信史就比较难了。①

正如苏雪林自己在《中国二三十年代作家》中的"文评及文派"中分析归纳的那样,现代批评界观念岐杂,流派纷呈。从文学立场上看,苏雪林的观点似乎较接近于"现代评论派"和"新月派"所追求的"平和"、"理性"、"尊严",但又游移不定,杂取诸法,至多是"新月"的"月华"边缘而已。② 而她坚持偏执的意识形态立场,则直接将她推到了"左翼"文坛的对立面,甚至中间阶层的文人对她也颇有微词,难以认同。在"右翼"的文艺阵营内部,胡适不满她的偏激、片面、尖锐,有两人间的往来书信为据。陈源、凌叔华夫妇对她也不甚热情,在苏雪林任教武大之初的一场"别字"风波中,身为文学院院长的陈源竟要投她的反

---

① 黄修己:《谈苏雪林的〈中国二三十年代作家〉》,《苏雪林面面观——2010海峡两岸苏雪林学术研讨会论文集》,哈尔滨:黑龙江人民出版社,2011年,第6页。

② 方维保:《苏雪林:荆棘花冠》,桂林:广西师范大学出版社,2006年,第115页。

对票,后因校长王世杰力挺才得以过关。她似乎只有袁昌英一个知心朋友,而后者一心研习古典文学,也没有什么意识形态方面的兴趣,1949年后留在了内地。她和"右倾"的批评家朱光潜、梁实秋等人也没有什么交往。在文坛热衷于抱团结社的三四十年代,她固执己见,独来独往,其实是很孤立的。

作为一个新文学批评家,苏雪林和沈从文、李健吾等一样,虽然都能够自成特色,但都缺乏足够的理论建树。她没有选择一种主要理论或观点来作自己的话语支撑,如象征主义之于梁宗岱,心理距离说之于朱光潜;也没能提出什么鲜明的、独立的批评观点。但她凭借自己扎实的微观批评构建了自己的批评话语体系,凸显了自己的批评个性,夯实了自己的批评地位。尽管这一切对她而言,非有意而为之。有许多人认为她的批评属于那种"学院派"的批评,但细心的读者可以在她的文字中发现许多社会学的影子。她没有全身心投入到新文学批评这个领域,因此在这个领域也就难以达到真正的"学院派"的境界。她又终老于学院生涯,虽不乏意识形态成见,却始终远离了纷扰复杂的社会政治运动。她的批评也就难以为某个确定的意识形态目标服务,只能在她属意的意识形态氛围中借他人之酒杯,浇自己心中之块垒而已。

时过境迁,在时间的洪流将中国新文学批评所负载的意识形态沉积物冲刷殆尽之时,苏雪林的新文学批评的面目将会更加清晰。

也许这一天即将到来,也许还远未到来。

# 筚路蓝缕，以启山林
## ——苏雪林和中国新文学学科的创建

"中国新文学"或者说"中国现代文学"学科于新中国建立以后，作为新意识形态建构的重要组成部分，得到政府和教育主管部门的大力扶持，从而在 50 年代以来成为大学中文系引领风骚的主流学科。从学科史的角度看，"中国新文学"这一学科是在民国时期各大学开设的诸多"新文学"课程基础上发展而来的，后者乃是前者的"史前阶段"。民国时期大学里的新文学课程教学内容与体系建设的成熟度，在某种程度上决定了中国新文学学科起点的高低。从这个意义上说，朱自清的《中国新文学研究纲要》(1929)和作为中国现代文学学科奠基人之一的王瑶的《中国新文学史稿》(1951)两份新文学讲稿，成为"五四"后中国新文学在迈向"学科化"的道路上具有里程碑意义的路标。在这两个路标之间，为数并不算多的、在大学从事过新文学课程教学的其他"学院派"新文学作家也做出了重要贡献。这些代表者除了杨振声、沈从文、废名等人外，还有苏雪林。在新文学"学科化"的链条中，苏雪林在武汉大学的新文学教学实践是非常重要的、不可忽视的一环。苏雪林与中国新文学学科创建之间的重要关联，新世纪以来学界虽有所提及，[①]但迄今为止并未给予足够的重视，资料方面也缺少充分的发掘。

---

① 参见方维保：《论苏雪林的文学批评及其对新文学学科创立的贡献》，载《长江学术》2007 年第 4 期。

## 一、中国新文学"学科化"的重要链条

现有资料表明,中国新文学真正意义上的"学科化"或者说"学院化"进程应该肇始于 20 年代后期的清华大学。① 1928 年 8 月国民政府改"清华学校"为"国立清华大学"。身为新文学作家的中国文学系主任杨振声希望能够破旧立新,凸显自家面目:

> 中国文学系的目的,很简单的,就是要创造我们这个时代的新文学。为欲达到此目的,所以我们课程的组织,一方面注重研究我们自己的旧文学,一方面参考国外的新文学。②

为落实中国文学系这一具有开创性的"发展战略",同为新文学作家的朱自清 1929 年春走上讲台,在中文系开设"中国新文学研究"课程(选修课),杨振声讲授"当代比较文学"和"新文学习作",皆为学校年度考试内容。③ 此外,他们

---

① 据张菊香、张铁荣编《周作人年谱》(天津人民出版社 2000 年版)第 198 页记载,经胡适介绍,周作人 1922 年下半年担任燕京大学国文系主任,担任"现代国文"课程的教学。另外,周作人又设立了三门课程,"仿佛是文学通论、习作和讨论"之类,均由周作人自己讲授。这些课程应该属于新文学课程,但目前尚没有发现与之相关的教学材料等刚性史料。此外,1921 年 10 月北京大学中国文学系课程指导书中的"本系待设及暂缺各科要目"中列有"本学年若有机会,拟即随时增设"的科目九种,其中就有"新诗歌之研究"、"新戏剧之研究"、"新小说之研究"三种,但后来增设情况暂未能考证。北大中文系直到 1931 年才开设了"新文艺试作"一科。作为现代文学主要奠基人之一的王瑶在 1953 年完成的《中国新文学史稿·自序》中有"清华添设此课略早"一语,也说明中国新文学的学科化、制度化起源于清华大学中文系。
② 杨振声:《中国文学系的目的与课程的组织》,《清华大学一览》(1929～1930 年度),参见齐家莹编撰《清华人文学科年谱》,北京:清华大学出版社,1999 年,第 84 页。
③ 参见清华大学"民国十七年至十八年度学年考试时间表",载 1929 年 6 月 3 日《国立清华大学校刊》第 76 期。

还到北平师范大学、燕京大学讲授这些课程。在大学课堂讲授"新文学",既是杨振声、朱自清的学术立场,相较于在"五四"新文化运动中先声夺人且旧学深厚的北京大学等高校来说,也是清华大学后发制人的优势所在。朱自清的课程讲稿《中国新文学研究纲要》是一个崭新的起点,关于新文学发展进程中的各体文学研究,是其胜场。讲稿尤为关注创作倾向和流派发展及作家个人风格,为新文学的"学科化"提供了一个基本范式。惜乎好景难长,杨振声赴青岛,在清华校内日渐强势的保守学风压力之下,朱自清于 1933 年停开"中国新文学研究"。此后该课程虽然在 1936 至 1937 年度清华《中国文学系学程一览》还可见到,但"门虽设而常关"。在抗战后的西南联大期间,朱自清主要从事古典文学教学,直到 1946 年清华复校以后他才恢复相关新文学课程教学。1938 至 1944 年间从事"现代中国文学"课程教学的主要是杨振声,课程为选修性质。沈从文也教了 1945 至 1946 两个学年。① 废名在北大的"现代文艺"课程(主要讲新诗,留下了《谈新诗》讲稿),只有 1936 至 1937 一个学年。这期间主要是苏雪林 1932 至 1937 年在武汉大学的新文学教学,接续了民国时期大学课堂新文学课程教学的学科链条,并留下了内容翔实、体例规整的《新文学研究》课程讲稿。

在新文学"学科化"的链条中,沈从文也是重要的环节。经胡适、徐志摩、杨振声等的推荐,他先后在中国公学、武汉大学、青岛大学、西南联大等从事过新文学课程的教学,主要集中在 1929~1933、1939~1946 两个并不连续的时间段内。1929 年他经徐志摩推荐进入胡适任校长的中国公学讲授"新文学研究"、"小说习作"等课程,但教学很不如意。② 1930 年秋天经胡

---

① 参见"国立西南联合大学各院系各学年新文学课程设置及任课教师"表格,北京大学、清华大学、南开大学、云南师范大学编:《国立西南联合大学史料》第 3 卷,昆明:云南教育出版社,1998 年,第 148~413 页。
② 沈从文在 1930 年 1 月 29 日给王际真的信中说:"新的功课是使我最头疼不过的,因为得耐耐烦烦去看中国的新兴文学的全部,作一总检查,且得提出许多熟人,大约将来说全是好的,不然就说全是坏的,因为通差不多。"参见《沈从文全集》第 18 卷,太原:北岳文艺出版社,2002 年,第 48 页。

适介绍去武汉大学文学院讲授"新文学研究",内容主要是新诗。1931年初他即因为营救胡也频离开武大。"新文学研究"这门课此后即由苏雪林接手,一直讲授到1937年。同年8月沈从文又在徐志摩介绍下去杨振声任校长的青岛大学任教,讲授"高级作文(散文)"。1933年暑假他随杨振声去北平,停止了在大学课堂的教学。直至1939年6月,经杨振声介绍,他进入西南联大,主要担任了"各体文习作"、"创作实习"、"现代中国文学"的教学。其中"各体文习作"的课程教学占据了他大多数教学时间,一直到1946年。综上所述可以看出,沈从文讲授的大多数课程为习作类课程,类似于今天高校中文系的"写作"类课程。虽然他在讲授过程中多以鲁迅、周作人、徐志摩、冰心等同时代的新文学作家之作品以及他自己的新作为例,但毕竟属于"习作"教学的范畴,和一般意义上的新文学课程有质的差别。事实上沈从文自己对这类课程也兴味索然,认为不过是敷衍"好弄笔头"的学生,既培养不出作家,也无法让学生系统明白新文学对中国的意义。① 沈从文留下的讲义比较零散,无论是早期在武大的《新文学研究——新诗发展》,还是收入《沫沫集》中的如《论郭沫若》、《论冯文炳》、《论朱湘的诗》等作家作品论,都带有明显的风格批评的色彩。从学科建设的角度看,这些文章比较随意且缺乏系统性,更多地从艺术角度着眼,不太关注"新"、"旧"话语之争这类新文学史的理论话题。这跟他的作家身份有关。② 他始终是为着创作的健全发展、始终带着对创作的深刻体验来议论创作。总之,他的讲义属于典型的"作家之学"。和之后苏雪林的讲义相比,他并不太注重所授知识

---

① 沈从文:《关于看不懂》,《沈从文全集》第17卷,太原:北岳文艺出版社,2002年,第145~146页,亦即1937年6月18日沈从文致胡适的关于大学新文学教学的信。

② 沈从文1931年4月在《文艺月刊》第2卷第4期上发表《论中国现代创作小说》一文,长达两万余字,论及小说家四十余人,以"五四"高潮、落潮和大革命失败为时间节点,将现代小说的创作发展分为三个阶段,展示了他的宏观视野。不过他对现代小说的宏观考察仍然不脱离其讲求内容与形式和谐、作者思想和读者趣味一致的评品标准,缺乏真正的"史"的野心。

的系统规整。① 当然,我们并不能因此看淡沈从文在民国时期对大学新文学课程教学的重视与坚持。

应该说,中国新文学学科的构建努力到了王瑶有了一个收尾。王瑶1934年进入清华中国文学系学习,师从朱自清,1946年被聘为清华大学中文系教员。在1949年的教育部教学改革中,"中国新文学"作为新意识形态建构的重要组成部分,得到大力扶持和推广。由于教学人员紧缺,原本从事中古文学研究的王瑶转向新文学研究,编写并出版了具有承前启后意义的《中国新文学史稿》。② 1949年以前,王瑶并没有从事过新文学课程的教学实践及经验,他的这部体系完整的新文学教材显然建立在诸多前辈新文学作家在大学讲坛辛勤耕耘的基础之上。有学者考察了《中国新文学史稿》与朱自清的《中国新文学研究纲要》之间在思想方法、编写体例和内容上的继承和借鉴关系,多少有从师承的角度出发进行研究的意图。③ 其实在这两部新文学讲稿之间,尚有众多的创造空间,有苏雪林、沈从文、废名等人的讲稿作为铺垫和延续(杨振声的新文学课程讲稿至今无从考察)。其中一直无人问津的、又很具有代表性、体系最完整的讲稿当属苏雪林在武大时期印刷的讲稿《新文学研究》。王瑶的《中国新文学史稿》秉承了朱自清开创的"严肃"、"谨慎"、"客观"的学者立场,因而也不可能摆脱民国时期他的众多新文学先辈作家的教学实践。实际上,这正是一部具有总结旧时代、开启新时代意义的新文学教材,具有中国新文学学科形成标志的意味。可以这么说,"从朱自清、沈从文、苏雪林到王瑶,他们逐步将'中国新文学'发展成一门学科"④。这就是新中国成立后的中国现代文学学科。

---

① 值得一提的是,沈从文的讲稿为学生列出的《现代中国诗集目录》,包括诗人85人,诗集125本,应该可以视为新诗发展初期最完整的书目。
② 王瑶的《中国新文学史稿》上册于1951年9月由开明书店出版,下册于1953年8月由上海新文艺出版社出版。
③ 张传敏:《民国时期的大学新文学课程研究》,北京:人民出版社,2010年,第145~149页。
④ 沈卫威:《新文学进课堂与中国现代文学学科的确立》,载《山东社会科学》2005年7期。

## 二、苏雪林在武大时期的新文学课程教学①

苏雪林于1931年下半年离开安徽大学,至武汉大学文学院任教,被聘为"特约讲师",其职位相当于当时其他大学的副教授。1932年,应时任武大文学院院长的陈源之请,苏雪林开始承担沈从文走后留下的"新文学研究"课程。关于苏雪林在武大开始"新文学研究"课程教学的时间,因为苏雪林晚年的回忆录和著作有出入之故,在现有的相关著作和资料中存在两种都有所据的说法:

第一种说法是1934年。其依据是晚年苏雪林根据自己的记忆及著作、相关史料所写的回忆录《浮生九四——雪林回忆录》,(以下简称《浮生九四》)该书于1991年台湾三民书局初版,1993年再版。书中第十部分"任教国立武汉大学"中有"民国二十三年下学年,武大文学院长又对我说学生想开一门'新文学研究'的课……便答应了"的叙述。②内地江苏文艺出版社1996年出版《苏雪林自传》时,完全重复了这段叙述。目前内地出版的几本苏雪林传记如方维保的《苏雪林:荆棘花冠》、石楠的《另类才女苏雪林》(包括她的《苏雪林年表》)、范震威的《世纪才女:苏雪林传》、左志英的《一个真实的苏雪林》等,都沿用了这一叙述。

第二种说法是1932年。其依据其一是1983年台湾纯文学出版社出版的苏雪林《中国二三十年代作家》一书的序言中的叙述:"自民国二十一年起,我曾在国立武汉大学担任新文学这门课程。"其二是苏雪林在晚年《我的教书生活》一文中有这样的回忆:"到武大的第二年,学校以学生要求讲现代文艺,即所谓新文艺,与我相商,每周加授新文学研究二时……民国廿

---

① 本部分内容在写作时,参考了武汉大学王娜2008年的硕士学位论文《苏雪林民国二十三年日记研究》的部分内容,特此说明。
② 苏雪林:《浮生九四——雪林回忆录》,台北:台湾三民书局股份有限公司,1993年,第110页。

一年距离五四运动不过十二三年,一切有关新文学的史料很贫乏,而且也不成系统。"①苏雪林是1931年下半年去武大的,"到武大的第二年"即为1932年。显然,这两则材料关于年代的叙述也是非常清楚明确的。

针对这种史料叙述的出入,笔者查阅了民国时期苏雪林在武大任教时期的日记和讲义,认为基本可以确认上述授课时间为1932年。

日记方面:由于社会动荡和各种个人原因,苏雪林虽有长期写日记的良好习惯,但她1948年10月1日以前的日记多已损毁和丢失,难以考察。唯独1934年即民国二十三年的日记保存完好(其中5月21日至7月5日未记),现珍藏于武汉大学图书馆特藏部。经查阅此卷日记,发现9月27日有这样的记载:"今年新文学研究选课者仅四人,一人中途又引去,此皆余上年讲演太不精彩之故,今年若不努力,恐明年一人都无矣。"由此可见"新文学研究"一课非1934年开设,最迟在"上年"即1933年就已经开设了。这是一项最具有说服力的证据。

讲义方面,也可作为一个辅助证据。苏雪林的课程讲稿《新文学研究》1934年由武汉大学印刷,内容翔实,体例完整,长达二百八十页。假设如《浮生九四》中所说是她在民国二十三年下半年接手这门课程,她同时还有"中国文学史"等多门课程要上,在一面上新课一面编讲义的情况下,不可能在短时间内完成如此大的工作量并交付印刷。众所周知,她是接手"新文学研究"课程以后才开始系统研究新文学作家作品的。讲义的编写过程也是断断续续的,一边抄写整理已有材料,一边编写新讲义。在民国二十三年日记中有"新文学讲义存量已完,下星期须编新者矣,余之幸福亦将完矣(此一月为余到武大以来最乐之岁月,盖不编讲义也)"等语,也可看出讲义的编写是一个较为长期的过程。

---

① 苏雪林:《我的教书生活》,《苏雪林文集》(第二卷),合肥:安徽文艺出版社,1996年,第88页。

由此，我们可以推知上述授课时间为 1932 年，基本无疑。

苏雪林当时对古典文学一直"心向往之"，起初并不愿意接受这门新课程。客观方面的原因：首先，新文学发生时间太短，不过十二三年，一切有关新文学的史料都极其缺乏，而且不成系统；其次，所有作家皆为同时代人，作品正在层出不穷，难以盖棺定论，想替他们立个"著作表"都很难下手；第三，各种文学团体、思潮及作家的观念变换极快，捕捉起来有如"摄取飙风中翻滚的黄叶，极不容易"。还有一个重要的主观方面的原因就是：苏雪林对陈源提供给她的先前沈从文的讲义并不满意，认为不够精彩。她认为既然沈从文这样纯粹的新文人尚难以教好，自己这个半新不旧的"半吊子"恐怕难度更大。[①] 后因陈源强之不许，当时国文系的新文学作家只有苏雪林一人，她只好答应。作为"现代评论派"的代表，陈源之所以"强迫"苏雪林在武大讲授新文学课程，显然有为新文学在武大争取地位和影响之意。当时武大文学院国文系的刘博平、刘永济一干教授较为守旧，复古氛围相当浓厚。新文学家出身的院长陈源想"除旧布新"的意图明显，后来又引进了叶绍均。至于最终接手该课程，苏雪林在《浮生九四》中还有这样稍有出入的回忆："沈（指沈从文，笔者注）的讲义仅数页，以人为主，我觉得并不精彩，他尚能教，我或者也可以，便答应了。"[②] 这也可视为上述叙述的一个补充。

苏雪林的顾虑果然为后来的教学实践所印证。首先是备课难。由于阅读量大、新文坛思潮流派变化快、查找资料困难等原因，苏雪林用在"新文学研究"课程讲义编写上的时间与劳力要比同时进行的"中国文学史"课程多一倍以上，以至于备课

---

[①] 苏雪林：《我的教书生活》，《苏雪林文集》（第二卷），合肥：安徽文艺出版社，1996 年，第 88 页。

[②] 苏雪林：《浮生九四——雪林回忆录》，台湾：台湾三民书局股份有限公司，1993 年，第 110 页。

成了她教学中最为头疼的事。① 如她在民国二十三年的日记中常有类似这样的记载:"下午睡起,想起明日新文学,拟讲凌淑华,而参考材料不够。到消费合作社打电话与黄孝微先生,觅曼殊菲儿小说集,又打电话与杨绯,久久始通,云无此书。四时半,亲赴图书馆借此二书不得,只好借巴金作品五本而归,连原有共十一本,看《海行》一本。晚间抄《赵子曰》一段……"(5月9日);"昨日昏睡,竟日不能预备功课,故新文学只得请假……晚间陈焕文君来,云明日放假,余大喜,盖功课正恐预备不出也"(5月15日)。诸如此类,比比皆是。其次是选课学生少。1934年下半年选课学生只有四人,但苏雪林并不推诿责任,她将原因归结为自己授课不够精彩之故,见上述9月27日日记所记。再次即是授课效果欠佳。如日记中所记:"今日为病后第一次上课,精神萎靡,口欲衔枚,期期艾艾,学生无不浑然思睡,自觉惭愧,恨无地洞可钻。"(5月1日)"余今日身体异常疲乏……功课好无预备,故今日讲得毫无精彩,自上课以来为今日之出丑者,早知如此,今日此刻请假矣"(11月29日)等等。由于苏雪林上课不喜点名,以至于学生在黑板上写道:"若不点名,谁也不愿来上课了。"她在传记中对此并不讳言,也是很难得的。②

　　苏雪林的新文学课程讲义和她的一些重要批评文章之间实际上是一种共生的关系。讲义的撰写催生了她对一些重要作家的研究,而后者显然又反过来丰富了她的讲义的内涵。她被认为是较早对新文学作家作品进行"系统"研究的学者,这种

---

① 苏雪林在《我的教书生活》一文中较为详细地谈到了准备"新文学研究"这门课的难处:"那时候作家的作品虽不算丰富,每人少则二三本,多则十几本,每本都要通篇阅读,当时文评书评并不多,每个作家的特色,都要你自己去揣摸,时代与作品相间的错综复杂的影响,又要你自己从每个角度去窥探,还要常看杂志、报纸副刊,藉知文学潮流的趋向,和作家的互动。我的中国文学史与新文学研究的讲义的编纂是同时进行的,我在后者所费光阴和劳力要在前者一倍以上。"参见《我的教书生活》,《苏雪林文集》(第2卷),合肥:安徽文艺出版社,1996年,第88~89页。
② 苏雪林:《浮生九四——雪林回忆录》,台湾:台湾三民书局股份有限公司,1993年,第110页。

系统性正是从讲义的编写过程中体现出来的,也是学科形成所必备的基本构架。

　　苏雪林是一个执拗的、从不轻言放弃的人。尽管困难重重,她也在日记中自怨自艾,甚至动过辞职离开武大的念头,但她最终坚持了下来。在撰写讲义、新文学批评写作乃至整个学术研究方面,她对自己要求极为严格。在她的日记中几乎看不到她对自己的作品有满意的时候,多是自嘲、失望和忧虑。但仅从1934年她在讲义基础上写就并发表的《〈阿Q正传〉及鲁迅的创作艺术》《沈从文论》《周作人先生研究》等文章来看,无不见解独到,分析透彻,文气充盈。可见她眼光之高,自律之严。所以她能将"新文学研究"课程坚持了六年,自1932年开始一直到1937年抗战爆发,武大迁川,这门课才停了下来。①在现代文坛的学院派作家中,苏雪林的口才并不好,教学经验也不够丰富,难以称得上是良师。这门课又是新课,从民国二十三年的日记中看,她的授课效果不能说很好。如果日记中所记并非谦虚的话,有时甚至可以说是差的。但由于她的坚持和韧性,她也因此成为民国期间在大学从事新文学课程教学的新文学作家中,连续教学时间最长的一位。从学科链条的接续方面来看,这本身即是一种贡献。

## 三、承前启后的课程讲义《新文学研究》

　　由于诸种原因,民国时期大学讲坛的很多新文学讲义都没有保存下来,或尚未被发现。如杨振声,从事新文学教学多年,但至今未见他的相关讲稿。这和当时的新文学教学比较侧重训练学生的新文学创作能力有直接的关联。在沈从文这样的新文学作家看来,规范化的讲义能对创作实践有多大的指导作用是很值得怀疑的。他的学生汪曾祺也回忆说,沈从文极不喜

---

① 苏雪林:《我的教书生活》,《苏雪林文集》(第二卷),合肥:安徽文艺出版社,1996年,第89页。

欢"小说作法"之类的总结,讲课一向散漫不拘。① 沈从文的讲义也多是一些相对孤立的、鉴赏式的作家论,缺乏整体的文学史的构架和完整的体例,以及对文学史演变的考察。然而,对新文学创作的发展进行初步研究和历史总结,毕竟是新文学课程教学的应有之义,所以还是有些课程讲授者在讲授过程中编写了相对系统、完整的讲义。这其中有一些比较规整完备的讲义讲稿被保存下来,为今天研究中国新文学的"学科化"进程和发展谱系提供了极珍贵的历史资料。其中,苏雪林的《新文学研究》是较完整和有代表性的一种。

现存的苏雪林的新文学课程讲义《新文学研究》在前面已有提及,是在1934年由武汉大学印刷的,保存完好。这份讲稿厚达二百八十页,约二十余万字。讲稿封面有"新文学研究 苏雪林述"字样;每页的页中有"国立武汉大学印"字样,自二百零九页起,每页左侧下有"讲121 二十三年印"字样。讲义内容分"总论"和"分论"两部分,其中"分论"又以文体为标准分为"新诗"、"小品文"、"小说"和"戏剧"四个部分,叙述翔实,体例完整。为了充分说明问题,这里将讲义的主要目录概列如下:

总论　　　　　　　　　　　　　第三编　论小说
一 新文学运动前文学界之大势　　第一章 鲁迅的呐喊和彷徨
二 五四运动　　　　　　　　　　第二章 叶绍均的作品
三 新文学的精神　　　　　　　　第三章 王统照与落花生
四 新文学引起的反动　　　　　　第四章 郁达夫的沉沦及其他
五 现代文坛的派别　　　　　　　第五章 多角恋爱小说家张资平
六 对今后新文学之希望　　　　　第六章 废名晦涩的作风
第一编　论新诗　　　　　　　　　第七章 王鲁彦、许钦文和黎锦明
第一章 胡适的尝试集　　　　　　第八章 沈从文的作品
第二章 尝试集稍后的几个青年诗人　第九章 丁玲和胡也频
第三章 五四左右几个半路出家的诗人　第十章 凌叔华的花之寺和女人
第四章 冰心女士的小诗　　　　　第十一章 幽默作家老舍
第五章 郭沫若与其同派诗人　　　第十二章 茅盾作品的研究
第六章 徐志摩的诗　　　　　　　第十三章 巴金的小说

---

① 汪曾祺:《沈从文先生在西南联大》,《汪曾祺全集》(第三卷),北京:北京师范大学出版社,1998年,第463页。

第七章　闻一多的诗
第八章　朱湘和其他诗刊派诗人
第九章　邵洵美和李金发的诗
**第二编　论小品文**
第一章　周作人的思想及其著作
第二章　讽刺派与幽默派
第三章　俞平伯和他同派的文字
第四章　孙福熙兄弟与曾仲鸣
第五章　几个女作家的作品
第六章　徐派散文
第七章　几个文学研究会旧会员的作品
第八章　自传文学与胡适的四十自述

第十四章　心理小说家施蛰存
第十五章　穆时英的作风
第十六章　张天翼的小说
第十七章　郭源新的神话与历史小说
第十八章　几个描写农村生活的作家
**第四编　论戏剧**
第一章　所谓爱美剧提倡者与熊佛西
第二章　几个以古事为题材的剧作家
第三章　田汉的戏剧
第四章　袁昌英的《孔雀东南飞》及其他
第五章　丁西林和另外几个剧作家
第六章　洪深的戏曲

　　从内容和体例看，除了"文学批评"部分缺少外，讲义和当时武大文学院国文系课程指导书中关于"新文学研究"的"学程内容"规定基本保持了一致，和同时期清华大学中国文学系关于"新文学研究"的课程说明也是基本一致的。① 这份讲稿的最大特点是关于作家作品的叙述非常充实。论述对象涵盖了当时文坛"左"、"中"、"右"三个领域，还涉及"彭芳草"、"曾仲鸣"、"郭源新"等几个后来现代文学史著基本不提及的人物，包括文本和理论两个方面的引证都比较丰富。讲义不排斥主观见解的同时能基本保持客观，显示出作者在新文学批评研究方面的独特和深度。苏雪林三四十年代撰写的大量作家作品论都是在该讲稿的相关章节基础上形成的。这部讲稿在苏雪林去台湾后经过整理扩充，最终形成了虽充满政治歧见但很有学术分量的批评著作《中国二三

---

① 1935 年武大文学院国文系课程指导书中关于"新文学研究"的"学程内容"中有这样的说明："本学程讲授五四运动后之国语文学。先叙新文学之运动，及文坛派别等等，用以提纲挈领。继分五编，评论新诗、小品文、小说、戏剧、文学批评。一面令学生研读名人作品，养成新文艺之赏鉴力，随时练习创作，呈教员批改。"参见《国立武汉大学一览（民国二十四年度）》，台北传记文学出版社 1971 年 10 月影印版。另外 1937 年刊行的《清华大学一览》收录有《中国文学系学程一览》(1936～1937 年度)，对于编号"国 294"的"新文学研究"有这样的"课程说明"："分总论各论两部讲授。总论即新文学之历史与趋势，各论分诗、小说、戏剧、散文、批评五项。"参见清华大学校史研究室编《清华大学史料选编》第二册（上），北京：清华大学出版社，1991 年，第 299～311 页。

十年代作家》。值得一提的是,苏雪林在《我的教书生活》一文中回忆,她经过续写,在抗战之前已将包括"文学批评"在内的"分论"五个部分撰写完整。① 但迄今为止,这份应该更为完整的《新文学研究》讲稿尚未在学界出现。显然,比较一下就会发现,没有上述这部讲稿,她去台后的长达四十余万言的批评巨著《中国二三十年代作家》根本不可能问世。

苏雪林的《新文学研究》和朱自清的《中国新文学研究纲要》之间在"体例"方面存在明显的继承关系。从学科建设的角度看,这标志着学科的基本内容开始积累,叙述的基本框架已经成形并得以传承,学科谱系始现雏形。虽然我们没有看到相关直接的材料,但是苏雪林的讲稿在叙述框架方面,显然继承了朱自清的从"总论"到"各论"、在"各论"中按照文体进行分类讲述的模型。在新文学发展历史只有短短十几年的情况下,这种叙述框架是符合新文学发展的实际情况的。因为历史太短,不可能划分出具体的、特征鲜明的文学历史阶段,从而进行分类。值得一提的是,二者都单设了一个"文学批评"的文体大类,这在其他文学史著中是没有的。从苏雪林的角度看,对朱自清讲稿的模仿和借鉴很难说完全不存在。所不同的是,朱自清的《中国新文学研究纲要》因限于"纲要",所以简略,但涵盖面很广。其"总论"部分即有三章,将新文学运动的诞生背景、发展经过及理论来源与流派梳理得非常详尽;"各论"部分有五章,分别叙述"诗"、"小说"、"戏剧"、"散文"和"文学批评"。虽简略但层次分明,思路清晰,极为客观。最后两章内容略显单薄。② 总之,朱自清很好地诠释了"纲要"的特点,连上课时也是基本不作个人之语。③ 相比之下,苏雪林更注重讲

---

① 苏雪林:《我的教书生活》,《苏雪林文集》(第二卷),合肥:安徽文艺出版社,1996年,第89页。
② 朱自清:《中国新文学研究纲要》,《朱自清全集》(朱乔森编)第8卷,南京:江苏教育出版社,1996年,第73~122页。
③ 据朱自清在清华时期的学生吴组缃回忆,朱自清上课时个人见解是很少的:"他讲的大多援引别人的意见,或是详细的叙述一个新作家的思想与风格。他极少说他自己的意见;偶尔说及,也是嗫嗫嚅嚅的,显然要再三斟酌词句,唯恐说溜了一个字,但说不上几句,他就好像觉得已经越出了范围,赶快打住。"参见吴组缃:《佩弦先生》,郭良夫(编):《完美的人格——朱自清的治学和为人》,北京:清华大学出版社,2003年,第144页。

义内容的充实具体和个人表达。她的《新文学研究》是一份近乎于教材性质的讲稿,但许多章节更接近于研究性的专论。"总论"部分只有一章,从"新文学运动前文学界之大势"、"五四运动"、"新文学的精神"、"新文学引起的反动"、"现代文坛的派别"及"对今后新文学之希望"几个方面进行了有选择性的概述。最后的"希望"部分表达了她对新文学运动的理解和展望,感性的成分已经开始显现,和朱自清的客观勾勒有极明显的区别。"各论"部分如前述分为四编,就涵盖的"面"而言,尚不及朱自清"纲要"的宽广。苏雪林将功夫下在了"点"上,以具体翔实的、不乏主观意味的作家作品论充实了她的讲稿内容。这一点可以视为是在"纲要"基础上的一个发展。将"纲要"发展成"讲稿",意味着内容的积累、规律的总结,学科的骨架开始有了血肉并逐渐丰满起来。和沈从文、废名等人相比,苏雪林的这一努力是不可替代的。无论是沈从文留下的讲义《新文学研究——新诗发展》及一些单独的作家论,还是废名的讲义《谈新诗》,或偏重作家,或偏重文体,体系都不完整,内容也比较单薄,都属于专论,史的意味相当有限。

  苏雪林在讲稿中的一些观点,包括在讲稿基础上形成的作家作品研究论文,对后来的新文学的研究和新文学史著作的写作都产生了不小的影响。如她对于《阿Q正传》中阿Q形象内涵的分析,从比较分析原则的角度看,实际上提供了一个形象分析的框架和模版,在她之后的多数关于阿Q的形象批评都没有在深度方面的明显进步,仅在铺排规模方面有所扩大而已。这是学界已有的共识。再如她在讲稿中对茅盾的评价,称茅盾是"左翼文坛的巨头"。将茅盾小说作品的特色概括为"能够充分的表现时代性"、"实现历史的必然之企图"、"有计划的作为社会现象的解剖"、"科学调查法之应用"等四个方面,相当准确地概括了茅盾小说的特点。后来内地通行的很多现代文学史著,将以茅盾为首的、注重从时代角度进行社会分析的小说流派称为"社会剖析派",其命名的理论依据和源头也许正在苏雪林这里。她的《沈从文论》中的主要观点在王瑶的《中国新文学史稿》中得到了再次体现。王瑶在第八章"多样的小说"中"城市生活的面影"一节谈到沈从文的小说,认为沈从文早期的反映军队生活的小说"多是以趣味为中心的日常琐事,并未深刻地写出兵士生活的本质"。后来写湘西边地民间生活的作品,"有意藉着湘西、黔边等陌生地方的神秘性来鼓吹一种原始性的野的力量";"着重在故事的传奇性来完成一种文章风格";"采用的多是当作一种浪漫情调的奇异故事,写法也是幻想的";"观察体验不到而仅凭想象构造故事,虽然产量极多,而空虚浮乏之病是难免的";"在说故事方面比写小说要成功得多"等等,都不难看到苏雪林的《沈从文论》中的某些观点的影响。此外,1955年丁易的《中国现代文学史略》中论及沈从文时,提到他没有描写当时士兵的真实生活,提到时人称他为所谓"文学的魔术师"等等,也都显然借鉴了苏雪林关于沈从文的一些评价。这些观点和评价在苏雪林的这部《新文学研究》讲稿中已经形成或初现雏形了。

作为中国现代文学学科的奠基之作,王瑶的《中国新文学史稿》在体例上首次按照历史阶段的演变来叙述新文学史,突破了从朱自清到苏雪林的先"总论"后按文体"分论"的模式。但在对具体历史阶段内新文学成就的叙述方面,仍然遵循了按文体进行"分论"的框架。虽然在今天这是再正常不过的文学史叙述常识,但在当时却凸显了包括朱自清、苏雪林在内的新文学课堂讲述传统的影响。苏雪林是新文学中的"右翼"作家,长期被人为地遮蔽,人们似乎更愿意讨论王瑶的《中国新文学史稿》和朱自清的《中国新文学研究纲要》之间的直接关联。王瑶本人作为朱自清的学生,对朱自清的开创之功也极为推崇。① 人们很少或根本不提及苏雪林在这其中的过渡作用。王瑶本人在《中国新文学史稿》中习惯于大量引用前人的见解,追求并体现他极力推崇的"客观主义"。仅以第一章为例,在现代著名批评家中,我们可以经常看到鲁迅、茅盾、瞿秋白、胡适、钱玄同、傅斯年、刘半农、陈独秀、蔡元培、郭沫若、成仿吾、叶绍钧、冯雪峰、郑振铎、罗家伦、严复、章士钊、周作人等人的名字,但在整部书中,他对苏雪林只字未提。历史已经过去了六十年,我们今天梳理新文学"学科化"的谱系,苏雪林的地位与作用是确实"客观"存在的,当下的学界应该予以真正"客观"的审视。

在最近关于民国时期大学新文学课程讲义的发掘中,王哲甫

---

① 参见张传敏:《民国时期的大学新文学课程研究》,北京:人民出版社,2010年,第145~149页。

的《中国新文学运动史》和周扬的《新文学运动史讲义提纲》也得到了重视和研究。① 除此之外,三四十年代出版的一些有关新文学的文学史著也得到重新关注。除了久已知名的陈子展的《最近三十年中国文学史》(1930)之外,还有伍启元的《中国新文化运动概观》(1934)、王丰园的《中国新文学运动述评》(1935)、吴文祺的《新文学概要》(1936)、李一鸣的《中国新文学史讲话》(1943)等等。目前,学界有关中国新文学"学科化"的谱系研究正在走向深入。在这个过程中,苏雪林的讲稿《新文学研究》中所提供的文学史意识、作家作品研究乃至于文体研究,应该是值得继续探讨的。

苏雪林之于中国新文学学科的意义也许更多地体现在"客观"的层面。在从事新文学教学和批评的过程中,她显然并不具备去构建一门独立学科的主观意志和"野心"。但在中国新文学从"课程"到"著述"再到"知识体系"的发展进程中,每一个环节又可见到她的客观存在。所以说,梳理作为一门学科的中国新文学史的演变轨迹,苏雪林的名字是需要并且必须重新给予审视的。

---

① 王哲甫的《中国新文学运动史》是王哲甫30年代在山西省立教育学院讲授新文学课程时所用的讲义,曾由北平杰成书局1933年出版;周扬的《新文学运动史讲义提纲》是周扬20世纪30~40年代在延安"鲁艺"讲授新文学课程时所用,载《文学评论》1986年第1、2期。

# "艺术"、"人格"与"政治"
## ——一个读书人的意识形态历险

如果说,在漫长的人生中,残缺的婚姻带给苏雪林的是情感世界和家庭生活中的无尽的孤寂,那么,长期的偏执的政治意识形态取向则给她的思想、创作和学术研究蒙上了一层浮躁的、混乱的、暧昧不明的暗尘,使之长时间难见天日,难容于时代和学界。这种政治意识形态取向和她一贯奉行的基于"人格"的价值评判尺度之间形成了一种相互缠绕的关系。我们经常的观感是,本来是正常的对作家作品的文学或艺术批评,但在苏雪林这里会很容易演变为"人格"批评。一旦和特定时代的社会文化动态相联系,则又进一步演变为"政治"批评。至于她并不擅长的"政治"批评,往往又会经由以"民族主义"为内核的意识形态批评等中介,而退回到"人格"批评。在"艺术"、"人格"与"政治"的相互纠缠中,本质上实为一个读书人的苏雪林,一个长期在大学任教的女性作家和学者,竟然一头扎进了三四十年代国共两党尖锐的意识形态之争中,走上反鲁、反共的"不归"之路,成为20世纪主流知识界眼中的不折不扣的"另类"女性。

## 一、走向对立:对"左翼"文化阵营态度的转变

1930年春,中国左翼作家联盟("左联")在上海成立。也正是从30年代初开始,苏雪林逐渐走向作为一个文化阵营的

"左联"的对立面。她显然并不是要和所有的"左翼"作家为敌,确切地说,她只是从"人格"出发,对包括鲁迅、郁达夫在内的少数几个"左翼"作家进行了攻伐。众所周知,对茅盾、田汉、丁玲、洪深、张天翼等人,在艺术上她不吝赞词,甚至称茅盾为现代中国"文学界的巨人"①。当然,这种矛盾的态度,并没有影响她对"左翼"文化阵营的整体上的对立情绪。她站在维护国民党政权的立场上,对"左翼"文坛口诛笔伐,写出诸如《过去文坛病态的检讨》这样的轻率随意的扣帽子文章,实在让人难以认同。鲁迅后期被视为"左翼"文坛的领袖,苏雪林是否经由"反鲁"而过渡到反"左翼"的呢?但在系列"反鲁"文章中,她的基本政治主张又是认为鲁迅助长了"左派"气焰,帮助"左翼"控制了文化界领导权。其前提似乎还是反"左翼"。如果撇开鲁迅的因素不谈,对苏雪林之于"左翼"文坛的这种矛盾的态度,是否存在一个演变的过程?能否做一个相对清晰的梳理?

## 1. 重回新文坛:1925～1930

1919年苏雪林进入北平女高师学习后,和当时的众多青年学生一样,对胡适、李大钊、陈独秀等新文化运动的倡导者都非常崇敬。② 在轰动一时的"呜呼苏梅"事件中,胡适是最终支持她的。在她去法留学前夕,李大钊还特意为她和同学林宝权写信,向时在巴黎的他的少年中国学会的好友周太玄作专门引荐。1925年苏雪林回国后,已经成为天主教徒的她一心想尽快重返新文化运动阵营。此时的新文化阵营在经历女师大风潮等事件之后,在思想、文化领域乃至于政治立场上已经趋于分裂。1926年始,由于工作和家庭的原因,苏雪林开始奔波、徘徊于上海、苏州两地,直至1930年赴设在安庆的安徽大学任教。应该说,刚回国后的苏雪林对新文化阵营的分裂不甚了了,或者说不愿深究详查。她急于重入新文坛,对分裂的双方

---

① 苏雪林:《新文学研究》(武汉大学新文学课程讲稿),武汉大学,1934年印,第217页。
② 可参见苏雪林的《我的学生时代》一文中的相关记述,《苏雪林文集》(第二卷),合肥:安徽文艺出版社,1996年,第61～64页。

一开始并没有情感上的明显偏好。也可以说,在起初,分裂的双方都是她想要结交、加入的对象。实际的情况是,在1925～1930年期间,她和在文化立场上"左"、"右"倾的人士都是有交集的。

　　苏雪林是通过不断发表文章和作品重返新文坛的,而她回国后发表文章和作品的最早的重要刊物就是《语丝》。在前面的章节中,周作人1924年11月致胡适的信里,我们已经论及《语丝》的创刊初衷,就是为了承继《新青年》、《每周评论》所代表的"五四"时代刊物的"攻势"法统。《语丝》的主要编辑与作者群体如鲁迅、钱玄同、周作人、林语堂、章川岛、江绍原、孙伏园、淦女士、李小峰等人皆与新文化运动联系紧密,因而为回国后的苏雪林所首先关注。一时间她开始频繁地为《语丝》撰稿,这一点已在前面章节论及,这里不复赘述。当然,《语丝》中人的文化诉求和20年代后期鼓吹"革命文学"的郭沫若、成仿吾、阿英、蒋光慈等相去甚远,甚至一度成为后者批判的对象。同时,《语丝》也没有对苏雪林的写作形成多大的影响。1927年《语丝》南迁上海以后,她的兴趣就转向了办刊风格更为温和稳健的《北新》。但是从一度坚持尖锐的社会批判立场的《语丝》起步来重返新文坛,这起码能说明一个问题,那就是苏雪林一开始对"左倾"人士并无恶感。她一向推崇陈独秀之人格,她听闻李大钊被杀害以后,曾深感痛惜。在1928年7月7日那个宴会后,郁达夫当天的日记中关于苏雪林有这样的记载:"中午北新书局宴客,有杭州来之钦文、川岛等及鲁迅、林语堂夫妇。席间遇绿漪女士,新自法国来,是一本小品文的著者,文思清新,大有冰心女士的风趣。"可见郁达夫当时对她也并无恶感。后苏雪林1930年去安大任教,和郁达夫是同事,也未见两人有龃龉的记载。1930年阿英作《绿漪论》一文,以《棘心》为例,虽然指出苏雪林思想姿态不够进步,但用现代"女性作家中最优秀的散文作者"一句来称赞她,可见推许之意。其间其他"左倾"人士尚未见有关于苏雪林的显著评论,但估计也不至于有强烈之恶意。

　　从人际关系角度看,在和"左倾"人士有交集的同时,苏雪林和"右倾"人士的交往要更为频繁一些。初到上海,烦闷无聊,她先通过女高师同学杨润余结识了袁昌英,二人很快成为密友。顺便说一句,袁昌英的经济学家丈夫杨端六也是当时的现代评论派中人。然后,她便通过袁昌英结识了陈源夫妇等人,开始在"新月"阵营的圈子中"偶露面容"。她的留法背景,使得她对新月派那些留学欧美的绅士们更能产生一种精神上的亲近感,也逐渐了解了新月派和鲁迅、"左倾"作家之间的恩怨。她自1928年下半年起,才开始在《现代评论》上发表少量杂文和学术文章。1928年底,《现代评论》便停刊了,因此"现代评论派"的帽子套在她头上是不合适的。这期间《绿天》和《棘心》中的很多内容章节实际上发表在北新书局创办的《北新》上。1928年胡适担任上海中国公学校长后,她和胡适开始增进了联系,苏雪林曾和冯沅君专门登门拜访,受到胡适热情接待。她还写了一篇《与胡适之会见记》,刊登在《生活》周刊第三卷二十期上,受到胡适的肯定。她还写过关于胡适译作的评论文章《读胡适之先生译的"米格儿"》,同样刊登在《生活》周刊上。她之所以未能真正进入新月派的圈子,并非因为她缺少文艺上的才情和交际热情,而在于她骨子里缺少新月派对政论和政治的兴趣。此外,不和睦的家庭生活的掣肘也是一个原因。如果从情感及熟悉的角度说,此间苏雪林对胡适、陈源这些"右倾"人士自然有更多的亲近,因为有切实的交往作为基础。这正是她和"左翼"人士之间所缺乏的,特别是自1928年7月的那次鲁迅可能"慢待"她的宴会以后。这些切实的交往,加上她自己个人形成的一些看法①,可能使得她逐渐疏远了"左翼"的阵营。

值得一提的还有一点,在上海、苏州的这几年里,苏雪林通

---

① 苏雪林曾以"春雷女士"的笔名,在1930年的《生活周刊》5卷11至15期上连载了《几个女教育家的速写像》一文,介绍了王谢长达和王季玉母女、杨荫瑜、吴贻芳、陈鸿璧等五位当时在教育界有影响的女性,其中谈到杨荫瑜的部分,涉及女师大风潮,她有这样的评价:"这场风潮的发生和进展时期里我恰不在女师大,双方的是非曲直,不敢轻易评断,但当时北平学风之过于嚣张,学校秩序之凌杂混乱,都是事实。"文中对学生的不满以及对杨荫瑜的维护之意是明显的。苏雪林倾向于理解杨荫瑜当时保守的治校理念,结合"五四"后苏雪林的思想态度来看,并不奇怪。

过阅读记载"嘉定三屠"、"扬州十日"以及《大义觉迷录》等有关清军入关和清代文字狱的一些典籍、笔记,形成了她早期比较含混的以汉族中心主义为基本内核的狭隘民族主义思想。当然,她并非30年代那些提倡"民族主义文艺"的国民党御用文人。这种对"民族主义"的拥趸的背后,在20年代后期的知识界、思想界,有一个整体的背景,那就是对一个独立统一的现代民主国家的认同和追逐。1928年国民党南京政府成立,国内的民族主义思潮也相应达到了高峰。那么,对"民族"的无论是种族的还是政治的想象,在那些"右倾"的知识分子那里,只能落在现实中的国民党南京政府头上。这一点在前面的章节里已有较详细的论述。二三十年代那些工程技术专家,以及那些应用性较强的经济学、政治学、社会学等社会科学领域的知识分子,普遍"右倾",不太赞同以阶级论为核心的"左翼"社会革命理论。他们希望社会能够稳定,走现代化强国之路。苏雪林所熟悉的诸如胡适、陈源、王世杰等"右倾"人士,早前的政见未必一致,但都有或轻或重的基于南京政府而发的民族主义情结。这一点到了抗战前夕有尤其明显的表现,例如胡适。① 在这样的氛围中,民族主义在30年代作为一种文艺观也好,作为一种政治观也好,只会推动苏雪林在意识形态立场上向"右"走,而不可能向"左"转。

---

① 胡适一向倾心实践其自由主义政治理想,但在国土沦丧和民族危亡的30年代,他不得不向作为"中心"的南京国民政府靠拢。1933至1935年间,当蒋廷黻赞成专制和丁文江提倡"新式独裁"的时候,他尚且力主"民主",坚持"'政府之权力生于被治者之承认',此共和政治之说也,而亦可为民主主义之前提"(参见胡适:《论"去无道而就有道"》一文)。到了1936年,胡适的思想发生了明显的变化。是年,他对与他讨论中日关系的室伏高信说:"民族主义已经获得压倒的势力,国家这个东西已经成了第一线,在现下的中国里是没有一种力量能够阻止这种大势的。"当室伏高信问他:"在蒋氏政权下,贵国是向着独裁政治方面走呢,还是向着民主主义的方向?"胡适答道:"关于这一点中国人倒不大注重,应该用什么方法是第二问题。无论什么,没有比统一更要紧的,除此而外,全不是现在的问题。"以至于室伏高信感叹:"这是去年夏天以前极力反对独裁政治、主张民主政治的胡适之先生的言辞。……是很明显的变说。"参见室伏高信:《胡适再见记》,载《独立评论》总第213期(1936),第7~9页。

## 2. 向"右"转：1931～1937

　　1930年至抗战前夕，国内社会政治局面渐趋稳定，经济状况则一直处于稳步改善和发展中。到了1935年和1936年，中国经济有了较大的改观，币制改革的成功使经济出现了大幅度的增长，可以说抗战爆发前的两年是南京政府的黄金时光。美国驻华商务参赞在其《经济年报》中这样评述："1937年初，中国面对着更为有利的形势，因为政治统一，币制稳定，经济复苏，农业的改良，社会文化状况的好转，都是多年以来没有见过的。到了7月，中国的商业和经济发展前景，呈现出一幅更加美好的图景。"[①]这可能在很大程度上造成了苏雪林对南京政府"由乱趋治"印象的形成。"九一八"事变之后，民族主义思潮继续上升。"左翼"文坛则因为其"武装保卫苏联"的口号难以深入人心，有关普罗文学的宣传渐趋衰落。但"左联"成立，反而进一步整合了"左翼"文化界的力量，并取得了对"民族主义文艺"、"第三种人"等论战的胜利，在文化战线上对南京政府步步进逼。到1937年，苏雪林在《与胡适之先生论当前文化动态书》一文和后来的"跋"中反复强调"统一"和"现代化"对于政府前途和抵御外侮的意义，将"南京政府"视为中国的代名词，视邹韬奋等人和"左翼"文化界的言行为"叛国"，"右翼"身份已相当确定。[②] 所以1930年到抗战前这几年应该是她的意识形态立场形成的关键时期。

　　1931年，苏雪林经袁昌英介绍进入武大文学院任教，应该

---

① （美）阿瑟恩·杨格：《1927～1937年中国财政经济状况》(China's Nation—building Effort, 1927～1937: The Financial and Economic Record)，北京：中国社会科学出版社，1981年，第470页。
② 苏雪林后来解释她亲国反共的原因时说："我反鲁为什么又反共呢？我原是一个书痴，对政治毫无兴味，又非国民党员，好像国民党的成败与我无关，但我颇知爱国，开始听见共产党的宣言'工人无祖国，以苏联为祖国'，又说'凡为共产党员者应做苏联的前卫'……这不是甘心做人家奴隶吗？所以大起反感，再也不相信共产主义了。"苏雪林的基本观点是国民党政权比清朝、北洋军阀政府要好，须以时日或能赶上欧美国家，共产党要推翻它，为她所不能接受，所以她在政治立场上反共是自然的事。

可以视为她的立场向"右"转的一个开端。当时的武大校长是王世杰,文学院院长是陈源,文化保守气息相当浓厚。恰恰在这样一个阵营和氛围中,苏雪林因教学的原因开始了她的新文学批评。她对"左翼"作家作品乃至"左翼"文坛的态度变化,开始在她的新文学课程讲义和批评文章中显示出来。其实除了鲁迅之外,她涉及的"左翼"作家并不算多。

郁达夫在"左翼"阵营中被公认是一个比较消极的人了。他对"左联"事务并不热心,但却成为鲁迅之外苏雪林批判最激烈的新文学作家。读者熟知的是,1934年9月苏雪林在《文艺月刊》六卷第三期上发表了《郁达夫论》一文,对郁达夫的人品和作品进行了全面抨击和否定,一时引人侧目。前文也略加梳理,两人此前并无龃龉过往。郁达夫在新文学作家中的声名地位自不必说,古典文学修养也高。而同样醉心于古典学术的苏雪林何以在此文中对郁达夫如此大加挞伐,令人费解。目前尚缺乏直接的资料证据来解释。分析一下这篇文章的思路,苏雪林先是否定了郁达夫的人格,然后否定了他的艺术,最后部分否定了他的革命情绪和立场。这种思路暴露了苏雪林首先不屑的是郁达夫这个人,大有如此人格卑下之人难以写出好文章,更不配从事艰苦革命之意。追究此文的写作缘由,仅从文章来看,苏雪林首先不满郁达夫在作品中对"情色"的过多表现,即所谓"色情狂"倾向,这是根本的原因。此外,还有一些对郁达夫在现实中的私人生活尤其是私德的不满。鉴于郁达夫的《日记九种》此类作品的公开发行畅销,引起婚姻道德保守的苏雪林的反感,也是完全可能的。关键的问题是,此文发表在国民党官方色彩浓厚的南京《文艺月刊》上,让郁达夫可能嗅出了"政治迫害"的味道,所以才引出了他的《所谓自传也者》一文的反击。文中的所谓苏雪林"曾向中央去哭诉,说像某某那样颓废、下流、恶劣的作家,应该禁绝他的书,流之三千里外"等等,即是指此。从苏雪林的本义看,未必有借助于政府之威权来禁绝郁达夫之意,倒更像她个人观点的情绪性发泄。但她身处"右翼"阵营,在包括郁达夫在内的"左翼"看来,她以南京政府为靠山来搞党同伐异,则是自然的事。

如果考察苏雪林有关郁达夫的其他文字,则发现《郁达夫论》一文基本来自她在武大的"新文学研究"课程讲义中的"郁达夫的沉沦及其他"一章,二者只在开头和结尾有少许文字的调整。和正式刊出的文章比,讲义中的语言更极端随便一些,涉及的其他文人的姓名也直接点出,而在文章中则稍作掩饰。如讲义结尾处的提到钱杏邨的话,在文章中则用"某文人"来替代;又如讲义中有"我可以断定他永远说不出一句有力量的话"一句,文章中则删去了,等等。① "新文学研究"课程讲义同样在 1934 年由武大印行,但"新文学研究"课程则是 1932 年起苏雪林就开始讲授。郁达夫作为新文学重要作家,她不大可能到 1934 年才开始讲授。据此可推测,她关于郁达夫的观点应该在此前就形成了,《郁达夫论》的发表则只是一次公开的宣布而已。

苏雪林比较反感的"左翼"作家还有郭沫若,这也是人所共知的,不过她对郭沫若的态度和郁达夫却略有些不同。一开始苏雪林对郭沫若是有部分肯定的,特别在艺术方面,不过到后来随着"左翼"影响的扩大,否定的程度就增加了。在她的"新文学研究"课程讲义中的"郭沫若与其同派诗人"一章中,苏雪林从"直抒情感,抓住文艺的真生命"、"包含哲理"、"浓厚的西洋色彩"等方面肯定了郭诗传达的"五四"精神,但又从"用笔直率,无含蓄不尽之致"、"结构太单调,不知变化"以及造句用字的缺点、旧诗词基础太差、有"气"而无"力"等方面批评其缺陷。她指出郭沫若作品以诗为最佳,小说戏曲大半不堪一读。② 在论及其他诗人如徐志摩、闻一多等时,也是承认郭沫若的新诗地位的。这些尚属于艺术方面的评判。但是随着时间推移,这种评价开始进入人格领域。到了该课程讲义的最后一编"论戏剧"中,在"几个以古事为题材的剧作家"中,对郭沫若的历史剧《三个叛逆的女性》(《王昭君》、《卓文君》、《聂嫈》)进行了抨击,指责郭沫若剧中表达的女性反抗精神实为"思想浅薄"。此外"说白的粗鄙也令人难耐"、"对于艺术实可谓侮辱之至"。还

---

① 苏雪林:《新文学研究》(课程讲稿),1934 年,武汉大学印行,第 168~175 页。

② 苏雪林:《新文学研究》(课程讲稿),1934 年,武汉大学印行,第 55~61 页。

有就是生吞活剥、胡乱抄袭西洋剧本。在论述结束时苏雪林这样总结:"郭氏三个叛逆的女性在五四后虽盛传一时,今日已无一读之价值,但恐世尚有嗜痂逐臭之夫,震于其昔日之虚名,误以珷玞为美玉,贻误后学危害匪浅,故特一为论及。"①这里艺术已不是重点,明显属于人格上的攻讦了。至于这种转变,与郭沫若的私人生活应该不无关系。从苏雪林的标准看,他的私生活和郁达夫一样也是糜烂的,所以人格方面的排斥情绪可以想象。对于这样的有影响的"左翼"作家,即使从她个人的性情出发,她也是要批判的。

以人格论文,不独主观,甚至还有流于蓄意诽谤的危险。个人的品格,在不同的个体与社会环境中养成,除非大善大恶者,实际上不易断言。故而苏雪林对所谓"人品不高、艺术又恶劣者如郭沫若、郁达夫等则抨击甚为严厉"之举,和她攻讦鲁迅的人格一样,是最为引起非议的地方。这实际上和政治立场无关,而在于用人格代替了艺术和政治。

尽管苏雪林对茅盾、丁玲等等"左翼"作家欣赏有加,但这些欣赏是属于较为纯粹的艺术领域的。30年代她对"左翼"文坛的对立情绪还是逐渐变得强烈了,在文艺思潮、文坛走势乃至全局性的文化动态方面都有评说,"右翼"立场越发清晰起来。

对于当时"左翼"文坛宣传的"革命文学"、"普罗文学"等主张以及30年代流行的"新写实主义"等创作方法,苏雪林一直是反感和抵制的,并在她的诸多批评作品中通过比较等方式,时时加以讥刺针砭。② 到了1937年初,她对"左翼"文坛的多年积累的怨愤不满在《过去文坛病态的检讨》一文中有了一个集

---

① 苏雪林:《新文学研究》(课程讲稿),1934年武汉大学印行,第252~254页。

② 如苏雪林在《王统照和落华生的小说》一文中,在谈到落华生需要改变"作风"时说:"我所谓改变作风并不是想劝他也走上喧阗叫嚣所谓新写实主义的路,这种被歪曲被利用的路,对中国的将来害不胜言,哪有提倡之必要? 不过文艺创作的道路究竟宽阔,描写民生的疾苦,以促政府的警惕和主义,也未尝不好。以为想拯救民生,复兴中国,非推翻现行政制,改用某种主义不可,那是野心家的别有怀抱,是非常可怕的。"参见《苏雪林文集》(第三卷),合肥:安徽文艺出版社,1996年,第265页。

中的爆发。这篇发表在《文艺》四卷第一期上的文章对过去在"左翼"主导下的文艺创作进行了"清算"。众所周知,她在此文中将"五四"以来的文坛归纳为"色情文化"、"刀笔文化"和"屠夫文化"三个时期,"色情文化"当然以郁达夫为代表,"刀笔文化"是由"鲁迅一手造成","屠夫文化"则是"左翼"文化界与鲁迅相互利用的结果。单是这个结论,就足以让人感受到她的偏执和尖刻了,失去了胡适一派文人们普遍的克制和冷静,这当然是不足取的。这篇文章给人一个非常直观的印象就是:苏雪林在开篇自称文人,只谈文艺。但她却不是从艺术角度去总结过去文坛成就的,而是从人格角度去给文坛各时期及各个代表人物扣帽子的。这样的做法,说明她写作此文时丧失了基本的理性,让愤怒冲昏了头脑。在文章结尾,她将文坛动态完全政治化了,指出所谓"自从中国统一之后,政府威权日趋巩固,共产党势力已日暮途穷,左派文学也就注定了没落的命运,不得不肆意造谣,蛊惑青年,力图挣扎……不过他们诡计多端,野心不死……天下只问目的不择手段的人,原是最不容易对付的!况且左派分子的实力并未丧失,文化领导权还操在他们的手里,他们政治方面的计划虽失败,文化方面的计划还是一样进行,我希望大家对这现象注意"。话已至此,苏雪林的"左翼"文学批评完成了从"人格"到"政治"的转变。虽然她最后又将话题拉回到新文学上,但已经难以掩饰此文的政治动机了。基本上同时期所作的《对武汉日报副刊的建议》一文,也可如是观。

如果说《过去文坛病态的检讨》一文缺乏理性、不值一辩的话,那么稍早的《与胡适之先生论当前文化动态书》(即1936年11月18日苏雪林致胡适的信,载武汉《奔涛》半月刊创刊号)一文,由于讨论的对象是她所尊敬的胡适,则显得理智冷静多了,内容值得仔细分析考量。文中具体详细地论及了关于抗战前夕文化动态的四个方面的内容,分别是:第一,胡适主持的《独立评论》持论过于稳健,难以吸引青年读者,希望刊登针对"左翼"宣传的立论鲜明的文章,以分化青年对于"左翼"和共产主义的信仰;第二,如何从"左翼"文化界手中夺回新文化领导权,这一点是该文的核心观点,也是通篇立论的依据;第三,如何纠正当时流行的"浅薄而谬误"的救国理论,以邹韬奋所办刊物的"向左转"为例;第四,取缔"鲁迅宗教"的宣传。可以看出,苏雪林是基于非常明确的维护国民党南京政府的立场来谈论当时的文化动态问题。所有的矛头最后指向一点,那就是"左翼"文化界在意识形态领域对于文化领导权的控制。平心而论,苏雪林对当时国内文化动态的认识判断是比较清楚的,甚至可以说是清醒与敏锐的。她察觉到"左翼"利用鲁迅等文化界标志性人物、利用诸如《生活》周刊等在一般读者中发行量较大的报刊及抗战宣传来争取青年、进而控制文化界的意图及其实践,这其实极为符合抗战前中国共产党领导下的"左翼"文化界的生存与斗争策略。苏雪林敏感地认识到作为政府代表的国民党政权正在一步步丧失其在国内文化界的领导权,其主要的标志之一是文化界的舆论导向逐渐被"左翼"所控制,而其中之关键,又在于青年之人心所向。苏雪林在文中可以说详尽地表达了她的思考和忧虑,当然也有她的愤激,民族主义的立场在文中显露无遗。撇开表达的方式和态度不谈,身居书斋的苏雪林对时势极为敏感,逻辑思路清晰,思考也相当深入。而且,她还在此后针对胡适回信的"跋"(载《奔涛》半月刊一卷三期)中,对胡适不同意她的某些分析表示质疑,认为胡适不了解国内情况,充分显示了她的顽强和执拗。

至抗战前夕,苏雪林的"右翼"立场已经确立无疑了。

## 二、"反鲁"何以成为"事业"?

苏雪林的"反鲁",已经成为中国现代文学史上的一桩"公案"。"反鲁"是苏雪林漫长一生中所承载的最主要"污点",毫无疑问也是造成她一生坎坷命运的最主要原因,而她竟要把它当作一项"事业"来做。这其中究竟有着怎样的是非曲直,学界近年来也做了一些探讨和相对较为客观的评价,但尚难称之为详尽,也难以说完全公正。当然,苏雪林的"反鲁"行为本身就谈不上多么客观,和她的"反左翼"乃至盲目的"反共"也是难以截然分开的。这是一个人所共知的事实。笔者这里也没有掌握多么详尽的资料和新的刚性的证据,只是为了强调"反鲁"问题对苏雪林评价的重要性,考虑到叙述的需要,将之单列为一个部分进行论述,希望能够作一个较为详细的梳理,并能有所评说。

## 1."鲁迅之所以恨我缘故,我知道"

苏雪林和鲁迅交恶,几乎是苏雪林单方面的行为。鲁迅生前对苏雪林的评价与态度,从现有的资料信息看,只能说几近于无、聊胜于无而已,难以说明鲁迅对苏雪林的确切态度,同样难以解释苏雪林单方面对鲁迅的"恨"。苏雪林的"反鲁",起点到底在哪里? 这是研究这桩文坛"公案"的学者们共同关注的一个焦点问题。寻找苏雪林和鲁迅在中国现代文学史上最早的交集点,从目前学界掌握的资料看,一切似乎只能从1928年夏天的那个宴会开始。

1928年7月7日,以出版新文学作品知名的北新书局老板李小峰在上海悦宾楼宴请一干新文学作家。这些人都在北新书局出版过书籍,包括鲁迅、郁达夫夫妇、林语堂夫妇、许钦文、章川岛等人,在北新书局出版了《李义山恋爱事迹考》《绿天》等书的苏雪林也在受邀之列。[①] 苏雪林似乎去得较迟,因为郁达夫当天的日记中有"席间遇绿漪女士"的记述。据苏雪林在自传《浮生九四》中回忆,当日宴会上鲁迅对她很冷淡,并对冷淡的原因也进行了猜想和记述。[②] 由于缺乏足够资料,具体细节已很难考证。现有的一些苏雪林传记对这一场景进行了演绎,真实度有待考查。但通过比较各方面的资料看,苏雪林在这

---

① 鲁迅在这一天的日记中有这样的记载:"午得小峰柬招饮于悦宾楼,同席矛尘、钦文、苏梅、达夫、映霞、玉堂及其夫人并女及侄、小峰及其夫人并侄等。"此外,郁达夫同日的日记也有关于这次宴会的记载并对苏雪林有较正面的评价,前已论及,此处不再赘述。

② 苏雪林在《浮生九四》中这样回忆:"鲁迅对我神情傲慢,我也仅对他点了一下头,并未说一句话。鲁迅之所以恨我缘故,我知道。他在北京闹女师大风潮,被教育部长革去他那并不区区金事之职,南下到广州及厦门大学转了一遭,因我曾在《现代评论》发表过文章,又与留英袁昌英等友好。鲁迅因陈源写给徐志摩一封信,把他真面目完全揭露,恨之刺骨,恨陈源连带恨《现代评论》,恨《现代评论》连带恨在'现评'上写文的我,遂有那天局面的出现。"参见《浮生九四》,台北:台湾三民书局股份有限公司,1991年,第96页。

次宴会上受到了鲁迅的冷淡,因为这次宴会,她开始改变了以往对鲁迅的那种较为崇敬的态度和看法,大抵是不错的。在此之前,苏雪林积极地在《语丝》《北新》等鲁迅任编辑或熟知的刊物上发表文字,也未见她有任何对鲁迅不满的文字记载。而在此之后,慢慢地就有一些对鲁迅的言行、文章不满或不认同的文字出现了。如前面引述的1930年她在《生活》周刊上发表的《几个女教育家的速写像》一文,虽表示自己未亲身参与女师大风潮,不便评判,但明显不赞成女师大学生驱"杨"运动,对杨荫瑜称赞有加,字里行间表现出对鲁迅等人支持女师大学生运动的言行的异议。可以说,这次宴会是苏雪林对鲁迅态度的一个分水岭。

苏雪林认为鲁迅"恨"她,《浮生九四》中提供的所谓"缘故"是不大靠得住的。由于年事已高,还有一些情感的因素,苏雪林晚年关于现代文学时期的回忆经常有一些错讹。这些错讹经常被人不加辨析地作为历史资料而引用,导致以讹传讹,这已逐渐为研究界所重视。比如她认为鲁迅因她在《现代评论》上发表文章而在那次宴会上冷淡她,在时间上就说不通,因为她在《现代评论》上发文的时间迟于那次宴会,这已在前面论及,不重复。据现有资料看,鲁迅在此之前明确提及苏雪林的文字仅有两次,一是前面提及的宴会当日的日记,另一次则是1928年3月14日在给章廷谦(川岛)的信中提到了苏雪林。信中涉及她的段落是这样的:

> 中国文人的私德,实在是好的多,所以公德,也是好的多,一动也不敢动,白璧德 and 亚诺德,方兴未艾,苏夫人殊不必有杞天之虑也。该女士我大约见过一回,盖即将出"结婚纪念册"者欤?①

信中的"苏夫人"即是指苏雪林。仔细深究,这段话还是包含有一定的信息量的,体现了典型的鲁迅式的幽默讽刺风格。内容分两个层次,首先是所谓苏雪林的"杞天之虑",其次是鲁迅本人对苏雪林的熟悉度。从原文看,"苏夫人殊不必有杞天之虑也",此句应该是指苏雪林在此之前对中国文人的私德或公德表现有过忧虑的表达。至于鲁迅何以知道,无非两种途径:一

---

① 鲁迅:《鲁迅全集》(第11卷),北京:人民文学出版社,1981年,第615页。

是听说,直接听见或间接听说;二是看见相关文字,公开或非公开的。但从后面的内容看,似乎是看见相关文字的可能性更大些。因为"该女士我大约见过一回,盖即将出'结婚纪念册'者欤?"表达的显然是一种不熟悉、不肯定的态度。"结婚纪念册"一语应该出自《语丝》第四卷第九期(1928年2月27日)上所载的散文集《绿天》的出版广告,鲁迅见到是很正常的。从语气看,鲁迅对苏雪林似乎并不熟悉,苏雪林当时只能算是个文坛新秀。至于"大约见过一回",在此前无论是苏雪林还是鲁迅的资料中都不曾有过记载。此句能否理解为仅仅是指鲁迅从《语丝》上见过《绿天》的出版广告"这一回"?在此求教于方家。反推回去,鲁迅看见苏雪林所谓"杞天之虑"的文字的可能性就很大。笔者目前尚没有掌握相关资料,是否可以理解为苏雪林当时公开发表的一篇相关主题的文章,也未可知。这个问题可以进一步考察求证。

最关键的问题是,鲁迅在这段话中表达了对苏雪林怎样的一个态度?由于是私人信件,这段话中的诸如"白璧德 and 亚诺德,方兴未艾"等语,讽刺调侃意味是明显的。这里面的背景是,白璧德和亚诺德(现通译为"阿诺德",英国诗人和文艺批评家)所倡导的文艺批评观都重视作家自身的道德建设,有伦理大于论理之嫌。吴宓、梁实秋等人在引进这"二德"的文艺观念时,都不忘褒奖"二德"和他们自身在道德上的优越感,贬低"左翼"文人在道德方面的一些缺陷。正如白璧德贬低卢梭的作品是因为他认为卢梭个人品格低下,道德恶劣。众所周知,"二德"特别是白璧德的文艺观对作为新人文主义批评家梁实秋的影响是具有决定意义的。此时鲁迅正在和新月派及梁实秋进行论战,[1]所以信中谈及此点,语气的讥刺之意是不难品出的。再来看"苏夫人殊不必有杞天之虑也"一句,笔者觉得就有了嘲讽的意味在里面,这和整段话的语调是一致的。因此,笔者以

---

[1] 鲁迅在《语丝》第四卷第四期(1928年1月7日)上发表《卢梭和胃口》一文,批驳梁实秋在《卢梭论女子教育》一文(载1927年11月《复旦旬刊》创刊号)中的观点,文中说:"上海一隅,前二年大谈亚诺德,今年大谈白璧德。"

为,鲁迅在给章廷谦的这封信里关于苏雪林的态度有一种不熟悉的、略带嘲讽的意味。当然,仅就此信内容而言,是看不出有什么牵强附会的"恨"在里面的。

　　还有一个很重要的关联细节必须提出来讨论,就是有关赠书问题。散文集《绿天》于 1928 年 3 月由北新书局出版,4 月份苏雪林就赠给了鲁迅一本。此赠书见于鲁迅博物馆的鲁迅藏书,其扉页上用黑色钢笔写有"鲁迅先生校正　学生苏雪林谨赠　七、四、一九二八"的字迹,在版权页的留印处还加盖了"绿漪"字样的朱红印章。不过书为毛边,没有裁开,鲁迅显然没有读过。其实鲁迅藏书中还有一本《绿天》,同为毛边但裁开了,有翻过的迹象。这其中的详情难以推究。① 此赠书究竟为面赠还是转赠,也难考察。笔者揣测托人转赠的可能性较大,原因有二:一是苏雪林此前有托人转赠书籍的例子,比如她曾托冯沅君的丈夫陆侃如向梁启超转呈她的《李义山恋爱事迹考》一书。且当时鲁迅刚到上海不久,二人不熟,苏雪林未必就能找上门去;二是如果是面赠鲁迅,苏雪林以学生自居,两人自然有一些交流,那就很难解释当年 7 月份的宴会上鲁迅对苏雪林的"冷淡"了。毕竟这是人之常情。赠书细节显示了此时的苏雪林对鲁迅还是比较尊敬的,有希望进一步交往的意图,至少表面上是如此吧。但鲁迅对《绿天》显然没怎么在意,因为他根本没读过,或者没想去读。鲁迅一向对情感类的女性散文注意得不多,这一点也是一致的。结合前述鲁迅给章廷谦的信的内容,可以看出他对苏雪林的印象不深,态度也比较随意冷淡。

　　我们将上述因素综合在一起,再回到那次宴会上来。苏雪林前来参加宴会,自然有借此结识诸多新文学作家之意,特别是像鲁迅这样的名家。郁达夫在日记中对她的文字评价就很不错,认为她大有冰心的风趣,要知道冰心在郁达夫的心目中可是才女的典范。苏雪林刚以后辈身份给鲁迅赠过自己的新书,按理说鲁迅应该有几句褒奖或揄扬之类,也许她也有这样

---

① 鲁迅藏书中还有苏雪林的两本著作,即 1927 年北新书局初版的《李义山恋爱事迹考》和 1934 年商务印书馆初版的《唐诗概论》。但这两本书中不见苏雪林的题词,鲁迅书账中也未见记载。

的期待,不想她看到的却是鲁迅的冷脸。自尊心极强的她可能视之为一种蔑视或屈辱,从而很容易转化为一种情感上的隔膜和排斥。她本身就是一个极感性的人,特别是在遭遇不公正对待的时候。与此同时,1928年,苏雪林拜访过胡适,得到热情接待;也是1928年,她结识了曾孟朴、曾虚白父子,受到礼遇和极高的夸赞。① 两相比较,情感的转向和取舍是很自然的。这符合苏雪林的个性,符合一般人的情感逻辑,也符合苏雪林当时急于融入新文坛的心态。此后,这种情感态度和艺术标准掺杂在一起,逐步影响着苏雪林对于鲁迅的综合判断,在特定的意识形态环境的影响下,最终走向了对鲁迅的人格和政治的攻评。1929年元旦她在《真美善》杂志上发表的《烦闷的时候》一文,文中尚且自曝给朋友写信时经常引用鲁迅的文字。② 可见这种转变是一个过程。

多年以后,苏雪林在《浮生九四》中将自己"反鲁事业"的起点归结为鲁迅对她的"恨",显然是失真的,也缺乏历史事实的支持。也许她始终难以释怀的只是鲁迅当初对她的才情的轻视和冷淡。至于"反鲁"和"反左翼"甚至"反共"走到一起,和苏雪林后来意识形态立场的形成密切相关。但"反鲁"的源头和起点,也许只是这样一个和双方当事人的个性都有关联的情感态度。这就是历史的偶然与必然。那些脱离个人生活实际的、基于各种动机和理由的分析和演绎,包括苏雪林自己的某些回忆和说法在内,都很难说符合文学史要求的客观。这对苏雪林和鲁迅来说都是不够公正的。

## 2. 从"情感"偏好到"人格"评价

许多人认为,1936年底至1937年上半年,苏雪林在鲁迅

---

① 曾孟朴对苏雪林的旧诗功底称誉有加,1928年冬曾题二诗送苏雪林:"此才非鬼亦非仙,俊逸清新气万千;若向诗坛论王霸,一生低首女青莲。""亦吐风雷亦散珠,青山写集悔当涂;全身脱尽铅华气,始信闺中有大苏。"可见一斑。

② 苏雪林:《烦闷的时候》,《无花的蔷薇——现代十六家小品》(阿英编校),石家庄:河北人民出版社,1991年,第145页。

去世后爆发性、集中性的"反鲁"带有突然性,让人觉得意外和难以理解。因为她似乎不久前,例如1934年,还在推崇、赞颂鲁迅的小说创作,怎么突然就翻脸至水火不容了呢?还是那句老话,没有无缘无故的爱,也没有无缘无故的恨。只要仔细梳理一下30年代前半期苏雪林的文字,还是能够发现一些她对鲁迅态度转变的轨迹的。

那次宴会以后,苏雪林对鲁迅的情感认知应该发生了变化,那种希望接近并获得认可和揄扬的心态可能就逐渐消失了。与此相应,从她的保守的道德立场出发,她对鲁迅参与的一些社会活动就不太可能从正面的角度或积极的意义上去理解。前面已经论及的1930年她的《几个女教育家的速写像》一文,就对女师大学潮表示了异议,维护鲁迅称之"寡妇主义"的女师大校长杨荫瑜的言行和举措。该文中还引用了杨荫瑜的侄女杨寿康给她信中的话:"我们只须凭着良心,干我们认为应该干的事业,一切对于我们的恶视、冤枉、压迫,都由它去,须知爱的牺牲,纯正的牺牲,在永久的未来中,是永远有它的地位,永远流溢着芬芳的。"态度不可谓不鲜明。这就是一例。笔者以为,这里面包含的倾向性和选择已经超出了情感的范畴,而进入了道德和人格的领域,即支持、弘扬自己所认为的正义合理的事业,脱离了简单的"爱"或"恨"的情感范畴。在后来的《与蔡孑民先生论鲁迅书》一文中,她的这一观点得到了强化。

1932年,苏雪林在武大开始从事"新文学研究"课程教学,也开始撰写相关新文学作家作品评论。该年,她写作了《周作人的思想及其影响》一文,这本是一篇演讲稿。① 在此文中有这样一段话,照录如下:

  他(指周作人,笔者注)与乃兄鲁迅在过去时代同

---

① 苏雪林1934年12月在《青年界》第6卷第5号上发表《周作人先生研究》一文,该文前面有一段题词,题词中有"两年前在某处演讲《周作人的思想及其影响》,留下了这篇稿子。……所以略为增减,将它发表了"等语,落款处日期是"民国二十三年国庆日",因此可以推知这篇演讲稿写于1932年。当然,苏雪林说明《周作人先生研究》一文是在对《周作人的思想及其影响》一稿"略为增减"而成,如果所引段落内容恰属于增减的部分,则应当形成于1932~1934年间。

称为"思想界的权威"。现在因为他的革命性被他的隐逸性所掩盖,情形已比鲁迅冷落了。但他不愿做前面挑着一筐子马克思,后面担着一口袋尼采的"伟大说谎者",而宁愿做一个坐在寒斋里吃苦茶的寂寞"隐士",他态度的诚实,究竟比较可爱。①

这段话明里是说周作人,暗里是讥刺鲁迅,甚至不能说是"暗里",因为所谓的"前面挑着一筐子马克思、后面担着一口袋尼采的'伟大说谎者'",很显然是指鲁迅,而且直指鲁迅早期推崇尼采式个人主义、后期思想却走向"左倾"的事实。"伟大说谎者",显然是在进行人格的贬低了。同时,她说周作人"态度的诚实,究竟比较可爱",比较意味明显,意在坐实鲁迅"说谎者"的身份。"谎"者,欺骗迷惑、蛊惑人心之言辞也,"说谎者"自然是品格低下、居心叵测之人。这里意指鲁迅担当"左联"旗手,为"左翼"宣传助威。一个"谎"字,充分表达了苏雪林对鲁迅的人格的质疑,并且已经内含了她对"左翼"文坛的对立态度。现代批评史的经验是,文艺批评一旦进入到人格领域,就很难再维持一种纯粹的风格批评,而且普遍隐含了一种修辞暴力的风险。

许多人都熟悉苏雪林于1934年11月5日在《国闻周报》第十一卷第四十四期上发表的《〈阿Q正传〉及鲁迅创作的艺术》一文,该文以《阿Q正传》为例,对鲁迅的小说艺术可谓推崇备至,在阿Q形象的分析方面更是条分缕析、细致周详。她在文中还说:"像鲁迅这类文字,以旧式小说质朴有力的文体做骨子,又能神而明之加以变化,我觉得很合我理想的标准。"②读者往往会感到困惑,为何苏雪林在1934年尚对鲁迅如此推崇,而到了1936年底则对鲁迅大加挞伐了呢?苏雪林在文末说:"关于这位作家的思想,我愿意保留到《论鲁迅杂感文》里再说。现在只能就此收束,免得野马跑到题目范围以外去。"有的人根

---

① 苏雪林:《周作人先生研究》,《苏雪林文集》(第三卷),合肥:安徽文艺出版社,1996年,第236页。
② 苏雪林:《〈阿Q正传〉及鲁迅创作的艺术》,《苏雪林文集》(第三卷),合肥:安徽文艺出版社,1996年,第289页。

据惯性的思维,认为她对鲁迅的杂感文应该也是积极肯定的,起码是持正面态度的。可是在 1937 年 3 月 15 日武昌《文艺》月刊第四卷第三期上,我们看到的却是那样一篇认定鲁迅"阴贼的天性,在孩提时便显露了"的《论鲁迅的杂感文》。这其间思维和情感跳跃的跨度是如此之大,如何解释? 笔者在苏雪林任教武大时的《新文学研究》课程讲义中找到了相关答案。

《新文学研究》课程讲义第二编"论小品文"中的第二章"'讽刺派'与'幽默派'",第一个论及的便是鲁迅。苏雪林以鲁迅为"讽刺派"小品文的代表,对鲁迅的杂感文字进行了相对小说来讲则尖锐得多的评价:

> 作者(指鲁迅,笔者注)的创作小说颇带"虚无哲学"的色彩,而杂感的精神则大半积极。他不像他老弟作人先生一样对中国的前途和民族悲观,他还是抱着新青年"思想革命"的宗旨。他说他知道那古老坚固的堡垒不容摧破,但愿意在黑暗中时时闪着匕首的光,使同类者知道有人还在进行攻击。他又说养成思想革命的战士而后去和中国传统思想决胜负,这种意见实在迂远渺茫,可悲可叹,但他认定了"除此没有别的办法"。……在《热风》里和《华盖集》里有许多文字宛如高山峻岭的空气那砭肌的尖利,沁心的寒冷,几乎使体弱者呼吸不得,然而于生命是极有益的。这与尼采的风格很有些相近,无怪人家要喊他为"东方尼采"了。①

这些文字是对鲁迅的杂感文进行正面肯定的,和时人对鲁迅杂文的评价也保持了一致。然而后面的大量文字就是负面的了。因篇幅较长,这里简录如下:

> 但是作者自《华盖集》以后便掉转攻击中国腐败文明的笔锋施之于个人或一个团体了。他那引绳批根,絮絮不休;他那"散布流言"、"捏造事实"、"放冷箭"种种手段使用得太多而露出的破绽,都使读者烦

---

① 苏雪林:《新文学研究》(课程讲稿),武汉大学,1934 年印行,第 114~115 页。

腻、反感①。他把牛刀去割鸡固然可惜,而因此露出自己"不近人情"的性格,失去读者的同情则更为可惜。

文学无非作家个性的表现,不管是谁读了鲁迅的杂感,都觉得这位作家的性格是那么的阴贼、巉刻、多疑、善妒,气量偏狭,复仇心强烈坚韧,出处令人可怕。

……

他所有的杂感从《华盖集》起至于最近的《两地书》,百分之九十九在攻击那些正人君子,大有"逃进棺材还要拖出戮尸之慨"。《两地书》其文字之辛辣阴毒,尖酸刻薄,及深文周纳,任意罗织之处,我也不及一一举例了。总而言之,都是性情巉刻的表现。

他的多疑出乎寻常情理之外。人家固得罪他不得,恭维他也是"公设的巧计",用精神的枷锁来束缚他的言动的。"不但恩惠,连吊慰都不愿受。老实说吧,我总疑心是假。"《狂人日记》闻狗吠则以为对他吠,赵贵翁看他一眼则以为有阴谋,其兄与人偶语则以为商议着要吃他的肉,虽是描写狂人心理,也就是我们作家自己性格的流露。或谓鲁迅所患乃"迫害狂",一半是根于天性,一半则小时困厄的环境造成,检查鲁迅性格,不得不以为然。

……

这样"睚眦必报"阴险狠毒的性格,给青年影响当然说不上好字。十年以来新文坛忮刻之风大炽恐怕都是鲁迅煽动的。长虹之推刃于他,使人联想到"逢蒙射羿"的喜剧。所以鲁迅的杂感文除了几篇以外,其余则正如陈西滢所说"看过了就该放进应该去的地方"。②

看了这些文字,就可以判断出1937年的《论鲁迅的杂感

---

① 此句的原文为"都使读者烦腻挑读者反感",似是印刷有个别字的疏漏,笔者略加修改,使原意畅通。
② 苏雪林:《新文学研究》(课程讲稿),武汉大学,1934年印行,第115～117页。

文》从何而来。但根据《新文学研究》课程讲义的印刷时间来推断,这些文字当写于1932至1934年间,这是可以确定的。也就是说,当苏雪林在《〈阿Q正传〉及鲁迅创作的艺术》这样的文章中称誉鲁迅的时候,她对鲁迅人格的不满也在日益滋长。两种标准,两种态度,很矛盾地融合在她的身上。鲁迅去世后,苏雪林爆发出的"反鲁",其实是后一种标准和态度的爆发,并不是不可思议的。当然,她的时间点选择是大有问题的,所谓的"鞭尸文章"之说也因此而来,她也必须承受这样的评价。如果上述这些文字在鲁迅生前就公开刊出,以鲁迅的性格,会有什么样的反应,她不可能考虑不到这种引火上身的后果。这在一定程度上反映了她的怯懦。恰恰如此,她的"反鲁"文字就不可能获得真正的认同和理解。

上述文字中的激烈态度和是非曲直我们暂且不论,因为其中的学理性实在不足。读者会发现苏雪林的重点并非放在鲁迅的杂感文,而是在他的人格上。激烈地攻击鲁迅的人格,是上述文字的主要内容,然后在此基础上否定鲁迅的杂感文。但是,在同一篇文字中,苏雪林的艺术感觉并未丧失。基本否定了鲁迅的杂感文,苏雪林却又将《野草》放在其后,从艺术角度进行了赞美。对于《好的故事》一文中的风景,她这样描述:"看到这样风景的人是幸福,读着这样文字的人更是幸福。因为世间不乏这样的风景却很少人能够这样写。还有雪,风筝,腊叶等都是温度比较暖和的作品,文字也甚为美丽。"①看来,苏雪林并没有丢掉她的艺术标准。只不过一旦进入到人格的领域,她便难以控制自己的情绪,任自己尖锐的言辞肆意喷发,攻击别人的同时也扭曲了自己的批评形象。她何以如此贬低鲁迅的人格?也许鲁迅的人格不无瑕疵,但她任意放大了这种瑕疵。是什么导致她如此的怨愤?是自身传统保守的道德观?是自以为真理在握的"正义的火气"?还是仅仅因为试图接近权威而遭受的挫折与屈辱?也许兼而有之吧。

---

① 苏雪林:《新文学研究》(课程讲稿),武汉大学,1934年印行,第118页。

## 3. 高潮："人格"与"政治"的纠结

众所周知，鲁迅去世后，1936年底至抗战爆发之前，苏雪林因为陆续公开发表了《与蔡孑民先生论鲁迅书》、《与胡适之先生论当前文化动态书》等文章而公开了她极端的"反鲁"姿态和主张，同时也迎来了她对鲁迅之情绪宣泄的高潮，一时为世人所瞩目。当然，引来大量非议和恶评也是难以避免的。① 其中，从单纯的"反鲁"层面看，《与蔡孑民先生论鲁迅书》一文是重中之重，集中表达了她对鲁迅的人格批判，并进一步从对鲁迅的人格批判走向对"左翼"的政治批判，标志着苏雪林从"反鲁"开始走向"反左翼"和"反共"。

《与蔡孑民先生论鲁迅书》写于1936年11月12日，后刊于《奔涛》第一卷第二期，全文以批判鲁迅为唯一内容，意在劝阻蔡元培参加鲁迅治丧委员会。文风尖锐泼辣，汪洋恣肆。全文分三个部分：

"一曰鲁迅病态心理，将于青年心灵发生不良之影响也"。从女师大风潮入笔，揭发鲁迅对所谓"正人君子"及对胡适的长期的无端攻击，对青年心理产生极不利之影响。"夫青年者，国家之元气，民族之命脉，而亦先生所爱惜珍护，逾于头目心肝者也"。呼吁蔡元培重视鲁迅对青年教育事业的危害。

"二曰鲁迅矛盾之人格，不足为国人法也"。认为鲁迅受青年爱戴在其"左倾"，而他思想虚无悲观，却以革命战士和青年导师自居，盘踞上海文化界，并非真心相信共产主义为中国民族出路，实为名利而已；认为鲁迅以反帝战士自居，却和内山完造等日本人来往密切，对于"逼我最甚之日本帝国主义独无一矢之遗"。"李大钊革命革上绞台，陈独秀革命革进牢狱，鲁迅革命而入内山书店，此乃鲁迅独自发明之革命方式也"。

"三曰左派利用鲁迅为偶像，恣意宣传，将为党国大患也"。指出鲁迅去世，"左翼"和社会各界隆重纪念，广为宣传，致使鲁迅之影响为"左翼"用来宣传赤化思想，危及政府威权和稳固。

---

① 较详细的情况可参考王锡荣:《鲁迅生平疑案》中"苏雪林为什么骂鲁迅"一章，上海辞书出版社，2002年，第365～384页。

"而国难如此严重,吾人亦正需要一内可促现代化之早成,外可抵抗强敌侵略之中心势力"。"且观左翼宣传之剧烈,知其志不在小"。力劝蔡元培不要参加鲁迅治丧委员会,以免自身威望为"左翼"所利用,助长"左翼"之声势。

不难看出,苏雪林在文章中先是否定鲁迅的人格,理由即在于鲁迅人格产生了恶劣影响;然后进入政治意识形态领域,从维护国民党政权的角度,指出"左翼"利用鲁迅的影响危及政府威望。而此时国家现代化正在进行,且外敌入侵,国难当头,国家政权亟须稳定。抛去内容的是否合理、客观以及情绪性的表达不谈,苏雪林的逻辑还是比较清楚的:由个人到群体,由人格到政治,根本不涉及对鲁迅的文艺评价。一旦涉及政治领域,她的民族主义的立场就清晰地显露出来了。在30年代,涉及诸如鲁迅、胡适这样的文化名人的人格问题,很难不牵涉意识形态立场。其实苏雪林对"左翼"的宣传理论和共产主义并没有下过多少功夫,对现代政党政治也没有什么兴趣,批评非常浮泛,翻来倒去就那几个名词。她真正在意的还是鲁迅,以及鲁迅所"庇护"的"左翼"对当时文化界的垄断。作为一个"右翼"的文化人,虽然困居书斋和大学讲台,她对抗战前夕的文化动态还是保持了一份清醒和敏感。

1936年11月18日,苏雪林致信胡适,此信即后来公开发表的《与胡适之先生论当前文化动态书》,此文前面已经论及,不重复。但信中"关于取缔'鲁迅宗教'宣传的问题"部分,值得再提。苏雪林写此信的一个重要原因,是希望借胡适主持的《独立评论》的版面来发表她的反鲁文章。此部分除了将鲁迅的影响上升为"鲁迅宗教"外,对鲁迅的人格攻讦,并没有提供新的内容。但其中的"所以'鲁迅宗教'的宣传,政府方面似乎不能坐视"一句,不免让人触目惊心。如果说此信的基本观点是立足于文化动态分析和文化论争的话,那么这一句就是呼吁政治权力介入、干预文化问题,让人难免从中察觉出政治恐吓的味道,实在不值得提倡。尽管她是从维护国民党政权稳固的立场出发,胡适基于自由主义的政治和文化立场,在回信中并没有给予回应,反而认为她夸大了"左翼"文化界的力量,批评了她攻击鲁迅的"旧文字的恶腔调"①。对苏雪林来说,她对问题看得很准,但她的身份却限制她公开使用这些带有文化专制意味的表达。她只是一个文人教授,因此在"左翼"的眼里只不过是借政治恐吓以济文化批评之穷罢了。

此后的几个月里,苏雪林连续写了《理水与出关》、《论鲁迅的杂感文》、《说妒》、《富贵神仙》、《论偶像》、《论污蔑》、《论是非》、《过去文坛病态的检讨》、《对武汉日报副刊的建议》等等杂感文章,有的公开刊出了,有的被刊物拒绝了。这些文字对鲁迅进行了或深恶痛绝(如《论鲁迅的杂感文》、或嬉笑怒骂(如《富贵神仙》)、或旁敲侧击(如《论偶像》)的抨击,反复抨击的对象只有一个焦点,就是鲁迅的人格,至于政治和艺术的因素反倒不怎么涉及了。她从各个角度和层面,收集了各种或言之凿凿、或道听途说的材料,展示了她泼辣恣肆的文风,将鲁迅的人格贬低到无以复加的地步。这些文字大多缺少学理性,也没有多强的意识形态性,让人感觉她好像是在发泄自己的情绪。一个人内心的怨愤得到宣泄之后,心境在某种程度上会归于平稳。抗战爆发后的十余年,苏雪林基本没有再提及鲁迅。直到1948年,她替善秉仁主编的《中国现代小说戏剧一千五百种》写了《当代中国小说和戏剧》的长文,在其中的"小说"部分中第一个论及了鲁迅。② 由于时代的原因,该节文字对鲁迅作总结的意味明显,但基本沿袭了之前的思路和做法:在艺术上对鲁迅的作品加以推崇,在人格与政治层面对鲁迅加以抨击。在中国现代文学即将迈入新的历史时期时,我们看到的还是一个矛盾的苏雪林。

### 4."反鲁"能否成为"事业"?

苏雪林1952年去台后,在台湾特殊的政治环境里面,在50

---

① 关于苏雪林与胡适这几封通信的评价,笔者在《民族主义与自由主义视域中的文化领导权问题——对苏雪林与胡适关于文化动态问题通信的考察》一文中有详细的评析,载《安庆师范学院学报》(社科版)2011年第8期。

② 此节内容请参考笔者根据英文版《中国现代小说戏剧一千五百种》相关章节翻译的译文,详见本书附录中"鲁迅"一文。

年代后期重拾"反鲁"旗号,先后写了《与共匪互相利用的鲁迅》、《对战斗文艺的我见》、《琵琶鲍鱼之成神者——鲁迅》、《新文坛四十年》、《学潮篇》等"反鲁"或间接"反鲁"的文章,极力夸大鲁迅在共产党夺取内地政权方面所起到的作用,呼吁在台湾禁止鲁迅影响的传播。在对鲁迅本人的攻讦方面仍是人格贬低加政治讨伐的翻版,没有提供什么新意。而对于共产主义,则每写文章必安上"反共"的尾巴,以至于遭到时人(如卢月化)的批评。这些文字基本上属于政治上的跟风、应景文章,没有多少学理价值。60年代初,因为胡适的去世,苏雪林因悼念胡适的文章而牵涉出了一段直接关乎她"反鲁"历史的"文坛往事辩伪案",和寒爵、刘心皇等人陷入"反鲁"和"拥鲁"的论战之中。她的"反鲁"言辞、姿态和动机受到彻底的质疑,让她大为光火,也让她方寸大乱、仪态尽失。此后一度远赴南洋。[①] 1966年,时值鲁迅逝世30周年,苏雪林写了长文《鲁迅传论》和《我对鲁迅由钦敬到反对的原因》,再将以往的"反鲁"文章加以整理、修订,第二年以《我论鲁迅》之名结集出版。此书于"文坛往事辩伪案"之后出版,向台湾文艺界彰显自己"反鲁"的姿态、决心的意味十分明显,同时也试图对自己的"反鲁"的完整思想进行总结。但是此书的主要内容除了将以往的观点炒了一遍冷饭外,在当时的政治氛围中,完全陷入到了对鲁迅的情绪化的人格谩骂和政治攻讦中,是她的"反鲁"姿态最激进、情绪最激烈、表达最偏激的一次,也是给读者印象最差的一次,可以视为她"反鲁"行为的顶点。此后至去世的三十多年间,苏雪林基本没有什么关于鲁迅的专论文章了,在《中国二三十年代作家》和《浮生九四》这样的必须涉及鲁迅的著作和回忆录中,也只是文字的重复而已。

苏雪林在《我论鲁迅》一书的自序中这样说:"反鲁几乎成了我半生的事业。"笔者倒以为,此话在当时有很强的政治表态意图。在台湾"戒严"时期,像她这样有激烈反鲁历史的人,将"反鲁"进行到底就是最好的政治表白。其实,我

---

[①] 详情参见古远清:《发生在台湾"戒严"时期的文坛往事辩伪案》,载《鲁迅研究月刊》,2000年第1期。

们对她的所谓"反鲁事业"大可不必较真。一般来说,大凡所谓"事业",应该是值得个人或群体在相当长的时间内为之持续钻研奋斗的目标。苏雪林身兼作家、学者、教授三重身份,这三者都可谓她的"事业",都让她毕生为之殚精竭虑,而"反鲁"则未必了。首先,她公开"反鲁"的时间不对,选择在鲁迅死后,只能说明她的怯懦,惹人非议。而且,她的"反鲁"断断续续,并没有一以贯之,缺少对待"事业"的那种信念上的坚持。其次,她的"反鲁"缺少足够的理性。她的姿态和话语虽然激烈但偏执,主要集中在鲁迅的人格上,缺少梁实秋、苏汶、胡秋原等人"反鲁"的学理性和说服力,一味谩骂显然不是高明的方法,不能服众,反而缺少真正的批判力。第三,苏雪林的"反鲁"是矛盾的,即反鲁迅的思想人格而不反他的小说艺术。从正面的意义上来理解可以说她坚持真正的艺术标准,但毕竟妨碍了她"反鲁"的整体性。其实真正地进入鲁迅的艺术世界是离不开对他的思想人格的理解的,苏雪林在对鲁迅的小说艺术作高度评价的时候,已经内含了对鲁迅思想人格的部分认同。所以在面临相关质疑的时候,苏雪林很难解释清楚,只能在姿态和立场上作反复的宣扬。

"反鲁"和"反左翼"、"反共"一样,在苏雪林的人生中都具有较强的个人性和情绪性。我们不能说苏雪林以"反左翼"、"反共"为她的"事业",只能说是她的政治姿态和立场。她的"反鲁"也是姿态大于理念和信仰的。一般人的感觉是,由于缺乏真正的理论支撑,苏雪林通过"反鲁"体现的意识形态立场是非常偏执的,尽管她很执着,甚至不乏真诚,但终归不是一种信念上的坚定。鲁迅并不是一定不可"反"的,但不是她这样的"反"法。她无法做到她的精神导师胡适那样的温和和理性,无法控制心中所谓"正义的火气"。她不是一个社会政治活动家,而是一个文人。她并没有通过"反鲁"文字表达出她的政治理想或信念,甚至是文学的理想和信念。所以在20世纪前半期的"右翼"知识分子中,苏雪林很难具有代表性。她经常说自己从"五四"时代唯一继承的就是"理性",而"反鲁"作为一种非理性的行为和负面因素,在相当的程度上扰乱了她的思想方法,颠覆了她的文坛形象,也深刻影响并改变了她的人生路径。

这其实是中国现代文学史上一件可惜、可叹的事情。

## 三、意识形态幻影中的"别一种真诚"

全面考察苏雪林保守的为人处世和寂寞的教授、学术生涯,相信许多读者都会产生许多的疑问:诸如意识形态立场对苏雪林来说到底意味着什么?对意识形态立场的偏执的坚守给她的人生究竟带来了什么?她究竟有没有建立起自己明确系统的政治信仰?如何认识她的"反鲁"、"反左翼"和"反共"的真实心态和动机?她的"反鲁"对于鲁迅研究到底有无正面的意义?等等。关于这些问题,在关于她漫长人生的有限的历史资料中,苏雪林给我们展示的种种可能性仍是矛盾的、模糊不清的。但有一点是清晰的,就是无论"反鲁"还是"反左翼",苏雪林的主要笔力都是集中在"人格"上。在批判对方的道德品行方面,苏雪林总是下笔有如涌泉,文气酣畅,左右逢源,充分展现了她在论辩方面的才力。可见她的兴趣焦点在于此。从这一点出发,也许能够找到上述诸多疑问的症结。

### 1. "人格"评价与意识形态的幻影

看过苏雪林的"反鲁"文字的读者都知道,个人道德和民族国家立场是她所标举的两面主要旗帜,但她基本的批评策略还是人格批评,表现为一种道德义愤。这一点又颇具中国传统文化的色彩。受儒家文化传统的深刻影响,中国文人历来推崇"立德"、"立功"、"立言"的"三不朽"价值观。从"三不朽"呈现的逻辑层次看,"德"为先,"功"次之,"言"又次之,有明显的价值高低层次的区分,表现出一种尊道德而轻言说的价值倾向。中国古代文人论文时,更为重视作家的人品,尤为重视作家的个人品行和人格气节。所谓"文如其人","人"是标尺,具有决定文风甚至艺术品行高低的关键意义。宋赵孟頫出仕元朝后,其书法被时人贬斥为"奴书"、"俗书"、"软媚无骨",即为极端一例。苏雪林无疑具有深厚的传统文化修养,她在"反鲁"文字中对鲁迅人格的攻击,追本溯源还是儒家文化重视作家品行道德这一传统的潜移默化的影响。

　　站在国家民族的立场上,以一种表达道德义愤的方式来对鲁迅进行人格批判,显示了苏雪林的批判策略的机智。因为在30年代,"关于作家人格道德的价值期许和关于民族国家的集体想象,不但能附和国人的传统心理,能响应时代社会的迫切需求,而且更重要的是可能得到权力的支持"①。苏雪林选择了蔡元培、胡适这两位在道德文章方面堪称楷模的典范,在信中将中国文人历来注重的道德人格结合时代热点问题大加阐发,力求引发他们的共鸣,似乎也彰显了中国文人所看重的维护现有国家政权的爱国精神。出乎她意料的是,她对鲁迅的高起点的道德批判并未能引起时人的呼应,她想从蔡元培和胡适那里获得权威的支持也没能如愿,反而招来"左翼"如潮的恶评。事实证明,人格评价如果建立在个人情感和想象的基础之上,极易演变为语言修辞的暴力。道德义愤就会转变为人身攻讦,从而失去其合理性,也就从基础层面颠覆了位于其之上的民族国家的立场。苏雪林的《与蔡孑民先生论鲁迅书》即是极典型的一个例证。

　　30年代特别是抗战以后,苏雪林拥蒋反共的政治立场很清晰,但她关于政治立场的表述往往和关于文艺、文化的表述掺杂在一起,和她对新文学作家的臧否褒贬掺杂在一起。也就是说,她很少写过或者说基本没有独立的政治论说文(去台以后所写的一些应景文章除外),顶多是一些形势分析文,而且往往和历史分析联系在一起,显露着她的民族主义情节。作为一个深受"五四"影响的文化人、天主教徒,苏雪林终生以教书为业,没有加入任何政治组织(她去台后也没有加入国民党),也没有担任任何公职,始终保持了一个基本独立的知识分子的本色。如果说苏雪林是一个政治人物,或者说她对政治有什么动机和意图,是缺少足够的历史事实作为依据的。她的人生经

---

① 张霞:《苏雪林在1930年代的反鲁——以苏雪林致蔡元培、胡适信为例》,《苏雪林面面观——2010年海峡两岸苏雪林学术研讨会论文集》,哈尔滨:黑龙江人民出版社,2011年,第213页。

历充分说明了这一点。

透过现象来看本质,苏雪林真正介入的并非政治活动,而是意识形态光圈笼罩下的国共两党都力图控制的文艺界的是非恩怨,这一切最初起因于她个人的是非判断和道德认知。她对政治缺乏真正兴趣,但对艺术以及基于艺术而产生的人格纠纷却有浓厚的兴趣。在她的认知结构中,似乎是人格大于政治,而艺术似乎又大于人格。对于那些人格高尚者,她基本不去涉及其政治取向,如陈独秀;对那些她以为艺术才华卓绝者,则基本不去涉及其人格取向,如穆时英。唯独鲁迅是个例外。她一方面称誉他的艺术,另一方面则诅咒攻击他的人格。在这个结构中,人格评价在艺术和政治之间充当的似乎是中介的角色,又直接影响着她的艺术和政治评价的客观程度,对郁达夫是典型的一例。鉴于此,人格评价在苏雪林的文艺活动和政治表态中有着风向标的意义。至于真正的政治意识形态,对于她来说只不过是一个似近实远的幻影而已。

苏雪林在《浮生九四》中记述过1948年她参加国民党南京政府国代选举的事情。据现有资料看,这似乎是苏雪林现代文学时期唯一的一次参与"政治活动"了。

> 民国三十七年国代选举在南京举行。武大韦润珊教授,劝我和袁昌英报名竞选。我说听说竞选立委和国代都须用上几亿金钱(那时法币贬值甚剧,寄封平信都须花上几千的邮资),我是个穷教书匠,有什么钱可花?韦说现在因时局不稳,大家都惧怕,不愿参加这类竞选,教授名额尚空着,你二人去一定可被选中,一文钱都不必出。兰子尚在犹豫,我怂恿她道:"这种烂羊头、灶下养式的国代,本不在我们意中,不过若选得上就去南京玩一趟,放棹莫愁湖,跨驴去栖霞赏红叶,有何不美?"兰子被我说动了,也就报了名,有韦润珊觅得校中同事二十余人作保,便将选票寄去。①

---

① 苏雪林:《浮生九四》,台北:台湾三民书局股份有限公司,1991年,第153~154页。

此事后因苏雪林为成全袁昌英当选而选择放弃作罢。从中我们不难看出苏雪林的文人意气,对所谓的政治活动和政治身份并不在意。而她后来的主动退出,也可见一斑。所谓"放棹莫愁湖,跨驴去栖霞赏红叶"的寄情山水,却能代表她这样一个"穷教书匠"的情怀,和她的文艺身份以及一贯的作风都是一致的。寄情山水和著书立说,在苏雪林的生命中占有绝对重要的位置。

虽然政治立场对于苏雪林的人生观来说并不具有多么重要的意义,也并没有对她的文艺观产生多么重要的影响,但对苏雪林的实际人生路径却产生了众所周知的深刻改变。她因为自己的激烈的"右倾"而付出了惨重的人生代价。三四十年代她因为自己的"反鲁"、"反左翼"、"反共"言行而在文艺界屡屡碰壁,几乎弄成了孤家寡人。对于这一切,国民党当局并没有什么像样的表示。1949年,国民党撤退台湾,由于名望不够,她并不在国民党"考虑"的范畴之内,没有人关心她的去留。倒是中国共产党方面有所挽留,托其老师陈钟凡做她的工作,慰其"高才硕学",并表示"反鲁"问题无人计较;并通过南京金陵女大校长吴贻芳为她谋得金陵女大的教授之职,甚至连聘书都寄给她了。此后,武大校方也曾派李孺勉、蒋师道二人赴她任职的香港真理学会,劝她返校,并作安全保证,甚至劝她研究一点马列主义毛泽东思想。① 她主要还是担心安全问题,最终没有回内地,而再次去了法国。她1952年赴台,还是向王世杰求助而申请获得的旅费资助。去台任教后,也并未获得什么特别的优待。在台湾期间,她也曾迎合当局写了一些偏激的反共文章,参与了岛内体制内的学术活动,但在组织上始终还是保持了与国民党政权的距离。深究原因,可能还在于思想领域的深层次原因在起作用。

我们都知道,理论并不是苏雪林的特长。她不仅对"左翼"革命文化理论和共产主义缺乏系统的研究,对国民党的三民主

---

① 苏雪林:《浮生九四》,台北:台湾三民书局股份有限公司,1991年,第164～166页。

义和民族主义文艺理论也语焉不详,没下过什么功夫。她的著述中从来缺少系统的理论色彩强的文字,而以感性见长。从一个"右翼"文化人的角度出发,她对30年代的文化动态虽也有过清醒的判断,但对于那种动态和局势而言,她并非真正的局内之人,而是一个旁观者。从这个意义上说,意识形态立场可能解决了她在当时的文化归属问题。因为当时国共文化阵营已处于对垒之势,她向来爱憎分明,充满"正义的火气",不屑于作中间派和骑墙派,身处于"右翼"文化群体,自然要表明立场态度。然而这种立场态度背后,虽不乏现实经济、社会等方面的依据以及个人的情感选择,如抗战前社会经济的发展、民族危亡的压迫、她对胡适的拥戴等,但毕竟缺少系统的社会政治理论的支撑和真正的政治实践,这是很关键的因素。她拥有的只是新文学创作和学术实践。因此,她对国民党南京政权的支持,就很难说来自一种坚定明确的政治信念,更别说一种政治信仰。就信仰而言,别忘了,苏雪林还是一个天主教徒。相较于和政治人物的交往而言,她和教内人士的交往更加频繁,也更加真诚自由,如善秉仁、方豪等。她可能有时难以忍受繁缛的教会仪式,却从未背叛过自己的宗教信仰。

苏雪林的意识形态经历对于她来说既是一种幻影,也是一种历险。在穿越了艺术、人格和政治之后,她似乎重新回到了原点:一个新文学作家,一个教授,一个学者。这也正是她20年代后期重返新文坛时开始获得的身份。具有悲剧意味的是,她并没有真正从艺术、人格领域融入政治,而后者却彻底改变了她的人生。

## 2. "别一种真诚"?

这里再次引用一下国内鲁迅研究专家王富仁在其相关研究文章中评价苏雪林攻击鲁迅的一段话:

> 她(指苏雪林,笔者注)的《与蔡孑民先生论鲁迅书》是迄今为止对鲁迅施行的最激烈、最全面的攻击。但在这里,我认为应当提醒两点:一、苏雪林作为一个女性作家,对鲁迅的个人道德感到更难理解,是有其性格根源的。正如李长之曾经指出的,鲁迅的作品,

特别是杂文,具有鲜明的男性化的特点,在世界观和人生观相同的情况下,苏雪林较之胡适、梁实秋更不易接受、理解和原谅鲁迅属于正常的人生现象;二、苏雪林对鲁迅的攻击极直接而又激烈,同时也显示着她的一种真诚。显而易见,她的这些观点也正是不少同类知识分子的观点,不过她更真诚些,更不顾及自己宽容中庸的道德外表,因而她把同类知识分子的看法公开发表出来,为鲁迅研究提供了许多需要解决的有价值的问题,从另外一个角度讲对鲁迅研究的发展是有促进作用的。时至今日,她提出的问题还是鲁迅研究者所需要回答的问题,这就是一个证明。①

这段话也是笔者迄今为止看到的对苏雪林的"反鲁"所持的最宽容的、最富深度的"正面"评价,"真诚"这个词语尤为惹人注意。众所周知,苏雪林恶评甚至是谩骂鲁迅之人格,同样也引来无数对她之人格的恶评和谩骂,所谓"犬吠"(许寿裳)、"泼妇"(李何林、王冶秋等)、"人头而畜鸣"(何满子)等等,不一而足,显示出双方都不宽容的文化心态。有当下学者认为:"苏雪林女士是内地鲁研界知识分子的一面镜子,她的不宽容也映照出了我们自己不宽容的卫鲁面孔。"②此语实在是有点诛心之论的味道,确实值得那些始终以鲁迅之是非为是非的人们深思。话说回来,王富仁作为国内知名的鲁迅研究专家,能够指出苏雪林的"反鲁"有其性格根源、属于正常的人生现象及其观点的"真诚",却是为人们从"正面"理解苏雪林的意识形态冒险提供了相当有勇气的视角。他能这样判断,首先就显示了他自己态度的真诚。

从所属的文化阵营看,苏雪林虽有文化保守主义和民族主义倾向,却身处于 30 年代的英美派自由主义知识分子

---

① 王富仁:《中国鲁迅研究的历史和现状》(连载三),载《鲁迅研究月刊》,1994 年第 3 期,第 39 页。
② 杨文军:《作为镜子的苏雪林:两岸知识分子思维结构的面相》,《苏雪林面面观——2010 年海峡两岸苏雪林学术研讨会论文集》,哈尔滨:黑龙江人民出版社,2011 年,第 59 页。

群体。她显然不同于胡适等英美派自由主义知识分子的理性、沉稳与内敛。用王富仁的话说,当时对鲁迅有非议的自由主义知识分子不少,如胡适、梁实秋、陈源等等,"而在观点的明确性上,当以苏雪林的言论为代表"①。苏雪林应该不是一个爱出风头的人,但她的新文艺批评却偏偏惹起两场大风波,一次是"呜呼苏梅"事件,一次就是"反鲁"了。她犀利尖刻的言辞固然令人着恼,更兼她执拗不服输的个性。"反鲁"问题首先是有着很重要的性格根源的,敏感与自尊的、渴望获得权威认可的苏雪林在鲁迅面前感受到了被无视的屈辱,自然对鲁迅的人格道德颇有微词。因为鲁迅的文坛地位和文学成就,这种来自内心的怨愤在崇尚理性、平和、稳健的胡适派自由知识分子阵营中一时难以抒怀,日积月累自然扩展,和对"左翼"阵营文化扩张的不满以及民族主义情绪的累积结合在一起,苏雪林于鲁迅去世之后找到了一个爆发点。需要提出来讨论的是,如果撇开意识形态的因素不谈,从苏雪林个人的角度看,这种从累积到爆发的过程是很自然的,很符合她的性格。从她的相关文字看,也符合她的思维发展和认识过程。换而言之,苏雪林之攻击鲁迅是可以从她的性格中找到部分源头的,并非一般人眼中的不可理喻,用王富仁的话来说属于"正常的人生现象"。当然,这并不意味着我们认可、赞同苏雪林的"反鲁",而是想理清她的"反鲁"动机。前文分析过,苏雪林自身并不想向政治靠拢,也看不出她想借"反鲁"、"反左翼"来获得什么名利的意图。她也没有联合其他"右翼"人士一同行动,而是孤军作战,孤军作战到底。那么,除了支撑她行动的执拗的个性之外,我们能否从她的"正义的火气"中找到一些或者只是局部含有客观性、真理性的东西,来支撑对于她的"真诚"的评价呢?

王富仁认为苏雪林对鲁迅的攻击最激烈且最全面,是因为苏雪林抛开了一般英美派知识分子一向推崇的宽容中庸的道

---

① 王富仁:《中国鲁迅研究的历史和现状》(连载三),载《鲁迅研究月刊》,1994年第3期,第39页。

德外表,而且她的观点可能集中代表了其他同类知识分子对鲁迅的观点。也就是说,苏雪林只不过用完全否定的、尖锐乃至尖刻的语言说了其他"右翼"知识分子想说而未说的话而已。①鉴于鲁迅的文坛地位,这在以前是从未有过的事。王富仁是研究鲁迅的专家,他认为苏雪林提出的问题至今还是鲁迅研究者需要回答的问题,明确肯定了苏雪林的《与蔡孑民先生论鲁迅书》客观上对推动鲁迅研究的价值,这在鲁研界很需要勇气。苏雪林丝毫没有掩饰自己的观点和情绪,她从"病态心理"、"矛盾人格"、"偶像宣传"三方面对鲁迅进行猛烈抨击,义愤填膺,难免有文辞失当、判断失误、论述失察之病,为时人所不屑。但她在当时提出的一些问题,如女师大风潮评价问题,鲁迅晚年思想"左倾"和"左翼"的宣传策略问题,鲁迅对顾颉刚等的人身攻击问题,鲁迅对待日本军国主义的态度问题,以及鲁迅去世后基于政治目的被"偶像化"问题等等,迄今为止在鲁研界都还是存在不同的声音。尽管鲁迅及其思想的捍卫者们不断宣称早有公论,不屑再辩,但新的声音也在这些领域不断出现。问题还是老问题,这倒从反面说明了苏雪林当年对蔡元培提出这些问题时,心中似乎觉得真理在握,因而在言辞上咄咄逼人,攻伐凌厉。问题的逐渐"老化",说明客观上确实存在一些争议,至少需要认真、坦诚地去面对,能经得起时间和历史的检验。可能在某一历史时期,这些问题潜隐了,但在别的时期又会抬头。这些问题有的事关时局,有的则属于人格和生活细节。现代评论派的正人君子们不想谈、不愿谈、不屑谈,苏雪林却一锅

---

① 这里仅举一例,胡适在给苏雪林的回信中引用了《与蔡孑民先生论鲁迅书》中使用的一个很不好的词:"狺狺"。狺者,犬吠之声也。在《与蔡孑民先生论鲁迅书》中原句为:"青年对彼等之信仰完全失去,且随鲁迅狺狺吠其后矣。"在胡适回信中原句为:"鲁迅狺狺攻击我们,其实何损于我们一丝一毫?"其实,鲁迅去世后,胡适曾应许广平之请,为出版《鲁迅全集》而积极接洽商务印书馆王云五,可谓尽心尽力。后来许广平也致信胡适感谢他"鼎力促成","功德无量"。(参见散木《于无声处听惊雷——鲁迅与文网》,百花洲文艺出版社,2002年版,第474~475页。)胡适与鲁迅显然是不相容的,但他的原则和风度不允许他像苏雪林那样随心所欲地逞口舌之快,这似乎也是新月派绅士们的共同的风格。

端了出来,端的很彻底。她的心直口快和无所顾忌,相较于温文尔雅的胡适、梁实秋、陈源们的高姿态,从性情方面来说,也不失为一种"真诚"。

胡适在针对苏雪林《与蔡孑民先生论鲁迅书》、《与胡适之先生论当前文化动态书》的回信中,不仅批评了苏雪林对鲁迅的"旧文字的恶腔调",还不同意苏雪林对抗战前夕文化动态的分析,对"左派"的宣传和组织力量不以为然,对她提出的国共两党之间文化领导权之争亦不以为然。事实证明,胡适显然过于乐观了。苏雪林后来在《奔涛》半月刊一卷三期发表了专门答复胡适回信的《跋》,致谢之余反驳了胡适的观点:一是"左倾"青年容易受"叛国主义"的蛊惑,对于基础尚处在风雨飘摇之中的国民党政权来说,政府机构尚不健全,因此"统治思想,似更为实际所需要";二是胡适因不在国内,对中国共产党支持的"人民阵线"的"叛国企图"和影响难以察觉。而今"西北赤焰,又有成为燎原之势","容共"问题尾大不掉,皆是国人鸵鸟思维使之然;三是"一班鲁党将鲁迅人格装点得崇高无比,伟大绝伦,则我们对于他的人格污点实有揭发之必要"。可见苏雪林并没有完全听从胡适信中的意见和教导。她一向是以胡适为思想导师的,但当她自觉真理在握时,胸中燃烧的"正义的火气"促使她表达了自己的坚持。站在她的立场上,她应该是"真诚"地在为国民党政府考虑,为国民党政权担忧,帮助南京政府分析形势动态,甚至出谋划策,以至于提出了"统制思想"这样的有违"五四"新文化运动基本精神和现代民主社会之思想自由原则的建议。这和秉承自由主义的胡适极力倡导的英美民主政治理想无疑是相违背的,根本上显示出民族主义和自由主义视域中"右翼"知识分子在 30 年代关于文化领导权问题的不同态度。①

平心而论,苏雪林对当时国内文化动态的认识判断是比较清醒的。她察觉到 30 年代中国共产党领导下的"左翼"文化界

---

① 丁增武:《民主主义与自由主义视阈中的文化领导权问题——对苏雪林与胡适关于文化动态问题通信的考察》,载《安庆师范学院学报》(社科版),2011 年第 8 期。

的斗争策略,即利用鲁迅等文化界的标志性人物、通过诸如邹韬奋的《生活》周刊等发行量较大的报刊以及大量的抗战宣传来争取青年,进而控制文化界的思想导向,为政治实践活动服务。例如,据王彬彬考察论证,1936年声势浩大的鲁迅丧仪正是中国共产党及其领导的上海"左翼"文化界精心组织筹划的一场政治运动。① 苏雪林始终认为"左翼"的文化活动包括对鲁迅的宣传本质上是共产党领导组织的政治活动,对统一国家的现代化和抵抗日本侵略构成现实威胁。她在《与胡适之先生论当前文化动态书》和《跋》中紧紧扣住邹韬奋和《生活》周刊的影响及其命运为例,始终强调京、沪各大报刊在舆论导向上的风向标作用,应该说具有相当的现实说服力。胡适基于自身的政治与理论自信,当然不会接受苏雪林的观点。但苏雪林的民族主义情结已经变得相当的固执(也许还包括她个人的情感好恶),胡适已经很难动摇她的判断和立场了。

值得提及的还有一点,苏雪林在《跋》的最后有这样一段话:"我这封信(指《跋》,笔者注)早已成明日黄花,没有发表的价值,但胡先生信中有些话,必得此信而后明,所以勉强附刊于后。"很显然是针对胡适在回信中的批评及相关判断而言的,并含有对前者的解释、补充甚至纠正之意。可见苏雪林坚信自己的判断和立场,即使对自己崇敬的胡适,也绝不轻言放弃,颇有一点"吾爱吾师,吾更爱真理"的味道。这也是一种"真诚"吧。

在30年代政党政治和多元意识形态思潮纠结的氛围中,"右翼"知识分子内部与"左翼"一样,有并不单一的政治取向和关注视点。无具体的政治身份与政治动机而坐守书斋如苏雪林者,关注的核心和焦点还是文化问题,但如苏雪林一般如此敏感且态度激烈者,似乎少之又少。文化领导权问题,本身就连接着政治,在30年代更可作为政治斗争的晴雨表来看待。"左翼"对鲁迅进行过度偶像化,进行文化领导权的争夺,引起"右翼"知识分子普遍反感,又很正常。不能说苏雪林的"反鲁"等行为没有情感宣泄的成分,如要寻找什么真正的思想动机的

---

① 王彬彬:《作为一场政治运动的鲁迅丧事》,《往事何堪哀》,武汉:长江文艺出版社,2005年,第217~229页。

话,苏雪林的"真诚"主要源自她并不宽广的民族主义情结,正如她后来的毁家纾难、捐金抗战。她在抗战中的创作也是佐证。这似乎已为她的历史所证明。

## 结 语

## 未完成的评述

  时至今日,对苏雪林作一个重新的全面评述,似乎仍然是一件很困难的事。尽管时代进步有目共睹,政治意识形态的坚冰已经松动并逐步融入社会文化舆情之中,个人的言说空间已经有了相当的拓展,但面对复杂的苏雪林,诸种原因的掣肘依然存在,并将在较长的时间里继续存在。苏雪林与中国现代文坛的关联,是重评苏雪林的一个最重要组成部分,当然也是基本的前提。如果以1949年为界限,将苏雪林的漫长人生分为前后两个时期的话,前半期是苏雪林在中国现代文坛大放异彩的时期,她的一切荣辱、一切恩怨、一切悲欢都源于这个时期,形成于这个时期。至于后半期,她去台后则说:"49年后我就死了,不存在了。"这一方面固然反映了她对自己政治选择之后果的认知,另一方面也显露了现代文学时期对于她的文学人生不言而喻的意义。通过全面评述苏雪林在现代文学时期的文学贡献,试图为她在现代文坛进行重新定位,从而重评苏雪林,这是本课题、本书的写作初衷。不过即使只是现代文学三十年,笔者觉得在面对这位皖藉另类才女时,依然留下了一时难以弥补的缺憾。

  对苏雪林研究来说,苏雪林在中国现代文坛的定位问题,是一个不断提及、不断评说而又始终难以尘埃落定的老问题。自90年代苏雪林研究升温以来,这个问题一直悬而未决。如果仅就某一方面,如她的散文评价来说,问题可能比较简单些。因为我们可以撇开意识形态、传统审美规范、个人情感偏向等等方面的因素,考虑客观的艺术水准和读者影响,也有一些较为客观的数据可以利用。而综合起来考虑,这里面就包含了多重立场的博弈,涉及一些敏感的甚至是利益层面的东西,问题就变得复杂了。

　　由于中国现代文学的生成本身就潜伏着与生俱来的政治化传统,1949年后,学术研究更被纳入意识形态构建的轨道。这种传统是如此的根深蒂固,学界在体制内单凭自身的力量难以完全摆脱,更不用说还有那些主观上认同甚至依附这种传统的人存在,还有那些宗派主义者的存在,还有那些至今尚未脱离造神事业或者以继续造神为生的人的存在。苏雪林的相对孤独的存在,客观上为这些人提供了共同的标靶。攻击苏雪林似乎是方便的、容易的、正当的,既不会招致多少反击,也可以找到很多冠冕堂皇的理由。所以90年代以来,在部分肯定她的同时,对她的攻击也如影随形。很少有人会像王富仁那样从女性的角度出发来肯定苏雪林的"真诚"。"宽容"是我们当下所需要的一种批评品质,而政治恰恰是不易"宽容"的。邵建在他的《20世纪的两个知识分子:胡适与鲁迅》一书中集中谈到了胡、鲁之间的"宽容"问题:鲁迅提倡"明确的是非",坚持"一个都不宽恕";胡适对那种所谓"正义的火气"保持了足够的警惕,是主张宽容的,所以他在信中批评了苏雪林激烈的"反鲁"言论。苏雪林不宽容的"反鲁"乃至"反共",招致"卫鲁"人士和意识形态捍卫者们长期不宽容的对待,是双方共同的思维使然。苏雪林以胡适为"圣人",在李何林等人的眼里,鲁迅何尝不是圣人呢?[①] 出于某种捍卫圣贤先哲的现实的或者精神的需要,人们往往对论敌的观点缺乏基本的理解和同情。这个死结一直难以彻底解开。

---

[①] 1939年,李何林在其著作《近二十年文艺思潮论》的序言中写道:"有人说,'孔夫子是封建社会的圣人,鲁迅则是新中国的圣人。'那么,我也可以说,埋葬鲁迅的地方,是中国新文学界的'耶路撒冷';《鲁迅全集》中的文艺论文也就是中国新文学的'圣经'。"他的弟子王富仁说:李何林先生始终是"以鲁迅的是非为是非,以鲁迅的爱憎为爱憎"的。参见王富仁的《鲁迅研究专家李何林》,《励志学刊》(文学卷),北京:学苑出版社,2008年,第302页。

韩愈在《原道》一文中谈到他所在唐代时的思想状况时如是说:"其言道德仁义者,不入于杨,则归于墨;不入于老,则归于佛。入于彼,必出于此。入者主之,出则奴之;入则附之,出则污之。"要建立起上述的理解和同情,必须打破这种"入主出奴"的政治和文化偏见,达到兼容并包、取长补短之境界。苏雪林在思想文化方法上虽偏激,但并不以胡适之爱憎为爱憎,也尚不至于以国民党之是非为是非。① 能否脱离"圣人"和"政治"的引力,尝试去理解和同情论敌的观点及其形成的缘由,确实值得学界广泛的反思和检讨。就苏雪林而言,建立理解的角度并不是没有,女性的角度、民族主义的角度等都可介入。当然,想要突破新中国成立以来大量的、长期的从事"教义"宣传的中国知识分子们的思维定式,也是一件很难的事情。

苏雪林之惹人不喜,还有传统审美规范和习惯的原因。在中国现代知识分子的心目中,才女的言行举止应该向冰心看齐。冰心的"意在言外,文必己出,哀而不伤,动中法度",追求"文字的典雅、思想的纯洁",在郁达夫等人眼中才是历史上一切才女的标准。这是典型的中国式的才女观。与冰心人生的静谧和完满相对照,苏雪林的率真和残缺的人生当然引人侧目,甚至避而远之。要想中国现代知识分子改变这种审美标准和欣赏立场,在今后的相当长时间内仍无可能。这注定了苏雪林的另类,也注定了"冰雪聪明"难有花开并蒂的可能。苏雪林所代表的文风也将继续作为"冰心体"的"支流"或"补充"而存在。这不是政治意识形态的问题,而是民族审美传统的问题;不是艺术水准高低的问题,而是读者个人感情偏向的问题。在文风的温柔敦厚方面,她甚至难敌凌叔华。坚忍、执拗、阳刚、豪放这些本来属于男性的风格质地与性格因素,无疑影响了她作为女性作家对于读者的吸引力,甚至会妨碍专业研究者的判断,尽管这肯定不是她的全部。

还有一点属于真正意义上的客观原因,也可能部分影响了

---

① 苏雪林去台湾后曾美化过蒋介石。到了晚年,她私下对国民党的批评日益增多和激烈,如 1994 年 11 月 18 日在日记中就有:"如日中天的运气,已被蒋介石作尽耶"等语。

对她的深度评价，就是研究资料的缺乏。从现代史料学的角度出发，学者谢泳提出"一般说来，传记不如年谱，年谱不如日记，日记又不如第一手的档案"的观点，可谓精当。目前市场上的几本苏雪林传记，多限于普及的层面，除个别领域外，有陈陈相因之弊，对苏雪林的深度研究的价值已经不大。目前尚没有详尽的苏雪林年谱，只有几个简谱年表。苏雪林有常年记日记的习惯，可惜她1948年10月以前的日记（除1934年外）均已散佚，无法找寻。这对探索她现代文学时期的内心世界是关键的，这一缺失使得很多文学史的细节原貌都无法再现。① 至于第一手的档案资料，学界出现的并不多，一个重要原因是学界对苏雪林还未给予足够的重视，导致相关资料没有被充分发掘。另一个大的方面就是对苏雪林在现代时期各类作品的发掘。有些散佚作品在一些传记中已有比较详细的记录，但一一寻找并不容易。有的报刊已经缺失，有的原始资料可能集中在某些研究者手中，但使用并不广泛。除了像《苏雪林文集》这样的通行本外，内地学界占有的资料可能远不如台湾的详尽。地理和意识形态的隔阂，使得这些资料尚难以完全流通共享。况且，这其中还存在着历史缝合的困难。

　　行文至此，笔者产生了这样一个感觉：也许这其中还大有主观的原因。在某些人的眼中，苏雪林这种人是不值得如此大费周折地去研究的。他们根本不想也不屑于去发掘有关苏雪林的文献资料，来为这个另类的、偏执的女人作重新评价，甚至是"涂脂抹粉"。这里面还是有一个基本的价值判断的，有一个先入为主的观念。苏雪林为善秉仁的《中国现代小说戏剧一千五百种》所写的长文《当代中国小说和戏剧》，在某种程度上是苏雪林对中国现代文学大势的脉络梳理，表达了她的基本观点，是一份非常有价值的史料。该文在当时被北大教授蒯淑平译成英文后，至今无人译回，即是一例。

　　笔者在这里想列举一个似乎不相干的往事。1982年，鲁迅长孙周令飞为了爱情，冲破重重阻挠，毅然去台湾和恋人张

---

① 苏雪林去台后的日记已经被台湾成功大学搜集整理，结集为《苏雪林作品集·日记卷》（15卷）于1999年出版，后增补1卷，总计16卷。

纯华结婚,并留在台湾。由于受多方挤压以至于找不到工作,在台北街头靠卖爆米花为生。即便如此,他也没有放弃。显然,爱情超越了意识形态。在对待苏雪林的问题上,我们能否找到一个能超越意识形态的媒介或突破口,来化解20世纪文学史留给我们的这个困惑呢?

历史进入21世纪后,在文化全球化的大背景下,多民族国家族群文化之间的和解与其内部的多元生态的平衡逐渐成为可能。中华文化新世纪以来面临着一个复兴的机遇,而其一个重要的前提就是海峡两岸政治、文化的和解与融合。这对苏雪林研究来说无疑是一个机遇。苏雪林作为曾经受到"左派"激烈排斥、极度拒绝的赴台知识分子,内地学界对她的接受程度在某种意义上起到了一个风向标的作用。撇开胡适不论,苏雪林在这方面的典型性要远远超过其他赴台的知识分子作家如梁实秋、叶公超、台静农、胡秋原、陈源、苏汶、黎烈文、林海音、余光中等人。对苏雪林的真正接受,则意味着海峡两岸文化界曾经在意识形态领域的对立开始逐渐成为背景。海峡两岸的文化和解需要多层面的沟通交流,苏雪林研究则有可能成为其中的一座文学桥梁。1999年和2010年,海峡两岸学术界联合举办了两次苏雪林学术研讨会,期间还包括多次以苏雪林研究为内容的两岸写作交流活动。在文学观念的碰撞和求同存异中,政治意识形态的坚冰开始溶解。我们当然有理由期待,在最坚固的障碍瓦解之后,对苏雪林的重新认识终会有水到渠成的一天。

在文学的层面,自20世纪80年代中期钱理群、陈平原等人倡导"重写文学史"以来,中国现代文学史的"去意识形态化"就开始了。时至今日,政治意识形态框架已经从中国现代文学史的叙述结构中撤出了,但长期以来政治意识形态主导下的主流文学史观念却依然在支配、影响着现代文学史的重构。这种观念上的烙印在推崇权威和圣贤的传统文化语境中相当长时间内都是难以平复的,在特殊时代条件下还有可能强化。而在当下民族多元文化共同繁荣的背景下,文学内部的多元生态的平衡逐渐成为文学史构建的一个新的共识和方向。这种新的平衡需要突破以往文学史的主体思维架构,输入新鲜的审美经验，发掘曾经被意识形态遮蔽的文学史实，以及那些主潮掩盖下的暗河潜流，以求形成百花齐放、多元互动、和谐共生的文学生态局面。苏雪林能否正式进入中国现代文学史并拥有一席之地？学界能否在平等的审美层面上来讨论"冰雪聪明"（冰心和苏雪林）对中国现代文学特别是现代女性写作的意义？在某种程度上，这可以视为构建这种符合多元生态平衡理念的文学史模型的标志之一。

"此生欲问光明殿，知隔朱扉几万重？"苏雪林应该是 20 世纪一位执着于追求她自己观念世界中的光明和真理的知识分子。只是在追求的过程中，她的个性和思想主张，有意无意地将她自己和别人的思维导向一种不自由的境地。当她在写作、批评和论辩中极力促成一种不宽容的思想文化氛围时，她也就为自己设置了一个难以摆脱的不自由的枷锁和陷阱。除非她彻底放弃自己的这种追求。否则，她就会和所有同类追求者一样，最终将在这种枷锁和陷阱中丧失自身思想的独立与自由。当然，这一点同样适用于那些习惯于以攻击苏雪林为己任的意识形态领域的"卫道者"。苏雪林在去世前的几年，她的思维的这种僵硬程度有所缓解。人类心灵深处那种永恒的故土之思弥漫开来，这位百岁老人在人生的最后阶段宽恕了她想象中的"仇敌"。同时，也宽恕了她自己。

中国现代文学史终将记住苏雪林的名字。这一点应该是可以预期的。

## 附录一

# 鲁迅（译文）

无论何时提到中国现代小说,我们都必须承认鲁迅的先驱者地位。尽管他最有价值的作品只有两部小说集《呐喊》和《彷徨》,然而这一点足够确立他在现代中国文坛第一流的、最受尊敬的地位。他的《狂人日记》于民国七年(1918)在《新青年》上发表,小说从体裁、题材、基调到所要表达的观念,都是如此特别,令人感到惊奇不已。作品给那个时代的青年带去巨大的兴奋与刺激,促使他们在思考中抛弃了旧观念的桎梏、吸纳新的语言形式来表达他们的思想。此后,《阿Q正传》在《晨报》的文学副刊上发表,小说的主角只是绍兴乡下的一个无业游民,然而他却传达出了深植于中国社会普通民众内心的人性缺憾。其风格是如此生动、鲜明、诙谐机智和令人愉悦,征服了无数读者。

除了上述作品外,《呐喊》、《彷徨》中最好的短篇故事也许还包括《风波》、《故乡》、《社戏》、《孔乙己》、《祝福》、《肥皂》等。在这些作品中,鲁迅展现了描绘农村生活的才华。他笔下众多的人物都来自于自己家乡绍兴的一个小村庄,他们的形象都是非常鲜活、生动而令人信服的。

在鲁迅去世之前,他的另一部小说集《故事新编》出版了。这是一部取材于历史生活的短篇小说集。不管怎样,鲁迅在作品中对话题对象所采取的轻率无礼的态度,暗示了他的创作精力即将面临的衰退。考察鲁迅,我们同样应该对记录了他的怀旧情绪的小品文给予足够的重视。这些作品无论在技巧还是态度方面，和他的短篇小说都是不同的。也就是说，在这两个方面他是具有原创性的，而且，他的风格简洁有力，在思想的深度和艺术魅力的持久性方面也是不可模仿的。

鲁迅的笔曾经被誉为外科医生的手术刀，但外科医生的手术刀针对的是人的肉体，鲁迅的笔指向的却是人的心灵。对于人性的缺陷他毫不妥协地去表现，他能发掘出我们心灵最深处的隐秘和我们竭尽全力想要掩盖的软弱。他认为人类总体上是邪恶的，每个成员则是自私的，即使这其中有一些品格较好者，他们也只是虚伪的伪君子。

他对那些自诳者进行了精心的审视，揭示了他们动机的堕落。他通常不介意以尖酸刻薄的笔去毁灭一个人，也不介意挖空心思、深文周纳去陷害一个人。正因为如此，他暴露出一副典型的"绍兴师爷"的面孔。

你很难从鲁迅的小说和其他文章中发现真正的慷慨大度、慈善心肠或者利他主义，但你会很容易从中找到冷漠和残忍。他作品中的每一句话都像一个恶毒的诅咒，每一个措辞都像恶魔龇牙咧嘴的狞笑。

由于鲁迅早年的成长环境和他自己的个人才智并不完美，人们认为他也许变成了一个悲观主义者，无论是他的思想还是情感都整个地充满了不健康的因子，反射出现代中国的病态灵魂。

由于政治的原因，鲁迅已经被"左翼"分子偶像化了，被作为当下时代的导师和伟大的文学作家推上了文坛的宝座。当他在民国二十五年（1936）去世时，全国各地的文艺界都展开了关于他的狂热宣传，那些对他的夸张性的颂扬累计起来会达到数百万言。这个国家的痴迷而无知的年轻人将这个神经过敏的人视为东方的伟大圣贤，给予他的荣誉一点也不低于古代典籍中伟大的贡献卓越的孔夫子。其实，他只不过是这个不合理世界中的一个有才能的作家而已。

至于那些鲁迅认为反对自己观点的人，他采用他称之为"围而歼之"或"猎狐"的战略，召集他的朋友和同伙加入到这一围猎之中，直到他的猎物完全被消灭为止。他还采用另外的紧紧咬住不放的攻击方式,类似于叭喇狗的攻击策略,这种方法他使用了许多年,他自己也没有意识到。鲁迅对付他的文艺界敌人的方法还有揭露隐私、散步谣言、背后偷袭、蒙蔽视听等等,这些手段都被他运用到了极致。所以,他被他的敌人们称为"文学土匪"也是很自然的事。

中国共产党认识到鲁迅使用的上述方法用于政治目的是非常有效的。因此,中共采纳了同样的方法用于文艺界的宣传鼓动,产生了立竿见影的效果。差不多所有的年轻作家要么受恫吓,要么被收买,进入他们的阵营,成为他们队伍的组成部分。至于那些阅历丰富、声名显著的作家,他们要么通过威吓手段逼迫其认同中共的信条和宗旨,要么对这些作家采取敷衍拉拢的态度,允许他们维持一种靠不住的独立性。因此,差不多没有人有勇气来公开对抗他们。中国的整个现代文艺运动变成了中共的垄断经营,一家独大。

现在情况变得很清楚了,在接下来的章节里,除了关于"左翼"文学的评述之外,其他的作家作品将难以构成任何实质性的内容。

抗日战争之后,中国共产党将他们对于文艺界的控制扩展到了作为整体的、更宽广的文化领域。他们,连同被他们吸纳为自己的喉舌与代言人的鲁迅,必须要为当下公共意见领域诡辩术大行其道、黑白颠倒、是非不分、正在陷入无休止争论的可悲状态负责。

一个民族的心理与灵魂的外在表现形式有序而和谐,我们称之为文化。这种和谐有赖于一个健康的社会组织联合体的支撑,但时下的中国似乎正在忍受分裂格局的痛苦。一个悲哀的情势是,它将不可遏止地带来更深重的苦难。当一个民族失去了她赖以维系的信仰时,一个拥有不正常的精神吸引力的领袖,其产生的危险影响无论怎样夸张也不过分。比如希特勒的例子,他通过独裁将德意志民族推向了几乎毁灭的境地。就鲁迅来说,他拥有严重的迫害欲,其产生的不良后果将对后来者产生如影随形的影响,思之令人忧惧不已。

注：此段译文是笔者根据苏雪林撰写的长文《当代中国小说和戏剧》中的"鲁迅"一节翻译，限于水平有限，表达不尽准确，原文请参见法国神父善秉仁1948年主编的《中国现代小说戏剧一千五百种》(英译本)，第V—VII页。

# 狂飙运动(译文)

当下中国喧哗骚动、如沸水般翻腾不已的诸种思潮、观念在前面的章节里已经做了简要的考察。和过去几十年中国的政治历史如出一辙,作为一个整体的"现代文学运动"的走向也令人困惑。多重的压力正在挤压着我们,从不同的方向撕扯着我们,其最终的结局令人难以乐观。一般情况下,我们面临的这些难题可能没有解决的方案,因为它们太庞大了。然而,至少有一些作者能够勇敢地正视他们面临的难题与困境,他们当中的一些人已经在新文学的传播中崭露头角,在中国新一代读者群中流行的新小说和新戏剧里,他们已经留下了自己的名字。

根据我们不得不面对的、以轻重不一的程度呈现的这些问题,我们也许可以将"现代文学运动"描述为两个阶段。在1930年"左联"成立以前,文学运动主要表现为语言的战争。只要旧经典的文风仍被视为受到特别推崇的秘密准则,大众的文学就难以成为可能。假如没有类似的"文学革命",将一种理性的公民权利推广至那些正在新式学校里学习读写基础知识的学生阶层那里,整个革命将毫无意义。我们不得不创造一种新的语言形式来表达这个时代的思想财富,这个巨大的使命突然降临到这个民族身上。

不过1930年以后,意识形态问题比语言问题受到了更多的重视,因此我们拥有了一个革命文学时代。保守主义者将对这个时代里极端主义者的表演痛心疾首,但是这个时代的拥趸者也无法阻止另外一些作家对个体和民族的缺陷抱有个人的仁慈胸怀,而他们以此为傲。拥趸者同样无法阻止他们不屈不挠地坚持对个人权利的追求,无法阻止他们勇敢面对生活的沧桑和苦难,而且,无法阻止他们继续毫无物质动机的写作。毕竟,在当下的中国,差不多已经没有作家能靠写作来维持自己的生活。

对于我们的外国朋友来说,一个最后的事实不可忽略。在一个农业占主导地位的国家,农民已经因为一连串的战争走向破产;工业生产不成体系,贫弱不堪;社会结构体系或者分崩离析,或者销声匿迹。所有知识阶层的文化生活成为一种奢华,然而,这恰是值得我们不惜一切、全力以赴去追求的。对文学的忠诚弥散在我们呼吸的每一缕空气中,这正是我们抛弃枷锁、获得自由后所继承的儒家文化传统中最具有持久力的部分。

不过,在今天,几乎很少有写作者像关注社会改革一样全神贯注于他们独特的个人风格的养成。易卜生在中国广受欢迎说明了这一点,假如萧伯纳独具的英式幽默没有超出一般中国读者的理解力,他在中国也将拥有大批追随者。自由选择自己生活伴侣的权利只在少数受过教育的人那里得到勉强的承认,在这样的国家,婚姻始终是个难题。妇女们要从旧时代的附属地位中解放出来,孩子们要从家长的专制权威中解放出来,民众要求获得自由的教育,工人们要求分享政治权利,这些维多利亚式的难题和追求自由恋爱、无政府主义者的胡言乱语以及源于法律法规乃至于政府自身的非法拘禁缠绕在一起,形成了一种怪异的社会模式。

现代中国作家被赋予了各种头衔和称号,他们是名副其实的无神论者、唯物主义者、实证主义者、理性主义者、虚无主义者、不可知论者、虐待狂、怀疑论者、自由思想者以及没有虔诚之心的庸众。然而,他们的写作却是出于一种纯粹的、对文学的热爱,或是被一种力图改善人性的强烈欲望所驱使。他们秉持的理想主义是出自本能而且无意识的,他们提出的解决方案通常都是极其不切实际的,并且是可悲的缺少克制的。

然而,这些咆哮尖叫、张牙舞爪的乌合之众的喧哗骚动,这种极度的人心涣散、支离破碎,这些苦难,都不应被视为一种旧文化的垂死的痛苦,而是一种新文明分娩前的阵痛。抛弃这一切,值得我们期待的事物也许就要诞生。

  注:此段译文是笔者根据苏雪林撰写的长文《当代中国小说和戏剧》中的最后总结部分翻译,限于水平有限,表达不尽准确,原文请参见法国神父善秉仁1948年主编的《中国现代小说戏剧一千五百种》(英译本),第LVII—LVIII页。

# 与蔡孑民先生论鲁迅书

孑民先生道席：

昔在里昂，曾瞻□范，前于鄂渚，又侍麈谈，维躬康邕，颐养冲和，长扶大雅之轮，永为多士之范，为欣为颂。比者鲁迅在沪逝世，鲁党推先生主持其葬仪，上海各界成立鲁迅纪念会，又推先生及宋庆龄女士为筹委，方将从事盛大宣传。先生太邱道广，爱才若渴，与鲁迅旧谊颇深，今为之料理身后诸事，亦复分可当为。顾兹事虽小，关系甚大，林窃有所见，不得不掬诚为先生陈之，幸先生之垂听焉。

一曰鲁迅病态心理，将于青年心灵发生不良之影响也。鲁迅在"五四"时代，赞助新文化运动，诚有微劳，然自女师大风潮之后，挟免官之恨，心理失其常态，转其笔锋，专以攻讦三数私人为事，其杂感文字自《华盖集》至《准风月谈》约十四五种，析其内容，攻击彼个人所怨之"正人君子"者竟占百分之九十九。其文笔尖酸刻毒，无与伦比，且回旋缴绕，百变而不穷：知青年之憎恶特权阶级也，则谓"正人君子"为特权阶级之帮闲者；知青年之憎恶军阀也，则谓"正人君子"为军阀之哈巴狗；知青年之憎恶帝国主义也，则谓"正人君子"为帝国主义之勾结者之代言人。青年憎恶之对象屡变，则鲁迅笔锋所周纳之"正人君子"罪状亦鲁迅屡变。后又推广其攻讦之范围，以及胡适先生，曰"高等华人"，曰"伪学者"，曰"王权拥护者"，曰"民族利益出卖者"，曰"杀戮知识阶级之刽子手"，甚至深文曲笔，隐示其为"汉奸"，为"卖国贼"，含血喷人，无所不用其极。于是"正人君子"

及胡适先生在鲁迅"信手枭卢喝成采"神技操纵之下,体无完肤矣。青年对彼等之信仰完全失去,且随鲁迅而猎猎吠其后矣。夫女师大风潮,曲直谁在,为公所知,借曰直在鲁迅,而曲在"正人君子",计亦非不共戴天之仇,引绳批根,至十余年而不已,果胡为者?且胡适先生从未开罪于彼,徒以与其所怨之"正人君子"接近,又以学问名望,较彼为高,足以撩其妒恨,是以烹老鼋而祸枯桑,连胡先生一并卷入旋涡。似此褊狭阴险,多疑善妒之天性,睚眦必报,不近人情之行为,岂惟士林之所寡闻,亦人类之所罕睹,谓其心理非有甚深之病态焉,谅公亦难首肯。今日青年崇拜鲁迅,有类疯狂,读其书而慕其为人,受其病态心理的熏染,必将尽化为鲁迅而后已。夫青年者,国家之元气,民族之命脉,而亦先生所爱惜珍护,逾于头目心肝者也。过去之青年,受鲁迅人格之感化,堕落者已比比然矣,现在,未来,尚有无量数天真纯洁之青年,亦将成为褊狭阴险,多疑善妒,睚眦必报,不近人情之人,岂先生之所雅愿者哉?先生从事教育事业,本欲青年皆成为健全之国民,今先生四十年努力之所不足者,鲁迅一书败之而有余,天下事之可以太息痛心者,又宁有过于是哉?

　　二曰鲁迅矛盾之人格,不足为国人法也。鲁迅之得青年爱戴,在其左倾。然鲁迅思想,虚无悲观,且鄙观中国民族,以为根本不可救药,乃居然以革命战士自命,引导青年奋斗,人格矛盾如此,果何为哉?则曰鲁迅之左倾,非真有爱于共产主义也,非确信赤化政策之足为中国民族出路也,为利焉耳,为名焉耳。今日新文化已为左派垄断,宣传共产主义之书报,最得青年之欢迎,一报之出,不胫而走,一书之出,纸贵洛阳。当上海书业景气时代,鲁迅个人版税,年达万元。其人表面敝衣破履,充分平民化,腰缠则久已累累。或谓鲁迅讽刺文笔之佳妙,不如萧伯纳,而口唱社会主义,身拥百万家财之一点,则颇相类(见一九三三,二,十七《大晚报》社评),谁谓其言之无所见耶?彼在上海安享丰厚之版税稿费,又复染指于政府支配下之某项经费。染指则亦已耳,乃又作《理水》小说,痛骂文化城之学者,以示一己之廉洁,欲盖弥彰,令人齿冷。其人格之矛盾,言之几不能使人置信,然则所谓文化大师者固一如此色厉内荏,无廉无耻之人物也！鲁迅之为人，又复好谄成癖，依傍门墙者，揣其意旨，争进谀辞，所谓"青年导师"、"思想界权威"、"革命斗士"、"民族解放战士"、"中国萧伯纳"、"中国高尔基"、"东方尼采"各种徽号，不可以屈指数；此风传播，报章杂志，语及鲁迅，必有一段滥恶不堪歌功颂德之词，读之殆欲令人胸次格格作三日恶。身死之后，颂扬尤烈，甚有尊之为"中国列宁"者。王莽篡汉，吏民上书者四十八万；魏忠贤秉政时，生祠遍天下，配飨孔庙，林昔读史，常窃耻之，不图今日乃躬逢此盛也！窃尝谓中国政界固多争妍取怜之风，文坛亦有奔竞之习，然今日青年之于鲁迅，几于鲁迅颦而颦，鲁迅笑而笑，鲁迅嚏嚏而亦嚏嚏，则诚过去文史所少见。然青年则何知，是皆鲁迅好谄之念所造成耳，盖鲁迅盘踞中国文坛十年，其所陷溺之人心，与其所损伤之元气，即再过十年亦难挽回恢复焉。

当鲁迅在世时，霸占上海文化界，密布爪牙，巧设圈套，或以威逼，或以利诱，务使全国文人皆归降于其麾下。有敢撄其锋者，则嗾其羽党，群起而攻，遭之者无不身败名裂，一蹶而不复振。文网之密，不啻周来之狱，诛锄之酷，逾于瓜蔓之抄，正士钳口以自保，民众敢怒而不敢言，然后鲁迅乃得巍坐文坛，成为盟主，发纵指使，为所欲为，气焰之盛，至今文人语及，犹有谈虎色变之慨，生前威棱，可以想见。盖彼以劣迹多端，惧人摘发，又虚荣心极炽，欲长据其所谓"金交椅"者，非此则不能自保，且名位愈崇，愈可将自己造成一种偶像，用以吸收青年之信仰崇拜，果也，名利双收，生荣死哀，"世故老人"可以含笑地下矣！

鲁迅固以反帝战士自命者也，而于逼我最甚之日本帝国主义独无一矢之遗。且匿迹内山书店，治病则谒日医，疗养则欲赴镰仓，且闻将以扶桑三岛为终老之地。其赠日友携兰归国诗云"岂惜芳馨遗远者，故乡如醉有荆榛"，痛恶故国，输心日本之隐情，跃然纸上。反帝之人乃与我国大仇如斯亲昵，此虽鲁党亦百喙不能为之解者也。或曰鲁迅所反对者日本帝国主义耳，与私人友谊何与？然林闻内山书店，乃某国浪人所开，实一侦探机关，前者道路流传，不忍听闻（见《文艺座谈》），鲁迅即不爱惜羽毛，嫌疑之际，亦当有以自处，乃始终匿迹其间，行踪诡秘，所为何事？且反帝之人而托庇日本帝国主义势力之下，其行事尤为可耻。李大钊革命革上绞台，陈独秀革命革进牢狱，鲁迅革命而革入内山书店，此乃鲁迅独自发明之革命方式也。嘻！

综上鲁迅之劣迹，吾人诚不能不呼之为玷辱士林之衣冠败类，二十四史儒林传所无之奸恶小人，方当宣其罪根，告诸天下后世，俾人人加以唾骂。先生乃如此为之表彰，岂欲国人皆以鲁迅矛盾人格，及其卑劣之行为作模范乎？以先生之明，宁忍为此，殆亦有所蔽焉尔。

三曰左派利用鲁迅为偶像，恣意宣传，将为党国之大患也。共产主义传播中国已十余年，根柢颇为深固。"九·一八"后，强敌披猖，政府态度不明，青年失望，思想乃益激变，赤化宣传如火之乘风，乃更得势，今日之域中，亦几成为赤色文化之天下矣。近者全国统一成功，政府威权巩固，国人观感大有转移，左派己身大有没落之忧惧，故于鲁迅之死，极力铺张，务蕲此左翼巨头之印象，深入青年脑海，而刺激国人对共产主义之注意，司马昭之心，路人皆见。近闻鲁党议醵金为鲁迅立铜像，设鲁迅图书馆，发起各学校各界人民追悼会。又以鲁丧未得政府当局慰问，表示不满（见《大公报》）。若当局对鲁迅略表好感，则彼等宣传，可得合法之保障，国人视听，更将为之混淆，吾信更进一步之政策：如要求国葬，宣付国史馆立传，各大学设立鲁迅讲座，各中小学采取鲁迅著作为教材，皆将随之而来。日本利用"以华治华"，左派及鲁党利用"以政府治政府"，设计之狡，用心之苦，亦相仿佛。

国家缔造艰难，今日基础始稍稳固，而国难如此严重，吾人亦正需要一内可促现代化之早成，外可抵抗强敌侵略之中心势力。黄台之瓜，不堪再摘，同根萁豆，宁忍相煎，而左派乃欲于此时别作企图，肇分裂之奇祸，为强敌作驱除，谓非丧心病狂，又乌可得？且今日有共产主义，则无三民主义，先生身为党国元老，设共产夺取政权成功，先生安归？传曰"鲍庄子之智不如葵，葵犹知卫其足"，此则愿先生深思者也。先生昔日营救牛兰及陈独秀，纯出保障人权之立场，态度光明正大，无人不表钦佩，然今日为左派利用而表彰鲁迅，则个中利害，大相径庭。先生耆年硕德，人伦师表，一言足为天下经，一动足为天下法，先生而同情鲁迅,国人谁不惟先生马首之是瞻,则青年心灵之毒化,反动势力之酝酿,有不可思议者。诗曰:"德音孔昭,民视不佻,君子是则是效",此则愿先生之自重者也。

　　左派行事,只问目的,不择手段,此次之事,无非利用先生名望地位,为鲁迅偶像装金,且借此为其宣传之掩护。甚至九七老人马相伯先生亦被列名葬仪发起人之内。其实彼等于先生及马老先生之主张信仰,何尝赞同?不惟不肯赞同,时机一至,即毫不容情加以掊击矣。林平日虽极恶鲁迅之为人,其人既死,雅不愿更有所指斥,然见鲁党颂扬鲁迅,欺骗青年,直出人情之外,殆以为国人全无眼耳鼻舌心意,可以任其以黑为白,以莸为薰者,乃勃然不能复忍;且观左派宣传之剧烈,知其志不在小。心所谓危,不敢不告,出言戆直,惟祈海涵,聪明正直如先生,倘不以斯言为河汉乎?第月旦人物,仁智之见各殊,或者夫已氏之恶,不如林所见者之甚,故先生不惟不忍绝之,且不惜借以令名而保护之,则望赐以教言,开其聋塞,不胜企盼之至。引领春申,斗山在望,临风拜手,不尽依依。肃缄敬请

　　大安伏祈

　　亮鉴

后学苏雪林谨上十一月十二日

　　此书乃去冬十一月间所作,因不知蔡先生上海通信处,托南京某先生代转。某先生以书中措词过于狂直,恐伤蔡先生之意,抑压月余,及蔡先生生病,乃来函劝余慎重考虑。不久西安变作,余亦浑忘鲁迅之事,故此书始终未入蔡先生之目也。此书诚如胡适之先生所言,多"旧文字恶腔调",然指斥鲁迅罪恶,自问尚属切当,故刊残稿于此,聊存当日一段公案云尔。

二十六年二月二十三日雪林自跋
(1937年3月16日《奔涛》第一卷第二期)

## 附录四

# 与胡适之先生论当前文化动态书

适之先生：

 自民国二十一年珞珈得观尊颜，并承雅教，流光容易，又过去几年了。这几年里，虽然时常想念先生，但总没有片纸问候，我的疏懒自问真到了不可原谅的程度，只有希望先生勿加罪责。

 近读报纸，知道先生即将回国，我有几个关于当前文化动态的问题，愿意和先生提出谈谈。望先生不弃，能毂给我一种正确的指示。

 第一是关于独立评论——以下简称独评——态度的问题。谈到独评，我个人有一点感谢之私，不能不趁此一为表白。九一八之后，外患日深，灭亡之祸，迫于眉睫，不愿当亡国奴者都感到救国责任之不容推诿。我们虽都是仅能摇摇笔杆子的朋友，力量非常微弱，但救国的力量本是由一点一滴集合而成的洪流，我们也不必妄自菲薄。但问题就来了，我们怎样运用笔杆的力量呢？我们怎样才能使我们的努力不落空虚，甚至爱国者反而祸国呢？于是我们感到摇笔杆子之前，应先决定思想态度。我们的思想态度又是应当跟着中国的出路走的，于是我们又不得不将中国出路研究一番。前几年，左派在中国很得势，宣传品也非常之多，他们百变而不离其宗，说来说去就是一句话"向左转"是中国唯一出路。我有一种民族自尊心，觉得中国问题应当由中国人自己解决，不必跟着时代潮流乱跑。但前几年政府态度不甚明瞭，抵抗的决心也不充分显露，不但一般青年感觉万份苦闷而向左转,就是像我们中年人也曾不由自主地发生动摇。幸而有先生办的独立评论这样刊物,作为我们的精神粮食,我们渐渐明白中国是有办法的,只要能统一,能现代化。于是我们的思想态度才逐步稳固起来了。我今日之没有同一般青年走入歧途,可说全属独评之赐。我想同我一样受独评之赐的人还多呢。独评持论稳健,态度和平,是今年刊物中所少有的。对于中国内政外交各方面,也常常有宝贵的一见贡献。年来中国之建设日有成功,政治之渐上轨道,国际舆论之大有转移,谁都承认独评尽了很大的推动力量。不过独评的态度因过于和平,持论因过于稳健之故,色彩未免不甚鲜明。我们读这样刊物固然能领略其中好处,青年人便有点难说。况且现在所谓反动刊物其所有言论无不慷慨激昂,有光有热,极鼓舞读者精神之能事。青年读惯了那样文字,再读独评,无怪有不能"过瘾"之感了。从前政局不稳,左派势力太大,独评那时提出鲜明主张,必至为恶势力所摧毁。现在中国已统一,政府威权日渐巩固,青年对于政府也似乎生出较多的好感,独评这时候说话,一定比从前容易入他们之耳。我想独评态度能再明朗化一点,积极化一点,效果一定更大。譬如独评最近两期所登君衡先生的中苏关系,张印堂先生的蒙古的位置关系在我国防上的重要,言人所不敢言,足以打破青年迷信共产主义和崇拜苏联的大梦。我所谓明朗化积极化者,即指此而言。像这类文字,我以为以后不妨多登些。不知先生以为如何?

第二个是关于我们怎样从左派掌握中取回新文化的问题。五卅以后,赤焰大张,上海号为中国文化中心,竟完全被左翼作家支配。所有比较闻名的作家,无不沾染赤色思想。他们文笔既佳,名望复大,又惯与出版事业合作。上海除商务印书馆、中华书局、世界书局几个老招牌的书店以外,其余几乎都成了他的御用出版机关。他们灌输赤化从文学入手,推广至于艺术(如木刻漫画)戏剧电影等等,造成清一色赤色文化。甚至教科书的编制,中学生的读物,也要插进一脚。他们又抱了只问目的不择手段的宗旨,必要时什么不光明的手段都可使出。好像他们从前高唱工人无祖国,现在也来什么"国防文学"了;从前只讲阶级斗争,讳言民族利益,现在也有什么"民族解放"、"民族战线",连写信煞尾都要来个"民族敬礼"了。先生等在五四时代辛苦造成的新文化,被他们巧取豪夺,全盘接收了去,自由享用,不但不感谢先生,还要痛骂先生呢。先生恬淡为怀,高尚其志,本不属同这些人争夺什么"思想领袖"、"青年导师"的头衔,不过目睹千万青年纯洁的心灵,日受叛国主义(君衡先生语)的熏染,能不痛心?现在政府虽不合我们理想标准,但肯作平心之论的人,都承认她是二十五年来最好的一个政治机关。她有不到处,我们只有督责她,勉励她,万不可轻易就说反对的话。我读先生著作,知道先生对现政府的态度,正是如此。我们都希望这一盘散沙的民众,和漫无纪律的国家中,能产出一个强大的中心势力,利用这势力,内以促进现代化的成功,外以抵抗强敌的侵略。要是一国之中最富活力的青年,与政府站在相反的地位,并常以毁灭这中心势力为企图,则中国好(不)容易储蓄出来的一点实力,又将因互相乘除而等于零,先生一番维护现政府的苦心岂不白费么?中国若真非向左转则没有出路,则左派的理论,我们不能限制青年接受。左派文化的控制权,我们也不容干涉。但事实上并不如此。我们分析左派宣传共产的动机,爱国成份少,争夺私人利权的成份反而多,我们为什么将我们所托命的国家供给他们儿戏呢?我们如何能坐视无数可爱的青年,作为他们牺牲品呢?

  第三是关于如何矫正目前流行的浅薄而谬误的救国理论问题。左派成了清一色的赤色文化之后,在这国难时期又提出许多救国方针。他们所出刊物多如雨后春笋,我也记不清许多。只知他们谈世界问题的有国际知识,谈内政和普通社会问题的有生活星期特刊。两者都为青年所热烈欢迎。前者我尚未注意,后者则我差不多每期寓目。生活星期特刊主编人为邹韬奋,这是我一个熟人,也是先生所认识的。八九年前他在上海办生活周报,反对社会一切不良现象,见识虽不甚高明,倒也算得比较纯正的民众读物。九一八前后,他因受了上海左派的包围,思想渐渐改变,大有左倾趋向。所办生活以言论过于激烈,被上海市政府查封。韬奋出洋,他的朋友杜仲远、金仲华等,接办大众生活与永生,继续发表偏激言论,均不久夭折。韬奋回国后,在香港办生活星期周刊。大约未了出洋一趟,呼吸了一点新鲜空气,又同左派朋友隔离,头脑似乎清醒多了。在这个时期里,他所发表的议论,已不大反对政府,并提倡"救亡联合战线",希望政府人民站在一条战线上,对付我们当前最大的敌人。当鲁迅茅盾在上海闹什么"国防文学"与什么"民族革命战争的大众文学"时,韬奋好像颇不以他们为然。屡次指摘他们"关门主义"和"宗派主义"的错误。近来他因香港航运不便,将所办刊物搬回上海出版,重新落于左派陷阱之中,思想又趋反动了。"救亡联合阵线"变为"人民阵线"了。韬奋这个大爷可说是个不学无术的人——换言之即是没有头脑。他的学问不及梁任公之万分之一,但任公少年时代的坏处,无一不备。正如严又陵对任公的批评"于道徒见一偏,而出言甚易,其笔又有魔力,足以动人",他以过去历史关系,拥有群众数十万,左倾之后,又吸引了无数青年——大中学校的学生于邹等所办刊物,几于人手一编——其一举一动,俨然成为一种势力。

韬奋等人一谈到中国和日本的问题,便高唱"抵抗"和"抗战",大言炎炎,颇足动青年之听。至于中国实力究竟如何,政府准备究竟充分与否,却从不过问。他们的口号不外组织"人民阵线"和立刻发动"整个民族救亡运动"。但具体方案,至今尚不见提出。并且在这两个好听口号之下,似尚含有"叛国"阴谋呢。

左派从前最喜谈"农民英勇的抗争",近来又喜谈"大众力量"。《生活》号的同志们,也最喜借"大众"为鼓吹,他们所提倡的"人民阵线"和"整个民族救亡运动",都是在"大众"两字上翻来覆去做文章的。在他们心目中"大众"好像是一尊千灵万应救命王菩萨,我们只须将这尊菩萨抬出,敌人便望风而逃了。救国的大任,当然不是政府当局几个人所能担负,当然需要四万万人一致的努力,但军备的准备没有整齐,政治、经济、文化各方面的建设没有达到现代化的目的,所有的力量不能配合在一起,让政府运用自如,虽有几十万万的大众,也不能干出什么,我怕人多反而更乱哩。但庸俗的民众和无知的青年,受他们浅薄而谬误的理论而麻醉,众口一声,雷同一响,恨不得"大众菩萨"立刻显灵,好即日和日本宣战,进兵收复失地。即知识较高的大学生,也多有作此想者,说来真未免可笑而复可怜了。

我以为先生对于这类刊物不可不注意。对于他们的理论,应当随时加以矫正。先生说话是最有力量的。这个义不容辞的责任,我望先生毅然肩起。

第四个是关于取缔"鲁迅宗教"宣传的问题。鲁迅这个人在世的时候,便将自己造成一种偶像。死后他的羽党和左派文人,更极力替他装金。恨不得叫全国人民都香花供养。鲁迅本是个虚无主义者,他的左倾,并非出于诚意,无非借此沽名吊利罢了。但左派偏恭维他是什么"民族战士"、"革命导师"。将他一生事迹吹得天花乱坠,读了真使人胸中格格作恶。左派企图将鲁迅造成教主,将鲁迅印象打入全国青年脑筋,无非借此宣传共产主义,酝酿将来反动势力。谁都知道中国花费巨大牺牲的代价,好容易造成了今日一统的局面。仅存的元气,决不容再受挫伤。反动的势力多酝酿一分,则目前局面的动摇性增加一分。所以"鲁迅宗教"的宣传,政府方面似乎不能坐视。

鲁迅的心理完全病态。人格的卑污,尤其出人意料之外。简直连起码的"人"的资格还彀不着。但他的羽党和左派文人,竟将他夸张成为空前绝后的圣人。好像孔子、释迦、基督都比他不上。青年信以为真,读其书而慕其人,受他病态心理的陶冶,卑污人格的感化,个个都变成鲁迅,那还了得?在这里,我要套吴稚晖先生的口吻大声疾呼道:"宁堕畜道而入轮回,不忍见此可悲现象!"我想先生也有同样的愤慨吧。鲁迅生平主张打落水狗,这是他极端偏狭心理的表现,谁都反对。现在鲁迅死了,我来骂他,不但是打落水狗,竟是打死狗了。但鲁迅虽死,鲁迅的偶像没有死。鲁迅给予青年的不良影响,正在增高继长。我以为应当有个人出来,给鲁迅一个正确的判断,剥去这偶像外表的金装,使青年看到他里面是怎样的一包粪土,免得他们再受欺骗。我不怕干犯鲁党之怒,以及整个文坛的攻击,很想做个唐吉诃德先生,首加鲁迅偶像之一矛。但几个我素所投稿的刊物的编辑人,一听我要反对鲁迅,个个摇手失色,好像鲁迅的灵魂会从地底下钻出来,吃了他们似的。一连接洽三四处,都遭婉谢。鲁迅在世时,盘踞上海文坛,气焰熏天,炙手可热,一般文人畏之如虎。死后淫威尚复如此,更使我愤愤难平了。我现在很想借独评一角之地,发表我反鲁的文字。不知先生允许否？希望能给我一个确实的答复。如蒙允许，我便开始写作。否则，只好暂时忍下这口不平之气，让将来别人来批评他罢。阅报见此次鲁丧，蔡子民和马相伯均遭鲁党利用，甚可惋惜。我曾拟就致蔡先生长信一通，以作谏诤。兹将信稿寄先生一阅，如以为可，即将发出。（下略）

敬祝

健康

苏雪林十一月十八日

## 胡适之先生答书

雪林女士：

谢谢你十一月十八日的长信。我十二月一日到上海，十日回家，昨晚（十一日）始得检出细读。

你自称疏懒，却有些豪兴，有些热诚，可佩之至。

关于独评，你的过奖，真使我愧汗。我们在此狂潮之中，略尽心力，只如鹦鹉濡翅救山之焚，良心之谴责或可稍减，而救焚之事业实在不曾做到。我们（至少可说我个人）的希望是要鼓励国人说平实话，听平实话。这是一种根本治疗法，收效不能速。然而我们又不甘心做你说的"慷慨激昂、有光有热"的文字，——也许是不会做，——奈何！奈何！

此事当时时放在心上，当与一班朋友细细谈谈，也许能做到更积极一点。

关于左派控制新文化一点，我的看法稍与你不同。青年思想左倾，并不足忧虑。青年不左倾，谁当左倾？只要政府能维持社会秩序，左倾的思想文学并不足为害。青年作家的努力，也会产生一些好文字。我们开路，而他们做工，这正可鼓舞我们中年人奋发向前。他们骂我，我毫不生气。

左倾是一事，反对政府另是一事。我觉得政府的组织若能继续增强，政府的力量若继续加大，一部分人的反对也不足虑。我在北方所见，反对政府的势力实占极少数。其有作用者，虽有生花的笔舌，亦无能转变其分毫。其多数无所作用者，久之自能觉悟。我们当注重使政府更健全,此釜底抽薪之法,不能全靠舌笔。

我总觉得你和列位忧时朋友,都不免过于张大左派文学的势力。例如韬奋,他有什么势力?你说他"有群众数十万",未免被他们的广告品欺骗了。——生活当极盛时,不满两万份,邵循美如此说。

"叛国"之徒,他们的大本事在于有组织。有组织则天天能起闹,闹的满城风雨,像煞有几十万群众似的。

不知道为什么,我总不会着急。我总觉得这一帮人成不了什么气候。他们用尽方法要挑怒我,我总是"老僧不见不闻",总不理他们。

你看了我的一篇"西游记第八十一难"没有(论学近著)?我对付他们的态度不过如此。这个方法也有功效,因为是以逸待劳。我在一九三〇年写"介绍我自己的思想",其中有二三百字是骂唯物史观的辩证法的。我写到这一页,我心里暗笑,我知道这二三百字够他们骂几年了!果然,叶青等人为这一页文字忙了几年,我总不理他们。

今年美国大选时,共和党提出 Governor Landon 来打 Roosevelt,有人说:"You can't beat somebody with nobody"。只要我们有东西,不怕人家拿"没有东西"来打我们。关于鲁迅,我看了你给蔡先生的信,我过南京时,有人说起你此信已寄给他了。

我很同情于你的愤慨,但我以为不必攻击其私人行为。鲁迅狺狺攻击我们,其实何损于我们一丝一毫?他已死了,我们尽可以撇开一切小节不谈,专讨论他的思想究竟有些什么,究竟经过几度变易,究竟他信仰的是什么,否定的是什么,有些什么是有价值的,有些什么是无价值的。如此批评,一句可以发生效果。余如你上蔡公书中所举"腰缠久矣累累"、"病则谒日医,疗养则欲赴廉仓"……皆不值得我辈提及。至于书中所云"诚玷辱士林之衣冠败类,二十四史儒林传所无之奸恶小人"——下半句尤不成话——(这)一类字句,未免太动火气,此是旧文字的恶腔调,我们应该深戒。

凡论一人,总须持平。爱而知其恶,恶而知其美,方是持平。鲁迅有他的长处。如他的早年文学作品,如他的小说史研究,皆是上等工作。通伯先生当日误信一个小人口口口之言,说鲁迅之小说史是抄袭盐谷温的,就使鲁迅终生不忘此仇恨!现今盐谷温的文学史已由孙俍工译出了,其书是未见我和鲁迅之小说研究以前的作品,其考据部分浅陋可笑。说鲁迅抄袭盐谷温,真是万分的冤枉。盐谷温一案,我们应该为鲁迅洗刷明白,最好由通伯先生写一篇短文。此是"gentleman 的臭架子",值得摆的。如此立论,然后能使敌党俯首心服。

此段似是责备你,但出于敬爱之私,想能蒙原谅。

我回家已几日了,匆匆写此信,中间又因张学良叛国事,心绪很乱,时写时停,定多不连串,请你莫见笑。

匆匆问好

胡适二十五、十二、十四<br>(原刊《奔涛》半月刊创刊号)

## 跋

去年十一月间，报载胡先生即将回国，我信以为真，所以写给他这封信。谁知直到一个月之后，胡先生才到北平。

这信第一点是关于独立评论的态度问题，该刊现已被警察当局勒令停刊，所以态度云云，已无从谈起。但胡先生说独评的宗旨是想教训国人说平实话，听平实话，我现在认为很对。终日高唱"抵抗"、痛骂政府"卖国"的刊物，虽然是慷慨激昂，有光有热，没有事实的证明，便成了夸大和欺骗。国家民族的命运，难道可以让夸大和欺骗者，作为赌博的孤注么？我希望独评能继续出版，并希望他永远保持平实的态度。

胡先生说有青年左倾不足为虑，并且可以鼓舞我们中年人向前，这话原极有理。但中国青年很奇怪，有时很讲言行一致，有了某种思想便要表现之于行动。左倾思想非什么大逆不道，但与叛国主义连结，便可怕了。左倾的分子不多，我也承认。但中国有一种可悲的现象，那便是：少数人可以操纵多数人。历来学校的学潮，都是少数人鼓动的。多数人明明知道他们企图不正当，却总不敢出头阻止。让他们将学校闹坍台，大家都读不成书才罢。这大约（是）一则中国人都抱"自了主义"；二则中国人素无组织，所以能被少数有组织的份子制服。一校的现象可推之于一国，现在政府的机构不但并没有英美的健全，相反的，她的基础尚在风雨飘摇之中。遇着一点震撼的力量，便有倾坍的危险。统制思想，似更为实际所需要。德意总该算得先进国家吧，苏联建国已十七年，基础总该稳固了吧，他们对此尚兢兢业业，不敢一毫放松。我们尚在非常时期，如何可以大意？少数人的思想、言论、结社的自由固然应尊重，但多数人的生命财产，岂不更应尊重？中国政治机构若能像胡先生所说的继续增强，并将这个非常时期渡过，那时候，无论青年思想向那一方倾，当然谁都不反对。

我说上海那群高唱"人民阵线"的论客，似有"叛国企图"，并说他们势力很大，胡先生尚不相信。——这是因为胡先生不在国中，于他们情形尚不明瞭。去冬西安事变，大公报及其他大报便说,西安方面早有"人民阵线"的分子活动,又说西安的思想界颇受前年北平一二九运动的影响。我们知道,北平学联也是受"人民阵线"分子操纵的,可见我竟不幸而言中了。现在邹韬奋等虽已被捕,西安事变尚未完全解决,而且本已趋于熄灭的西北赤焰,又成为燎原之势。夜长梦多,中国前途,我们实不敢乐观。追原祸始,我们对于"人民阵线"的分子,实难宽恕。要是他们鼓吹谬说时候,京沪各大报与全国各名流,肯出来以正论析之,则他们未必猖狂至此。最近华年周刊(六卷三期)共产党的问题云:"对于容共的一件事,其实早就应该有个斩钉截铁的表示,在过去如果已有斩钉截铁的表示,今日便不会再生容共的问题。明白点说,在共产党外围团体,如救国联合会提出容共的主张时,便应该(无论政府和人民)有一种严正的拒绝表示。"又说:"国人的传统态度是:任何问题,只要尚未严重到非想想办法不可之时,总是故意抹煞,置之不闻不问,好像根本就没有有这一回事似的。等到问题扩大了,使自己生存发生威胁了,于是才大梦初醒,手慌脚乱,走投无路,亟求弥补的方法。"作者又将国人这种态度比作中非的鸵鸟,"在被迫无处可逃时,或遇到什么危险时,便将自己的头伸入泥沙之中,只要眼不见外界,它心中便可坦然了。"其言虽觉滑稽,其实沉痛异常,我愿国人以后不要再做鸵鸟。在此信中,我不信任"人民阵线",而于"联合阵线"则有赞许之意,乃一时观察未清楚的缘故。其实两者都是共党烟幕,性质相同。

胡先生信里所有我批评鲁迅的话,系由我致蔡孑民先生信稿中引出,批评鲁迅而牵涉鲁迅的私人格,我亦知其不当。但现在一帮鲁党,将鲁迅人格装点得崇高无比,伟大绝伦,则我们对于他的人格污点,实有揭发之必要。所谓"二十四史儒林传所无之奸恶小人",胡先生评为"不成话",其实儒林传应作文学传,我一时笔快写错了。以鲁迅一生行事言之,二十四史儒林传固不会有他的位置;二十四史文苑、文学传,像这样小人确也不容易寻出。我以为这句话不算过甚,惟太动火气。及"旧文学恶腔调"云云,则切中我的毛病,自当以为深戒。

鲁迅最后数年,攻击胡先生很厉害。甚至凭空污蔑他许多言语。我们读之,常为之发指。而胡先生一点不生气。并教训我们批评他时,态度应当持平。其胸襟气量,实为不可及。这才是学者本色,大儒风度。以视鲁迅之窄狭刻毒,谁无意得罪他,便一条毒蛇似的缠住那人,到死不放,真不啻天渊之判了。我对胡先生表示钦佩,并愿青年以此为范。

我这封信早成明日黄花,没有发表的价值,但胡先生信中有些话,必得此信而后明,所以勉强附刊于后。再者蒙胡先生允许发表他给我的信,特此致谢。

二十六年二月六日自跋
(原载武昌《奔涛》半月刊一卷三期)

# 参考文献

1. 苏雪林:《苏雪林文集》(1~4,沈晖编选),合肥:安徽文艺出版社,1996年。
2. 苏雪林:《浮生九四——雪林回忆录》,台北:三民书局股份有限公司,1991年。
3. 苏雪林:《苏雪林自传》,南京:江苏文艺出版社,1996年。
4. 沈晖(编选):《绿天雪林》,北京:人民文学出版社,2001年。
5. 苏雪林:《鸠那罗的眼睛》,台北:台湾商务印书馆股份有限公司,1968年。
6. 苏雪林:《秀峰夜话》,台北:台湾爱眉文艺出版社,1971年。
7. 苏雪林:《新文学研究》(课程讲稿,复印本),武汉大学1934年印。
8. 苏雪林:《青鸟集》(复印本),长沙商务印书馆,1938年。
9. 苏雪林:《屠龙集》(影印本),重庆商务印书馆,1941年。
10 苏雪林:《南明忠烈传》(影印本),重庆国民出版社,1941年。
11. 善秉仁(编):《中国现代小说戏剧一千五百种》(谢泳、蔡登山编校,英文版),台北:台湾秀威资讯科技股份有限公司,2011年。
12. 善秉仁(编):《文艺月旦·甲集》(谢泳、蔡登山编校,中文版),台北:台湾秀威资讯科技股份有限公司,2011年。

13. 苏雪林:《蝉蜕——苏雪林小说选》,上海古籍出版社,1999年。

14. 苏雪林:《苏雪林散文选集》(蔡清富编选),天津:百花文艺出版社,1991年。

15. 苏雪林:《民国二十三年日记》,武汉大学图书馆特藏部。

16. 苏雪林:《中国二三十年代作家》,台北纯文学出版社,1983年。

17. 谢泳:《中国现代文学史研究法》,桂林:广西师范大学出版社,2010年。

18. 谢泳:《逝去的年代——中国自由主义知识分子的命运》,长沙:湖南文艺出版社,1998年。

19. 夏志清:《中国现代小说史》,上海:复旦大学出版社,2005年。

20. 杨义:《中国现代小说史》(1~3),北京:人民文学出版社,1986年。

21. 许道明:《中国现代文学批评史新编》,上海:复旦大学出版社,2002年。

22. 倪伟:《"民族"想象和国家统制》,上海教育出版社,2003年。

23. 方维保:《苏雪林:荆棘花冠》,桂林:广西师范大学出版社,2006年。

24. 范震威:《世纪才女:苏雪林传》,石家庄:河北教育出版社,2006年。

25. 石楠:《另类才女:苏雪林》,上海:东方出版社,2004年。

26. 陈朝曙:《苏雪林和她的徽商家族》,合肥:安徽教育出版社,2008年。

27. 左志英(编):《一个真实的苏雪林》,上海:东方出版社,2008年。

28. 杜英贤(编):《海峡两岸苏雪林教授学术研讨会论文集》(上、下),台湾亚太综合研究院、永达技术学院,2000年。

29. 陈国恩(编):《苏雪林面面观:2010年海峡两岸苏雪林

学术研讨会论文集》,哈尔滨:黑龙江人民出版社,2011年。

30. 张传敏:《民国时期的大学新文学课程研究》,北京:人民出版社,2010年。

31. 陈平原:《作为学科的文学史》,北京大学出版社,2011年。

32. 邵建:《20世纪的两个知识分子:胡适与鲁迅》,北京:光明日报出版社,2008年。

33. 温儒敏:《中国现代文学批评史》,北京大学出版社,1993年。

34. 刘峰杰:《中国现代六大批评家》,合肥:安徽文艺出版社,1995年。

35. 杨剑龙:《旷野的呼声:中国现代作家与基督教文化》,上海教育出版社,1998年。

36. 解志熙:《美的偏至:中国现代唯美—颓废主义文学思潮研究》,上海文艺出版社,1997年。

37. 倪邦文:《自由者梦寻:"现代评论派"综论》,上海文艺出版社,1997年。

38. 沈卫威:《自由守望:胡适派文人引论》,上海文艺出版社,1997年。

39. 陈树萍:《北新书局与中国现代文学》,上海三联书店,2008年。

40. 张莉:《浮出历史地表之前:中国现代女性写作的发生》,天津:南开大学出版社,2010年。

41. 张太原:《〈独立评论〉与20世纪30年代的政治思潮》,北京:社会科学文献出版社,2006年。

42. 汪修荣:《民国教授往事》,郑州:河南文艺出版社,2008年。

43. 陈学勇:《浅酌书海》,南京:江苏教育出版社,2001年。

44. 张大明:《主潮的那一面:三民主义文艺与民族主义文艺》,北京:中国社会科学出版社,2010年。

45. 李长之:《鲁迅批判》,北京出版社,2003年。

46. 唐金海等(编):《新文学里程碑·评论卷》,上海:文汇出版社,1997年。

47. 卓如:《冰心年谱》,福州:海峡文艺出版社,1999年。

48. 阿英(编校):《无花的蔷薇——现代十六家小品》,石家庄:河北人民出版社,1991年。

49. 周海波:《中国现代文学批评史论》,上海人民出版社,2002年。

50. 王瑶:《中国新文学史稿》(上、下),上海文艺出版社,1982年。

51. 丁易:《中国现代文学史略》,北京:作家出版社,1955年。

52. 鲁迅:《鲁迅全集》(第11卷),北京:人民文学出版社,1981年。

53. 胡适:《胡适日记全编》(2)(曹伯言整理),合肥:安徽教育出版社,2001年。

54. 王富仁:《鲁迅研究的历史和现状》,福州:福建教育出版社,2006年。

55. 徐岱:《边缘叙事——20世纪中国女性小说个案批评》,上海:学林出版社,2002年。

56. 阎纯德:《二十世纪中国著名女作家传》,北京:中国文联出版公司,1995年。

57. 古远清:《大陆赴台文人沉浮录:几度飘零》,桂林:广西师范大学出版社,2010年。

58. 台湾成功大学中国文学系(编):《庆祝苏雪林教授九秩晋五华诞国际学术研讨会论文集》,1991年,未出版。

59. 王娜:《苏雪林民国二十三年日记研究》(2008年硕士学位论文,指导教师:张洁),武汉大学。

60. 林骁:《西方天主教神职人员对中国现代文学史的贡献——以善秉仁与文宝峰为例》(2011年硕士学位论文,指导教师:谢泳),厦门大学。

# 后 记

在键盘上敲入最后一个字符时,我的心情平静得近乎麻木,丝毫没有感受到如释重负的轻松。两年多来的辛劳、难以释怀的沉重已经让我变得异常迟钝和疲惫,以至于感受不到那种面对最终目标时的喜悦。

这个课题对于我来说,不仅意味着智力和学识方面的一次磨炼,更是一次对个人自信心的考验。我本来的兴趣在当代小说,给学生讲授中国当代文学也已经十年有余。在偶然的机会里,我接触到了苏雪林,并进一步深入到了苏雪林研究领域,进入了多姿多彩的民国学者教授们的精神世界。苏雪林的特殊性极大地挑战了我对于中国现代文学的审美规范的认知。在深入梳理苏雪林与中国现代文学交集的过程中,在搜寻、查阅相关文献资料的图书馆阴暗的角落里,在重温前人的思想言论时,我却一天天困惑起来,心绪也日渐低沉。我逐渐明白了我是在做一篇翻案文章,这有点脱离了自己当初热衷的客观、公正的研究起点。为研究对象找贡献、作辩解、明是非,似乎成了我的主要工作。为一个长期被文学史忽视的个体立言,这又似乎是个老路,我只能感慨自己愚钝,走不出这个圈套。我深知自己应该冷静,不能过度停留在研究对象沉重而孤独的生存悲欢里面,这是我需要警惕的。在传统规范的压力面前,我希望自己能够像岩石一样沉稳和坚强。

也许,我还需要更多的自信,需要坚信自己所从事的工作是有意义的,这是我能坚持下来的理由。还原历史的本真原本就是一种奢望,但正是这种奢望驱使我不断挖掘。我同样希望以自己的心力吹起的这一粒灰尘，在它升起和飘落的过程中，也许有那么一刹那间的旋转。当然，它会在大千世界的某一个角落里沉睡下去，永远沉积在时光的隧道里。有谁会需要它再次飞舞呢？然而，这正是人类大多数文字的永恒的命运。

这部书稿所凝聚的当然不止我一个人的精力。我要感谢王宗法教授、朱育颖教授等课题组成员，在研究思路、方法和实施路径等方面为我提供了诸多指导、建议和帮助，令我获益匪浅。朱育颖教授通读了初稿，从谋篇立意到遣词用句都提出了具体的意见，修正了不少错讹，使得书稿更臻完善。

厦门大学谢泳教授为我寄来了可贵的现代文学稀见史料、自己的学术著作以及他指导的研究生林骁关于苏雪林的学位论文，这对本书的写作帮助很大。我与谢泳老师素未谋面，他在来信中多次释疑解惑，为本课题的研究指明方向，充分展现了前辈学者提携后进的学术胸怀。

感谢台湾成功大学中文系"苏雪林研究室"的博士后研究员吴姗姗女士，多次给我提供了资料方面的帮助；感谢成功大学中文系林朝成教授为我提供的关于苏雪林戏剧的会议论文，令我受益匪浅。我深信，有海峡两岸学术界的精诚合作，苏雪林研究的成果一定会更上层楼。

感谢本书的责任编辑卢坡，是他的辛勤劳动，使得本书能够如期出版。

最后，感谢我的母亲，感谢我的妻子崔合银女士，在本书的写作过程中，她们为我承担了几乎所有的家庭繁杂事务，使我得以拥有足够的时间和空间安心写作。我长时间自私地枯坐于电脑之前，无法和她们分享生活的艰辛与乐趣，一直愧疚于心。还有我的孩子岳丞，课题开始时他才三岁多，现在已是一个小学生了。小小的心灵早已懂得了克制，不和爸爸争抢电脑玩他爱玩的游戏。如今，课题即将结束，这本让他不能理解的书稿就要面世了，就用这本小书来纪念曾经太多的艰难枯燥的时光。

丁增武<br>
于合肥 汉嘉·都市森林<br>
2013 年 11 月 16 日